Sandra Jungen

Hanna – Kriegsjahre einer Krankenschwester

RHEIN
MOSEL
VERLAG

4. Auflage 2019
RHEIN-MOSEL-VERLAG
Zell / Mosel
Brandenburg 17, D-56856 Zell / Mosel
Tel 06542 / 5151 Fax 06542 / 61158

ISBN 978-3-89801-100-6
Lektorat: Gabriele Korn-Steinmetz
Ausstattung: Stefanie Thur
Korrektorat: Melanie Oster-Daum
Titelfoto: Grisha Bruev / Shutterstock.com

Sandra Jungen

Hanna

Kriegsjahre einer Krankenschwester

Roman

Rhein-Mosel-Verlag

Für Oma, die beste olde Tucke der Welt.

Eine Wahrheit kann erst wirken,
wenn der Empfänger für sie reif ist.

Christian Morgenstern

Heeresbekleidungsamt, Infanteriestraße
Hauptstadt der Bewegung München
Juni 1942

Schon über eine Stunde stand sich Hanna die Beine in den Bauch, ohne einen nennenswerten Schritt weiter zu kommen. Und nun rückte die Warteschlange endlich ein Stück vor. Hanna sah dem jungen Soldaten nach, der mit euphorischer Miene und einem Kleiderstapel unter dem Arm an ihr vorbeiging und sie fast umgeschubst hätte. Der war ja noch ein halbes Kind! Auch der nächste Soldat wirkte viel zu jung für einen Frontkämpfer, doch sein Gesichtsausdruck war weniger zuversichtlich. Offensichtlich waren nicht alle so erpicht darauf, in die Schlacht zu ziehen, wie es immer hieß.

Hanna konnte es ihm nicht verdenken, auch sie würde lieber im beschaulichen München bleiben, statt an die Front geschickt zu werden. Zwar hatte es im letzten Jahr zwei feindliche Luftangriffe auf die bayrische Hauptstadt gegeben, aber in diesem Jahr noch keinen einzigen. Hanna hatte munkeln hören, dass München im Gegensatz zu anderen Städten mit geringem Schaden davon gekommen sei, doch Genaueres schien niemand zu wissen.

In der Warteschlange stand nun schon wieder alles still. Deutlich hörbar stieß Hanna den Atem aus und tippte mit der Fußspitze auf den Boden. Die Dielen knarzten rhythmisch unter ihren Füßen.

»Wann geht es denn endlich weiter?«, rief ihre Kollegin Hedwig, die hinter Hanna stand. »Wir haben schließlich nicht ewig Zeit.«

»Immer der Reihe nach!«, tönte eine herrische Stimme von vorn. »Hier herrscht Ordnung!«

Bertha kicherte. »Da hörst du es wieder, besonders in der Hauptstadt der Bewegung wird Wert auf Zucht und Ordnung gelegt. Da kommt jeder dran, wenn es soweit ist.«

»Zucht und Ordnung lasse ich mir ja noch gefallen«, raunte Hanna den beiden leise zu. »Aber was haben wir mit Hitlers

Bewegung zu tun? Wir sind schließlich Krankenschwestern und keine Nazis.«

Der Soldat hinter Bertha zog eine Augenbraue hoch und warf Hanna einen verächtlichen Blick zu.

Schnell sah sie weg und strich über die Schürze ihrer Schwesterntracht.

Ihr war beklommen zumute, wie sie da in der Warteschlange vor der Kleiderausgabe der Wehrmacht stand. Das Ziehen in ihrem Bauch verdichtete sich allmählich zu einem dicken Klumpen aus Zweifel und Furcht.

Bereits auf dem Weg durch das düstere Treppenhaus hatte sie eine leise Ahnung beschlichen, dass ihr bislang sorgloses Leben bald Geschichte sein könnte. Das Reich befand sich nun schon im dritten Kriegsjahr. Immer öfter wurden blutjunge Männer eingezogen, und nun geschah dasselbe mit Krankenschwestern.

Gerade erhaschte Hanna einen Blick auf den Ausgabetisch und die dahinter angebrachten Regale, da versperrte ihr der Soldat vor ihr wieder den Blick. Sein Schweißgeruch überdeckte den Duft der frischen Wäsche, den sie soeben noch wahrgenommen hatte. Sie rümpfte die Nase und ärgerte sich wieder einmal über ihre geringe Körpergröße. Unwillkürlich fasste sie an die Brosche mit dem roten Kreuz, die ihren Kragen zusammenhielt und sie als examinierte Krankenschwester auswies.

Sie war ein wenig stolz darauf, dass sie, genau wie Bertha und Hedwig, vor kurzem das Examen bestanden hatte. Obwohl sie vor zwei Jahren aus freien Stücken nach München gegangen war, um sich den Traum einer Krankenschwesternausbildung zu erfüllen, wäre sie in diesem Moment jedoch viel lieber wieder zu Hause bei ihrer Familie in der Eifel. Weit weg von München und dem angeordneten Kriegseinsatz.

Im Mai, kurz nach ihrem Examen, war Hanna in die sogenannte Freiwillige Krankenpflege eingegliedert worden, in der sie überhaupt nicht freiwillig war. Aber der Mangel an Pflegepersonal war allgegenwärtig. Sie konnte sich nicht aussuchen, ob sie in den Krieg ziehen wollte oder nicht. Unruhig trat sie von einem Fuß auf den anderen. »Warum dauert das denn bloß so lange?«

Der Soldat in der Schlange neben ihr musterte sie mit belustigter Miene. »Geduld, Fräulein. Sie kommen schon noch an die Reihe. Sie können es wohl kaum erwarten, zur Front zu gelangen, was?«

Hanna presste die Lippen aufeinander. Die Front! Was das wohl bedeutete? »Wissen Sie«, antwortete sie zögerlich, »die Bilder der Wochenschau zeigen immer nur fröhliche Soldaten, und man könnte fast meinen, der Krieg wäre ein spannendes Abenteuer. Aber wenn ich daran denke, was meine Großmutter früher von den schlimmen Zeiten während des Großen Kriegs erzählt hat, kann ich mir nicht vorstellen, dass es an der Front allzu lustig sein wird.«

»Ach, hat Ihre Frau Großmutter etwa gedient?«, fragte er mit spöttischem Lächeln.

»Natürlich nicht. Von den verwundeten Kriegsheimkehrern hat sie gesprochen.«

Er setzte eine ernste Miene auf und straffte die Schultern. »Für den Soldaten steht an erster Stelle die Ehre, dem Führer zu dienen!«

»Hm, meine Großmutter hat immer gesagt ›Im Krieg werden die Menschen zu Bestien, da geht es nur noch ums Überleben‹.«

Sofort sandte er ihr einen scharfen Blick, geradeso als sei sie ein unmündiges Kind.

Hanna senkte den Kopf. Vielleicht sollte sie sich einen Ruck geben und wenigstens versuchen, sich auf den kommenden Einsatz zu freuen.

Endlich ging es weiter. Sie konnte das Geschehen an den Tischen jetzt überblicken und beobachten, was an der Kleiderausgabe vor sich ging. Die Regale hinter den Ausgabetischen waren zum Bersten gefüllt mit unterschiedlichen Uniformen, Helmen und sonstigen Gegenständen, deren Zweck sich ihr nicht erschloss.

Sie drehte sich zu Bertha und Hedwig um, die unentwegt tuschelten, und fragte: »Wisst ihr, warum die Männer verschiedenfarbige Uniformen bekommen? Der da vorne links hat einen Stapel beiger Kleidung, und der hier vor uns bekommt alles in grau.«

Bertha hob die Schultern. »Vielleicht verschiedene Dienstgrade?«

»Die Farben haben mit dem Dienstgrad nichts zu tun«, klärte Hedwig sie auf. »Es ist der Einsatzort, der den Unterschied macht.«

Als die Reihe endlich an Hanna war, legte sie ihren Bezugsschein für Spinnstoffwaren auf den Tisch. Der übellaunig dreinblickende Mann dahinter warf einen kurzen Blick darauf und ging zielstrebig zu einem Regal, gleich danach kam er mit einem Stapel ockerfarbener Kleidung sowie einem beigen Helm zurück und legte alles vor sie hin.

Hanna besah sich ihr Bündel genauer und bemerkte, dass eines der Kleidungsstücke notdürftig ausgebessert war.

»Warum ist denn da ein Flicken drauf?«, fragte sie den Mann. »Ist das gebraucht?«

»Freilich«, knurrte er. »Wir müssen die Kleider schließlich verwerten. Ist es schlecht gemacht? Dann wird es reklamiert und geht sofort nach Theresienstadt zurück.«

»Nein, nein, das ist schon in Ordnung. Theresienstadt, sagten Sie?« Hanna meinte, schon mal von diesem Ort gehört zu haben. »Wo liegt das denn?«

Er zuckte die Schultern, aber sie glaubte, in seinem Blick zu sehen, dass er keine Lust hatte, ihr zu antworten.

»Können Sie mir wenigstens sagen, wohin es jetzt geht?«, wollte sie noch von ihm wissen.

Er wandte sich Hedwig zu, die als nächste an der Reihe war, bedachte deren rotblonde Locken mit abfälligem Blick und meinte beiläufig: »Wohin schon? Afrika.«

»Afrika?«

»Afrika!«, kreischten Bertha und Hedwig gleichzeitig, wobei Bertha jedoch mehr erschrocken als erfreut wirkte.

Der Mann händigte ihnen nacheinander ihre Bündel aus.

»Stellt euch vor: Afrika! So weit weg, das wird bestimmt aufregend!«, rief Hedwig.

»Ich weiß nicht«, wandte Bertha ein, während sie ihre dichten Augenbrauen zusammenzog. »Die sehen alle so schwarz aus da. Außerdem gibt es dort Löwen und Schlangen.«

Hanna fächelte sich Luft zu. »In Afrika muss es doch fürchterlich heiß und trocken sein. Mir ist es hier eigentlich schon warm genug.«

Sie lachten, und Hanna war froh, ihre Bedenken überspielen zu können. Doch auch jetzt, da sie Gewissheit über den von oben anberaumten Einsatzort hatte, wollte dieses bange Gefühl nicht weichen.

Wie ihre anderen Kolleginnen, erhielt Hanna zwei Tage darauf die Nachricht, dass sie alles wieder zurückgeben müsse. Stattdessen erhielten sie Kleidung, die ein ganz anderes Ziel vermuten ließ: Eine Jacke mit Kaninchenfell, pelzgefütterte Stiefel und sogar eine lange Hose. Keine der Münchner Behörden hatte auch nur einer von ihnen mitgeteilt, wohin der Befehl sie nun führte.

Hauptbahnhof München

19. Juni 1942

Immerhin waren sie in dem Abteil des überfüllten Zugs für sich. Neben Bertha und Hedwig gehörten von nun an auch Leni, mit der sie zusammen in der Ausbildung gewesen war, sowie die Hilfsschwestern Resi und Gerda zu ihrer Gruppe. Die beiden hatte Hanna ab und an im Mutterhaus gesehen, kannte sie aber nicht näher.

Die jungen Frauen verstauten ihre Koffer in den Ablagen über den Sitzreihen, doch selbst wenn Hanna sich auf die Zehenspitzen stellte und ein wenig hüpfte, wollte es ihr nicht gelingen, den Koffer hoch genug zu hieven, damit er oben blieb. Zwei kräftige Hände packten auf einmal mit an und schoben den Koffer in die Ablage.

»So sollte es doch besser gehen«, hörte sie von rechts Gerda sagen. Sie bedankte sich bei der stämmigen Hilfsschwester, die sie anlächelte und sich die verrutschte Haube wieder an den hochgedrehten Zöpfen feststeckte.

Bevor Hanna sich in ihren Sitz fallen ließ, strich sie mit der Hand über den grob wirkenden Stoff der Rückenlehne, der sich überraschend weich anfühlte. »Ich glaube, hier kann ich es aushalten.«

»Richtig nobel hier.« Bertha saß ihr gegenüber und befühlte den dicken Vorhang. »Ich bin schon schlechter gereist, muss ich sagen.«

Hanna war erleichtert, dass Bertha, mit der sie sich im Laufe der Ausbildung angefreundet hatte, auch mit von der Partie war. Mit einer guten Freundin an der Seite war die Angst vor dem Ungewissen nur halb so schlimm.

Ein schriller Pfiff schallte über den Bahnsteig, der Zug setzte sich ruckelnd in Bewegung.

Resi, die Hanna schräg gegenüber saß, beäugte eine nach der anderen. Sie wirkte sehr zierlich in ihrer blau-weiß gestreiften Hilfsschwesterntracht und war die einzige unter ihnen, die eine moderne Kurzhaarfrisur trug. Interessiert nahm sie die Brosche einer jeden ins Visier.

Schließlich grinste sie und knuffte Gerda in die Seite. »Die haben alle das Examen. Dafür hat's bei uns nicht mehr gereicht, was?«

Gerda winkte ab. »Was bringt mir schon ein Examen? Zupacken kann ich auch ohne solch ein Papier.«

Hanna glaubte, eine Spur von Neid aus Gerdas Stimme herauszuhören. Resis Art hingegen fand sie sehr amüsant und sah der Fahrt in die Fremde mit einem tröstlichen Gefühl entgegen.

Leni setzte zu reden an, hielt dann aber inne und zog die Abteiltür zu. Draußen im Gang in unmittelbarer Hörweite standen zu viele Männer. Selbst jetzt, als sie sich an die Kolleginnen wandte, spielte sie verlegen an ihrem Haar, das in gold schimmernden Zöpfen über ihre Schultern hing. »Also, ich bin einfach nur froh, die Ausbildung hinter mir zu haben. Wenn ich nur daran denke, wie die Weller uns immer gedrillt hat, wird mir ganz schwindelig.«

Hanna grinste zynisch. Die Erinnerung an die Frau Oberin im Mutterhaus am Rotkreuzplatz war nicht gerade ihre angenehmste. »Die hat in der Tat ein hartes Regiment geführt«, stimmte sie zu. Jeden Morgen um halb sechs waren sie aus den Betten gescheucht worden. Als Erstes stand Leibesertüchtigung auf dem Programm. In ihren dünnen Hemdchen mussten sie bei Wind und Wetter vom Rotkreuzplatz bis zum Hindenburgplatz laufen und dann auch noch ein gutes Stück die Hindenburgstraße rauf und runter. Für manch eine der untrainierten jungen Frauen war das der blanke Horror gewesen.

Anschließend mussten die Lernschwestern vor dem Mutterhaus, das gleichzeitig ihre Wohnstätte war, zur Fahnenweihe antreten. In Reih und Glied hatten sie dort gestanden, um der Hakenkreuzfahne auf ihrem Weg zur Spitze des Mastes zuzuschauen. Natürlich mit emporgerecktem rechten Arm und laut und kräftig das Horst-Wessel-Lied singend.

»Ich hätte meine Zeit viel lieber damit verbracht, auszuschlafen«, warf Hanna ein, doch ein jeder musste Opfer für Führer und Vaterland bringen, hieß es.

»Eigentlich wollte ich gar keine Krankenschwester werden«, gestand Leni leise. »Ich hätte gern eine Schneiderlehre gemacht, aber mein Vater meinte, Wäsche flicken könne ich zu Hause, ich solle lieber was Anständiges lernen.«

»Recht hat er«, gab Gerda von sich. »Als Krankenschwester bist du dem Reich wenigstens zu etwas von Nutzen.«

Hanna zog die Stirn kraus. »Muss man denn immer nur dem Reich von Nutzen sein?«

»Schließlich hast du einen Eid auf den Führer geschworen.« Gerda bedachte sie mit einem Blick, der sie ihre Frage sofort bereuen ließ. Doch warum sollte sie sich von einer Hilfsschwester einschüchtern lassen? »Mein Vater hat mich selbst entscheiden lassen, was und wo ich lernen will«, sagte sie zu den anderen. »Darüber bin ich auch sehr froh. Wer weiß, welchen Beruf der sonst für mich ausgesucht hätte.«

»Und wieso hast du dich ausgerechnet für München entschieden?«, wollte Resi wissen. »Wie eine Hiesige klingst du ja nicht gerade.«

Hanna lachte auf. »Gebürtig komme ich aus Mussum bei Bocholt. Aber vor einigen Jahren sind wir dann … in die Eifel gezogen. Nach München wollte ich unbedingt, weil ich gehört habe, was für eine tolle Stadt das sein soll. Außerdem wollte ich von zu Hause weg und nicht immer nur auf dem Dorf leben. Und ich muss zugeben, München ist großartig!«

Mit einem Ruck wurde die Abteiltür aufgeschoben. Der Schaffner trat einen kleinen Schritt herein und kontrollierte die Fahrkarten. Bevor er weiterging, mahnte er die jungen Frauen, bei Einbruch der Dämmerung die Vorhänge zu schließen. »Sie wissen ja: die Verdunklungspflicht.«

Leni wollte die Tür wieder zuschieben, doch Resi bat darum, sie geöffnet zu lassen. »Es muss ja nicht für die ganze Nacht sein, aber mir ist so furchtbar heiß.« Sie nahm ihre Schwesternhaube ab und wedelte sich damit Luft zu.

Auch Hanna zog ihre Haube vom Kopf und löste ihr schulterlanges Haar aus dem Zopf. »Hier im Zug wird es wohl kaum jemand interessieren, ob wir die Hauben tragen oder nicht.«

Stunde um Stunde fuhr der Zug im Schneckentempo durch Orte, deren Namen Hanna noch nie gehört hatte. Die Sonne versank als glühender Feuerball hinter dem Horizont, und schließlich brach die Nacht herein. Hanna fragte sich immer wieder, wohin diese Reise sie führen mochte, deren Ziel auch ihre Kolleginnen nicht kannten. Sie ärgerte sich, dass sie vor lauter Aufregung vergessen hatte, den Schaffner zu fragen. Jedes Mal, wenn der Zug langsamer wurde, spähte sie zwischen den Vorhängen aus dem Fenster. Aber alle Bahnhöfe, alle Ortschaften, durch die sie fuhren, waren stockfinster, damit keinem feindlichen Flieger ein sichtbares Angriffsziel geboten wurde.

Gerda räusperte sich. »Hanna, lass die Vorhänge zu! Oder willst du, dass uns wegen deiner Neugierde noch Bomben auf den Kopf fallen?«

Hanna schüttelte schuldbewusst den Kopf, entgegnete dann aber: »Ich glaube nicht, dass man von da oben das Licht dieser Funzel hier erkennen kann.«

»Willst es wohl drauf ankommen lassen, was?«

»Natürlich nicht.«

»Nicht, dass ich noch Meldung machen muss.« Gerda schickte ihrer Bemerkung ein süffisantes Grinsen hinterher, was Hanna sofort aufatmen ließ. Die Drohung war wohl nicht ganz ernst gemeint. Nun schmiegte Hanna ihren Kopf gegen das Polster und schloss die Augen.

»Warst du letzte Woche auch am Königsplatz?«, hörte sie Gerda fragen. Doch sie entschied, nicht darauf zu reagieren und die Augen geschlossen zu halten. Sie war auf keinem Platz gewesen. Zwar hatte sie gehört, dass Hitler dort eine Rede gehalten haben sollte, aber was kümmerte sie die Politik? Die letzten Jahre hatte sie sich auf ihre berufliche Zukunft konzentriert. Seit Beginn ihrer Ausbildung war sie damit beschäftigt gewesen, sich all das einzuprägen, was man ihr beizubringen versuchte. Das allein zählte für Hanna.

Jeden Morgen war sie mit den anderen Lernschwestern zu den Kliniken in die Nussbaumstraße gefahren, um dort zu arbeiten, und am Nachmittag ging es mit der Tram zu den Vorlesungen in die Ludwig-Maximilians-Universität. Die meisten Abende waren mit Unterricht bei der Oberin im Mutterhaus angefüllt. Manchmal waren sie dazu angehalten worden, an Kundgebungen teilzunehmen, doch das hatte Hanna stets widerstrebt, sodass sie nie hingegangen war.

Reden und Massenkundgebungen gab es in München zuhauf, über angebliche Aktionen der SS wurde gemunkelt und allerhand Gerüchte und Spekulationen machten die Runde, aber das alles kümmerte Hanna nicht. In gewisser Weise war sie ein Teil des Ganzen und gehörte zum aufstrebenden deutschen Volk dazu, aber von diesem nationalsozialistischen Geist, der über allem wehte, verstand sie viel zu wenig. Und je weniger sie wusste, umso besser. Das hatte auch ihr Vater empfohlen.

»Ich bin ja schon gespannt auf das, was uns erwartet«, sagte Hedwig und riss Hanna aus ihren Gedanken. »Aber ich hätte genauso gern im städtischen Krankenhaus weitergearbeitet.«

Hanna schlug die Augen wieder auf. Resi nickte eifrig und fuhr sich durch das kurze Haar. »Ich habe mich auch nicht sieben Wochen lang zur Hilfsschwester ausbilden lassen, weil ich unbedingt an die Front will.«

Hanna fiel Gerdas erstaunter Blick auf, doch sie kümmerte sich nicht weiter darum. Stattdessen sagte sie: »Ich wollte gern entweder Säuglingsschwester oder OP-Schwester werden, die Chirurgie ist doch ein sehr interessantes Fach. Aber jetzt sind wir alle auf dem Weg in diesen … Krieg.«

Die anderen nickten, nur Gerda machte ein empörtes Gesicht. Sie setzte gerade an zu reden, da wurde sie von einem Tumult im Gang unterbrochen. Ein Soldat hielt sich krampfhaft an der Türöffnung des Abteils fest. Dabei starrte er Hanna unverwandt an. Die anderen Uniformierten johlten und pfiffen, und im nächsten Moment grinste er frech.

»Wenn du irgendwann deinen Dienst im Lazarett beendet hast«, begann er mit schwerer Zunge, »wirst du die weltbeste OP-Schwester sein. Oder hast du etwa gedacht, du wirst uns tapferen Landsern den lieben langen Tag nur das Fieberthermometer in den Hintern schieben?«

Lautes Gelächter drang aus dem Gang ins Abteil. Hanna riss ungläubig die Augen auf und spürte, wie ihr die Hitze ins Gesicht schoss. In den Augen ihrer Kolleginnen sah sie Bestürzung, aber alle schienen mit einem Mal sprachlos geworden zu sein.

»An der Front geht es zu wie auf einem Schlachtfeld, Schätzchen. Du wirst dich vor Operationen kaum noch retten können«, fuhr der Soldat fort, während er schwankend das Abteil betrat. Angefeuert von seinen Kameraden, kletterte er über die Füße der jungen Frauen und stolperte auf Hanna zu.

»He da, was soll denn das?«, beschwerte sich Hedwig. Doch er ließ sich nicht aufhalten und beugte sich zu Hanna hinunter. So nah, dass sie auszuweichen versuchte und sich gegen die Rückenlehne presste. In seinen Augen stand der Wahnsinn. Zudem roch er streng nach Alkohol.

Er näherte sich ihrem Ohr und raunte ihr zu: »Und wenn ich der Glückliche bin und du blauäugige Schönheit mich eines Tages pflegen darfst, dann stecke ich mein … Fieberthermometer … in deinen süßen Hintern, verstanden?!« Mit breitem Grinsen zwinkerte er Hanna zu und torkelte unter dem Applaus seiner Kameraden wieder zurück in den Gang.

»Hanna, was hat der zu dir gesagt?«, fragte Resi mit Bestürzung in der Stimme. »Du leuchtest ja so rot wie Großmutters Himbeermarmelade!«

»Und das willst du bei dem funzeligen Licht erkennen können?«, entgegnete Hanna, aber die zierliche Hilfsschwester gab ihr keine Antwort. »Der war doch betrunken«, fügte sie hinzu. Um weiteren Nachfragen vorzubeugen, schnitt sie ein anderes Thema an: »Mich wollten sie als Krankenschwester in einer Heil- und Pflegeanstalt einstellen. Die Weller meinte noch, dass ich da nicht hin müsse, schließlich wäre ich noch nicht volljährig.

Aber ich habe dann doch mal für einen Tag in Eglfing-Haar zur Probe gearbeitet.« Sie schüttelte den Kopf. »Nie wieder, sage ich euch. Das war schrecklich! Immerzu alle Türen aufschließen, wieder abschließen, aufschließen, wieder abschließen – da wird man ja selbst ganz wirr im Kopf! Und am Tag zuvor hat einer von den Irren eine Krankenschwester umgebracht. Stellt euch das mal vor!«

Betroffen schüttelten die Kolleginnen ihre Köpfe.

»Eine der Schwestern dort hat gesagt, ich soll mir gut überlegen, ob ich wirklich da arbeiten will. Sie hat mich regelrecht beschworen, noch sei es nicht zu spät. Aber da war meine Entscheidung sowieso schon längst gefallen. Als ich während der Ausbildung die sechs Monate im Garmischer Lazarett zum Lernen war, wollte ich nur noch Säuglingsschwester werden. Dort gab es nämlich eine Entbindungsabteilung für Soldatenfrauen. Das hat mir solche Freude bereitet!«

Resi kniff die Augen zusammen und hakte nach. »Eglfing-Haar?«

Hanna nickte, worauf Resi sich an Leni wandte und sagte: »Leni, sei so gut und schieb die Tür wieder zu.« Sie wartete, bis die Tür geschlossen war und beugte sich dann weit zu ihren Kolleginnen vor. In verschwörerischem Ton flüsterte sie: »Von da hört man die wildesten Geschichten. Hast du was mitbekommen, Hanna?«

Hanna sah sie verständnislos an. »Was sollte ich mitbekommen haben? Ein Tag unter Geistesgestörten. Die können einem zwar leid tun, wie sie vor sich hinsiechen, aber sie sind halt krank. So viele habe ich da auch gar nicht gesehen, die sind ja fast alle weggesperrt. Einer kam aber auf mich zu, das hat mir einen ganz schönen Schrecken eingejagt. Er hat mir nämlich zugeraunt, er wäre überhaupt nicht geisteskrank, er wäre vollkommen normal, und ich solle ihm helfen, da wieder rauszukommen. Als ich das der Schwester erzählte, meinte sie, der wäre der Schlimmste von allen dort.«

»Es heißt, dass sie in Eglfing Patienten verhungern lassen«, verkündete Resi im Flüsterton und sah von einer zur anderen.

Hanna war bestürzt. »Wer erzählt denn so was?«

»Eine Bekannte meiner Großtante Erna hat eine Nachbarin, deren Bekannte eine Nichte hat, die als Krankenschwester in Eglfing-Haar arbeitet.« Resi machte eine bedeutungsschwangere Pause. Dann wandte sie sich wieder an Hanna: »Stimmt es, dass es dort auch eine Kinderfachabteilung gibt? Die Kinder sollen sie angeblich auch dem Hungertod preisgeben. Kleine, dürre Kreaturen, die nur noch Haut und Knochen sind.«

Hanna schüttelte den Kopf. »Ich habe keine Kinderabteilung gesehen. Aber ich war auch nur einen Tag dort. Die Anstalt ist riesengroß und besteht aus mehreren Gebäuden. Ich war den ganzen Tag nur im Haupthaus, und da war nichts Auffälliges zu erkennen. Da sah keiner unterernährt aus. Wer weiß, ob an all diesen Gerüchten etwas dran ist.«

Gerda winkte ab. »Das ist doch alles nur Geratsche und Getratsche! Ich glaube kein Wort von diesen Gruselmärchen, die du da erzählst, Resi. Das ist ausländische Lügenpropaganda. Verhungern lassen, pah!« Doch dann zog sie die Stirn kraus und wiegte den Kopf. »Obwohl, wenn man bedenkt, dass die Lebensmittel immer knapper werden, wäre es doch nicht mehr als recht, das Wenige, das da ist, den Soldaten zu lassen und denen, die arbeiten können – die müssen ja schließlich bei Kräften bleiben!«

Hanna stieß deutlich hörbar Luft aus. »Gerda, wie kannst du nur so was sagen! Man kann doch keinen verhungern lassen, nur weil er krank ist!«

»Die sind aber geisteskrank!«, erwiderte Gerda unwirsch. »Mit anderen Worten: Lebensunwert.«

Obwohl Gerdas Ansichten mit dem übereinstimmten, was ihnen während der Ausbildung in der Erb- und Rassenlehre vermittelt worden war, tat sich Hanna schwer mit dem Gedanken, kranke Menschen einfach umzubringen. War nicht jedes Leben auf seine ganz eigene Weise lebenswert?

Gerda verdrehte die Augen und lenkte das Gespräch auf ihre Zukunftspläne. »Jedenfalls will ich heiraten und dem Führer einen ganzen Stall voll Kinder schenken. Wenn mein Gustl von der Front zurück ist, fangen wir gleich damit an.«

Die anderen sahen sich verdutzt an und verfielen in lautes Gelächter.

»Erst die Heirat, dann die Geschenke!«, rief Hanna, und wieder prusteten sie und gackerten wie die Hühner.

In die ausgelassene Stimmung hinein sagte Resi: »Der Führer macht eh nur Kanonenfutter daraus.«

»Ach, halt doch deinen Mund«, zischte Gerda, worauf betretenes Schweigen einsetzte.

Inzwischen mussten mehrere Stunden vergangen sein, Hanna rieb sich die Augen und sah verschlafen um sich. Gerdas Platz war leer, Bertha unterhielt sich im Gang angeregt mit einem Soldaten, die anderen schliefen.

Vorsichtig hob sie den Vorhang an und schaute neugierig aus dem Fenster. Langsam wich die Nacht der Morgendämmerung, und in einiger Entfernung erkannte sie einen Bahnhof. Gespannt wartete sie darauf, die Schrift auf dem Schild mit der Ortsauskunft entziffern zu können.

Langsam, aber beständig rollte der Zug voran. Da entdeckte Hanna das Schild. »Zwickau!«, rief sie. »Wir sind in Zwickau!«

Mit einem Mal waren alle hellwach.

Hanna schlug die Hand an die Stirn. »Leute, das geht bestimmt nach Russland!« Sie schauderte bei der Vorstellung. Über die Russen waren Gerüchte im Umlauf, die sie lieber nie gehört hätte.

»Dann haben die von der Kleiderausgabe uns ja wenigstens die richtige Kleidung gegeben«, meinte Hedwig und verschränkte die Arme. »Da soll es im Winter mächtig kalt sein.«

Gerda, die zurück in das Abteil gekommen war, schien sehr zuversichtlich. »Wenn es wirklich nach Russland geht, werden wir nicht viel zu tun bekommen. Der deutsche Soldat ist dem Iwan doch haushoch überlegen! Wir hätten Polen nie so schnell einnehmen können, wenn unsere Soldaten nicht die siegreichsten der Welt wären. Sie haben alles im Sturm erobert! Und mit dem Russen wird es nicht anders gehen, spätestens in diesem Sommer haben wir den Sieg in der Tasche.«

»Wenn nicht wieder ein Winter dazwischen kommt«, hielt Bertha dagegen und ließ sich auf ihren Sitz plumpsen, was Gerda mit zusammengekniffenen Augen quittierte.

»Der Russe soll sehr dreckig sein, heißt es«, gab Leni zu bedenken. »Wer weiß, was der uns alles an Krankheiten einschleppt.«

»Dreckig ist er, dumm und feige«, sprach Gerda voll Abscheu. »Das hat der Göring gesagt, und wenn der das sagt, dann stimmt das auch.«

Hanna hob die Schultern. »Der Russe mag zwar anders sein als wir, aber ich kann mir nicht vorstellen, dass alle dreckig und voller Krankheiten sein sollen.« Nicht zum ersten Mal fühlte sie sich hin- und hergerissen zwischen der allgemein gängigen Überzeugung, dem wertvolleren Volk anzugehören und der Frage, ob andere Völker nicht ebenso wertvoll sein sollten. »Ich glaube zwar auch, dass wir den Krieg über kurz oder lang gewinnen werden, aber dieses ständige Gerede vom Untermenschen – ich weiß nicht. Wir werden es ja sehen, wenn wir da sind.«

Mit großen Augen starrte Gerda sie an. »Hanna, was redest du denn da? Der Russe ist genau so ein Untermensch wie der Jude. Alles unwürdige Parasiten, die im Deutschen Reich nichts zu suchen haben. Willst du etwa, dass die gefährlichen Bolschewiken bei uns einfallen und das ganze Land verpesten? Der Führer hat in seinem Buch von Schmarotzern geschrieben, die sich wie schädliche Bazillen immer mehr ausbreiten.« Jetzt hob sie drohend den Zeigefinger. »Pass lieber auf, was du sagst! Man könnte ja denken, du wärst ein Volksfeind. Unser Führer hat schon Recht damit, dass der Arier die Herrenrasse ist.«

»Als ob du jemals ein Buch in der Hand gehabt hättest«, entgegnete Resi bissig.

»Friedrich der Große hat einst gesagt ›Ein jeder lebe nach seiner Fasson‹«, warf Bertha besänftigend ein. »Die Idee ist doch gar nicht so schlecht, oder?«

Gerda schnaubte. »Der Alte Fritz? Könige haben, Führer sei Dank, nichts mehr zu kamellen im Reich! Das dürftest du doch wohl mitgekriegt haben, Bertha.«

Hedwig ließ von ihren wirren Haaren ab, die sie versucht hatte, zu richten. »Die Abschaffung der Monarchie haben wir nicht dem Führer zu verdanken, Gerda, sondern der Weimarer Verfassung. Du kannst nicht alles dem Führer zuschreiben.«

Hanna gab auf. Sie hatte früh gelernt, dass es gefährlich sein konnte, sich nicht anzupassen. Als sie noch mit ihrer Familie im westfälischen Mussum lebte, hatten SA-Männer bei Leuten aus der Nachbarschaft den ganzen Hausrat zertrümmert, während die Bewohner draußen auf der Treppe angstvoll verharrten. Es hieß, sie seien Kommunisten. Hannas Vater hatte getobt vor Wut über so viel Unrecht und Unmenschlichkeit. Ihr war nicht entgangen, dass er des Öfteren seine Meinung über die Machenschaften der Nazis öffentlich kund getan und dafür von Umstehenden bitterböse Blicke sowie manch garstiges Wort geerntet hatte.

Hedwig verdrehte die Augen, sie schien es leid zu sein, sich Gerdas Reden weiter anzuhören, und richtete einen verträumten Blick an die Abteildecke. »Zwickau – wusstet ihr eigentlich, dass diese Stadt einst ›Perle der sächsischen Lande‹ genannt wurde? Professor Braun stammte von hier.«

Die anderen bedachten sie mit fragenden Blicken.

»Der hat doch die Chirurgische Operationslehre verfasst. Wir haben zum Lernen schon des Öfteren darin geblättert«, klärte sie ihre Kolleginnen auf.

»Hedwig, ich hab's ja schon immer gesagt: So gescheit wie du bist, hättest du studieren sollen«, sagte Hanna.

»Du weißt, dass mein Vater das nie zugelassen hätte. Ich kann froh sein, dass ich überhaupt einen Beruf lernen durfte.«

Resi trumpfte auf: »Nicht nur Hedwig ist gescheit. Ich weiß zum Beispiel, dass Clara Schumann aus Zwickau stammte.«

Gerda blickte von einer zur anderen. »Clara Schumann?«

»Die Pianistin«, warf Leni ein. »Soweit ich weiß, stammte sie aber aus Leipzig, und ihr Mann, Robert Schumann, aus Zwickau.«

»Der hat doch die Oper Genoveva geschrieben, stimmt's?«, fragte Hanna begeistert. »Die habe ich in München gesehen.«

Erstaunt sah Gerda sie an. »Was in aller Welt hast du in der Oper verloren?«

»Wir Lernschwestern durften manchmal mit Soldaten aus dem Lazarett in die Oper gehen. Durftet ihr das nicht?«

Die Hilfsschwester deutete ein Kopfschütteln an.

»Meine erste Oper war Tiefland«, berichtete Hanna weiter. »Und ich kann euch sagen: Da bin ich genau so dumm heraus gekommen, wie ich reingegangen bin. Nichts habe ich verstanden, weder vom Gesang noch von der Handlung. Aber ein wirklich sehr netter Herr, der auch dort war und meine Beklommenheit bemerkt haben musste, gab mir den Tipp, mir einen Opernführer zuzulegen. Das habe ich dann auch getan. Von da an wurde es besser, und ich habe die Opernbesuche sehr genossen. Im Gegensatz zu den Soldaten. Die haben sich immer nur darüber gefreut, dass sie frei hatten.

Bertha lachte. »Die wären allesamt lieber ins Hofbräuhaus gegangen, um sich dort volllaufen zu lassen. Aber hübsch waren sie«, geriet sie ins Schwärmen. »Zumindest die, mit denen ich ausgegangen bin. Einer war dabei – ich glaube er hieß Armin – mein Gott, war der süß!«

Gerda begleitete die Unterhaltung mit einem stetigen Kopfschütteln. »Sodom und Gomorrha«, murmelte sie.

»Apropos Verstand«, meinte Hanna schmunzelnd und warf einen schelmischen Blick in Gerdas Richtung. »In Garmisch wollten ein paar Soldaten mit mir spazieren gehen. Sie mussten natürlich die Oberin um Erlaubnis bitten, was die jedoch abgelehnt hat. Zum Dank dafür haben sie ihr in der Nacht einen mit Wasser gefüllten … ähm … Pariser an die Türklinke gehängt.«

Die anderen kicherten verschämt. Wieder schüttelte Gerda den Kopf und murmelte: »Wie bei den Hottentotten.«

Während Bertha und Hedwig weiter über das Verhalten und mögliche Vorzüge der Soldaten debattierten, zog Hanna sich immer mehr in sich zurück. Sie dachte über Gerdas Worte nach und über deren offensichtlich prüde Einstellung. Kein bisschen Spaß schien die zu verstehen. Auch mit ihrer politischen Haltung übertrieb sie ordentlich. Richtig nachvollziehen konnte Hanna das nicht, auch, weil sie viel zu wenig davon verstand.

In der Schule hatte sie gelernt, dass Deutschland im Versailler Vertrag zu hohen Reparationszahlungen an die Siegermächte des Großen Kriegs gezwungen worden war. Ebenso zu dem Eingeständnis, alleinige Schuld am Ausbruch des Krieges zu tragen. Ein Friedensvertrag, der die Deutschen bis auf die Knochen gedemütigt und an den Bettelstab gebracht hatte.

Seit Hitler an der Macht war, gab es kaum noch Arbeitslose. Im Grunde genommen ging es ihnen gut unter der Naziregierung. Das Volk gegen den Bolschewismus zu verteidigen, fand Hanna ebenfalls richtig. Jedoch, was genau der Bolschewismus war, wusste sie eigentlich nicht. In jedem Fall eine gefährliche Sache, wie man immer wieder hörte. Aber sie brauchte es auch nicht so genau zu wissen, dafür waren ja die Politiker da, die würden das schon regeln. Warum Gerda sie so abfällig behandelte, war ihr schleierhaft. Aber es hieß doch immer ›Hunde, die bellen, beißen nicht‹. Die Hilfsschwester war vermutlich harmloser als sie sich gab. Und dass alle Nazis so gefährlich sein sollten, wie Vater immer tat, konnte sich Hanna auch nicht recht vorstellen.

Vielleicht sollte sie mit Gerda mal ein Wörtchen im Vertrauen reden. Doch sie überlegte es sich anders, stand auf und verließ das Abteil. Außerdem würde Gerda schon noch mitbekommen, dass Hanna dem Volk wohlgesinnt war.

Sie zog die Schiebetür hinter sich zu und kletterte über die am Boden verstreuten Gepäckstücke den Gang entlang. Am Fenster blieb sie stehen und sah hinaus, während sich neben ihr zwei Soldaten miteinander unterhielten.

»Schon gehört? Der Tod der Ziege ist gerächt.«

Ziege? Wovon redeten die? Hanna spitzte die Ohren.

»Ja, davon habe ich gehört, aber ich weiß nichts Genaueres. Kennst du Einzelheiten?«

Aus dem Augenwinkel sah Hanna, wie der Befragte sich umschaute. Sie tat so, als konzentriere sie sich auf die Landschaft. Dann sprach er leiser: »Sechs Tage nach Heydrichs Tod haben sie das Dorf dem Erdboden gleichgemacht.«

»Die Attentäter gefasst?«

»Glaube nicht. Vielleicht waren sie unter den Dorfbewohnern. Die sind jedenfalls erledigt.«

»Ich hörte KZ?«

»Ja, das auch.«

Hanna war verwirrt. Den Namen Heydrich hatte sie noch nie gehört, aber es schien jemand Wichtiges gewesen zu sein, wenn sein Tod damit gerächt wurde, dass man ein ganzes Dorf auslöschte. Ob er mit der Ziege gemeint war? Allerdings klang das alles so ungeheuerlich, dass Hanna nicht sicher war, ob sie es glauben sollte. Vielleicht hatten sich die beiden auch nur einen Spaß gemacht, um sie aufs Korn zu nehmen.

Sie tat das Gespräch als Spinnerei ab. Das Beste war, es schnell wieder zu vergessen. Nie im Leben waren Menschen zu so etwas Schlimmem fähig. Auch nicht die Nazis. Wobei Vater sicherlich anderer Meinung wäre. Bei dem Gedanken an ihn huschte ein Lächeln über Hannas Gesicht. Sie waren öfter unterschiedlicher Meinung gewesen, und Hanna erinnerte sich noch gut an den Streit, den sie damals in Mussum als Vierzehnjährige mit ihm hatte, nur weil sie unbedingt zum BDM wollte.

»Vati, bitte!« Zum wiederholten Mal hatte Hanna ihren bezaubernsten Blick aufgesetzt. Anfängliches Bitten hatte sich im Laufe der Zeit zu verzweifeltem Betteln entwickelt. »Lass mich doch endlich bitte, bitte dem BDM beitreten. Alle Mädchen sind dort, da passiert gar nichts Schlimmes! Sie basteln nur und machen Handarbeiten, singen Lieder und gehen wandern. Was ist denn daran verkehrt?«

»Kind, ich habe es dir schon so oft gesagt und sage es jetzt zum allerletzten Mal: Nein!« Vaters strenge Miene erlaubte keinen Widerspruch. Dennoch nahm Hanna all ihren Mut zusammen und setzte nach, wild entschlossen, diesen Disput zu gewinnen. »Vater, ich helfe dir immer bei der Aufzucht und Ausbildung der Hunde. Die Rechnungen trage ich aus und treibe das Geld für dich ein. Sogar bei Neuens habe ich Geld bekommen, obwohl sie sagten, sie könnten die geforderten dreihundert Mark nicht zahlen. Ganze drei Stunden habe ich dort gesessen – du hast mir schließlich aufgetragen, ich soll nicht eher heimkommen, bis sie bezahlt haben.«

»Gerade mal zwei Mark haben sie dir gegeben«, warf Vater ein, doch Hanna glaubte, Stolz in seiner Stimme zu hören, dass sie so beharrlich gewesen war.

»Immerhin, besser als gar nichts«, erwiderte sie trotzig. »Bei Bekelsens war ich dafür umso erfolgreicher. Bis spät abends habe ich dort gewartet, weil der alte Bekelsen noch auf dem Feld war. Und dann bin ich auf dem Fahrrad mit mehr als tausend Mark in der Tasche im Dunkeln durch den Wald und die große Straße entlang nach Hause gefahren. Du glaubst gar nicht, was ich für eine Angst hatte. Was hätte da alles passieren können! Und dann soll der BDM eine gefährliche Sache für mich sein?« Hanna funkelte ihren Vater an und fuhr fort, ihren innigsten Wunsch zu verteidigen. »Für Onkel Duus muss ich immer die Schmuggelware an die Leute verteilen. Ist das etwa keine gefährliche Aktion?«

»Janno Porre!«, mahnte Vater mit erhobenem Zeigefinger. »Du machst deinem Namen wieder alle Ehre, was? Stocherst so lange, bis du hast, was du willst. Lass es sein!«

Hanna wusste genau, dass es besser war, den Mund zu halten, sobald Vater sie bei dem Schimpfnamen nannte, den er ihr einst gegeben hatte. Doch so schnell wollte sie sich nicht geschlagen geben und setzte nach: »Erlaubt wird das Schmuggeln über die Grenze wohl nicht sein, sonst hätten die Männer vom Zoll Onkel Duus keine Ladung Schrot in den Hintern geschossen.«

»Es reicht, Janno Porre!«, donnerte er und ließ die Faust auf die Tischplatte krachen.

Diesmal zuckte Hanna zurück und nahm seine Warnung ernst.

Schließlich atmete er schwer. »Nicht alle«, brachte er schwach hervor.

»Was heißt: nicht alle?«, fragte Hanna zögerlich.

»Nicht alle Mussumer Mädchen sind beim BDM. Die Süß-Mädchen zum Beispiel sind nicht dabei.«

Hanna verdrehte die Augen. »Die Süß-Mädchen sind viel zu jung und außerdem jüdisch. Und Juden dürfen nicht zum BDM, das weißt du doch. Außerdem wohnen die Süß' gar nicht mehr hier. Lehrer Preuke hat heute Morgen gesagt, dass sie weggezogen sind.«

»Weggezogen?« Vater zog die Stirn in Falten und wirkte mit einem Mal nachdenklich, dann schlug er mit der flachen Hand auf den Tisch. »Mein letztes Wort ist ›Nein‹! Und jetzt mach dich an die Arbeit!«

Hanna ärgerte sich einmal mehr über Vaters Halsstarrigkeit. Mutter brauchte sie erst gar nicht um Unterstützung zu bitten, die machte ohnehin nur das, was Vater sagte.

Zwei Tage darauf hatte sich Hannas Miene schlagartig erhellt, wohingegen die ihres Vaters sich noch mehr verfinsterte. Er saß am Küchentisch, als sie von der Schule nach Hause kam, und wirkte sehr niedergeschlagen. Er hielt ihr einen Brief entgegen. »Heute kam ein Schreiben vom Ortsgruppenleiter. Sie erzwingen deine BDM-Mitgliedschaft.«

Ein breites Grinsen kam ihr ins Gesicht. Endlich durfte sie an den Treffen teilnehmen, an den Schnitzeljagden, den schönen gemeinsamen Stunden, von denen die Freundinnen ihr so oft vorgeschwärmt hatten. Endlich gehörte sie dazu!

Ihre Freude wurde jedoch ein wenig getrübt, denn Vater tat ihr schon ein bisschen leid. Er mochte diese Nationalsozialisten nicht. Das hatte er oft genug betont. Über seine Gründe verlor er aber nie ein Wort. Auch von den Treffen beim Stahlhelm, zu denen er bis vor ein paar Jahren regelmäßig gegangen war, hatte er zu Hause nichts erzählt. Hanna vermutete, dass diese Stahlhelmsache irgendwas mit Vaters Ablehnung den Nazis gegenüber zu tun haben musste. Doch nachfragen wäre sinnlos gewesen. Er hatte ihr und ihren Schwestern lediglich gesagt, es sei besser, je weniger sie davon wüssten. Außerdem musste sie die Nationalsozialisten ja nicht mögen, nur weil sie ab jetzt im BDM war. Sie wollte doch nur keine Außenseiterin mehr sein. Einfach dazugehören und eine schöne Zeit mit ihren Freundinnen verbringen. Das konnte doch so falsch nicht sein.

Und tatsächlich war bei den Treffen nie etwas Ungehöriges geschehen. Die Vorträge, die dort manchmal über Hitler gehalten wurden, hatten sie zwar immer furchtbar gelangweilt, aber die restliche Zeit behielt Hanna in schöner Erinnerung.

Nun quetschte sie sich an den Soldaten vorbei und kletterte über die Gepäckstücke zurück zu ihrem Abteil. Durch die Glasscheibe der Abteiltür erkannte sie, dass ihre Kolleginnen sich lebhaft unterhielten. Ihren angespannten Mienen nach zu urteilen führten sie eine hitzige Debatte.

Im selben Moment, da Hanna die Tür aufzog, verstummten alle und sahen sie aus großen Augen an. Bertha rieb sich den Nacken und sah schnell zum Fenster hinaus. Auch Leni wandte ihren Blick sofort ab und begann, ihren Zopf zwischen den Fingern zu drehen. Nur Gerda lächelte ihr entgegen.

Schnell wandte sich Resi Hedwig zu. »Du brauchst nur genug Zucker beizumischen, dann hält die Marmelade auch länger.«

Hedwig antwortete mit einem verlegenen Grinsen.

Was hatte das zu bedeuten?

Hanna setzte sich auf ihren Platz und wurde das ungute Gefühl nicht los, dass die Kolleginnen über sie gesprochen hatten.

Anhalter Bahnhof
Reichshauptstadt Berlin
20. Juni 1942

Das Kreischen der bremsenden Räder nahm Hanna bis in die Fingerspitzen als dumpfes Vibrieren wahr. Selbst als der Zug hielt und sie ausstieg, wollte sich dieses Kribbeln nicht legen. Doch das lag gewiss nur an der ungewohnten Umgebung. Der Kopfbahnhof war riesengroß, viel größer und heller als der in München. Auf den Bahnsteigen wimmelte es von Soldaten. Manche verabschiedeten sich von ihren Frauen, die ihnen mit nassgeweinten Taschentüchern hinterher winkten. Andere kehrten offensichtlich von der Front zurück und wurden in einem wahren Freudentaumel von ihren Liebsten begrüßt. Viel Gepäck lag herum, und Hanna musste aufpassen, dass sie nicht darüber fiel. Das Ganze glich eher einem Ameisenhaufen, nichts schien geordnet.

In der großen Wartehalle stellten sich Hanna und ihre Kolleginnen an einer Labestation für Suppe an. Während sie warteten, fiel Hanna ein Plakat auf. Eine Gruppe Reisender war darauf abgebildet, schwer bepackte und bewaffnete Soldaten marschierten an ihnen vorbei. ›Erst siegen, dann reisen!‹ stand in roten Lettern darüber.

Schon seit einem halben Jahr galten erhebliche Einschränkungen für den zivilen Reiseverkehr. Soldaten, Ärzte und Pflegepersonal sowie andere kriegswichtige Transporte wie Nachschub für die Front in Form von Kartoffeln, Zuckerrüben und Kohle hatten absoluten Vorrang.

Die Schwesterntracht klebte an Hannas Rücken, selbst hinter den dicken Mauern des Bahnhofsgebäudes war die schwüle Luft nur schwer zu ertragen. Allein der Gedanke an die Suppe trieb Hanna noch mehr Schweißperlen auf die Stirn, aber ihr Magen knurrte unüberhörbar, als sie der Frau an der Gulaschkanone ihren Blechnapf hinhielt.

Gerda, die sich nach dem weiteren Verlauf der Fahrt erkundigen wollte, gesellte sich nach einer Weile wieder zu ihnen.

»Wir fahren mit demselben Zug, aber der steht jetzt auf einem anderen Gleis, weil sie noch weitere Waggons anhängen.«

Resi sah von ihrem Blechnapf auf. »Weitere Waggons? Dann wird der Zug ja noch langsamer!«

Hanna blickte zur Labestation und grinste. »Ich glaube, ich hole mir noch etwas Nachschlag, damit ich genug Kräfte habe, wenn wir unterwegs den Zug anschieben müssen.«

Bertha kicherte mit vollem Mund. »Au ja, ich komme mit!«

»Das würde uns gerade noch fehlen!«, rief Hedwig lachend aus. »Im Zug sind genug Soldaten, die das übernehmen könnten.«

Auch Leni kicherte leise. »Wir bleiben schön im Zug sitzen und lassen uns schieben.«

Gerda grinste zwischen zwei Löffeln Suppe und nickte.

In keinem der Gesichter las Hanna auch nur einen Hauch von Falschheit. Während der letzten Fahrtstunden hatte sie die jungen Frauen genau beobachtet, doch sie hatten sich nicht anders verhalten als zuvor. Dass die Kolleginnen über sie gesprochen haben könnten, hatte sie sich wahrscheinlich nur eingebildet.

»Wir gehen jetzt«, bestimmte Gerda und marschierte los. Da außer ihr keiner wusste, wo es lang ging, stapften alle hinterher. An Gleis 1 angekommen, stellten sie fest, dass der Zug tatsächlich wesentlich länger war als vorher. In München waren bereits zwei alte und sehr schäbig aussehende Waggons dritter Klasse angehängt worden, doch jetzt waren es noch mehr. Zudem hingen auch noch Güterwaggons hinten dran. Einige Soldaten standen davor und blickten grimmig drein, gerade so, als wollten sie niemanden in die Nähe lassen. Manche unterhielten sich leise, und im Vorbeigehen bekam Hanna vereinzelte Gesprächsfetzen mit.

Plötzlich lachte einer der Soldaten auf, doch es wirkte aufgesetzt. »Wohnsitzverlegung nach Theresienstadt. Dass ich nicht lache!«

»Sei still«, raunte ein anderer ihm zu.

Hanna horchte auf. Theresienstadt? Ob es sich dabei um die Näherei handelte, die die Wehrmachtskleidung geflickt hatte? Aber was war daran so lustig?

Im Weitergehen blickte sie noch einmal zurück. Sie konnte es nicht recht erkennen, glaubte aber zu sehen, dass die Dritte-Klasse-Waggons übervoll besetzt waren. Da stand ein Mann am Fenster und blickte freudlos in ihre Richtung. Trug er einen gelben Stern an seiner Jacke?

»Hanna, komm, lass uns schneller gehen, vielleicht finden wir unser altes Abteil wieder!«, rief Bertha ihr zu. »Wir steigen ganz vorne ein und durchforsten dann den Zug.«

Sie fielen in Laufschritt und hielten erst an, als sie hinter der Lokomotive ankamen.

Berlin hatten sie schon lange hinter sich gelassen. Der Zug zockelte durch den Spreewald, wie Hanna aus Gesprächen entnehmen konnte, und passierte viele große und kleinere Seen, deren Oberflächen glitzerten, als tanzten tausende Diamanten darauf. In diesem Moment wünschte Hanna, in einen dieser Seen hineinspringen zu können.

Obwohl das Fenster schon seit längerer Zeit geöffnet war, hatte das keinerlei Abkühlung im Abteil gebracht. Irgendwann hielt Hanna es nicht mehr aus. Sie stand auf und reckte den Kopf in die Höhe, doch sie war viel zu klein, um etwas Wind abzubekommen. Kurzerhand stellte sie sich auf ihren Sitz, kreuzte die Arme auf der heruntergezogenen Fensterscheibe und hielt den Kopf in den Fahrtwind. Ah, das tat gut! Obwohl der Luftzug sehr warm war, bewirkte er in ihrem verschwitzten Gesicht ein angenehmes Gefühl. Wenn der Zug in eine Kurve fuhr, konnte Hanna ihn in seiner ganzen Länge betrachten. Aus beinahe jedem Fenster lugten einige Köpfe hervor, offensichtlich in der gleichen Hoffnung auf Abkühlung wie sie. Nur aus den hinteren Waggons sah sie keine Menschenseele herausschauen.

Sie wandte sich ihren Kolleginnen zu: »Sagt mal, habt ihr vorhin auch den Mann am Fenster von einem der Dritte-Klasse-Waggons gesehen?«

Gelangweilt sahen die anderen auf, hoben die Schultern und schüttelten die Köpfe.

»Was war mit dem?«, fragte Hedwig hingegen interessiert.

»Ich bin mir nicht sicher«, meinte Hanna, »aber ich glaube, er hatte einen Davidstern an der Jacke.«

»Blödsinn!«, stieß Gerda mit erhobenen Augenbrauen hervor. »Juden dürfen doch gar nicht mit öffentlichen Verkehrsmitteln fahren. Wusstest du das nicht?«

»Doch. Deswegen war ich ja auch so verwundert.«

Hedwig wiegte den Kopf. »Du hast dich bestimmt geirrt, Hanna.«

»Ja, bestimmt«, sagte Hanna geistesabwesend und hielt ihr Gesicht wieder dem Fahrtwind entgegen.

Auf einer Wiese unweit der Gleise rannten ein paar Jungs einem Ball nach. Sofort dachte Hanna an Onkel August, der früher oft mit ihr und ihren Schwestern Fußball gespielt hatte. Auch Vater und Mutter hatten sich sonntags, wenn sie keine Waren ausfahren mussten, Zeit für ihre Kinder genommen und mit ihnen Fangen oder Verstecken gespielt.

Mit den Gedanken an ihre Familie ließ Hanna Seen, Bäume und Wiesen an sich vorbeiziehen. Indes hüllte die untergehende Sonne die Landschaft wie zum Abschied in einen blassrosa Schleier. Das gleichmäßige Bild machte Hanna müde, und als ihr immer wieder die Augen zufielen, kuschelte sie sich in ihren Sitz, um ein wenig zu schlafen.

Inzwischen war es stockdunkel. Nur das schwache Dämmerlicht an der Abteildecke brannte. Erstaunt sah sich Hanna um. Alle waren weg. Einzig auf Berthas Platz saß ein alter Mann. Er hatte eine Stirnglatze, die Schläfen waren mit schlohweißem, lockigem Haar bedeckt. Sein mageres und von Falten zerfurchtes Gesicht wirkte wie verschlissenes Leder. Er trug eine kleine runde Brille, aus der seine fast schwarzen Augen durch Hanna hindurch zu sehen schienen. Vielleicht träumte er, ohne zu schlafen. Vielleicht hatte er aber auch nicht bemerkt, dass sie aufgewacht war. Hanna versuchte es mit einem freundlichen Lächeln, doch er reagierte nicht.

Na ja, dann eben nicht. Wo waren bloß Leni, Bertha und die anderen? Selbst auf dem Gang vor ihrem Abteil waren weder die Kolleginnen noch irgendwelche Soldaten zu sehen. Zu hören war auch niemand. Hanna spürte nur das gleichmäßige Rattern und Schaukeln des Zuges. Etliche Gepäckstücke lagen vor dem Abteil. Sie fragte sich, wie es dieser alte Mann geschafft hatte, darüber zu klettern. Er machte nicht den Eindruck, als sei er besonders gut zu Fuß, zumal er mit seinen knorrigen Händen einen Gehstock festhielt. Und der Mantel, den er trug, war eigentlich viel zu warm für diese Jahreszeit.

Nervös blickte Hanna sich um. Es war nicht normal, dass man weder Resi noch Bertha plappern hörte. Als sie wieder zu dem Alten schaute, sah sie etwas auf seiner Schulter krabbeln. Unwillkürlich zuckte sie zurück. Was war das? Ein großer Käfer? Eine fette Spinne? Hanna strengte ihre Augen an und blinzelte. So ein komisches Tier hatte sie noch nie gesehen. Wie ein kleines Männchen stellte es sich plötzlich auf und winkte zu ihr herüber. Dabei sah sie, dass es eine gelbe Armbinde mit einem Stern darauf trug.

So ein Blödsinn, so was gibt es doch gar nicht, dachte Hanna und rieb sich die Augen. Gespannt blickte sie wieder zur Schulter des alten Mannes. Nichts! Dieses Tier, oder was das auch immer war, musste sie sich eingebildet haben. Auch der Mann wirkte auf einmal ganz anders. Er hatte sich zum Fenster gedreht. Seine Haare waren nicht mehr weiß, sondern dunkel. Hanna zog die Augenbrauen zusammen und war mehr als verdutzt ob dieser merkwürdigen Veränderung. Als er seinen Kopf wieder in ihre Richtung drehte – und das tat er sehr, sehr langsam – kam es ihr vor, als wäre er ein ganz anderer. Die Locken mussten sich in Luft aufgelöst haben, von einer beginnenden Glatze keine Spur. Dunkles, strähniges Haar fiel ihm in die Stirn, das Deckhaar etwas länger und zur Seite gekämmt. Auch das Gesicht wirkte viel voller, gar nicht mehr ledrig. Falten waren nur noch zwischen den Augenbrauen zu erkennen, die er grimmig zusammengezogen hatte. Kalt und entschlossen blickten dunkle Augen in ihre. Hanna lief es eiskalt den Rücken hinunter. Der Mund in diesem verbissenen Gesicht war nur ein Strich, der sich auf beiden Seiten stark nach unten bog. Zwischen Mund und Nase saß ein dichter, kurzer Schnurrbart.

Um Gottes willen!

Hanna fiel es wie Schuppen von den Augen.

Vor ihr saß der Führer!

Wie konnte das möglich sein?

»Sind wir uns zu fein zum Grüßen?«, kam es laut und herrisch aus seinem Mund. Dabei rollte er das ›R‹ mehr als es der bayrischste Bayer je vermocht hätte.

»Was? Äh, nein, nein, ähm, natürlich nicht«, stammelte Hanna verängstigt. »Guten Tag, Herr Hit – ähm, ich meine natürlich äh ..., Heil, ... mein ... Führer.«

Sein böses Gesicht verzog sich zu einer wahren Fratze. Er wurde nicht nur noch lauter, sondern brüllte regelrecht und voller Hass: »Und sowas soll meine verwundeten Soldaten von der Front gesund pflegen?« Sein Kopf schnellte bei jedem Wort hin und her, so sehr war er in Rage. Das Doppelkinn, das aus seinem Hemdkragen hervorquoll, wackelte im entgegengesetzten Rhythmus mit. Ein bisschen sah er dabei aus wie ein Hund, der sich gerade schüttelte. »Frrrechheit!«

Spätestens nach diesem Geschrei hätte doch irgendjemand auf sie aufmerksam werden und nachschauen müssen. Waren denn plötzlich alle taub geworden?

Der Führer erhob sich von seinem Platz und baute sich vor Hanna auf. Ihr war nie bewusst gewesen, wie groß und bedrohlich er eigentlich war. Sie kam sich klein und hilflos vor. Am liebsten hätte sie um Hilfe geschrien, aber solch eine Blöße konnte sie sich doch nicht vor dem Führer höchstpersönlich geben. Nicht, dass er ihr das noch als Schwäche anlasten würde, um sie dann zusammen mit sämtlichen Volksfeinden und Verbrechern in so ein berüchtigtes KZ zu stecken. Er streckte die rechte Hand nach ihr aus, sein Daumen und der Zeigefinger schnellten hervor.

»Zerrrquetschen sollte man Sie, junges Fräulein. Wie ein lästiges Insekt!« Spucketröpfchen flogen umher und trafen Hanna mitten ins Gesicht.

Seine kurzen Finger kamen immer näher. Er beugte sich über sie.

Sie wollte schreien, konnte aber nicht. Ihre Hände waren schweißnass. Ihr ganzer Körper zitterte. In ihrem Gesicht kribbelte es von kaltem Schweiß. Verzweiflung machte sich in ihr breit. Was sollte sie nur tun? Sich gegen diese Übermacht auflehnen? Das schien ihr unmöglich. Wegsehen? Das wäre vielleicht eine Alternative, das Ganze schadlos zu überstehen.

Sie sah ihm nochmals in die Augen und musste erkennen, dass er nicht von seiner Absicht ablassen würde, sie zerquetschen zu wollen. Kalt und entschlossen blickte er auf sie herab, voll von unbändigem Hass.

Plötzlich gab es einen furchtbar lauten Knall, der Hanna durch Mark und Bein ging, gefolgt von hellen Blitzen. Sie zuckte zusammen und stieß einen markerschütternden Schrei aus. Verstört riss sie die Augen auf.

Hitler war weg.

Draußen tobte ein heftiges Gewitter. Der Regen peitschte durch das offene Fenster in ihr Gesicht.

»Na, schlecht geträumt?«, fragte Hedwig. Alle Kolleginnen saßen an ihrem Platz und schauten Hanna fragend an.

Alles war gut. Kein Insekt mit gelber Armbinde, kein Hitler. Alles nur ein böser Traum.

Lublin
Generalgouvernement
Großdeutsches Reich
Juni 1942

Einige Tage waren vergangen, bis sie in Lublin, einer großen Stadt des besetzten Ostgebiets, ankamen. Beim Durchfahren der Stadt fielen Hanna unzählige Ruinen auf. Die Eroberung war offensichtlich nicht so kampflos verlaufen, wie man sie in der Heimat glauben machen wollte. Die Menschen, die geduckt durch die Straßen schlichen, bildeten in ihrer schäbigen Kleidung eine trostlose Einheit mit der zerstörten Umgebung.

Die Front lag in weiter Ferne.

Vor einem zweistöckigen, auf den ersten Blick unversehrten Gebäude, hielt der Wagen an. Davor stand ein Arzt, der die Schwestern zu erwarten schien. Er war von großer, hagerer Gestalt, hatte graues Haar, trug eine runde Brille und ein Stethoskop um den Hals. Hanna überlegte beim Aussteigen, ob das ihr Vorgesetzter sein mochte, da kam er schon auf die kleine Gruppe zu. Knicksend reichte sie ihm die Hand.

»Stabsarzt Dr. Gimbor«, stellte er sich mit freundlichem Lächeln vor. Dabei hüpfte sein Adamsapfel auf und ab. »Und das hier ist Dr. Möller.« Er wies auf den jungen Herrn, der zu ihnen stieß und militärisch grüßte. Auf Hanna wirkte er trotz der untersetzten Statur bedeutend jünger als der Stabsarzt, aber sein grimmiger Blick verunsicherte sie ein wenig.

»Dr. Möller ist ebenso Teil unserer Truppe. Also: auf gute Zusammenarbeit.« Genauso schnell, wie er sie begrüßt hatte, war Dr. Gimbor auch schon wieder im Gebäude verschwunden.

Das Haus war nicht sonderlich groß, aber für die Lazarettmannschaft reichte es aus, ohne dass man sich gegenseitig auf die Füße trat. Im Erdgeschoss befanden sich neben der Küche, den Duschen und dem Untersuchungsraum ein Operationsraum sowie die Schlafräume der Ärzte. Über die knarzende Holztreppe gelangte man zu den zwei Krankensälen und den getrennten Schlafräumen für die Schwestern und die Sanitäter.

Alles wirkte sauber und hinterließ einen angenehmeren ersten Eindruck als die zerschossenen Häuser der Umgebung.

Im Schwesternschlafraum fiel Hanna neben einem der Betten ein Koffer auf. Ob er der angekündigten Oberin gehörte? Für gewöhnlich schlief eine Oberin separat, und Hanna konnte sich nicht vorstellen, dass es vergnüglich werden würde, sich den Schlafraum mit der Vorgesetzten zu teilen.

Einige Betten weiter stellte sie ihren Koffer ab und ging wieder nach unten, um beim Ausräumen der Fahrzeuge zu helfen.

»Nachdem nun auch die Instrumente eingetroffen sind, können wir uns frisch ans Werk machen«, rief Stabsarzt Dr. Gimbor voll Eifer. Er sah Hanna ins Gesicht. »Schwester …?«

»Hanna Temeling, Herr Stabsarzt. Bei der Arbeit«, sagte sie fröhlich, während sie mit Leni eine große Kiste von der Ladefläche hievte.

»Sie können es wohl kaum erwarten, bis die ersten Verwundeten kommen, so schnell wie Sie schon beim Einräumen sind.« Er rückte seine Brille zurecht und musterte sie eingehend.

»Ich bin nur froh, dass ich endlich was tun kann, Herr Doktor. Im Zug war man ja zum Nichtstun verdammt. Da kann einem die Zeit ganz schön lang werden.«

Er nickte und warf einen kurzen Blick auf seinen Kollegen, der an der Hauswand lehnte und sich eine Zigarette anzündete. »Es ist immer erträglicher, wenn der Tag mit sinnvoller Beschäftigung gefüllt ist statt mit Müßiggang.«

Nachdem alles an seinem Platz war, versammelten sich Hanna und ihre Kolleginnen zur Besprechung mit den Ärzten. Nun lernten sie auch die Oberin kennen, eine resolute Mittfünfzigerin, die die Schwestern begleiten und leiten würde. Ihr strenger Blick, mit dem sie die jungen Frauen musterte, und die Falte, die sich tief in ihre Stirn grub, ließen Hannas Schultern sinken. Ob sie unter deren Knute was zu lachen haben würden?

Kurze Zeit nach der Besprechung trat der Koch mit fleckiger Schürze und verschwitztem Gesicht aus der Küche und bot seine Suppe an. Mit den gefüllten Näpfen gingen sie nach draußen in den Hof, setzten sich auf die Stufen am Eingang und lehnten an den Fahrzeugen.

»Oh, ist die lecker«, schwärmte Resi, während sie eifrig löffelte.

»Hast du etwas anderes erwartet?«, fragte Bertha leise und wies mit ihrem Löffel in Karls Richtung. »Wer so einen runden Bauch hat, dem muss das, was er kocht, wohl auch schmecken, meinst du nicht?«

Hanna lachte und wischte mit ihrem Brot die letzten Reste aus dem Blechnapf.

Plötzlich waren in einiger Entfernung Schüsse zu hören. Die Krankenschwestern sprangen erschrocken auf und suchten mit angstvollen Blicken die Umgebung ab.

»Ist das schon die Front?« Gerda schien leicht hysterisch, beruhigte sich aber schnell, nachdem die Sanitäter und wachhabenden Soldaten sich vor Lachen auf die Schenkel schlugen.

»So schnell ist der Russe nicht, dass er uns an einem Tag über tausend Kilometer zurückdrängen könnte. Das würde keiner schaffen!«

»Das waren sicher Partisanen. Die lauern mitunter an jeder Ecke. Ihr müsst auf alle Fälle vorsichtig sein, wenn ihr euch da draußen bewegt.« Der Soldat deutete in eine vage Richtung. »Vertraue nie dem Feind, und mag er dir auch noch so freundlich ins Gesicht tun.«

Die Schießerei war schnell beendet, nun kehrte in dem Stadtviertel wieder Stille ein. Die Meisen, die bis eben noch ihr Abendlied gesungen hatten, waren verstummt, und auch für die Lazarettmannschaft wurde es Zeit, zu Bett zu gehen. Wie sie in der Besprechung erfahren hatten, würde morgen viel Arbeit auf die Schwestern zukommen, unangenehme noch dazu.

»Das sind ja wirklich alles Geschlechtskranke«, raunte Leni Hanna ins Ohr, während sie die Unterlagen zu den eben eingetroffenen Patienten durchblätterte. Dabei klang ihre Stimme voller Abscheu. »Ich wollte es gestern nicht glauben.«

Die Oberin zitierte Leni zu sich. Hanna wurde indes zum Stabsarzt geschickt, mit der Anordnung, ihm zu assistieren. Sie machte sich nicht halb so viel aus der Tatsache, mit dem Anblick verschiedenster Geschlechtsteile konfrontiert zu werden wie Leni, die jetzt bei dem mürrisch dreinblickenden Dr. Möller stand und einen ihrer Zöpfe zwischen den Fingern drehte.

In ihrer Ausbildungszeit in Garmisch hatte Hanna bereits erste Erfahrungen damit machen müssen, männliche Geschlechtsteile nicht nur zu sehen, sondern auch anzufassen, um den Patienten beispielsweise einen Katheder zu legen. Das war ihr zwar unangenehm gewesen, aber es gehörte nun einmal zu ihrem Beruf dazu.

Sie registrierte, dass die arme Leni einen roten Kopf hatte, noch bevor der erste erkrankte Soldat vor ihr stand.

»So, Schwester Hanna, dann wollen wir die zweihundert Unsäglichen, die da draußen warten, mal das Fürchten lehren.« Der Stabsarzt schien sich über die Soldaten lustig zu machen. Er setzte sich auf den Hocker, der neben Hanna stand, und besah sich die Instrumente auf dem Tisch. »Legen Sie alles für die Injektionen bereit. Salvarsan, Prontosil … Schreibmaterial brauchen Sie auch, wir müssen für das *OKH* alles schriftlich festhalten.«

Im selben Augenblick kam ein junger Sanitäter dazu, kaum älter als Hanna und den Kopf voll kurzer brauner Locken. Er nahm Schreibbrett und Stift an sich, dann reichte er Hanna die Hand und stellte sich vor.

»Ah gut, der Matti schreibt, dann kann es ja losgehen«, bemerkte der Arzt, als er sich zu ihnen umdrehte. »Matti, Sie lassen sich von jedem den Sanierschein aushändigen, verstanden?«

Matti nickte und zwinkerte Hanna zu. Sie lächelte nervös zurück. Die Schreibarbeit zu übernehmen wäre ihr bedeutend lieber, als dem Arzt zu assistieren.

Nun traten die Soldaten ein. Manche schienen peinlich berührt beim Anblick der anwesenden Krankenschwestern, andere grinsten anzüglich in ihre Richtung.

»Kameraden, vorgetreten!«

In zwei nicht enden wollenden Schlangen kamen die Kranken nun zögerlich näher.

Gimbor schaute den Ersten durchdringend an. »Worauf warten Sie? Hosen runter, ich bin schließlich kein Röntgenapparat!«

Während der Soldat seine Hose öffnete, drehte er den Kopf zur Seite und senkte den Blick beschämt zu Boden, um weder dem Arzt noch Hanna in die Augen sehen zu müssen.

»Ui«, war der einzige Kommentar des Arztes. Dann kam lange Zeit nichts. Hanna hatte sich vorgenommen, nur kurz hin zu sehen. Es sollte auf keinen Fall den Anschein erwecken, dass sie Interesse am Anblick eines männlichen Genitals hätte. Doch nach dem Ausruf des Stabsarztes entwich auch ihr ein »Oh je« und sie musste wie unter einem Zwang immer wieder hinsehen. »Schwester Hanna, jetzt können Sie was lernen!« Gimbor winkte sie näher heran und rückte seine Brille zurecht.

Sie konnte die Anweisung auf keinen Fall verweigern und beugte sich nun mit angehaltenem Atem zu ihrem Vorgesetzten.

»Sehen Sie die aufgeworfenen Ränder hier an diesem Geschwür?« Der Arzt drückte mit einem Holzspatel auf die beschriebene Stelle, aus der dicker Eiter quoll. Zudem stank es erbärmlich.

Hanna nickte, unfähig, auch nur ein Wort zu sprechen.

»Die Lymphgefäße sind ebenfalls entzündet.« Er tastete den Soldaten in der Leiste ab, was dieser sofort mit einem schmerzvollen Aufschrei quittierte.

»Ulcus Molle – der Weiche Schanker«, diagnostizierte der Stabsarzt.

Wie froh wäre Hanna jetzt gewesen, wenn sie an Mattis Stelle hätte schreiben dürfen. Aber er kam nicht auf die Idee, ihr einen Tausch anzubieten, und fragen wollte sie nicht.

»Scherzt du mit dem dreisten Lieschen, schmerzen dir die Leistendrüschen«, sagte er mit anzüglichem Grinsen.

Der Stabsarzt prustete und versuchte, nicht in lautes Lachen auszubrechen. »Wo haben Sie den denn her?«

Matti zuckte die Schultern. »Weiß nicht, hab ich irgendwo mal aufgeschnappt.«

Beim nächsten Soldat war der Anblick nicht annähernd so schlimm wie beim ersten. Dennoch kam Hanna nicht drum herum, länger und genauer als beabsichtigt hinzuschauen.

»Hier sehen Sie noch Reste eines Geschwürs, das schon fast vollständig von selbst verheilt ist. Allerdings, und das ist das Tückische an der Syphilis, beginnen die Lymphknoten schon zu schwellen. Und in den nächsten Tagen wird unser Patient einen fürchterlichen Ausschlag am ganzen Körper bekommen, gefolgt von hohem Fieber und im schlimmsten Fall dem Tod.« Der Arzt drehte sich zu den bereitliegenden Spritzen um und zog etwas Natronlauge auf, um die Arsenverbindung in der Glasampulle damit zu versetzen. »Aber vielleicht wird es mit Nr. 606 nicht ganz so schlimm. Los, umdrehen, die Spritze kommt hinten rein!«

Matti ließ sich den Sanierschein des Soldaten aushändigen und stutzte. »Herr Doktor, letzter Besuch im Wehrmachtsbordell und anschließende Sanierung vor fünf Tagen. Da hat er das da«, nun blickte er herablassend auf des Soldaten Blöße, »doch schon längst gehabt, oder nicht?«

Der Stabsarzt sah seinen Patienten prüfend an. »Das wird Konsequenzen haben, Gefreiter.«

Hanna fand den Gedanken, dass der Soldat in einem Bordell gewesen war, ebenso abscheulich wie den Umstand, dass hier darüber gesprochen wurde.

»Tja, Kamerad«, rief einer aus der hinteren Reihe, »das ist die russische Kriegsführung! Anders kommt der Iwan uns nicht bei, als seinen infizierten Schlampen den Befehl zu geben, das Bett mit richtigen Mannsbildern zu teilen!«

Als Hanna nach Abschluss der Untersuchungen durch den Flur ging, stieß sie auf eine Gruppe Soldaten, die bei ihrem Anblick anerkennende Pfiffe ausstießen.

»Hier kommt Frischfleisch!«, rief einer und lachte spöttisch. Die anderen fielen in sein Lachen ein.

Hanna wich ihnen aus und wollte schnell vorbeigehen.

Da versperrte ihr einer den Weg und grinste sie schief an. Seine Nase war übersät von Sommersprossen, rötliche Bartstoppeln umrundeten den Mund. Plötzlich packte er sie am Arm, stieß sie gegen die Wand und hielt ihr den Mund zu. Seinen Körper drückte er dicht an ihren.

Hanna schlug mit der freien Hand auf ihn ein und versuchte, ihn wegzuschieben. Doch er lachte nur. Ihr Blick schnellte nach allen Seiten, die anderen Männer grinsten zynisch oder sahen weg. War denn keiner in der Nähe, der ihr helfen konnte? Ihr Herz trommelte in wildem Takt. Schnell und laut ging ihr Atem.

Mit einem Mal überkam sie ein Gefühl von Schwindel. Sie begann zu taumeln.

Schließlich löste der Sommersprossige seine Hand von ihrem Mund und griff nach ihrer freien Hand. »Du gibst keinen Ton von dir!«, herrschte er sie an, während er ihre beiden Hände zusammenführte und sie fest umklammerte. Hanna konnte seiner Kraft nichts mehr entgegensetzen. Sie drohte in sich zusammen zu fallen.

Hastig drückte er seinen Mund auf ihren. Seine Bartstoppeln stachen ihr schmerzhaft in die Haut. Er stieß seine Zunge gegen ihre Lippen, die sie nun noch fester zusammenpresste. Hanna wand sich wie ein Wurm unter seinen widerlichen Berührungen.

Mit dem Mut der Verzweifelten riss sie schließlich ein Bein hoch und rammte ihrem Widersacher das Knie in den Schritt. Ächzend krümmte er sich. Hanna wollte weglaufen, doch er packte sie am Handgelenk, ein gefährliches Flackern in seinen Augen.

»Ich schreie gleich das ganze Haus zusammen«, warnte Hanna, mutiger, als sie sich fühlte. Im selben Augenblick bemerkte sie Gerda, die hinter einem der anderen Soldaten stand und sie zu beobachten schien.

»Ach Hanna, da bist du ja! Ich habe dich schon überall gesucht.«

Schnell ließ der Kerl Hanna los, und sie stürzte auf die Hilfsschwester zu, die sie zur Küche brachte.

»Am besten wartest du hier, bis die wieder weg sind«, sagte Gerda.

Mit leerem Blick ließ sich Hanna auf den Stuhl fallen. Tränen brannten ihr in den Augen.

»Hat er dir denn was getan?«, fragte Gerda mit besorgter Miene und reichte ihr ein Taschentuch.

»Er hat es versucht.« Hanna sah zu ihr auf. »Wenn du nicht gekommen wärst …« Sie trocknete ihre Tränen und nickte der Kollegin dankbar zu.

Gerda legte ihre Hand auf Hannas Schulter. »Zum Glück ist ja nichts passiert. Weißt du was, Hanna? Ab jetzt passe ich auf dich auf.«

Sie waren bereits über eine Woche in Lublin. Dies war Hannas erster freier Nachmittag, den sie mit Resi und Bertha zu einem Spaziergang nutzen wollte. In der Nähe des Bahnhofs lag das Kriegsgefangenenlager der Waffen-SS Lublin. Schon bei der Ankunft hatten sie gemeinsam beschlossen, sich dort nicht weiter umzusehen. Sie waren nicht sonderlich erpicht darauf, russischen Kriegsgefangenen zu begegnen.

Der Friedhof von Lublin war ihr Ziel. Da sie jedoch den Weg nicht kannten, gingen sie planlos umher.

Trotz der weitgehenden Zerstörung gab es viele hohe Gebäude in der Stadt. Unweit des Lazaretts, in der Krakauer Straße, befand sich der Adolf-Hitler-Platz, wie sie auf dem Schild lasen. Breite, gepflasterte Gehwege unterbrachen die groß angelegten Rasenflächen, die von bunten Blumenrabatten umsäumt wurden. Am hinteren Rand des Platzes stand ein herrschaftlich anmutendes Gebäude, auf dessen Dach die Reichsflagge im lauen Wind wehte.

Die drei jungen Frauen schlenderten weiter durch die leeren Straßen. Von Einheimischen keine Spur. Hinter manchem Fenster erkannte Hanna ein Gesicht, das sich jedoch schnell hinter den Vorhängen verbarg.

An der nächsten großen Kreuzung kam ihnen ein Soldat entgegen, das Gewehr im Anschlag, und fragte, wohin sie unterwegs seien.

Sie berichteten von ihren Plänen, doch er schüttelte den Kopf. »Partisanen haben auf dem Friedhof einen Kameraden kopfüber an einem Baum aufgehängt und ihm die Geschlechtsteile abgeschnitten. Kein schöner Anblick. Geht lieber wieder zurück zum Lazarett. Hier rechts die Chopinstraße rauf ist der kürzeste Weg.«

Entsetzt blickte Bertha den Soldaten an. »Hängt der denn immer noch da? Den werdet ihr ja hoffentlich wieder runter genommen haben.«

Doch der Uniformierte hatte sich schon zum Gehen gewandt.

»Jetzt will ich aber nicht mehr zum Friedhof«, betonte Resi unbehaglich.

Mit grimmigem Blick verschränkte Bertha die Arme vor der Brust. »Mir ist auch die Lust vergangen.«

»Dann lasst uns schnell wieder zurückgehen.« Hanna fühlte sich unangenehm an den Zwischenfall vor einigen Tagen erinnert, der nun wieder überdeutlich vor ihr stand. Ob dieser erhängte Soldat sich einer Einheimischen unsittlich genähert hatte, so wie es ihr im Lazarett geschehen war? Und damit die Rache ihrer Familie herausgefordert hatte?

Hanna schauderte es.

Die jungen Frauen bogen nach rechts in die Chopinstraße ab, wie es ihnen der Soldat empfohlen hatte.

»Die Straße ist ja mindestens so lang wie die Theaterstraße«, stöhnte Bertha. »Dann hätten wir auch die nehmen können, da kennen wir uns wenigstens aus.«

»Egal«, meinte Hanna und winkte ab. »Jetzt sind wir hier. Vielleicht müssen wir dann nicht mehr so weit durch die Krakauer laufen.«

Auf der linken Seite stand nichts außer einem etwa einhundert Meter entfernten, sehr hohen und langen Gebäude. Die Krankenschwestern hatten freie Sicht über eine weitere, recht breite Straße. Dahinter standen hohe Bäume, die umzäunt waren.

Erschrocken wies Hanna zu dem Zaun. »Seht mal, der Zaun hat ein Eingangstor mit einem Kreuz drauf. Ob das der Friedhof ist?« Ihre Schritte wurden schneller, zu lebendig war die Vorstellung des erhängten Soldaten.

Als sie das lange Gebäude erreichten, war die Sicht auf den Friedhof versperrt. Hanna atmete auf und verlangsamte ihr Tempo. Sie wischte sich mit dem Handrücken über die Stirn und war froh, im Schatten einer der hohen Linden, die den Gehweg säumten, verschnaufen zu können. Die Hitze lag inzwischen wie sengendes Blei über den Straßen.

Vor dem langen, fünfstöckigen Haus hielten etliche Wehrmachtslaster, aus denen Soldaten Möbel und Teppiche ausluden. In dem Fahrzeug, das sie nun erreichten, lagen unzählige Lampen. Kleinere Tischlampen und auch große Stehlampen, eine schöner als die andere. Hanna blieb stehen und lugte durch die offene Tür in den Wagen hinein. Eine Lampe hatte es ihr besonders angetan, kugelrund war sie, und Hanna konnte sich nicht von dem Anblick losreißen. Wie heller Samt schimmerte der Stoff.

Gerade wollte sie die Leuchte befühlen, da rief jemand streng: »He da, Finger weg!« Mit einer Handbewegung deutete der Uniformierte an, die Frauen verscheuchen zu wollen wie lästige Fliegen. »Das ist Reichseigentum!«

Hanna fragte sich, wer hier einziehen mochte. Wenn das alles Reichseigentum war, musste es irgendwer von der Regierung sein. Aber wer sollte in so einem riesigen Haus wohnen wollen? Reichseigentum – hatten die Regierungsbeamten keine eigenen Möbel? Und wenn dies hier vielleicht als Bürogebäude genutzt werden sollte, hätten doch Schreibtische und Aktenschränke in den Lastern stehen müssen, und nicht so viele ähnliche Möbel. In einem der Laster befanden sich Kommoden und Vertikos, ein anderer war bis an die Decke voll mit Teppichen gepackt. Aus dem nächsten Fahrzeug kamen Uniformierte mit Stühlen in den Händen. In zwei anderen Lastern waren Schränke aufgereiht.

»Schert euch fort von hier!«, befahl ihnen ein älterer Soldat. Aufgeschreckt gingen die drei Frauen weiter.

Im Vorübergehen sah Hanna, dass die Plane des vorderen Lasters ein Stück zur Seite geschoben war. Sie lugte hinein und erkannte, dass der dunkle Frachtraum voller Schuhe in allen möglichen Größen war. Auch Kinderschuhe waren darunter.

Hastig zog ein Uniformierter die Plane zu und bedachte Hanna mit vorwurfsvollem Blick.

Im Zug
Generalgouvernement
Großdeutsches Reich
Juli 1942

»Man könnte meinen, wir wären auf dem Weg in den Urlaub«, schwärmte Hanna. Ein sagenhaftes Panorama bot sich ihr beim Blick aus dem Zugfenster. Sanft geschwungene Hügel, die sie für einen Moment glauben ließen, sie führe durch die Eifel. In einiger Entfernung war eine Hochebene, die zu einer Seite hin schroff abfiel. Goldgelbe Felder schmiegten sich an kleinere Waldgebiete. Auf den buntgetupften Wiesen entlang der Gleise wogten Mohnblumen und Disteln, Lupinen und Wicken im sanften Wind hin und her.

Inmitten dieser Wiesen zu liegen und den Duft der Wildblumen einzuatmen, wäre Hanna willkommener gewesen als schon wieder im Zug zu sitzen und einem weiteren unbekannten Ziel entgegen zu fahren. Doch so lautete der Befehl.

Der Aufenthalt in Lublin hatte nur wenige Wochen gewährt. Weil die Front immer weiter gen Osten vorrückte, musste auch ein großer Teil der Lazarette nachrücken.

»Ich dachte schon, wir wären in Italien«, sagte Resi. »Weißt du, die Toskana sieht fast genauso aus. Dort war ich vor Jahren mit meinen Eltern gewesen. So eine schöne Landschaft hat uns wahrlich noch gefehlt im Deutschen Reich.«

Irgendwo im Gang brauste Gelächter auf, was die Soldaten in Hannas Abteil neugierig machte. Sie sprangen auf und verließen das Abteil.

»Meine Eltern sind noch nie mit uns Kindern in den Urlaub gefahren«, erklärte Hanna wehmütig. »Ich habe nur manchmal die Ferien bei meinen Tanten verbracht, aber die wohnten nur ein paar Kilometer von uns entfernt. Dann sind wir von Westfalen in die Eifel gezogen. Und ab da war sowieso alles anders.« Sie seufzte.

»Warum seid ihr denn weggezogen?«, wollte Resi wissen. »Ist die Eifel nicht ganz schön weit von Westfalen entfernt?«

Hanna zuckte die Schultern. Das war ein Thema, das schmerzte.

»Wie viele Geschwister hast du denn?«

»Drei jüngere Schwestern und zwei Brüder, aber die sind noch ziemlich klein. Erst sieben und zwei.«

»Dann bist du die Älteste?«

Hanna wollte gerade antworten, da zog Leni die Abteiltür von außen auf. Ihre Wangen glühten.

Hanna wunderte sich, dass ausgerechnet die zurückhaltende Leni sie besuchen kam. Schon in Lublin waren die Abteile gut gefüllt gewesen, sodass sie nicht alle beisammen sitzen konnten. Hanna und Resi hatten hier im Mannschaftswagen Platz gefunden, während die restliche Truppe zwei Waggons weiter im Offizierswagen saß.

»Die Oberin schickt mich«, begann Leni und zog hastig die Tür bei, doch die schob sich sofort wieder einen Spalt weit auf. Sie setzte sich neben Hanna auf die Sitzkante. Eilig fuhr sie fort: »Ich soll euch ausrichten, dass wir in Lemberg aussteigen müssen.«

»Lemberg?«, fragte Hanna. »Wie weit ist das noch?«

Leni hob die Schultern. Statt einer Antwort fasste sie sich an den Zopf und drehte ihn um den Zeigefinger.

Aus dem Augenwinkel bemerkte Hanna, dass sich im Gang mehrere Hilfsschwestern an den dort stehenden Soldaten vorbeidrückten. Ob die den gleichen Einsatzort hatten wie sie?

»Hanna, du hast mir noch nicht erzählt, warum ihr damals umgezogen seid«, sagte Resi nun.

Hanna seufzte. »Der eigentliche Grund war, dass mein Vater wieder Landwirtschaft betreiben wollte. Das haben meine Eltern zumindest behauptet.«

Resi grinste breit. »Gibt es da etwa ein Geheimnis?«, fragte sie gedehnt.

Hanna schloss für einen Moment die Augen und überlegte, wie sie das ausdrücken sollte. Schließlich atmete sie tief ein und sprach leise weiter: »Vielleicht bilde ich es mir nur ein, aber mein Vater hat früher immer auf die SA und die SS geschimpft, auch in der Öffentlichkeit. Und seit dem Umzug habe ich kein Sterbenswörtchen mehr davon gehört.« Mit einem Blick zu der offenstehenden Tür hielt sie erschrocken inne. Vermutlich hatte sie schon viel zu viel gesagt, deshalb schob sie schnell nach: »Vielleicht hat er seine Meinung ja geändert.«

»Bestimmt«, sagte Resi und wandte sich schnell an Leni. »Wie ist es eigentlich da hinten, mit der Oberin im Abteil?«

»Ach, ganz in Ordnung«, meinte Leni. »Aber wo du die Oberin erwähnst, ich sollte vielleicht zurückgehen. Nicht, dass ich noch Ärger bekomme, weil ich hier so lange mit euch Maulaffen feilhalte.«

Die Wehrmachtssoldaten, die nach Lenis kurzem Aufenthalt wieder ins Abteil zurückkamen, waren nicht besonders redselig. Der Brillenträger neben Hanna schrieb vermutlich einen Brief an seine Frau, er setzte zwischendurch immer wieder den Stift ab und schaute mit verklärtem Blick auf ein Foto, auf dem eine Dame im Pelzmantel abgebildet war. Die anderen drei vertieften sich in ein Kartenspiel, dessen Regeln sich Hanna nicht erschlossen. Sie passte genau auf, was sie taten oder sagten, doch sie verstand nicht den tieferen Sinn hinter den Worten, mit denen die Männer um sich warfen, wenn sie eine Karte auf dem Stapel ablegten. Sie sprachen von Luschen und Kaffeekränzchen, von Bockrunden und Jungfrauen.

Plötzlich rief einer der Soldaten laut: »Re!«

Hanna fuhr hoch und sah aus dem Fenster. »Wo?«

Schallendes Gelächter ertönte.

Sofort spürte sie, wie ihr die Hitze ins Gesicht schoss. Am liebsten wäre sie in den Tiefen ihres Sitzes versunken. Wie konnte sie nur so naiv sein, zu glauben, diese grobklotzigen Männer erfreuten sich am Anblick scheuer Waldtiere?

Mit grimmigem Blick wandte sie sich von den Kartenspielern ab und betrachtete die Landschaft, die im Schneckentempo an ihr vorbeizog.

Von Zeit zu Zeit zerstörte der Anblick beschädigter Kriegsgeräte, die verwaist in der Natur hervorragten, das pittoreske Bild. Auch zerschossene und bis auf die Grundmauern abgebrannte Häuser trübten das Idyll.

Hanna entwich ein bedrücktes Seufzen.

Auf einmal wurde der Zug noch langsamer, hielt aber nicht am Bahnhof der nächsten Station namens Izbica an. Die Straßen dieses Ortes, die Hanna im Vorbeifahren einsehen konnte, waren regelrecht verstopft von Menschen, die auf ihren Koffern saßen, als warteten sie dort auf ihren Zug. Es mussten tausende sein. Sie bewegten sich nicht, saßen einfach da wie angewurzelt und sahen dem Zug nach, in dem Hanna an ihnen vorbeifuhr. Sie wirkten wie lebensgroße Puppen, junge, alte, aber äußerst dürre und schlecht gekleidete Puppen.

»Was war das denn?«, erkundigte sie sich bei Resi, doch die zuckte nur gelangweilt die Schultern.

»Bestimmt ein Ghetto«, merkte der Brillenträger beiläufig an, während er das gefaltete Papier in ein Kuvert schob.

Hanna sah ihn skeptisch an. »Ein Ghetto direkt am Bahnhof? Ich dachte, Ghettos sind eingezäunte Armenviertel. Wieso sitzen die denn alle hier auf der Straße auf ihren Koffern?«

Nun zuckte auch er die Schultern und kümmerte sich nicht weiter um Hanna. Sie fand das recht seltsam, aber dann dachte sie bei sich, dass sie schließlich in einem fremden Land war. Und in anderen Ländern galten gewiss andere, wenn auch äußerst merkwürdige Sitten.

Einer der Kartenspieler zündete sich eine Zigarette an. Mit sehnlichem Blick verfolgte der Soldat neben Hanna jeden Zug, den der Raucher mit dem Glimmstängel tat. »Haste noch 'ne Kippe für mich?«, fragte er ihn.

Der Befragte deutete ein Kopfschütteln an. »Brauch ich selbst.«

»Und ihr?«, wandte er sich an die anderen Kameraden.

»Musste dir eben besser einteilen«, warf einer mit einem Schulterzucken ein.

Hanna verwahrte sämtliche Zigaretten, die ihr mit der täglichen Ration an Lebensmitteln zugeteilt worden waren, in einem Tuch eingewickelt in ihrer Tasche. Bis auf ein paar, die Matti und Karl ihr abgeluchst hatten. Eigentlich wollte sie die Zigaretten irgendwann Vater schenken, wenn sie auf Urlaub nach Hause kam.

Kurz entschlossen tastete sie in der Tasche herum und holte das Päckchen hervor. Vorsichtig faltete sie es auseinander, griff beherzt zu und reichte ihrem Sitznachbarn eine ganze Hand voll Zigaretten.

Er sah sie an, als sei sie das Christkind und hätte ihn mit Gold überschüttet. Inständig bedankte er sich bei ihr.

Der Zug hielt erst wieder nach etlichen weiteren Stunden Fahrt. Hanna, die eingenickt war, wachte auf und sah aus dem Fenster. »Belzec« las sie auf dem Bahnhofsschild. Sie gähnte und rieb sich die Augen, döste dann weiter vor sich hin. Die Mittagssonne hatte das Abteil trotz des geöffneten Fensters stark aufgeheizt, und sie kam nicht richtig zu sich. Hanna vermutete, ein puterrotes Gesicht zu haben. So wie Resi, aber die war gar nicht erst wach geworden. Auch die Soldaten schliefen, sie waren des Kartenspiels scheinbar überdrüssig geworden.

Am heftigen Ruckeln, das den gesamten Zug erschütterte, spürte Hanna, dass weiter hinten vermutlich Waggons an- oder abgekoppelt wurden. Sollte sie aussteigen und sich die Beine etwas vertreten? Ein eigentümlicher Geruch fiel ihr auf, sie bemerkte ein Brummen und Surren. Wo kamen nur all die

Fliegen auf einmal her? Schnell stand sie auf und schloss das Fenster, auf dessen Außenseite sich in Windeseile massenhaft Insekten tummelten. Sie beschloss, im Zug zu bleiben und ließ ihren Blick über den Bahnhof schweifen. Nicht weit vom Bahnhof entfernt führten Gleise auf ein eingezäuntes Gelände. Hanna konnte von ihrem Platz aus genau durch das Holzgatter blicken, unter dem die Gleise hindurch führten und nach etwa zweihundert Metern vor einem Zaun endeten.

Langsam fuhr der Zug wieder an und näherte sich dem Gatter. Neben den Gleisen innerhalb dieses eingezäunten Geländes lagen undefinierbare große Haufen, die aussahen wie aufeinandergeschichtete Koffer oder Kisten. Hanna suchte mit ihrem Blick den Teil des Geländes ab, den sie einsehen konnte, dieser merkwürdige Kofferberg hatte sie neugierig gemacht. Sie wollte zu gern wissen, was es damit auf sich hatte.

»Resi?«, rief sie leise. Doch Resi reagierte nicht.

Der doppelte Zaun um das Gelände war mit Stacheldraht überspannt. An der Außenseite hingen Tannenzweige, fast wie zur Tarnung. Nun hatte der Zug die Höhe des Geländes erreicht. Zwischen dem Nebengleis innerhalb der Einzäunung und den Gleisen, auf denen sie gerade fuhr, versperrten junge Bäumchen die weitere Sicht. Hanna stellte sich auf den Sitz, in der Hoffnung, dadurch etwas mehr sehen zu können und öffnete das Fenster wieder einen Spalt. Die Fliegen waren weg, aber der eigenartige Geruch war stärker geworden. Hanna verzog das Gesicht und überlegte, ob sie das Fenster wieder schließen sollte, ließ es aber der Hitze wegen offen. Ein Teil des eingezäunten Geländes weiter links befand sich auf einer Anhöhe, sodass sie dort über die kleinen Bäume hinweg mehrere Gebäude und ein paar Türme erkannte. Eine große Menschengruppe ging dort den Hang hinauf. Nun erklang Musik. Es war, als spiele ein Orchester eine fröhliche Melodie.

»Was stinkt denn hier so hundserbärmlich?«, fragte Resi mit verärgerter Stimme.

»Ich weiß es auch nicht. Eklig, oder?« Hanna schloss das Fenster mit einem kräftigen Ruck. Indes fuhr der Zug beharrlich weiter und entfloh diesem fürchterlichen Gestank.

Es dauerte keine Stunde, bis der Zug erneut hielt. »Rawa Ruska« stand auf dem Schild. An diesem Bahnhof gab es mehrere Bahnsteige, aber keine Reisenden hielten sich hier auf. Überall standen Wachen, die Gewehre im Anschlag. Ob es hier besonders gefährlich war? Weiter hinten, am letzten Bahnsteig befanden sich viele Güterwaggons. Das mussten Viehwaggons sein, denn im oberen Teil waren vergitterte Öffnungen. An den Gittern war zusätzlich Stacheldraht angebracht. Als ob das Vieh dort oben aus dem Waggon klettern könnte! Hanna fand, dass es die reinste Quälerei war, Tiere bei dieser Hitze in den Waggons zu lassen, und hoffte, dass sie leer waren.

Wie schon so oft in den letzten Stunden, hielt der Zug an. Was war denn jetzt schon wieder? Hanna richtete ihren Blick aus dem Fenster. Kein Bahnhof, keine Ortschaft weit und breit, nichts außer einem kleinen, dicht mit Birken bestandenen Wäldchen nahe der Bahnstrecke.

Plötzlich erschallte wildes Geschrei von allen Seiten. Soldaten liefen aufgeregt über den Gang und sprangen über die Gepäckstücke am Abteil vorbei. Die Landser neben Hanna schnellten hoch und stürmten hinaus. Schüsse fielen, noch mehr Geschrei ertönte. In einer Sprache, die Hanna nicht kannte.

Vorbeilaufende Kämpfer brüllten: »Partisanen im Zug!«

Hanna und Resi blickten sich panisch um. In ihrer Not krochen sie unter die Sitze, doch diese konnten die Körper der beiden Frauen nur notdürftig verbergen.

Hanna schloss fest die Augen und hoffte, dass es bald vorbei und die blöden Partisanen dingfest gemacht waren. Sie hörte ihr eigenes Blut rauschen, ihr Herz klopfte so wild, als wolle es aus ihrer Brust springen.

Was, wenn die Partisanen in ihr Abteil kommen und sie erschießen würden? Oder verschleppen? Hanna spürte, wie sich ihr Magen zusammenzog und den Inhalt los zu werden versuchte. Sie schluckte. Ihre Lippen kribbelten, auch die Hände fühlten sich auf einmal nass und kalt an.

Alles wird gut, versuchte sie sich zu beruhigen, während sie sich noch tiefer unter den Sitz quetschte. Aber ihr hämmerndes Herz strafte sie Lügen.

Weitere Schüsse ließen sie zusammenzucken, sie klangen entsetzlich nah.

Mit einem Mal trat Stille ein.

»Ich glaube, es ist vorbei«, flüsterte Resi nach einer Weile. Im gleichen Augenblick fuhr der Zug wieder an.

Zögerlich krochen die beiden unter den Sitzen hervor und wischten sich den Staub von der Kleidung. Der Blick in Resis Augen verriet Hanna, dass es ihrer Kollegin ähnlich ergehen musste wie ihr. Tränen der Angst, der Wut und der Erleichterung bahnten sich ihren Weg. Befangen lächelten sie sich an, während sie sich wieder auf ihre Plätze setzten, unfähig, das Entsetzen in Worte zu fassen.

Noch nie hatte Hanna sich so bedroht und hilflos gefühlt, wie in diesen letzten Minuten. Großmutters Worte drangen in ihr Gedächtnis: »Im Krieg werden die Menschen zu Bestien.«

Wie sollte das erst werden, wenn sie näher an die Front gelangten?

Ratlos starrte Hanna vor sich hin. Auch, wenn sie den Einsatz gar nicht gewollt hatte, musste sie ihn irgendwie durchstehen.

Und als wollte sie ihren Gedanken den nötigen Nachdruck verleihen, nickte sie entschlossen. Den Krieg würde sie schadlos überstehen. Sie musste es einfach schaffen.

Das beklemmende Gefühl der Angst begleitete sie jedoch, bis der Zug nach vielen weiteren Stunden endlich in den Lemberger Bahnhof einfuhr.

Im Zug
Reichskommissariat Ukraine
Generalbezirk Shitomir
Juli 1942

Direkt nach ihrer Ankunft in Lemberg waren sie umgestiegen, und neben Hanna saßen nun Bertha, Gerda und Hedwig sowie der Stabsarzt und ein Offizier im Abteil. Sicherer fühlte sich Hanna dadurch jedoch nicht. Nervös blickte sie immer wieder aus dem Fenster und suchte die Umgebung nach Hinweisen auf Partisanen ab, mit der dumpfen Angst, jederzeit beschossen werden zu können.

Ob sie schon in Russland waren? Neben der Bahnstrecke entdeckte Hanna eine kleine Menschengruppe, offenbar eine Familie, die einen schwer beladenen Wagen den holprigen Weg hinaufzog. Waren das Bolschewiken? Eigentlich sahen sie aus wie normale Menschen, gar nicht gefährlich.

Seit der Abfahrt herrschte beklommenes Schweigen, das nur dann und wann unterbrochen wurde, wenn der Stabsarzt in seinen Unterlagen blätterte und von Zeit zu Zeit ein anerkennendes »Aha« vernehmen ließ.

Doch nun machte der Zug eine Vollbremsung. Im selben Moment fielen dicht neben dem Abteil Schüsse. Glas splitterte, Geschrei tönte von allen Seiten. Wieder in dieser merkwürdigen Sprache.

»Alle runter!«, befahl der Offizier und sprang gleichzeitig von seinem Sitz auf. Dr. Gimbors Unterlagen flogen kreuz und quer auf den Boden. Wie die anderen drückte sich Hanna unter die Sitze, so gut es ging.

Haut ab, haut doch endlich ab!

Kurz darauf wurde es still.

Vorsichtig hob sie den Kopf und lugte aus dem Fenster. Dicht davor standen zwei deutsche Frontkämpfer. Sie hatten einen Mann an den Unterarmen gepackt und schleiften ihn rücklings hinter sich her. Hanna las ebenso Furcht wie Kampfeswillen in seinen Augen. Sein Hemd war aufgerissen und entblößte den Oberkörper, auf dem ein riesengroßes tätowiertes Kreuz prangte.

Nach dem letzten Überfall hatte Hanna mitbekommen, dass viele Partisanen solch eine Tätowierung als Erkennungszeichen trugen, das sie als christliche Anhänger ausweisen sollte.

Nach kurzer Zeit ließ ein weiterer Schuss Hanna zusammenzucken. Schließlich fuhr der Zug wieder an.

Gimbors Papiere lagen überall auf dem Boden verstreut, und die Krankenschwestern beeilten sich, ihm beim Aufsammeln behilflich zu sein.

Auch der Offizier beteiligte sich und sagte in verächtlichem Tonfall: »Man merkt, dass wir in der Gegend von Winnitza sind. Das ist ein einziges rotes Partisanennest.«

»Die haben es wohl auf den Führer abgesehen«, warf Hedwig ein. »Hat der nicht hier in der Nähe ein neues Hauptquartier bauen lassen?«

Der Offizier bedachte Hedwig über den Rand seiner Brille hinweg mit einem anerkennenden Lächeln. »So sieht es aus, Schwester. Und zwar ein ziemlich beeindruckendes.«

Hedwig lächelte mit einem Anflug von Stolz im Gesicht und fuhr sich verlegen durch die Locken.

»Das könnte erklären, warum ausgerechnet hier so viele Überfälle stattfinden, obwohl die Züge von bewaffneten Wachmannschaften begleitet werden«, bemerkte Dr. Gimbor.

Gerda, die neben dem Offizier saß, beugte sich ein wenig zur Seite und fragte: »Können die Bewaffneten nicht einfach alles erschießen, was sich an den Gleisen aufhält? Dann kämen wir bestimmt auch schneller voran.«

Was sagte die? Hanna schüttelte ungläubig den Kopf. Der Offizier sah Gerda groß an, erwiderte aber nichts. Der Stabsarzt hielt im Sortieren seiner Unterlagen inne und ergriff das Wort: »Ich denke nicht, dass es eine gute Lösung wäre, jeden zu erschießen, Hilfsschwester. Partisanen stellen immer noch eine Minderheit dar.«

»Da bin ich mir aber nicht so sicher, Herr Doktor«, wandte der Offizier ein. »Vor einem Jahr wurden wir noch jubelnd als

Befreier vom Bolschewismus empfangen. Die Ukrainer wollten unbedingt von Stalins Gewaltherrschaft erlöst werden. ›Germanski dobre!‹ haben sie uns zugerufen. Das bedeutet: ›Die Deutschen sind gut‹. Aber inzwischen muss man aufpassen, nicht an der nächstbesten Ecke von diesem Pack überfallen zu werden.«

Das konnte nur bedeuten, dass es noch mehrere solcher Überfälle geben würde. Hanna massierte sich die Schläfen und schloss die Augen. Bitte nicht, flehte sie innerlich. Sie wollte endlich wieder in Sicherheit sein.

Erneut stoppte der Zug. Hanna stockte der Atem. Was hatte das schon wieder zu bedeuten?

Draußen kamen von überall her kleine Kinder angelaufen. Sie waren elend anzusehen mit den Lumpen, die um ihre ausgemergelten Körper schlotterten. Die Größeren klopften an die Fensterscheiben. Die Kleineren standen daneben und riefen ihnen merkwürdige Worte zu. »Chleb, Jaichki, Moloko«, hörte Hanna.

Offenbar verstand Dr. Gimbor ihre Sprache. »Sie betteln um Brot, Eier und Milch. Schauen Sie sich diese armen Dinger doch nur an.« Er richtete einen mitleidigen Blick auf die Kinder. »Das sind die wahren Leidtragenden des Krieges. Die, die am wenigsten dafür können.« Er ließ den Kopf sinken. »Wenn ich da an meine eigenen denke …«

Hanna stutzte, sie hatte nicht damit gerechnet, dass er in seinem Alter noch kleine Kinder hatte.

»Ach«, kommentierte Gerda mit einer abfälligen Geste und wies zum Fenster. »Das sind doch nur Bolschewiken. Und wir haben immerhin unsere deutsche Pflicht zu erfüllen!«

Hanna und Bertha tauschten entsetzte Blicke, Gerda hatte tatsächlich gewagt, ihrem Vorgesetzten zu widersprechen. Doch der schüttelte nur kaum wahrnehmbar den Kopf. Und außerdem – hatte Gerda denn gar kein Herz?

Hanna tat es leid, dass sie ihr letztes Stück Brot eine halbe Stunde zuvor gegessen hatte und den Kindern nichts geben konnte. Bertha und Hedwig hingegen öffneten das Fenster und warfen den Kleinen ihre letzten Brotstücke zu. Sofort eilten noch mehr von ihnen herbei und sahen mit flehenden Blicken nach oben, doch die beiden Kolleginnen schüttelten bedauernd die Köpfe und zeigten den Kindern ihre leeren Hände.

Draußen vor dem Zug stellte sich ein Soldat auf. Er hielt sein Gewehr in die Luft und feuerte einen Warnschuss ab. Sofort stoben die Kinder auseinander und liefen davon, so schnell ihre kleinen Füße sie tragen konnten. Manche blickten im Laufen um sich, die Augen panisch aufgerissen.

Die Nähe der gut bewachten Rollbahn Süd machte sich inzwischen bemerkbar, es gab kaum noch Überfälle und zumindest am Tag fühlte sich Hanna halbwegs sicher. Manchmal war die breite Heeresstraße sogar vom Zug aus zu sehen. Männer in olivgelben Uniformen, die Leute der Organisation Todt, wie der Offizier ihnen erklärte, waren damit beschäftigt, die Schadstellen auszubessern. Dicht an den Bahngleisen bemerkte Hanna unter den Bauarbeitern eine große Gruppe Männer in Sträflingskleidung. Manche trugen deutlich sichtbar einen großen Stern an den gestreiften Jacken.

Der Anblick erinnerte sie an eine Begegnung im letzten Herbst, der eine ganze Reihe unheilvoller Zwischenfälle vorausgegangen war.

Die Vorlesung bei Dr. Jäger an der Münchner Uni hatte gerade geendet, und Hanna hatte unbedingt noch in die Stadt gehen wollen, um sich neue Hefte zu kaufen. Erleichtert, dass noch genügend Zeit war, weil der Abendunterricht bei der Oberin ausfallen würde, machte sie sich auf den Weg. Vor dem Universitätsgebäude freute sie sich über den Sonnenschein, der das herbstlich gefärbte Laub der Bäume besonders schön leuchten ließ.

»Halt, stehen geblieben!«, wurde sie ruppig aufgefordert.

Oh nein, der Pedell! Hanna stoppte. Sie machte sich auf eine der Standpauken gefasst, die Hausmeister Schmid ständig zum Besten gab. Egal weswegen, Schmid fand immer was zu meckern. Für ihn war jedermann ein potentieller Volksfeind.

»Das geht so aber nicht, junges Fräulein! Hier die Bonbontüten einfach auf den Hof werfen. Wo kämen wir denn hin, wenn das alle machen würden?«

Er zeigte auf ein grünes Papiertütchen, das am Boden lag.

»Das ist nicht von mir«, entgegnete sie entrüstet.

Studenten, die an ihnen vorbeigingen, kicherten schon, offenbar froh, nicht selbst Opfer des pedantischen Schmid geworden zu sein.

Hanna presste die Lippen aufeinander. Um weiteren Ausführungen über die Reinlichkeit der deutschen Jugend aus dem Weg zu gehen, hob sie das Papier auf und steckte es in ihre Tasche. Sie wollte nur schnell fort von hier, bevor es noch peinlicher wurde.

Aber Schmid legte nach. »So fängt es an! Erst die Bonbontüten, und nachher sind es dann solche Schmierereien!« Aufgebracht wedelte er mit einem Blatt Papier vor Hannas Nase herum.

»Alles im Griff, Schmid?« Ausgerechnet jetzt musste auch noch Rektor Wüst auftauchen. »Gibt es Probleme mit den jungen Studiosi?«

»Nein, nein, Herr Rektor.« Schmid war nun die Freundlichkeit in Person und machte einen Bückling nach dem anderen. »Wie immer alles im Griff, Herr Rektor. Nur ist es so, dass ich wieder so ein Flugblatt gefunden …«

»Na, dann kann ich ja gehen!« Hanna nutzte die Gunst des Augenblicks und machte sich davon. Sie hörte noch, wie Schmid dem Rektor etwas von einer weißen Rose und Flugblättern erzählte, und wunderte sich darüber, dass Blumenhändler neuerdings ihre Waren auf solche Weise unters Volk bringen wollten. Danach hatte sie sich vorgenommen, in Zukunft um jeden herumliegenden Schnipsel einen großen Bogen zu machen, und war schnell zur Straßenbahnhaltestelle geeilt.

Zwar war sie in München mit einigen Merkwürdigkeiten konfrontiert worden, aber die bayrische Hauptstadt war ihr zu einer weiteren Heimat geworden, die sie jetzt schon vermisste. Auch, wenn ihr die Erinnerung an diesen Tag immer noch einen kalten Schauer über den Rücken jagte. Das gleiche Gefühl des Unvermögens überkam sie nun, als sie sich weiter in ihren Erinnerungen an diesen Tag verlor.

Hanna war in die Tram gestiegen und hatte sich auf einen freien Platz gesetzt. Auf dem Sitz neben ihr lag die Deutschlandzeitung. Weil sie niemandem zu gehören schien und Hanna gerade nichts Besseres zu tun hatte, blätterte sie ein wenig darin. Dort entdeckte sie ein Gedicht. Sie mochte Gedichte und wollte schon die Zeitung mit nach Hause nehmen, als sie las:

Da hilft kein Wodka, hilft kein Wudki,
der Sowjetruski geht kaputtky,
und Stalins ganze Herrlichkeit
ist längst dem Untergang geweiht.
Die Sowjetsterne nicht mehr funkeln,
bald werden sie sich ganz verdunkeln.
Wir aber denken an die Luftschutzpflicht und
verdunkeln unsere Fenster von 17.53 Uhr – 8.00 Uhr.

Enttäuscht legte sie die Zeitung wieder beiseite. Solch ein Geschreibsel hatte nun wirklich nichts mit schöner Lyrik zu tun.

Die Tram fuhr die Leopoldstraße hinunter und am Stachus vorbei. In der Rosenstraße stieg Hanna aus, um das letzte Stück zu Fuß zu gehen. Sie bog nach links ab und ging über den Rindermarkt zum Petersplatz. Gleich dahinter war der Viktualienmarkt. Dort gab es genügend Stände und Geschäfte, um sich den Rest des Nachmittags mit Bummeln zu vertreiben. Auch wenn an den Ständen wieder großer Andrang herrschte, weil immer weniger Münchner was zu beißen hatten, ließ sich Hanna ihre gute Laune nicht verderben. Neugierig betrachtete sie die wenigen Auslagen in den Schaufenstern. Was würde sie darum geben, wenn sie sich solche schönen Schuhe leisten könnte, oder die hellblaue Tasche aus echtem Leder, die im nächsten Fenster angeboten wurde. Doch vorerst blieb es beim Träumen. Jetzt musste sie Vernunft walten lassen und ihr spärliches Geld für Schreibwaren opfern, das war wichtiger als die neueste Mode.

Im Schreibwarenladen erstand sie zwei Hefte zum Preis von einem und obendrein einen neuen Bleistift. Hanna freute sich, dass noch Geld übrig war, obwohl sie mehr eingekauft hatte als ursprünglich geplant.

In der Frauenstraße roch es verführerisch nach frischen Backwaren. Hanna wunderte sich, wegen der Lebensmittelrationierung war es eine Seltenheit geworden, von solchen Düften angelockt zu werden. Sie betrat das Geschäft der Konditorei Mohr. Vor der Ladentheke stand eine lange Schlange Wartender, in die sie sich einreihte. Hinter ihr betrat ein kleiner Junge das Geschäft. Ein verschmitztes Lächeln lag auf seinem Gesicht. »Grüaß Gott!«

Plötzlich fuhren vor Hanna sämtliche Köpfe herum und starrten den Jungen an. Eine dralle Frau trat aus der Reihe heraus. Mit verbissener Miene ging sie auf den Jungen zu. »Wos host g'sogt, Bua?«

Der Junge schaute sie erschrocken an. Auch Hanna erschrak und sah betreten zu Boden. Die resolute Frau packte den Jungen am Schlafittchen und bugsierte ihn in Richtung der Ladentür. »Jetzt gehst noch amoi naus un dann kimmst wieder eini. Und zwoar mit am rechten Gruaß!«

Hanna versuchte, den Blicken dieser unmöglichen Frau zu entgehen, nicht, dass sie auch noch Opfer ihrer Belehrungen wurde. Schließlich hatte sie überhaupt nicht gegrüßt.

Der Junge kam erneut herein. Zerknirscht blickte er die Frau an, schlug zackig die Hacken seiner viel zu großen Schuhe zusammen und hob den rechten Arm in die Höhe. »Heil Hitler!«

»Siekst es, s'geht doch«, meinte sie nun mit wohlwollender Stimme. »Warum net glei so?« Dann drehte sie sich mit selbstzufriedener Miene wieder zur Theke, was Hanna erleichtert zur Kenntnis nahm.

Als sie endlich an der Reihe war, wollte sie eine ihrer Brotmarken gegen eine frische Laugenbrezel eintauschen. Doch das lehnte die Bäckersfrau entschieden ab. »Nur gegen Bargeld«, forderte sie. »Manches ist schließlich noch frei verkäuflich.«

Hanna zahlte und nahm die Brezel entgegen. Sie war noch warm, sodass Hanna das Wasser im Mund zusammen lief.

Gedankenverloren das köstliche Gebäck genießend war sie weiter geschlendert.

Bei dem Gedanken an die Brezel bekam Hanna sofort wieder Appetit, und ihr Magen begann zu knurren. Unwillkürlich musste sie schmunzeln. Doch als sie sich an den weiteren Verlauf erinnerte, verdunkelte sich ihre Miene sofort wieder.

Sie war am Isartorplatz vorbeigegangen, wo sie eigentlich in die Tram hatte einsteigen wollen. Dann ging sie die Zweibrücken Straße entlang. Hier waren kaum noch Menschen unterwegs, so dass sie den breiten Gehweg ganz für sich alleine hatte. Hanna musste sich stark zusammennehmen, ihre Brezel nicht allzu gierig zu verschlingen. Wie lange hatte sie schon nicht mehr so etwas Köstliches gegessen? Und wie lange würde es dauern, bis sie sich so etwas wieder leisten könnte?

Nachdem sie das letzte Stück in den Mund geschoben hatte, blickte sie die Straße in beide Richtungen entlang. Ich dumme Gans, schalt sie sich in Gedanken. Nichts als die Brezel im Kopf. Jetzt kann ich die Straße überqueren und das ganze Stück zum Isartorplatz wieder zurücklaufen.

Auf der anderen Straßenseite kam ihr ein alter Mann entgegen. Er hatte graues, etwas längeres und lockiges Haar, die Haltung war leicht gebeugt. Als er näher kam, fiel ihr der große gelbe Stern an seinem Mantel auf. Sollte ihr jetzt unbehaglich zumute sein? Schließlich waren die Juden ja an allem schuld, wie es hieß. Doch Hanna verhielt sich neutral. Die Handvoll Juden, die sie in ihrem bisherigen Leben kennen gelernt hatte, waren stets nett und freundlich gewesen. Sie verstand eigentlich nicht, warum alle Juden an allem schuld sein und umgesiedelt werden sollten. Auch, warum sie überall so roh behandelt wurden, wollte ihr nicht einleuchten. Aber das behielt sie für sich – es würde sowieso keiner etwas auf die Worte einer einfachen Lernschwester geben.

Im Vorbeigehen wich ihr der alte Jude aus und verließ den Bürgersteig. Er ging mit gesenktem Kopf auf der Straße weiter und betrat den Bürgersteig erst wieder, nachdem er an ihr vorbei war.

Hanna blieb stehen und war aufs Tiefste bestürzt. Es konnte einfach nicht richtig sein, dass ein alter Mann – ob Jude oder nicht – ihr, einem jungen Ding, auf einem Gehweg, der Platz für fünf Personen nebeneinander geboten hätte, auf die Straße auswich.

Es mochte etwas Wahres dran sein an dem Gerücht, dass Juden besonders gewiefte Kauf- und Bankleute waren, aber gab es nicht überall auf der Welt schwarze Schafe?

»Das wollte ich doch gar nicht«, sagte sie beschämt. Doch der alte Mann war schon in die Thierschstraße eingebogen und konnte sie nicht mehr hören.

Als Hanna wieder in der Tram saß, dachte sie über die Rassenlehre nach. Dabei schweiften ihre Gedanken ab zu Vaters Hundezucht, deren Ansätze völlig anders waren. Von ihm hatte sie gelernt, dass jede Hunderasse bestimmte Vorzüge und Eigenschaften hatte, die gezielt für verschiedene Aufgaben eingesetzt werden konnten. Warum sollte das bei den Menschen anders sein? Vor allem, warum galten bestimmte Rassen als vollkommen wertlos?

Den ganzen Heimweg bis zum Rotkreuzplatz hatte sich Hanna schlecht gefühlt, und sie war still und fassungslos geblieben.

Selbst jetzt, fast ein Jahr danach, fühlte sie wieder dieses befremdliche Unbehagen, das ihr die Brust zuschnürte. Weder die Panzerkolonne, die auf der Straße neben dem Zug rollte, noch das Lachen ihrer Kolleginnen konnten sie zuversichtlich stimmen.

Saporoshje
Reichskommissariat Ukraine
Generalbezirk Dnjepropetrowsk
Juli 1942

»Du meine Güte!«, entfuhr es Hanna, während sie aus dem Bahnhof trat und die zerstörten Reste einst großer Mietshäuser sah. »Wo sind wir denn hier gelandet?« Vor einer der Ruinen verscheuchte gerade ein Wehrmachtssoldat einen Jungen, der auf Hanna wie ein armer Bettler wirkte. Lumpen schlackerten um seinen dürren Leib, der Blick wirkte leer.

»In Saporoshje«, entgegnete Gerda. Stolz schwang in ihrer Stimme. »Das liegt im Kreis Choritza und ist vierhundert Kilometer von Kiew entfernt, bis zur Front sind es vielleicht noch fünf- oder sechshundert Kilometer.«

Hannas Blick musste sehr verwundert wirken, denn Gerda lachte laut. »Da guckst du groß, dass ich das weiß, was?«

Hanna zuckte die Schultern, und Gerda setzte nach: »Ich interessiere mich eben für den Fortschritt der Lebensraumerweiterung im Osten. Das solltest du auch tun!«

Tief einatmen und die Faust in der Tasche lassen, dachte Hanna und stieg in eins der bereitstehenden Fahrzeuge, die sie und die übrige Lazarettmannschaft zu ihrer neuen vorübergehenden Wirkungsstätte bringen sollte.

»Wie sollen wir denn hier die Instrumente steril halten?« Hanna war außer sich. Das Gebäude, das ihnen als Krankensammelstelle diente, verfügte, abgesehen von einer Kochstelle, über keinerlei Einrichtung. Die Böden im Erdgeschoss bestanden aus gestampftem Lehm, und überall roch es nach fauligem Stroh. Hanna rümpfte die Nase und versuchte, eins der kleinen Fenster zu öffnen, doch es klemmte.

Die Oberin scheuchte alle umher, mühsam suchten die Sanitäter, Soldaten und Krankenschwestern in der näheren Umgebung Kisten und Bretter zusammen, um diese mit Tüchern abgedeckt behelfsmäßig als Operationstische und Ablageflächen zu nutzen. Als Unterlage für die Verwundeten diente frisches Stroh, das sie auf dem Boden verteilten, als wären sie im Stall und erwarteten die Ankunft von Kühen.

»Was soll's, Hanna.« In Mattis Stimme schwang ein Hauch von Zuversicht. »Man muss mit *den* Mädchen tanzen, die auf der Kirmes sind.«

Hanna schüttelte den Kopf. Woher nahm Matti bloß immer diese Gelassenheit? Selbst seine äußere Erscheinung stimmte damit überein. Matti hatte eine schlaksige Figur, war nicht besonders groß und trug die lockigsten kurzen Haare, die Hanna je gesehen hatte. Seine braunen Augen leuchteten, und dieses Strahlen wurde stets von einem freundlichen Lächeln begleitet.

»Na, dann lass uns mal tanzen!« Lachend drückte Hanna ihm eine ganze Handvoll Untersuchungsbesteck in die Hände. »Ab zum Auskochen!«

Matti grinste sie an und salutierte. »Jawoll, Frau Oberin!«

Hanna blickte über die lange Reihe der teils klagenden, teils vor Schmerzen schreienden Verwundeten, die schon kurze Zeit nach ihrer eigenen Ankunft in der Krankensammelstelle eingetroffen waren. Sie wunderte sich, dass die meisten von ihnen spanische Verbände angelegt bekommen hatten. Wie sie in der Ausbildung gelernt hatte, waren das polster- und fensterlose Gipsverbände, die meist starke Zirkulationsstörungen verursachten.

»Wer hat euch denn diese Verbände angelegt?«, wollte sie von dem Patienten wissen, der vor ihr auf dem Hocker saß. »Und wie lange wart ihr seitdem unterwegs?«

Der Soldat schniefte und fuhr sich durch die graumelierten Haare. »Am Hauptverbandplatz wurden wir erstversorgt, und mit dem Zug dürften wir eine Woche unterwegs gewesen sein.«

Als Hanna den Verband abnahm, verzerrte sich sein Gesicht. »Grundgütiger! Wie sieht denn mein Fuß aus?« Nun winkelte er das Bein an, um den Fuß genauer betrachten zu können. »Die Zehen sind ja ganz schwarz. Scheiße, ich kann die gar nicht mehr bewegen!«

Hanna schüttelte den Kopf. »Ich verstehe nicht, warum man euch nicht direkt ordentliche Gipsverbände angelegt hat. Das hier muss sich auf jeden Fall der Herr Doktor ansehen.«

Nachdem alle Verwundeten versorgt waren und Hanna hier nichts mehr tun konnte, ging sie zu Hedwig, die mit Gerda den frisch operierten Soldaten Verbände anlegte und deren Aufwachen kontrollierte. Dabei fielen ihr die zugedeckten Leiber auf, die an der Wand entlang aufgereiht lagen.

Hedwig folgte Hannas Blick und erklärte: »Drei sind bei den Operationen gestorben. Draußen sind sie gerade dabei, die Särge zu bauen.«

Ein kalter Schauer lief ihr über den Rücken. Zwar hatte sie während ihrer Ausbildung schon etliche Leichen gesehen und auch Patienten beim Sterben begleitet, doch die Umstände, unter denen die Frontkämpfer starben, setzten ihr mehr zu als sie sich eingestehen wollte.

Schnell wandte sie sich dem Patienten zu, der gerade aus der Narkose erwachte. In seinem Gesicht wuchs anstelle eines kräftigen Barts feiner Flaum, und Hanna fragte sich, was dieser Junge im Krieg verloren hatte. Ständig warf er sich hin und her. Sie konnte nicht alles verstehen, was er zwischen Schlafen und Wachen nuschelte, doch er schien in Gedanken noch immer an der Front zu sein.

»Eddi, nein, … Eddi, nicht aufgeben … Sani kommt gleich … holen dich raus … Heimatschuss.«

Sanft strich Hanna über seinen unverletzten Arm, was ihn augenblicklich ruhiger werden ließ. Kurz darauf schlug er die Augen auf und blickte sie verstört an. Ein Lächeln huschte über sein Gesicht. »Ein Engel!«, rief er aus.

Gerda lachte spöttisch, aber auch Hanna musste schmunzeln. Als Engel hatte sie wahrlich noch keiner bezeichnet. »Du bist nicht im Himmel«, versicherte sie. »Du lebst. Und mit dieser Steckschussverletzung darfst du ganz bestimmt in die Heimat.«

»Abwarten«, warf Gerda nüchtern ein. »Das haben andere zu bestimmen.«

Doch der Junge ging nicht darauf ein. Sehnsüchtig blickte er zum Fenster. »Heimat. Da ist meine Mama.« Dann schloss er die Augen und schlief wieder ein.

»Armer Junge«, sagte Hanna. Ihr Blick erfasste Gerdas Kopfschütteln. Was die nur immer hatte.

Seit einigen Tagen war die Krankensammelstelle bis auf den letzten Platz belegt, obwohl sie hier eigentlich nur die Funktion hatten, Verwundete zwischen zu behandeln, zu sortieren und dann an die entsprechenden Reservelazarette weiter zu verlegen. Doch das Personal an den Hauptverbandplätzen wenige Kilometer hinter der Front musste mehr als überlastet sein – immer mehr Unbehandelte strandeten hier bei ihnen.

Die Oberin setzte vorsichtig einen Fuß vor den anderen und ging die engen Reihen zwischen den Patienten ab, das Stroh raschelte mit jedem Schritt unter ihren Schuhen. Mit Argusaugen wachte sie über die Handgriffe der Schwestern.

Hanna kniete neben einem Soldaten im Stroh und öffnete den Verband an seinem Arm.

»Sie können sich nicht vorstellen, wie erholsam das ist, hier zu liegen. Vor allem mit so einer reizenden Pflegerin«, versicherte er augenzwinkernd, während sie Salbe auf seine Wunde strich. Er lächelte selig und zeigte dabei eine Reihe schiefer Zähne.

Hanna blickte sich kurz um und verstand nicht, wie jemand dieses dunkle und enge Loch als angenehm empfinden konnte. Dicht an dicht lagen die Verwundeten im Stroh, und wenn sie sich zu viel bewegten, hatten sie nur noch den blanken Boden unter sich.

»Es ist zwar nur ein einfaches Lager«, fuhr der Schiefzahnige fort und strich mit der Hand über seine Unterlage, »aber alles ist besser als diese dreckigen Erdlöcher, in denen wir in der letzten Zeit gehaust haben. Endlich mal kein Trommelfeuer und ein paar Stunden am Stück schlafen.«

»Wie im Paradies ist das«, bestätigte der neben ihm liegende Soldat. Hanna sah zu dem Nachbarn auf und wusste nicht, in welches seiner schielenden Augen sie blicken sollte. Schnell wendete sie sich wieder ihrer Arbeit zu.

»Sie machen sich kein Bild davon, wie es zugeht da draußen«, berichtete der Schielende. »Der Iwan ist zäh wie Riemenleder. Ich war dabei, als die Pak in Sewastopol einen Bunker mitten durch die Schießscharte getroffen hat. Meinen Sie, die paar Überlebenden, die es da noch gegeben hat, hätten sich ergeben?« Er schüttelte heftig den Kopf. »Die sind sowas von stur. Allesamt.«

Die Bohnenstange, wie sie insgeheim den dürren Soldat mit dem Schulterdurchschuss nannte, meldete sich zu Wort: »Wir haben mit unserer Einheit einen Bunker des Nordforts stürmen wollen, der lag in den Stollen und Berghallen und war mit einem Panzertor gesichert. Hunderte, wenn nicht tausende Zivilisten hatten sich dort zusammen mit Rotarmisten versteckt. Wir wollten sie mit Hilfe ein paar Gefangener, die wir gemacht hatten, zum Aufgeben zwingen. Und was machen die? Sprengen sich mit sämtlichen Zivilisten in die Luft!«

»Es sind halt Idioten«, kommentierte Gerda trocken.

Hanna sah missbilligend zu ihr hinüber. Ihr war schleierhaft, was Gerda immer zu solch verachtenden Kommentaren verleitete. Aber sie fragte sich auch, warum die Russen zu derart drastischen Maßnahmen gegriffen haben mochten.

Die Gleichgültigkeit, mit der die Wehrmachtsoldaten über das Sterben sprachen, bestürzte Hanna. Immerhin waren bei diesem Anschlag nicht nur feindliche Soldaten getötet worden, sondern ganz bestimmt auch Frauen und Kinder.

Aber ob das alles der Wahrheit entsprach? Sie wusste, dass Männer gerne versuchten, sich gegenseitig zu übertrumpfen.

Der Patient mit den schiefen Zähnen meinte: »Das, was der Russe dort durchgemacht hat, nicht nur die Rotarmisten, auch die Zivilbevölkerung, das hätte ich nicht mitmachen wollen.«

»Ich auch nicht, wenn ich mir so anhöre, was ihr berichtet«, warf Hanna ein.

Der Hüne, der unterhalb des Fensters lag, setzte sich auf. Er kratzte seinen verbundenen Kopf und blickte von einem Kameraden zum anderen. »War einer von euch beim Abschuss von ›Dora‹ dabei?«

Hanna hatte vom Einsatz dieses legendären Geräts gehört, aber niemand der hier Anwesenden schien ihn selbst erlebt zu haben.

»Det hätt ick jern mitjemacht«, rief der Soldat, der direkt hinter der Tür lag, voller Begeisterung. »Aber mich hat's vorher schon aus die Stiefel jehau'n. Wir ham bloß mit die Dicke Berta jeschossen.«

»Ich dachte, die Dicken Bertas wären nach 1918 alle zerstört oder von den Siegermächten eingezogen worden?«

»Ja nee, nich janz. Eene einzije war noch ufm Versuchsjelände bei da Firma Krupp, un die is denn nach Sewastopol jebracht worden. Is Fort ›Molotow‹ tatsächlich in Schutt und Asche jewesen nach'n Angriff mit da Dora?«

Der Soldat mit der Kopfverletzung war sich einer gespannten Zuhörerschaft sicher, alle schauten ihn mit leuchtenden Augen an. »Los, erzähl schon!«

»Stimmt es, dass Dora ein vierzig-achsiges Fahrgestell braucht?«

»Mach's nicht so spannend!«

»Ist schon gut, ich erzähle es euch ja.« Er schien sehr stolz darauf, Teil der, wie er sagte, mehrere Tausend Mann starken Besatzung um das größte je gebaute Geschütz gewesen zu sein. »Ich habe es logischerweise nicht selbst gesehen, denn die Feuerstellung war fünfundzwanzig Kilometer nordöstlich vor Sewastopol, aber Fort ›Molotow‹ stand wohl komplett in Feuer. Mit einem achtzig Zentimeter-Kaliber ist halt nicht zu spaßen!«

Fünfundzwanzig Kilometer Entfernung? Insgeheim verglich Hanna dies mit ihren eigenen Wurfkünsten. Dass eine Granate so weit fliegen sollte, widerstrebte ihrer Vorstellungskraft. Inzwischen fragte sie sich, ob bei den Schilderungen nicht ein wenig die Gäule mit den Männern durchgingen.

Sie kam nun zu einem Soldaten, der sich bisher nur wenig an der Unterhaltung beteiligt hatte, und öffnete den lockeren Verband um seine linke Schulter. Die Wunde war deutlich entzündet und musste gespült werden. Stichverletzungen wie diese hatte Hanna bisher noch keine zu sehen bekommen. »Tut mir leid«, sagte sie zu ihm. »Es wird gleich ein wenig brennen, aber das muss sein.«

Resi raunte ihm vom Nebenlager aus zu: »Je mehr Dreck da rauskommt, umso besser sind deine Chancen, den Arm zu behalten.«

Während Hanna seine Wunde behandelte, stöhnte er qualvoll auf. Sie bemerkte die Oberin, die ihr argwöhnisch über die Schulter sah. Jetzt nur nichts falsch machen, sagte sich Hanna im Stillen, und fuhr in ihrer Behandlung fort. Nachdem sie den ausgetretenen Eiter abgewischt hatte, spülte sie die Wunde mit Karbollösung. Scharf zog der Soldat Luft durch die Zähne. Der Schmerz musste wie Feuer brennen.

Um ihn abzulenken, fragte Hanna nach seinem Namen.

»Ich heiße Theo.«

Sie lächelte. »So heißt auch mein Onkel. Aber wir rufen ihn immer nur Onkel Duus. Wir haben an der Grenze bei Bocholt gewohnt, bevor wir in die Eifel gezogen sind. Und Onkel Duus war ein wahrhafter Meisterschmuggler.« Sie lachte. »Mich hat er immer dazu angehalten, die Schmuggelware an die Leute im Ort zu verteilen. Dafür hat er sich eine ganz unauffällige Tarnung ausgedacht und die Sachen in meinen Tornister gesteckt. Das Schwämmchen habe ich an der Seite heraushängen lassen und die Schiefertafel in der Hand getragen, damit die Leute mir auch glaubten, wenn ich behauptet habe, zur Schule zu gehen.«

Theo, der ihr aufmerksam zuhörte, lachte herzlich. »Da haben Sie aber großes Glück gehabt, dass Sie nicht erwischt worden sind.«

»Ich glaube, wenn mein Vater zu der Zeit nicht die Wachhunde für den Zoll ausgebildet hätte, hätten sie meinen Onkel schon längst hinter Gitter gebracht.« Plötzlich fiel ihr ein, dass die Oberin die ganze Zeit hinter ihr stand, und ihr Geplauder mitbekommen haben musste. Sie blickte kurz über ihre Schulter und lächelte ihre Vorgesetzte verlegen an. Doch diese nickte ihr nur mit ernster Miene zu und entfernte sich. Schuldbewusst widmete sich Hanna wieder ihrer Arbeit. Sie sollte weniger plappern. Vor allem nicht über solch heikle Dinge. »Warst du auch in Sewastopol wie die anderen hier?«, lenkte sie ab.

»Wir waren bei den Kämpfen um den Sapun-Hügel«, begann er nachdenklich. »Und wie aus dem Nichts ist auf einmal dieser verfluchte Russe aufgetaucht und hat mit seinem Bajonett zugestochen.«

Hanna streichelte über seinen Unterarm. »Es ist ja nochmal gut gegangen. Beim nächsten Mal passt du besser auf und dann passiert dir so etwas bestimmt nicht wieder.« Mit schwerem Seufzen fügte sie hinzu: »Am besten lernen wir doch alle aus unseren Fehlern.«

Er sah sie aus feuchten Augen an, versuchte, ein Schluchzen zu unterdrücken, doch sie merkte, wie schwer ihm das fiel. Hanna fühlte sich hilflos, auch ihren Blick verschleierten Tränen. Sie nahm sich jedoch zusammen, denn wie konnte sie diesem jungen Mann Trost spenden, wenn sie sich selbst derart betroffen zeigte?

Nachdem sie seine Schulter wieder verbunden hatte, lächelte sie ihm aufmunternd zu. »Das wird schon wieder. Es muss weitergehen.«

»He, Schwester, können Sie den Wehrmachtsempfänger einschalten?«, fragte einer der Soldaten.

Hanna packte Karbollösung und Verbände zusammen und stand auf. Im Vorbeigehen schaltete sie den Apparat an, der auf dem schmalen Fensterbrett stand. Heute lief kein ›Wunschkonzert der Deutschen Wehrmacht‹, aber es wurden bekannte Lieder gesendet, zu denen die verwundeten Soldaten pfiffen und mitsangen.

Sie verließ den Raum und wollte gerade nach unten gehen, da hörte sie Gerda ihren Namen rufen.

Hanna blieb stehen und drehte sich zu ihr um.

»Ich habe noch ein Hühnchen mit dir zu rupfen!«, sagte die Hilfsschwester vorwurfsvoll.

Was war denn jetzt schon wieder? Hanna erinnerte sich nicht, einen Fehler gemacht zu haben, abgesehen von dem Geplauder, das Gerda aber nicht mitbekommen haben dürfte. »Was denn für ein Hühnchen?«, fragte sie genervt.

Gerda stemmte die Hände in die Hüften und zog eine Augenbraue hoch, während sie Hanna herausfordernd ansah. »Ich habe eben gesehen, wie du die Heulsuse getröstet hast.«

»Ja und? Was ist daran so verkehrt?«

»Ich geb dir einen guten Rat: Tu das nicht, Hanna.«

»*Du* willst mir Vorschriften machen?«, fragte Hanna ungläubig. Gerdas Nicken verriet ihr, dass sie es tatsächlich ernst meinte. Die hatte sie doch nicht mehr alle! »Vergiss nicht, wer hier wem Vorschriften machen kann«, mahnte sie streng.

Gerda reckte trotzig das Kinn vor. »Die Kerle sollen wieder an die Front, und wenn du sie hier so verzärtelst, sind sie nicht mehr hart genug für den Kampf. Um das zu wissen, brauche ich kein Examen!«

Hanna stieß deutlich hörbar die Luft aus. »Ein wenig Trost und Zuspruch hat noch keinem geschadet. Ganz im Gegenteil.«

»Ich denke, da liegst du falsch«, beharrte Gerda und sah ihr unverwandt in die Augen.

»Überlass das Denken lieber den Pferden. Die haben den größeren Kopf.«

Mitten in der Nacht wurde ein einzelner Verletzter gebracht. Üblicherweise holten die Fahrer mit den Sankas und Lastern ganze Zugladungen Verwundeter vom Bahnhof ab, oder die Leichtverletzten kamen zu Fuß, aber noch nie war ein einzelner von seinen Kameraden mit einem Fahrzeug zum Lazarett gebracht worden. Er brüllte vor Schmerzen.

Die Oberin wies die Sanitäter an, ihn auf den Untersuchungstisch zu legen, und schickte Hanna, den Stabsarzt zu wecken.

Noch bevor sie an der Tür anlangte, betrat Dr. Gimbor den Untersuchungsraum und sah sich verwundert um. »Was ist denn das für eine Schreierei hier?« Seine Haare standen kreuz und quer vom Kopf ab, die Augen waren vom Schlaf verquollen.

Wie sich herausstellte, war der Soldat an der Baustelle der Dnjepr-Talsperre verunglückt. Bevor die Wehrmacht in

Saporoshje eingerückt war, hatten die Russen vor ihrem Rückzug eine zweihundert Meter lange Bresche in die Staumauer gesprengt, woraufhin der Stausee komplett leer gelaufen war. Die Deutschen hatten nun begonnen, die Staumauer des größten Wasserkraftwerkes der Welt wieder aufzubauen.

»Schwester Hanna, bereiten Sie ein Sedativum vor«, ordnete Gimbor an und gähnte ausgiebig. »Sonst schreit der uns noch das ganze Haus zusammen.«

Hanna nickte und wandte sich der Ablage zu. Sie steckte die Injektionsnadel auf die Glasampulle und nahm den Behälter mit der Aufschrift ›Scophedal‹. Gerade wollte sie das Sedativ aufziehen, da rief Dr. Gimbor: »Stopp!«

Hanna erstarrte, seine Stimme ließ keinen Zweifel, dass er sie gemeint hatte. Ihre Wangen glühten. Als der Arzt in Hannas erschrockenes Gesicht sah, lachte er auf. »Keine Sorge, Schwester. Ich fresse Sie nicht auf.« Dann wurde seine Miene ernst. »Aber nehmen Sie auf keinen Fall Scophedal.«

Hanna ließ die Spritze sinken und sah ihn fragend an.

»Dieser Mann hier ist von der Staumauer gestürzt«, erklärte er und suchte auf der Ablage nach einem anderen Gefäß. »Zum Glück war er durch ein Seil gesichert, sonst stünde es schlimm um ihn. Doch wir müssen berücksichtigen, dass er mit voller Wucht gegen die Mauer geprallt ist. Ich vermute Trümmerfrakturen, und wenn wir da Scophedal verabreichen, könnte es zu einem schweren Kreislaufkollaps kommen. Nehmen Sie das Morphium.« Er reichte ihr den Behälter und lächelte ihr aufmunternd zu. Die Oberin hingegen deutete ein abschätziges Kopfschütteln an.

»Entschuldigung, das wusste ich nicht«, sagte Hanna mit leicht gesenktem Kopf. »Für die Zukunft werde ich mir das merken.«

Nach zehnminütiger Wartezeit dämmerte der Patient vor sich hin. Während Hanna gemeinsam mit der Oberin seine Uniform zerschnitt, bedachte die Alte sie immer wieder mit strengen Blicken.

»Nehmen Sie sich nicht zu viel heraus, Schwester«, zischte sie schließlich. »Wenn man keine Ahnung hat, fragt man erst einmal nach.«

Hanna schlug die Augen nieder und nickte stumm, während sie die sichtbaren Verletzungen freilegte. Am ganzen Körper hatte der Verunglückte schlimme Schürfwunden, die Hanna nun desinfizierte. Dr. Gimbor begann, den Patienten abzutasten. Er brummte vor sich hin, als er das Becken befühlte. »Pelvisfraktur«, diagnostizierte er knapp und tastete den restlichen Körper ab. Als er das rechte Schlüsselbein erreichte, knirschte es, als beiße man auf einen Kirschkern und breche sich dabei ein Stück des Zahns ab.

»Das klingt aber auch nach einer Fraktur«, mutmaßte Hanna. Der scharfe Blick der Oberin ließ sie sofort wieder verstummen.

Tage darauf hatte Hanna zum ersten Mal frei, seit sie in Saporoshje waren. Gemeinsam mit Bertha und Leni lag sie auf den Decken, die sie im Garten ausgebreitet hatten. Das vertrocknete Gras wehte sanft im Wind, und die Sonne brannte wie Feuer auf die drei Krankenschwestern, ihre Nasen leuchteten bereits puterrot.

»Langsam wird mir das Herumliegen langweilig.« Bertha wälzte sich von einer Seite auf die andere. »Lasst uns einen Spaziergang machen!«

Hanna und Leni waren einverstanden. Sie packten ihre Decken wieder zusammen, meldeten sich bei der Oberin ab und machten sich auf den Weg.

Die Stadt und ihre Bewohner vermittelten einen äußerst ärmlichen Eindruck. Viele Häuser waren beschädigt oder vollkommen zerstört, hatten zerschossene Dächer und zerbrochene Fenster. An manchen Häusern klafften große Löcher in den Wänden, die Granaten dort hinterlassen haben mussten. Die Menschen, die ihnen begegneten, wirkten müde und kraftlos und bedachten die drei jungen Frauen mit misstrauischen Blicken.

In einer schmalen Gasse stand eine kleine Kate in einem wunderschönen Garten. Hier war nicht viel von der Trockenheit zu erkennen, die sich hinter dem Lazarettgebäude bemerkbar machte, die Pflanzen standen üppig in sattem Grün in den Beeten. Zwiebeln, Karotten und Kartoffeln wuchsen hier ebenso wie Bohnen und Kohl. Neben dem großen Gemüsebeet stand ein Kirschbaum, voll behangen mit dunkelroten Früchten, die nur darauf warteten, gepflückt zu werden.

Hanna lief das Wasser im Mund zusammen. »Meint ihr, wir könnten uns eine Handvoll nehmen?«

Vor der Kate saß ein älterer Mann auf einer Bank und reparierte Werkzeug.

»Versuchen wir unser Glück doch mal«, schlug Bertha vor und rief über den Zaun hinweg: »Guten Tag, der Herr! Für den Fall, dass Sie uns verstehen: Dürften wir uns von Ihrem entzückenden Baum ein paar Kirschen pflücken? Nur ein paar auf die Hand.«

Der Mann sah auf, legte das Werkzeug zur Seite und erhob sich schwerfällig von seinem Platz. Mit schlurfenden Schritten kam er auf die drei zu. Er hatte schütteres Haar, ein langer Schnauzbart zierte sein faltiges Gesicht. »Meinetwegen«, sagte er in akzentfreiem Deutsch, während er das Gatter öffnete und sie einließ. »Nehmt euch so viel ihr tragen könnt.«

Hanna stutzte, und auf ihre Frage, woher er so gut deutsch könne, erklärte er: »Ich komme aus Hannover. Im Großen Krieg bin ich in russische Gefangenschaft geraten. Dann habe ich mich in meine Anuschka verliebt und bin hiergeblieben. Pflückt euch jetzt eure Kirschen. Aber tut mir einen Gefallen: Kommt nie wieder hierher! Wenn die Russen sehen, dass ich Kontakt zu Deutschen habe, komme ich in Teufels Küche.«

Hanna, Bertha und Leni nickten eifrig. Sie beeilten sich, in kürzester Zeit möglichst viele Kirschen zu pflücken, bedankten sich und machten sich davon. Noch nicht wieder auf dem Weg, steckten sie sich die ersten Früchte in den Mund. Sie schmeckten köstlich.

Am Abend saßen Hanna und ihre Kolleginnen mit der ganzen Mannschaft in dem kleinen verwilderten Garten hinter ihrer Unterkunft beisammen. Sie hatten Karl Eier und Zucker abgeschwatzt und warteten ungeduldig auf Peter, den Soldaten, der Wodka bringen sollte. Nach Berthas Rezept sollte dies den besten Eierlikör der Welt ergeben.

Als der junge Mann endlich ankam, war er völlig außer Atem. »War gar nicht so einfach, den Russen zu überzeugen«, japste er unter vielsagendem Grinsen und wedelte mit den Flaschen in beiden Händen. Hanna und Bertha bugsierten ihn umgehend in die Küche und machten sich ans Werk.

»Dreizehn Eier müssen es sein, keins mehr und keins weniger«, betonte Bertha, während sie mit dem Nagel des Zeigefingers unentwegt auf die Tischplatte tippte. Dabei sah sie Peter herausfordernd an. Er zwinkerte ihr zu und griff beherzt in den mit Eiern gefüllten Korb. Während er die Eier trennte, beobachtete sie akribisch jeden seiner Handgriffe.

»Du kannst gleich weitermachen und sie kleppern«, bestimmte sie, während sie ihm einen großen Schneebesen in die Hand drückte. Mit großen Augen sah er die junge Frau an und schien nicht so recht zu wissen, was sie von ihm wollte.

Hanna konnte sich ein Grinsen nicht verkneifen. Ob sich Peter absichtlich so ungeschickt anstellte?

Bertha legte indes ihre Hand auf seine und führte sie an die Schüssel. Dabei sahen sich die beiden tief in die Augen. So verharrten sie einen Moment, bis Bertha sich mit glühenden Wangen aus der Berührung löste.

Peter ließ ein Räuspern vernehmen und begann, mit dem Schneebesen in der Schüssel zu rühren.

Bertha schüttelte den Kopf. »Wenn meine Großmutter, Gott hab sie selig, sehen könnte, was du gerade aus ihrem Rezept machst, würde sie vom Himmel herunter rufen, dass du die Eier nicht streicheln sollst, sondern schlagen! Schau, so!« Sie nahm ihm den Schneebesen aus der Hand und schlug damit schwungvoll die Masse schaumig. »So, und jetzt Zucker rein, gleich danach den Wodka«, forderte sie Hanna auf. »Dann ist unser Eierlikör fertig.«

Nach einer kleinen Kostprobe machten sie sich auf den Weg zu den anderen. Im Garten wurden sie mit großer Freude begrüßt, jeder hielt Bertha erwartungsvoll sein Glas entgegen.

Der Likör schmeckte köstlich und benebelte Hannas Sinne. Ein Blick zu Bertha bestätigte ihr, was sie schon in der Küche geahnt hatte. Peter saß dicht bei ihr und umgarnte sie, und auch Bertha schien sehr von ihrem Verehrer angetan. Nun verschränkten sie ihre Arme und tranken Bruderschaft. Als sie sich kurz darauf küssten, blickte Hanna verschämt zur Seite. Hoffentlich erwischte die Oberin die beiden nicht, sonst konnte Bertha bestimmt ihre Sachen packen und nach Hause fahren.

Auch die anderen schienen das Getränk zu genießen, zudem wanderten weitere Schnapsflaschen durch die Reihen. Die Stimmung wurde immer ausgelassener, die Witze zotiger.

Karl stimmte das allen bekannte Lied von den drei Chinesen mit dem Kontrabass an, das sie in verschiedenen Variationen sangen.

Als alle Vokale durch waren, packte er einen Kamm aus seiner Brusttasche und wickelte Butterbrotpapier darum. Offensichtlich trug er dies ständig für solche Zwecke bei sich, was Hanna an die schönen Abende mit ihren Freunden in der Eifel erinnerte. Oft hatten sie zu Hause bei den Webers in der Stube gesessen und in Ermangelung an Musikinstrumenten den Kamm geblasen. Die Melodie, die Karl nun anstimmte, erkannte jeder. Sofort ertönte es im Chor: »Meine Oma fährt im Hühnerstall Motorrad …«

Inbrünstig sangen sie Hetzlieder auf den dicken, Zigarre rauchenden Churchill, auch Marsch- und Hitlerlieder ließen sie nicht aus. Irgendwann stimmte einer der Soldaten »Heimat, deine Sterne« an. Sogleich kippte die ausgelassene Stimmung ins Melancholische.

Hanna war nicht imstande, mitzusingen. Bei diesen Worten schossen ihr Tränen in die Augen, und ein dicker Kloß saß ihr im Hals. Nun, da sie so weit entfernt an die Heimat denken musste, vermisste sie ihre Familie und Freunde zu Hause besonders schmerzlich.

In dem Moment setzte sich Gerda neben sie. »Hanna, Hanna.«

Den Unterton in ihrer Stimme wusste Hanna nicht zu deuten. Sie starrte auf ihr volles Glas und überlegte, doch ihr fiel nichts ein, womit sie die Kollegin hätte loswerden können. »Was willst du?«, fragte sie deshalb nur knapp.

»Leni hat mir von den Kirschen abgegeben. Ich liebe Kirschen!« Jetzt hatte Gerdas Stimme etwas Schwärmerisches. »Ich glaube, dafür könnte ich sogar töten. Hast du noch welche?«

Erstaunt sah Hanna auf und verneinte.

»Gehst du morgen mit mir neue organisieren?«

Hanna berichtete, was der Mann ihnen gesagt hatte.

»Ach, ein Überläufer? Und von dem habt ihr was angenommen?«

»Jetzt übertreibst du aber«, entgegnete Hanna unwirsch. »Das war ein Deutscher.«

»Ein Deutscher, der jetzt auf Feindesseite steht.«

»Die Kirschen haben trotzdem geschmeckt.« Hanna hob ihr Glas in Gerdas Richtung und leerte es in einem Zug.

»Wohl zu viel gefeiert, Schwester«, schmunzelte der rotbäckige Verwundete, während Hanna ihm den Blutdruck maß. »Ich habe euch heute Nacht singen hören. Mein Vater hat immer gesagt, wer feiern kann, kann auch arbeiten.«

Dröhnendes Gelächter erscholl von den Nachbarlagern.

Hanna verzog das Gesicht und fasste sich wehleidig an die Schläfe. »Nicht so laut, mir platzt sonst noch der Schädel!«

Doch die Männer lachten nur noch lauter.

Der ganze Tag war eine Qual für Hanna, denn die Soldaten machten sich einen Spaß aus ihrem Zustand und riefen sie unnötig oft zu sich, so dass sie nur selten Gelegenheit fand, sich zwischendurch hinzusetzen und auszuruhen. In ihrem Kopf hämmerte es unablässig. Das Schmerzmittel, das sie sich aus dem Apothekenschrank genommen hatte, verfehlte vollkommen seine Wirkung.

Als am Nachmittag ihre Ablösung kam, war Hanna erleichtert. Ihr erster Weg führte sie zu ihrem Schlafplatz, wo sie sich, so wie sie war, hinlegte und sofort in einen komatösen Tiefschlaf fiel.

Nach Stunden wachte Hanna wieder auf und fühlte sich nur wenig erholt. Sie ging nach unten und kam gerade rechtzeitig zur Parolenausgabe. Die täglich wechselnde Parole zu kennen war lebenswichtig, wer sie nicht nennen konnte, wurde unweigerlich als potentieller Feind eingestuft.

Hanna hörte nur mit halbem Ohr zu, da sie sicher war, die neue Parole nicht zu brauchen und ging sofort nach der Bekanntgabe zu Karl, um den Rest ihrer Tagesration zu essen. Die Zigaretten steckte sie ihm mit einem Augenzwinkern zu.

Bevor sie sich wieder hinlegte, wollte sie noch etwas frische Luft schnappen und wunderte sich beim Hinausgehen wie so oft über den plötzlichen Einbruch der Nacht. Wie Dr. Gimbor ihr erklärt hatte, war es im südlichen Teil Russlands ganz normal, dass es nicht dämmerte. Die Sterne funkelten wie zahllose Diamanten, und der weite Himmel kam ihr hier noch gewaltiger vor als zu Hause in der Eifel. Ganz in der Nähe stand der Sanitäter Hans, der nach oben zu den Sternen schaute. Hanna bemerkte, wie er sich verstohlen eine Träne aus dem Auge wischte. Als er sich zu ihr umdrehte, wirkte er verlegen. »Ich hatte eine Verabredung.«

Hanna sah ihn fragend an.

»Als wir uns voneinander verabschiedet haben, haben meine Frau und ich ausgemacht, dass wir jeden Abend um dieselbe Zeit diesen Stern da oben anschauen und aneinander denken.« Er wies zum Polarstern, der hell und klar leuchtete.

Hanna war gerührt und zugleich erstaunt, dass der sonst so forsch auftretende Sanitäter solch eine romantische Seite offenbarte. Man konnte den Menschen halt doch nur vor den Kopf schauen. Wer wusste schon, was in den anderen wirklich vorging?

Ob auch zu Hause gerade jemand den Sternenhimmel betrachten und dabei an sie denken würde?

Zu Hause … Das war seit vier Jahren die Eifel. Hanna hatte lange darüber gegrübelt, warum es eigentlich zu diesem Umzug gekommen war, da sie sich alle zuvor sehr wohl in Mussum gefühlt hatten.

Es musste mit der Begegnung auf dem Markt zusammenhängen. Seitdem war alles anders geworden.

Es war im Mai 1938 gewesen, am Schuljahresende und gleichzeitig am Ende von Hannas gesamter Schulzeit. Sie begleitete Mutter beim Einkauf auf dem Bocholter Markt.

Den Gemüsestand hatten sie gerade hinter sich gelassen, als vor dem Blumenstand eine Frau, die ein paar Straßen von ihnen entfernt wohnte und im Haushalt von Bürgermeister Irrgang arbeitete, Hannas Mutter am Arm festhielt. »Minna, auf ein Wort«, zischte sie.

Hanna fand das Getratsche der alten Weiber fürchterlich und sah sich lieber die Blumen an, die feilgeboten wurden und einen herrlichen Duft verströmten.

»Minna, du musst Heinrich zum Schweigen bringen«, begann die Klatschbase im Flüsterton. »Ich habe gestern durch Zufall ein Gespräch zwischen Irrgang und Gauleiter Meyer mitbekommen.«

Hanna wurde hellhörig und bemerkte, dass Mutter mit einem Mal sehr besorgt wirkte. Irrgangs Haushälterin blickte nervös um sich, zog Mutter am Ärmel ihrer Weste etwas weiter vom Blumenstand weg und redete auf sie ein. Was sie sagte, blieb Hanna verborgen. Sie glaubte, die Wörter »Nazis« und »Lager« zu hören, konnte sich aber keinen Reim darauf machen, was das mit Vater zu tun haben sollte.

Keine Woche später verkaufte er das erst vor Kurzem neu gebaute Haus, sichtlich verärgert, weil er es weit unter Wert veräußern musste.

Hanna und ihre Schwestern standen in dem schmalen Flur und protestierten. Der Gedanke, ihre Freundinnen zu verlieren, machte Hanna schwer zu schaffen. »Wir wollen nicht von hier weg!«, rief sie.

»Kinderwille ist Kälberdreck«, entgegnete Vater barsch.

Hanna stemmte die Hände in die Hüften und stellte sich ihm kühn entgegen. »Dann nenne mir wenigstens einen vernünftigen Grund, warum wir unser schönes neues Zuhause aufgeben sollen.«

»Das habe ich dir bereits gesagt.« Er schob sie grob zur Seite und ging mit schweren Schritten an ihr und den Schwestern vorbei.

»Landwirtschaft gibt es hier auch«, trumpfte sie auf. »Du kannst mir nicht erzählen, dass das der Grund sein soll.«

Doch er reagierte nicht.

»Du alter, sturer Westfale!«, schleuderte sie ihm in ihrer Verzweiflung hinterher.

Mit weit ausladenden Schritten kam Vater zurück und holte zu einer Ohrfeige aus. »Janno Porre!«, schrie er, ließ den Arm jedoch unverrichteter Dinge wieder sinken. Stattdessen fuhr er sich an die Schläfe und sagte schwach: »Uns bleibt keine Wahl.«

Dann war alles sehr schnell gegangen. Alle Familienmitglieder packten mit an, und in der Abenddämmerung hievten sie den gesamten Hausrat auf den Laster. Bei Nacht und Nebel fuhren sie davon. Ziel ihrer Flucht war ein per Inserat erworbener, und wie sich bei der Ankunft herausstellte, stark heruntergekommener Bauernhof in einem gottverlassenen Dorf, dem hintersten Winkel in der Eifel. Von diesem Tag an war Vater nicht mehr derselbe.

»Ach Vater«, flüsterte Hanna dem russischen Himmel entgegen. »Wie gern wäre ich jetzt bei dir und würde mit dir streiten.«

In der Nacht wachte Hanna auf, weil ihre Blase drückte. Es war ihr lästig, dass sie sich dafür komplett anziehen musste, denn die Toiletten lagen außerhalb und waren höchst gewöhnungsbedürftig. Schnell zog sie Hose, Jacke und Schuhe an und machte sich auf den Weg nach draußen in Richtung Donnerbalken.

Stockfinster war es und ziemlich unheimlich. In einiger Entfernung knatterte ein Flugzeug am Himmel. Kurz darauf detonierte eine Bombe, das Knattern wurde leiser. Mit flauem

Gefühl im Magen ging Hanna weiter. Aus den kleinen Fenstern fiel ein schwacher Lichtschein auf den Boden. Der Mond stand als schmale Sichel am Firmament und spendete nur spärliches Licht. Mit kleinen Schritten tastete sie sich vor.

Plötzlich blitzte ein Gewehrlauf vor ihrer Nase auf. Hanna erschrak fürchterlich.

»Parole!«, brüllte eine Stimme.

Hanna überlegte fieberhaft. Die neue Parole wollte ihr partout nicht einfallen. Hätte sie doch bloß besser aufgepasst! Aber ihr Kopf war wie leergefegt.

Der Wachsoldat fuchtelte mit dem Gewehr vor ihr herum und brüllte noch lauter: »Die Parole!«

Hanna rutschte das Herz in die Hose. Die unmittelbare Gefahr, jeden Moment erschossen werden zu können, versetzte sie in wilde Panik.

Um sich irgendwie zu retten, schrie sie, hysterisch schrill: »Ich bin's doch nur! Erschieß mich nicht! Bitte!«

Der Wachmann senkte das Gewehr, verfiel in lautes Lachen und schien mindestens genauso erleichtert wie Hanna, dass er keinen Feind vor sich hatte. Er fasste sie am Arm, zog sie zu sich und flüsterte ihr ins Ohr: »Die heutige Parole heißt ›Dienstzeit-Urlaub‹. Nicht wieder vergessen, Schwester.«

In der Steppe
Reichskommissariat Ukraine
Generalbezirk Dnjepropetrowsk
Juli 1942

Die unerträgliche Hitze raubte Hanna schier den Verstand, selbst den anderen fehlte die Kraft, sich auch nur einen Deut mehr zu bewegen als unbedingt nötig. Seit Tagen waren sie in den Sankas und Lastwagen unterwegs zum nächsten Ziel, das Hanna auch dieses Mal nicht kannte. Sie hatte sich bei allen möglichen Leuten durchgefragt, aber außer der Auskunft, dass es näher auf die Front zuging, keine zufriedenstellende Antwort erhalten. Warum nur wollte niemand verraten, wo es lang ging?

Hanna saß im dritten Wagen der Kolonne, die vorderen Wagen wirbelten so viel Sand auf, dass die Plane die meiste Zeit geschlossen blieb. Inzwischen war es jedoch so heiß geworden, dass Peter und Bertha sie wieder öffneten. Doch das hatte zur Folge, dass die gesamte Mannschaft im Nu von Staub bedeckt war, der sie regelmäßig zum Husten brachte.

Eine endlos öde Steppe lag vor ihren Augen, alles wirkte stumpf und fahl. Sogar der Wald, der sich am Horizont als schmaler Streifen abzeichnete, schien grau und trist. Einzig der Fluss Dnjepr und sein grünes Ufer boten etwas Abwechslung.

Bei der nächsten Rast sprang Hanna von der Ladefläche und fasste in den Staub auf der Fahrbahn. Sie war erstaunt, wie dick diese Schicht war.

»Ich glaube, wir sind jetzt doch in Afrika gelandet. Schaut euch diese Massen von Sand an.«

Gerda schnaubte. »Afrika … Hat dir die Hitze schon so das Hirn versengt, dass du nicht mehr weißt, wo du bist? Hättest du mal einen Blick auf Dr. Möllers Karte geworfen, wüsstest du, dass wir hier im rückwärtigen Heeresgebiet Süd sind. Ehemaliges Russland, Reichskommissariat Ukraine. Und wenn ich recht liege, im Kreisgebiet Sinelnikowo. Rund dreihundert Kilometer vom Ziel entfernt.«

»Aha«, entgegnete Hanna in gespielter Bewunderung. »Gut, dass du mir das sagst. Ich habe mir gleich gedacht, dass ich mit Afrika falsch liegen muss. Da gibt es immerhin richtige Schlangen.«

Gerda blitzte sie wütend an und machte auf dem Absatz kehrt.

Matti, wie immer eine Spur übermütiger als seine Kollegen, zog am Flussufer seine Stiefel aus, entledigte sich seiner Uniform und hastete jubelnd auf die Fluten zu. Mit einem Satz sprang er hinein. Die meisten seiner Kameraden taten es ihm gleich, manche gingen langsam in den Fluss, die einen nackt, die anderen mit der kompletten Montur oder in Unterwäsche.

Hanna und ihre Kolleginnen blickten verschämt zu den Männern. Sie legten nur einen Teil ihrer Kleidung ab, um sich ebenfalls dem Genuss eines kühlen Bades hinzugeben. Wie gut das tat, den Staub der vergangenen Tage nicht mehr auf der Haut zu spüren! Hanna seifte sich ein und tauchte tief in das Wasser, reinigte ihre Kleidung und hing sie zum Trocknen auf behelfsmäßig gespannte Leinen zwischen den Fahrzeugen auf. Selbst die Sachen, die sie noch am Leib trug, trockneten in Windeseile.

»Ich wüsste mal gern, warum wir die pelzgefütterte Kleidung mitbekommen haben«, überlegte Bertha. »Wo es im Sommer so heiß ist, kann es im Winter unmöglich frieren!«

»Hast du eine Ahnung …«, entgegnete Peter und nahm sie in den Arm, nachdem er sich vergewissert hatte, dass die Oberin es nicht sah. »Du wirst dir die Hitze noch zurückwünschen.«

Hedwig band sich ihre nasse Lockenmähne zusammen und ging zu einem der Sankas. Dort schnappte sie sich eine Decke und rief den anderen Frauen zu: »Wer kommt mit?«

Hanna und Resi sprangen auf. In einiger Entfernung schlugen die beiden die Decke auf und hielten sie hoch, sodass Hedwig vor neugierigen Blicken geschützt ihre Notdurft verrichten konnte. Im Wechsel kam jede der drei Schwestern an die Reihe. Die Soldaten lachten und scherzten darüber, wie kompliziert doch manches für die Frauen war.

Auf dem Rückweg entdeckte Hanna an der Uferböschung seltsame Gewächse. Es sah aus, als lägen dort blassgrüne Bälle, die durch stark verzweigte Ranken miteinander verbunden waren. Die Blätter erinnerten sie entfernt an Disteln, sie waren leicht gefiedert und von beiden Seiten steif behaart.

»Da wachsen Melonen!«, rief Karl begeistert. »Leute, packt die Messer aus und macht Beute!«

Im Nu waren die Früchte geerntet, und wer sie noch nicht kannte, schaute gespannt zu, wie sie aufgeschnitten wurden. Karl reichte Hanna ein großes Stück. Voll neugieriger Erwartung biss sie in das blassrosa Fruchtfleisch. Hm, war das köstlich! Süß und doch leicht bitter, und so saftig, dass sich der schlimmste Durst damit löschen ließ.

Nachdem die Kleidung getrocknet war, verteilten sich alle wieder auf die Fahrzeuge. Doch es dauerte nicht lange, bis Mensch und Maschinen wieder genauso eingestaubt waren wie vor der Pause.

Hanna graute davor, weitere dreihundert Kilometer fahren zu müssen.

Dnjepropetrowsk
Reichskommissariat Ukraine
Juli 1942

»Endlich sind wir wieder in der Zivilisation!« Hanna sprang von der Ladefläche und streckte sich ausgiebig. Als sie sich etwas genauer umsah, fügte sie hinzu: »Zumindest so was ähnliches wie eine Zivilisation. Mit der Heimat ist diese Ruinenstadt jedenfalls nicht zu vergleichen.«

»Außerdem ist hier nur Zwischenstation«, gab Bertha zu bedenken.

Die Mannschaft des hier ansässigen Lazaretts empfing sie freundlich. Besonders schätzte Hanna die Möglichkeit, die sanitären Anlagen benutzen zu dürfen.

»Wir lassen den Damen den Vortritt«, entschied Dr. Möller großzügig, während er sich eine Zigarette anzündete. Er schien doch nicht so mürrisch zu sein, wie Hanna anfangs befürchtet hatte. Jetzt lächelte er sogar.

Ein Sanitäter zeigte ihnen die Duschräume. Im Nebenraum zogen sich die Frauen aus und spritzten die Kleidungsstücke mit einem Schlauch ab. Anschließend legten sie sie in einen großen Bottich, der eine warme Lauge enthielt.

In dem hellen Raum nebenan ragten in einer langen Reihe mehrere Duschköpfe aus der Decke. Hanna drehte den Wasserhahn auf, sofort rieselte kaltes Wasser auf sie herab. Angewidert sah sie dem braunen Rinnsal hinterher, das von ihrem Körper auf den Boden floss und in einem eckigen Abflussgitter verschwand.

Plötzlich schrie Leni aus Leibeskräften. Alle sahen erschrocken zu ihr, die entsetzt zur gegenüberliegenden Wand blickte und sich schützend die Hände vor ihren Körper hielt. Die anderen drehten beinah gleichzeitig ihre Köpfe. Im selben Moment schrien auch sie.

Vor lauter Freude über die Duschen hatten sie den Rest des Raumes nicht weiter beachtet, und daher auch nicht das Fenster bemerkt, das sich genau in der Mitte befand. Dort drückte sich an der Außenseite gerade eine halbe Kompanie Soldaten die Nasen platt und freute sich über den Anblick der nackten Frauenkörper.

Hanna rannte in den Nebenraum, nahm ihr Handtuch und lief zurück zum Fenster. Dort hielt sie es wie einen Vorhang davor und bedeutete den anderen, es befestigen zu helfen.

»So viel Wohltat auf einmal verkrafte ich nicht«, sinnierte Hanna, nachdem sie sich auf eines der Betten in dem freien Krankensaal geworfen hatte. »Ich hätte nie im Leben gedacht, dass ich mich so sehr über ein hundsgewöhnliches Bett freuen kann!«

Die Kolleginnen lachten und freuten sich ebenso, die Nacht in dem Lazarett als Gäste verbringen zu können.

Auf einmal zuckten Blitze am Himmel. Es dauerte nicht lange, bis tiefes Donnergrollen die Luft erfüllte. Die metallenen Bettgestelle vibrierten, und Hanna war nun gar nicht mehr wohl zumute.

In das Donnergrollen hinein sagte Bertha schmunzelnd: »Meine Großmutter behauptet bei Gewitter immer, dass Gott schimpft. Und wenn es dabei auch noch regnet, dann muss er wohl sehr traurig sein, denn er weint, weil die Menschen so böse sind.«

Just in diesem Moment begann es zu regnen. Sintflutartig prasselte das Wasser vom Himmel und peitschte gegen die Fensterscheiben.

»Papperlapapp«, rief Gerda nun lauter, um das Geräusch des Regens zu übertönen. »Der liebe Gott heult nur wegen den anderen, wir Deutschen sind doch die Guten!«

Ein gewaltiges Krachen ließ sie sofort verstummen, Blitz und Donner wechselten nun ohne Pause. Es war ein infernalischer Lärm, der jeden Versuch einer weiteren Unterhaltung im Keim erstickte.

Von dem nächtlichen Platzregen waren nur noch kleine Pfützen im Schatten des Gebäudes sichtbar, den Rest hatte der Boden gierig aufgesaugt und die morgendliche Sonne getrocknet.

Hanna und ihre Kolleginnen vertraten sich vor dem Lazarett die Beine. Gleich würden sie Frühstück bekommen.

In den Fluren und auch draußen herrschte reger Betrieb. Ein Lazarettzug rumänischer Einheiten musste in der Nacht hierher gebracht worden sein. Von den deutschen Soldaten waren die rumänischen daran zu unterscheiden, dass über der Brusttasche ihrer Uniform kein Reichsadler aufgenäht war, und natürlich an dem gebrochenen Deutsch, das sie sprachen.

Einer begann mit Hanna und Leni ein Gespräch und erzählte ihnen, er und seine Einheit seien nach wochenlanger Fahrt gerade aus Sewastopol angekommen. Von schlimmen Kämpfen berichtete er, und dass die rumänischen Einheiten berüchtigt seien. Dabei tippte er mit der rechten Hand auf seine Brust. »Mit Vogel nix schlimm, ohne Vogel sehr schlimm.«

Krankensammelstelle
Kriegslazarett Abteilung 529 (R)
Stalino, Russland

August 1942

Hanna sah an dem riesigen Gebäudekomplex empor, der ihre neue Wirkungsstätte werden sollte. Sechs Stockwerke hoch und unendlich lang reihte sich ein Fenster an das andere. Aus manchen Scheiben ragten Ofenrohre heraus.

Schon bei der Ankunft in dieser Metropole waren Hanna viele ungewöhnliche Gebäude aufgefallen, Hochhäuser und große Wohnblocks standen unmittelbar neben ärmlich wirkenden Katen. Am Stadtrand ragten massenhaft Industrieschornsteine in den Himmel und bliesen dunklen Rauch heraus. Dies rühre von der hiesigen Braunkohleindustrie, hatte man ihnen erklärt.

Auch hier, mitten in der Stadt, verdunkelte der Rauch, den der Wind herübertrug, den Himmel, und verlieh allem eine spürbare Tristesse. Die einzigen Geräusche vor dem Gebäude waren die Schuhe der russischen Frauen, die im Stakkato über das Pflaster eilten, als seien sie auf der Flucht. Ihre ablehnenden Blicke waren voll dunkler Angst und Misstrauen.

»War das mal ein Krankenhaus?«, fragte sie Matti, der gerade aus der Tür heraus auf den Gehweg trat.

»Sieht mir mehr nach einer ehemaligen Schule aus. Aber hier haben wir schön viel Platz, und auf jeder Etage scheint es einen Saal mit Betten zu geben. Dann müssen also nicht alle Verwundeten auf Stroh liegen.«

Hanna begleitete ihn auf die Rückseite des Lazaretts, wo auf dem großen Hof die zahlreichen Sankas und Lastwagen parkten. Soldaten räumten die Fahrzeuge aus und trugen die Kisten durch den rückseitigen Eingang in das Gebäude.

Hanna folgte ihnen. Im Treppenhaus drängte der stechende Geruch von Bohnerwachs in ihre Nase. Sie verzog das Gesicht und ging zügig an der Treppe entlang weiter. Der erste Raum auf der linken Seite wurde gerade zur Schreibstube mit Feldpoststelle eingerichtet, dahinter befanden sich Speiseraum und Küche, wo Karl schon eifrig in den Töpfen rührte. Sofort begann Hannas Magen zu meutern und erinnerte sie daran, dass sie seit dem Frühstück in Dnjepropetrowsk nichts mehr gegessen hatte.

Gleich hinter der Küche befand sich der Duschraum. Im letzten, etwas kleineren Raum auf dieser Seite des Flurs standen zwei Mikroskope auf einem Tisch. Die Kartons mit dem Laborzubehör, Spateln, Tupfern und Verbänden sowie den Glasampullen, Nadeln, Desinfektions- und Putzmitteln waren im ganzen Raum verteilt. Hanna wusste, dass ihre diagnostischen Mittel begrenzt waren, aber die Oberin hatte ihr auf der Fahrt erzählt, dass es in Stalino ein großes Reservelazarett gab, das wesentlich besser ausgestattet war als diese provisorische Krankensammelstelle.

Am Ende des Flurs warf Hanna einen Blick durch die Glasscheibe in der Eingangstür, die nach draußen auf den Gehweg und die breite Straße führte. Nebenan hörte sie etwas klappern. Als sie in den Raum hineinlugte, wunderte sie sich, dass die Oberin Untersuchungsbesteck sortierte. Eigentlich war das die Arbeit einer Hilfsschwester. Hanna klopfte an den Türrahmen, die Oberin sah kurz auf. »Ach, Schwester Hanna, machen Sie sich schon mit den Räumlichkeiten vertraut?«

Hanna nickte stumm.

»Hier richten wir den Behandlungsraum ein.«

»Aber der hat ja gar keine Tür.«

Ihre Vorgesetzte zuckte die Schultern.

Hanna trat neben sie und half ihr beim Sortieren des Bestecks. »Zum Glück ist genügend Platz im ganzen Haus, um vernünftig arbeiten zu können.«

»Wir werden aber auch gewiss sehr viele Verwundete bekommen«, merkte die Oberin an. Sie wies zu der ebenfalls türlosen Öffnung auf der anderen Seite des Raumes. »Haben Sie schon das große Hinterzimmer gesehen?« Sie wartete Hannas Antwort nicht ab, sondern fuhr unbeirrt fort: »Dort werden die Ärzte künftig operieren. Drei Operationstische haben wir zugesprochen bekommen, ist das nicht großartig?«

Hanna fragte sich im Stillen, was sie mit drei Operationstischen sollten.

»Die Erfahrung hat ja gezeigt, dass wir wie ein Hauptverbandplatz und Reservelazarett gleichzeitig zu funktionieren haben und nicht wie eine übliche Krankensammelstelle«, beantwortete die Oberin stirnrunzelnd Hannas unausgesprochene Frage. »Also müssen wir auf vermutlich viele Operationen und Schlimmeres vorbereitet sein. Ich hoffe nur, dass wir die entsprechenden Apparaturen bekommen.« Ein lautes Seufzen stahl sich aus ihrem Mund. »Wir haben weder Beatmungsgeräte noch irgendwelche Möglichkeiten für Infusionen. Von der Ausstattung eines einfachen Lazaretts können wir hier bislang nur träumen.«

»Hm«, machte Hanna. »Bleibt zu hoffen, dass ausreicht, was wir haben.«

»Wie auch immer«, sagte die Oberin abwesend, während ihre Zornesfalte sich tiefer in die Stirn grub. »Gleich hierneben, an der Treppe vorbei links gibt es einen großen Raum, den wir für die Frischoperierten und für die Schwerstverletzten freihalten, die nicht transportfähig sind.« Sie dachte einen Moment nach und räusperte sich. »Nennen wir es einfach Sterbezimmer«, sagte sie beiläufig.

Ein gesondertes Zimmer zum Sterben? Hanna musste schlucken.

»Den Dienst hier unten verteilen wir auf alle«, erläuterte die Oberin weiter. »Und auf den nächsten beiden Etagen werden wir insgesamt vier Stationen einrichten. Dort kommen dann die anderen Verwundeten hin – nicht transportfähige und diejenigen, die auf das entsprechende Transportmittel warten müssen. Jede examinierte Schwester wird eine Station betreuen.«

Jede Examinierte? Hanna hielt erstaunt inne und sah ihre Vorgesetzte mit großen Augen an.

»Wussten Sie nicht, dass Sie hier eine Station leiten werden?«, erkundigte sich die Alte verblüfft. »Sie bekommen die Station im ersten Stock links.«

»Was? Ich?«

Die Oberin nickte. »Was dachten Sie, warum Sie einberufen wurden?«, ergänzte sie wesentlich leiser.

»Das war mir nicht klar«, stammelte Hanna und überlegte gleichzeitig, wie es zu dieser Entscheidung gekommen sein mochte. »Und das trauen Sie mir zu?«, fragte sie, immer noch verwundert.

»Dafür haben Sie doch Ihre Ausbildung absolviert«, antwortete die Oberin und schloss die Schubladen mit dem fertig sortierten Besteck. »Handlanger können auch die Hilfsschwestern sein.« Sie legte ihre Hand auf Hannas Rücken und schob sie sanft in Richtung Flur. »Hilfsschwester Resi wird Ihnen zur Seite stehen. Und vielleicht auch Gerda, das sehen wir aber erst, wenn wir wissen, wie viele russische Hilfswillige wir zugeteilt bekommen.«

Oh nein, bitte nicht Gerda. Aber die Vorstellung, eine eigene Station leiten zu dürfen, erfüllte Hanna mit einer gewissen, wenn auch etwas angespannten Vorfreude. Und die wollte sie sich nicht von den Gedanken an unangenehme Menschen nehmen lassen.

Sofort lief sie zur Treppe und nahm ungeniert zwei Stufen auf einmal. Im ersten Stock angekommen, hielt sie inne und betrachtete stolz erfüllt den Bereich links neben der Treppe.

Ihre Station umfasste einen großen Krankensaal mit Etagenbetten, der nach hinten zum Hof hinausführte, sowie zwei weitere Säle, in denen nur Strohlager für die Patienten zur Verfügung standen. Allein hier war Platz für etwa hundert bis hundertfünfzig Verwundete, schätzte Hanna. Der etwas kleinere Raum, den sie im Flur schräg gegenüber der Treppe entdeckte, könnte ihnen als Stationszimmer dienen, und in der dahinter liegenden Kammer würden sie ihre Nachtlager aufschlagen. Dort standen richtige Betten, was Hanna dankbar zur Kenntnis nahm.

Als sie sich umdrehte, zuckte sie zusammen. Dicht vor ihr stand Resi und umarmte sie stürmisch. »Ich freue mich so, dass ich bei dir arbeiten darf.«

»Das freut mich auch, Resi. Hier werden wir gut zurechtkommen«, sagte Hanna zuversichtlich. »Endlich mal ein Ort, an dem man richtig arbeiten kann. Wenn ich da an Saporoshje denke …«

Noch ehe Resi etwas erwidern konnte, kam der Stabsarzt auf sie zu. Hinter ihm eine kleine, rotblonde Frau mittleren Alters und zwei Mädchen, die vielleicht fünfzehn oder sechzehn Jahre alt sein mochten. Sie sahen verschüchtert zu dem Arzt, und Hanna fiel auf, wie dünn sie waren. Sie trugen einfache blaue Kleider und hatten graue Schürzen umgebunden. Die Tracht erinnerte Hanna ein wenig an Schuluniformen.

»Schwester Hanna, hier kommt Verstärkung.« Dr. Gimbor wies auf seine Begleitung. »Das hier ist Dr. Jewtuschenko. Sie hat sich bereit erklärt, uns bei unserer Arbeit zu unterstützen. Und diese beiden jungen Russinnen bleiben bei Ihnen auf der Station. Sie können deren Hilfe demnächst bestimmt gut gebrauchen. Wir werden viel zu tun bekommen.«

Hanna nickte der Ärztin freundlich zu und reichte ihr die Hand. Doch die Frau nickte nur knapp zurück und machte sich mit Dr. Gimbor wieder auf den Weg.

Hanna beschloss, die Ärztin mit dem komischen Namen nur mit ›Frau Doktor‹ anzusprechen, und wandte sich nun den beiden Mädchen zu: »Guten Tag, ich heiße Hanna.«

Die Brünette reichte ihr zögerlich die Hand und sagte: »Guten Tag. Mein Name ist Danja. Ich freue mich, hier zu arbeiten.« Sie sprach langsam und mit hartem, russischem Akzent.

Die andere wirkte etwas verlegen. »Mein Name Olga. Ich auch froh, hier sein.«

Auf Hannas Frage, woher sie so gut Deutsch sprachen, erklärten sie, dass Deutsch an den ukrainischen Schulen die erste Fremdsprache sei.

Hanna war entzückt über diese beiden Mädchen und nahm sie sofort herzlich auf. Sie erklärte ihnen, worauf es ihr bei der

Krankenpflege ankam, und dass es oberstes Gebot sei, alles sauber und möglichst steril zu halten. Dass sie neben Resi gleich zwei Hilfswillige zugeteilt bekommen hatte, musste bedeuten, dass Gerda woanders eingesetzt würde. Hanna wünschte es sich sehr.

Während sie plaudernd die Kisten ausräumten, die inzwischen nach oben getragen worden waren, lugte ein Kopf zur Tür herein, dessen kurzes Haar aussah wie verbranntes Stroh. Darunter befanden sich zwei freundlich blickende, blaue Augen und ein lächelnder Mund. »Brauchen mehr Stroh für Bett?«, fragte der junge Mann mit dem gleichen Akzent wie Danja und Olga.

Die russischen Mädchen kicherten, Hanna und Resi tauschten verdutzte Blicke. »Komm doch erst mal rein«, forderte Hanna ihn auf und stellte sich und ihre Kollegin vor.

»Ich bin – wie sagt man – Mädchen für Alles? Kümmere mich um Stroh, alles sauber, wo ich gebraucht, bin schon ich da. Mein Name Stanislaw, aber kannst du sagen Stani.«

Er trug eine zerschlissene, viel zu weite Hose, die mit einer Kordel um die Taille geschnürt war. Sein grüner Strickpullover sah aus wie von Motten zerfressen. Doch das schien Stanis guter Laune keinen Abbruch zu tun.

Hanna bedankte sich bei dem russischen Hiwi und lehnte weitere Strohlieferungen ab. Sie glaubte, dass das Stroh in den Krankensälen vorerst ausreichte.

Auf der Station war nun alles hergerichtet. Beim Blick aus dem Fenster fiel Hanna auf, dass ganze Kolonnen von Soldaten auf das Gebäude zuhielten. Sie wollte wissen, was es damit auf sich hatte und ging nach unten. Schon von der Treppe aus erkannte sie, dass im gesamten Flur und vor der Schreibstube, die gleichzeitig als Anmeldung diente, reger Betrieb herrschte. Bis nach draußen sammelten sich die Verwundeten bereits in einer großen Traube. Neugierig geworden, wie viele es sein mochten, ging Hanna hinaus und staunte, als sie die lange Warteschlange sah.

Die Oberin teilte bereits die Patienten nach Dringlichkeit ein und ließ die meisten Verwundeten, die die Sanitäter mit den Fahrzeugen brachten, in das sogenannte Sterbezimmer bringen. Das waren erschreckend viele.

In ein paar Metern Entfernung trat plötzlich ein Soldat aus der langen Reihe heraus und schaute Hanna ungläubig an. Er wirkte abgekämpft und müde, doch seine Augen leuchteten bei ihrem Anblick. Strahlend kam er auf sie zu, die letzten Meter lief er. Tränen standen in seinen Augen, aber er kam ihr nicht im Geringsten bekannt vor. Er breitete die Arme aus, umschlang ihren Körper und legte seinen Kopf auf ihre Schulter. Sie spürte, wie er bebte. Obwohl Hanna nicht wusste, was der Grund dieses Gefühlsausbruchs war, regte sich tiefes Mitgefühl in ihr. Sie legte ihre Arme um den weinenden Soldaten und tätschelte ihm den Rücken. Nach einer Weile beruhigte er sich und ließ Hanna schließlich los.

Mit tränenerstickter Stimme sagte er: »Ich habe seit zwei Jahren keine deutsche Frau mehr gesehen.«

Im Behandlungsraum assistierte Hanna dem mürrischen Dr. Möller, der wieder eine seiner Launen auszuleben schien. Von allen Behandlungsplätzen ertönten Schmerzensschreie und Wehklagen, und auch vom Flur drangen Schreie an Hannas Ohren. Hinzu kam das Brummen und Knattern russischer Flieger, die in regelmäßigen Abständen über die Stadt flogen. Manches Mal folgte dem Brummen eine Explosion, die Hanna stets zusammenzucken ließ.

Bei dieser Geräuschkulisse fiel es ihr schwer, sich auf den Patienten zu konzentrieren, der vor ihr auf der Pritsche saß. Sie atmete tief ein und rang sich ein Lächeln ab. Auf Geheiß des Arztes sprühte sie zur örtlichen Betäubung seinen Oberschenkel mit Novocain ein.

Bei jedem Sprühstoß zuckte er zusammen. »Mann, ist das kalt«, beschwerte er sich lautstark und verzog das Gesicht. Dabei zeichneten sich tiefe Grübchen in seinen Wangen ab.

»Ohne Narkose würden Sie sich über die Schmerzen beschweren«, entgegnete Dr. Möller nüchtern und griff nach der Pinzette auf dem Tisch neben sich. Dabei verströmte er den Geruch nach Desinfektionsmittel.

In dem Bein des Verletzten steckten hunderte Splitter. Hanna war sicher, dass es lange dauern würde, bis alle entfernt waren. Sie hielt die Schale, in die der Arzt nach erfolgter Betäubung die herausgezogenen Splitter fallen ließ und tupfte die Wunden ab.

Hanna merkte, wie der Patient immer blasser wurde. Schließlich stellte sie die Schale auf der Pritsche ab und berührte ihn am Arm. »Lässt die Betäubung schon nach, dass Sie so blass sind? Haben Sie Schmerzen?«

»Ich kann kein Blut sehen.«

»Warum schauen Sie dann hin?«, fragte Dr. Möller knapp. Doch wie durch einen Sinneswandel schenkte er dem Landser im nächsten Moment ein wohlmeinendes Lächeln. »Erzählen Sie mir lieber, wo Sie gekämpft haben.«

Der Patient legte sich nun ohne Widerstand zurück und dachte kurz nach, wie um sich die Bilder zurück ins Gedächtnis zu rufen. »Im Januar war ich mit der hundertfünften Infanteriedivision bei der Wiedereinnahme von Feodosia.«

Schon fiel der nächste Splitter mit einem metallischen Klacken in die Schale, die sich unermüdlich füllte.

Der Mann atmete tief ein und sprach weiter: »Als im Dezember der Russe kam und es auf Rückzug ging, mussten wir etliche Verwundete im Lazarett zurücklassen, die allesamt nicht transportfähig waren. An ihrer Seite sind auch ein paar Ärzte und Pfleger geblieben. Als wir Feodosia dann am 18. Januar befreit hatten, waren die Kameraden nicht mehr da. Das ganze Lazarett haben wir auf links gekrempelt – nichts.« Er ließ ein schwermütiges Seufzen vernehmen. »Das war ein großes Gebäude mit vielen Räumen und sah aus wie eine Moschee. Mit so kleinen Türmchen und runden Kuppeldächern drauf. Aber drin keine Spur von unseren Landsern und den Pflegern. Auf der Rückseite des Gebäudes dann das Grauen: Da haben sie gelegen, in den Hemden vom Lazarett oder vollkommen nackt.« In Erinnerung an das schreckliche Geschehen verzog er schmerzlich das Gesicht. »Die Bolschewistenschweine hatten sie zuerst aus dem Fenster geworfen und dann grausam zugerichtet, allesamt. Keiner, der nicht auf übelste Weise verstümmelt gewesen wäre. Den einen waren die Hände, Ohren oder Nase abgehackt worden, anderen hatten sie die Geschlechtsteile abgeschnitten oder die Zunge rausgerissen.«

Hanna sog scharf Luft ein. Ganz übel wurde ihr bei seinen Schilderungen. Ihr war klar, dass der Krieg kein Zuckerschlecken war, aber solche Gräueltaten – und dann auch noch an wehrlosen Verwundeten und Sanitätern – entsetzten sie zutiefst.

Im Krieg werden die Menschen zu Bestien, kamen ihr Großmutters Worte wieder in den Sinn.

»Weiter unten am Strand haben noch mehr gelegen«, fuhr er mit bedrückter Stimme fort. In seine Augen trat ein böses Glitzern. »Aber wir haben jeden Einzelnen von ihnen gerächt! Jeder Verdächtige hat einen Schuss abbekommen. Für dieses Gemetzel mussten sie ordentlich bluten, die Schweine!« Er verstummte, kurz darauf grinste er breit, und es kam Hanna so vor, als sei dieses Grinsen sehr selbstzufrieden. »Aber Sie behalten das schön für sich, ja? Ich bin wohl ein wenig ins Plaudern geraten, entschuldigen Sie.«

Hanna sicherte ihm eifrig ihr Stillschweigen zu, der Arzt jedoch sagte keinen Ton. Er schien sehr in seine Arbeit vertieft.

Nach einer Weile wurde der Patient ungeduldig und setzte sich wieder auf. »Wann sind Sie denn hier fertig? Ich will heute noch weiter, damit ich meine Einheit erwische.«

»Fertig bin ich jetzt«, entgegnete Dr. Möller. »Aber Sie bleiben bis morgen hier und warten dann in einem Reservelazarett ab, wie sich der Verlauf der Wundheilung gestaltet.«

»Das geht doch nicht!«, polterte der Soldat los. »Ich bin absolut diensttauglich, und Sie wollen mich nicht verwendungsfähig schreiben? Wenn Sie das mit jedem so machen, haben wir bald keinen Mann mehr an der Front! Das werde ich beim *OKW* melden.«

Dr. Möller ließ den Kopf sinken. »Tun Sie das. Es ist Ihr gutes Recht. Holen Sie sich Ihren Schein in der Schreibstube ab. Alles Gute.«

Hanna sah dem davonhumpelnden Frontkämpfer nachdenklich hinterher. »Und was passiert, wenn er Sie wirklich meldet, Herr Doktor?«

Möller winkte unwirsch ab. »Mit dieser Verletzung schnell wieder an die Front wird er ohnehin keine zwei Wochen mehr leben.«

Die erste Woche in Stalino lag nun hinter Hanna. Ihre langen Arbeitstage waren geprägt von den Schmerzensschreien und dem Wehklagen der Verwundeten, die alles überstimmten. Es gab kaum Verschnaufpausen. Doch jetzt musste sie einfach mal raus. Obwohl eine drückende Hitze über der Stadt lag und die Temperaturen im Gebäude weitaus angenehmer waren, wollte sie sich für kurze Zeit davonstehlen und im Schatten der mächtigen Eiche im Hof einmal durchatmen. Schnell huschte sie durch die Tür, die zum Hof hinausführte.

»Schwester Hanna?«, donnerte die Stimme der Oberin durch die zufallende Eingangstür.

Hanna seufzte. Klar, dass ihr der alte Drachen diese kleine Freiheit nicht gönnen wollte.

Sie stieß Luft aus, kehrte wieder um und riss die Tür auf. Im gleichen Moment prallte sie gegen die Oberin, die ein kleines Päckchen in der Hand hielt und mit ärgerlichem Blick vor ihr zurückwich.

»Ich habe Sie gerufen!«

»Das habe ich gehört, Frau Oberin«, entgegnete Hanna gepresst. »Was gibt es denn?«

Die Alte drückte ihr die Schachtel in die Hand. »Da sind die Proben drin. Bringen sie das zum Lazarett.«

Beinah täglich musste jemand von der Krankensammelstelle Blutproben zum Reservelazarett fünf Straßen weiter bringen, und nicht jedes Mal stand ein Fahrzeug zur Verfügung.

»Allein?«, fragte Hanna kleinlaut. »Und meine Pause?«

»Die können Sie mit einem Spaziergang verbinden«, bestimmte die Oberin. Ihre Stirnfalte zuckte. »Wir haben inzwischen so viel zu tun, dass die Pausen ohnehin demnächst gestrichen werden.«

»Na fein«, entwich es Hanna. Im selben Moment schlug sie sich erschrocken die Hand vor den Mund.

»Was haben Sie da gesagt? Sehen Sie bloß zu, dass Sie weiterkommen!«, schalt die Oberin mit grimmigem Blick. Ihre Zornesfalte schien die Stirn inzwischen zu teilen.

Hanna beeilte sich, aus ihrem Blickfeld zu verschwinden, ehe sie noch weitere Schimpftiraden über sich ergehen lassen musste.

Noch nicht einmal mehr die Pausen waren ihnen vergönnt. Aber im Grunde genommen hatte die Oberin recht damit, dass sie die Arbeit kaum noch bewältigt bekamen. Wie lange war sie schon nicht mehr auf Hannas Station gewesen? Weder sie noch einer der deutschen Ärzte hatte sich seit Tagen oben blicken lassen. Nur die russische Ärztin kam regelmäßig und verabreichte manchem Patient eine Spritze.

Zerknirscht und mit schlurfendem Schritt überquerte Hanna die Straße, da rief schon wieder jemand ihren Namen. Sie schaute sich um.

Matti kam auf sie zugelaufen. »Ich habe gehört, du musst die Proben wegbringen?«, japste er, während er sich den Schweiß von der Stirn wischte.

Hanna nickte.

Sofort mischte sich eine Spur von Erleichterung in Mattis Blick. »Ich kann das für dich übernehmen, Hanna. Mach du mal schön Pause.«

Die Vorstellung, unter der Eiche zu sitzen, statt bis zum Lazarett laufen zu müssen, klang äußerst verlockend. Schon jetzt rannen Hanna Schweißtropfen die Wirbelsäule hinab, und der ganze Rücken kribbelte. Dennoch betrachtete sie den Sanitäter skeptisch und versuchte, die Ursache für sein großzügiges Angebot in seinem Gesicht zu lesen.

»Was willst du nur immer dort?«, fragte sie schließlich. »Hedwig und Leni haben mir auch schon des Öfteren erzählt, dass du ihnen den Gang abgenommen hast. Willst dich wohl hier vor der Arbeit drücken, was?«

Seine ohnehin roten Wangen begannen zu glühen. »Ich habe da ein Mädel kennen gelernt. Irina heißt sie und wohnt am Rand von Stalino. Bei diesen Gelegenheiten kann ich sie öfter sehen.«

Konspirativ grinste Hanna ihn an. »Du bist über beide Ohren verliebt!« Sie reichte ihm das Päckchen und senkte die Stimme. »Lass dich bloß nicht erwischen. Und vergiss das Wiederkommen nicht!«

Nach der Pause traf sie auf Bertha, die fröhlich die Treppenstufen hinabhüpfte und ihr zurief: »Komm mit, Hanna, die Feldpost ist da!«

»Geh du mal schön alleine zu deinem Peter in die Feldpoststelle«, entgegnete Hanna verzagt. »Für mich ist noch nie ein Brief dabei gewesen.«

Seit sie von zu Hause fort war, hatten weder ihre Eltern noch eine ihrer Schwestern auf die Ansichtskarten geantwortet, die sie von Zeit zu Zeit verschickt hatte.

Ob es ihnen gut ging?

Es schmerzte Hanna sehr, zusehen zu müssen, wie die anderen sich selig die erhaltenen Briefe oder Päckchen an die Brust drückten, die Zeilen regelrecht verschlangen, begierig darauf zu erfahren, was es in der Heimat an Neuigkeiten gab und wie es der Familie ging, denn längst hatte der Krieg auch im Deutschen Reich um sich gegriffen.

»Mein Vater schreibt, dass in der Nacht vom 31. Juli auf den 1. August dreißig britische Maschinen beim Luftangriff auf Düsseldorf von der Flak abgeschossen wurden«, berichtete der dürre Soldat, der am Eingang lag. Beifall und Pfiffe der Begeisterung folgten auf diese Nachricht, die jedoch ein abruptes Ende fanden, als er weiterlas: »Dreißig von vierhundertsiebzig. Die Stadt muss schlimm aussehen. Diese verfluchten Tommys!«

Sein Bettnachbar rieb sich den verbundenen Arm. »Meine Schwester schreibt, dass sie bei uns zu Hause angefangen haben, die eisernen Gartenzäune abzumontieren. Anordnung vom Speer.«

Auf Resis fragendes Gesicht hin erklärte er: »Albert Speer – Reichsminister für Waffen und Munition.«

Resi wirkte verstört. »Wollen die jetzt den Feind mit Gartenzäunen erschlagen oder was?«

Die Soldaten lachten laut, auch Hanna stimmte in das Lachen ein. »Nein, Schwester. Das Eisen wird natürlich eingeschmolzen, um Munition daraus zu machen.«

»Ach so.« Beschämt wandte sich Resi ab.

Hanna erkundigte sich nach weiteren Neuigkeiten.

»Deutschland hat Rumänien in Oberschlesien 7:0 besiegt! Dreifacher Torschütze war Fritz Walter.«

»Großartig! Solche Nachrichten könnten öfters kommen«, kommentierte sie begeistert.

»Mensch, warum können nicht alle Schwestern hier so klasse Weiber sein?«, rief er freudig aus und warf sich wieder auf die Matratze.

Hanna war peinlich berührt, aber insgeheim freute sie sich über das Kompliment.

Der Patient mit dem gebrochenen Arm ließ mit grimmigem Blick den Brief auf seine Brust sinken, im nächsten Augenblick füllten sich seine Augen mit Tränen.

»Schlechte Nachrichten?«, fragte Hanna besorgt.

Missmutig starrte er auf die Bettdecke, hielt ihr aber schließlich den Brief entgegen. Darin wurde von einer Nachbarin berichtet, seine Verlobte habe jemand anderen geheiratet.

»Wer weiß, ob das wirklich stimmt«, versuchte Hanna ihn zu trösten. »Es wird doch immer viel geredet.«

Doch er schüttelte den Kopf und vergrub sich unter die Decke.

Plötzlich stand Gerda vor ihr und grinste sie vielsagend an.

»Hast du nichts zu tun oder warum schleichst du hier auf meiner Station herum?«, fragte Hanna argwöhnisch. Dabei fiel ihr auf, dass Gerda ein kleines Bündel Briefe in der Hand hielt.

»Schon wieder keine Post bekommen?«, fragte sie spöttisch und musterte Hanna abschätzig.

Hanna ließ die Frage unbeantwortet und ging zum nächsten Patienten. Dicht hinter sich hörte sie auf einmal Gerda zischen: »Was will man auch anderes erwarten bei der Herkunft?«

Hanna erstarrte. Ihre Gedanken rotierten, sie traute sich nicht, sich jetzt umzudrehen und dieser Schlange ins Gesicht zu blicken. War Gerda vielleicht etwas über Hannas rebellischen Vater zu Ohren gekommen? Für viel wahrscheinlicher hielt Hanna es jedoch, dass sie nur bluffte, um wichtig zu tun.

Sie nahm einen tiefen Atemzug und wandte sich zu der stämmigen Hilfsschwester um. »Was redest du nur für einen Unsinn?«, raunte sie, in der Hoffnung, dass von den Patienten keiner etwas mitbekam.

»Nichts als die Wahrheit sage ich.« Triumph lag in Gerdas Stimme.

Hanna spürte ihren Herzschlag bis zum Hals. »Gar nichts weißt du! In meiner Familie sind nur rechtschaffene Leute.«

Ein hämisches Grinsen huschte über Gerdas Gesicht. Sie schnalzte mit der Zunge und meinte: »Wenn du wüsstest, was ich alles weiß.«

»Schwester, ich halte es nicht mehr aus!«, rief ihr der Soldat mit dem vernarbten Gesicht entgegen.

Hanna ließ Gerda stehen und ging auf den Patienten zu. »Was gibt es denn?«, erkundigte sie sich und seufzte schwer.

Er hob seinen Arm, der in einer Gipsschiene steckte. »Das juckt nicht nur wie die Hölle, es brennt auch so. Und tut verdammt weh. Können Sie mir da nicht irgendwas drauf machen?«

Wie viele andere hatte er sich ein Holzstöckchen zu Hilfe genommen, um sich damit unter dem Gips kratzen zu können. Hanna besah sich den Arm etwas genauer und entschied, die Schiene kurzzeitig zu öffnen. Danja eilte ihr zu Hilfe und hielt den Arm des Soldaten. Als Luft und Licht unter den Verband kamen, schossen Läuse zu Hunderten aus der Gipsschiene heraus.

Hanna und Danja schreckten hoch und stießen spitze Schreie aus. Der Soldat versuchte, sich die Blutsauger vom Leib zu wischen, aber sie waren schneller und erreichten seine schützende Kleidung, bevor er etwas dagegen unternehmen konnte.

Die meisten Frontkämpfer waren verlaust vom Kopf bis zu den Zehen. Und weil es hier in der Sammelstelle keine Entlausungsstation gab, vermehrten sich die Biester wie Bazillen.

Nachdem sich alle ein wenig beruhigt hatten, legte Hanna den Arm frei. In der Größe eines Markstücks klaffte eine offene Wunde, durch und durch mit Eiter und kleinen weißen Punkten zersetzt. Hanna versuchte, sich ihren Ekel nicht anmerken zu lassen und griff nach der Karbollösung. Der Soldat schrie, als die desinfizierende Flüssigkeit sich durch das wunde Fleisch fraß.

Währenddessen saßen seine Kameraden auf ihren Betten und hielten eine Art Wettbewerb ab. »Ich habe schon zweihundert Abschüsse erzielt«, prahlte einer.

»Pah, das ist doch gar nichts! Dreihundert!«

Im Läuseknacken waren sie ziemlich schnell. Leider nicht schnell genug, um auch nur annähernd alle zu erwischen. Und doch war Hanna froh um jede einzelne Laus, die ihr Leben zwischen den Fingern der Soldaten gelassen hatte.

Krankensammelstelle
Stalino, Russland
September 1942

»Schwester!« Der Pilot mit der harmlosen Mittelohrentzündung ließ nicht locker und versuchte, Hanna immer wieder in ein Gespräch zu verwickeln.

»Das ist jetzt ganz schlecht. Sie sehen ja, dass ich sehr viel zu tun habe«, erklärte sie genervt. So viele Verwundete wurden hier Tag für Tag durchgeschleust, warum war ausgerechnet dieser aufdringliche Schwätzer noch hier?

»Ich wollte Ihnen doch nur von der Wolga erzählen«, begann er zu schwärmen. »Sie müssen nämlich wissen, dass ich mit meiner Truppe die Luftangriffe auf Stalingrad geflogen habe.«

»So so, muss ich das?« Hanna ging unbeirrt weiter. Sie hatte keine Lust, sich seine Prahlereien anzuhören. »Ich muss mich jetzt vor allem um meine Patienten kümmern. Da ist keine Zeit für ein Schwätzchen.«

Wie ein Hündchen lief er ihr hinterher. »Dann komme ich einfach mit. Wissen Sie, die Wolga ist unbeschreiblich, dagegen ist der Rhein ein dünnes Bächlein.«

Während sie versuchte, sich trotz des unaufhörlichen Redeschwalls auf ihre Arbeit zu konzentrieren, drangen einzelne Wortfetzen zu ihr hindurch. Die russische Ärztin, die zwischen den Bettreihen hindurchging und verschiedenen Kranken Spritzen verabreichte, schaute irritiert in Hannas Richtung. Auch Danja beobachtete sie und den ihr folgenden Piloten verstohlen. Je näher Hanna den beiden kam, umso hastiger wurden deren Blicke.

»… und als wir so über Stalingrad flogen und all unsere Eier abgeworfen hatten, stand die ganze Stadt in Flammen.«

Jetzt lachte er schrill. »Können Sie sich das vorstellen? Ein riesengroßes Kreuz aus Rauch über der ganzen Stadt.« Er machte eine theatralische Pause. »Das war ein Omen, Schwester. Es wird nicht mehr lange dauern und Stalingrad ist gefallen!«

Eilig entfernten sich die beiden Frauen. Hanna bedachte den Piloten mit vorwurfsvollem Blick, verließ den Raum und lief schnell die Treppe herunter, in vollem Lauf dem nächsten Hindernis in die Arme.

»Huch, du hast es aber eilig«, staunte Gerda. »Bist wohl auf der Flucht, was?«

Ein schiefes Lächeln quälte sich in Hannas Gesicht. Sie berichtete kurz von dem aufdringlichen Patienten und sah prüfend nach oben, ob er ihr folgte.

»Den wirst du bestimmt los. Im Flüchten hast du doch Erfahrung.«

»Was willst du denn damit sagen?«

Ein listiges Grinsen umspielte die Lippen der Hilfsschwester, während sie mit den Schultern zuckte. Kommentarlos ging sie an Hanna vorbei auf die Treppe zu.

Obwohl Hanna sich vorgenommen hatte, sich von Gerdas Sticheleien nicht mehr beeindrucken zu lassen, wurde sie ein unbehagliches Gefühl nicht los.

Die Nachricht, dass eine Kampfgruppe der ersten bayrischen Gebirgsjägerdivision innerhalb von drei Tagen den über fünftausend Meter hohen Elbrus im Kaukasus erklommen und dort die Reichsflagge gehisst hatte, wurde von den Soldaten vor dem Wehrmachtsempfänger frenetisch bejubelt. Hanna konnte ihre Freude nicht so recht teilen. Immerzu gingen ihr Gerdas Worte durch den Kopf. Was konnte sie nur über Hannas Familie und ihre Flucht in die Eifel wissen?

Buhrufe der Soldaten rissen sie aus ihren Gedanken. »Was ist passiert?«, erkundigte sie sich.

»Brasilien hat uns den Krieg erklärt«, berichtete einer entrüstet. »Uns und Italien.«

Hanna stutzte. »Was war denn der Anlass?«

»Unsere Marine hat sechs brasilianische Dampfer versenkt.«

Hanna schüttelte den Kopf. Die ganze Welt kämpfte gegeneinander. Wie viele mussten denn noch sterben? Waren es nicht schon genug?

Gerade traf wieder ein neuer Lazarettzug ein. Diesmal waren es überwiegend Schwerverletzte, von denen bestimmt mehr als die Hälfte den nächsten Tag nicht erleben würde, schätzte Hanna.

Dr. Gimbor ließ schnell die examinierten Schwestern zusammentrommeln und verkündete: »Künftig werden Sie kleinere Operationen unter Lokalanästhesie selbst durchführen. Dafür haben wir Ärzte momentan keine Zeit. Sie erleben ja täglich selbst, was hier los ist. Injektionen verabreichen oder Blut entnehmen gehört ab sofort auch in Ihren Zuständigkeitsbereich, das dürften Sie im Zuge Ihrer Ausbildung wenigstens ansatzweise gelernt haben. Und wenn es hart auf hart kommt, müssen Sie auch die Hiwis dazu anleiten.« Nun verschränkte er die Arme. »In einem heimatlichen Krankenhausbetrieb stünde zwar bestimmt nicht zur Debatte, dass Krankenschwestern dies tun, aber hier haben wir im Moment keine andere Wahl.«

Sofort kam Hanna die Situation im letzten Jahr an der Münchner Universität in den Sinn.

»Frisch, frisch, ans Werk, liebe Studenten! Nicht so zögerlich, das Injizieren lernen Sie nicht erst am Patienten!« Dr. Jäger, Dozent für Chirurgie, hatte die Medizinstudenten aufgefordert, dies beim Selbstversuch an den Kommilitonen zu üben. Hanna und ihre Kolleginnen saßen wie immer während der Vorlesungen beisammen und mischten sich nun unter die Medizinstudenten, die nach geeigneten Übungsobjekten Ausschau hielten. Ein brünetter, gutaussehender Mann, kaum älter als Hanna, kam auf sie zu und lächelte sie offen an. »Darf ich mein Können an Ihnen unter Beweis stellen?«, fragte er augenzwinkernd.

Was für ein Aufschneider, dachte Hanna amüsiert, ließ es aber auf einen Versuch ankommen. Er zog Natrium-Chlorid in eine Spritze auf und wirkte dabei sehr konzentriert, gar nicht mehr so angeberisch wie noch kurz zuvor. Hanna beobachtete ihn verstohlen, während sie ihren linken Ärmel hochkrempelte. »Ich heiße übrigens Hanna Temeling. Man sollte doch wissen, mit wem man es zu tun hat, meinen Sie nicht auch?«

Nun wirkte der junge Mann etwas verlegen und strich sein leicht gewelltes Haar, das ihm in die Stirn gefallen war, zurück. »Oh ja, selbstverständlich. Verzeihung, Hanna. Mein Name ist Hans.« Mit einem gewinnenden Lächeln reichte er ihr die Hand und deutete eine Verbeugung an. »Hans Scholl.«

Während er versuchte, Hannas Vene zu finden, betrachtete sie ihn eine Weile.

»Sie wollen also Arzt werden. Und dann? An die Front?«

»Nein, freiwillig ganz bestimmt nicht«, gab er in einem Ton der Entrüstung von sich. Er zögerte einen Moment und schaute sich um. »Kennen Sie den Bischof von Münster, Graf von Galen?«

»Ja, den kenne ich!«, rief sie begeistert aus und spürte im selben Moment einen kurzen Stich in ihrer Armbeuge. Sie sah zu, wie die Flüssigkeit in ihrem Arm verschwand. »Der hat mir die Firmung gespendet. Das war vielleicht eine Aufregung damals. Die Bocholter hatten die Straßen mit Blumen und Girlanden festlich geschmückt, und kurz bevor der Bischof eintraf, sind SA-Männer mit ihren Fahrzeugen durch die Straßen gefahren und haben alles zerstört. Die Leute waren sehr aufgebracht. Besonders mein Vater hat getobt wie ein Berserker.«

Hans lächelte und sah ihr dabei eindringlich in die Augen. Im selben Moment wurde ihr bewusst, wie leichtsinnig es war, solche Dinge zu erzählen. Aber irgendwie kam er ihr vertrauenswürdig vor.

»Ganz schön mutig von Ihrem Vater«, bekannte er. »Würde mich nicht wundern, wenn sie ihn dafür eingesperrt hätten.«

Hanna setzte zu einer Antwort an, doch Hans stoppte sie. »Psst«, raunte er und deutete mit einem Kopfnicken nach links, wo wie aus dem Nichts Hausmeister Schmid aufgetaucht war.

»Das hat ja noch nicht mal weh getan«, lobte Hanna ihn begeistert, während er die Nadel aus ihrem Arm zog und gleichzeitig einen Tupfer auf die Einstichstelle drückte. Er zwinkerte ihr zu und ließ seine Hand ein paar Sekunden länger als nötig auf ihrem Arm.

Hitze wallte in Hannas Wangen auf. Sie wusste nicht so recht, wohin sie schauen sollte. Schließlich entzog sie ihm den Arm und sagte: »So, und jetzt bin ich dran!«

Hans schüttelte lachend den Kopf. »Das hatten wir aber nicht ausgemacht! Außerdem geben Krankenschwestern keine Spritzen.« Als er Hannas enttäuschtes Gesicht sah, lenkte er ein: »Na gut, aber seien Sie bitte vorsichtig!«

Erst eine große Klappe riskieren und dann Angst vor einem Pieks haben, dachte Hanna amüsiert. Sie nahm sich eine Glasampulle, steckte die Nadel darauf und zog behutsam die Kochsalzlösung auf. Natürlich wollte sie, dass es auf Anhieb funktionierte. Als ob Krankenschwestern das nicht ebenso gut konnten wie Ärzte! Als sie die Nadel an Hans' Arm ansetzte, zuckte er laut quiekend zusammen. Ihr rutschte die Nadel ab, die einen kleinen Kratzer an seinem Arm hinterließ.

Bestürzt schlug sie die Hand vor den Mund. »Oh nein! Hans, das tut mir leid!«

»Ich muss mich entschuldigen«, entgegnete er lachend. »Ich habe doch nur Spaß gemacht, bin also selbst schuld. Halb so wild, Sie haben mich ja nicht umgebracht.« Er krempelte seinen Ärmel wieder runter. »Probieren wir es beim nächsten Mal wieder, einverstanden?«

Ihr damaliges Dilemma stand Hanna noch immer lebhaft vor Augen. Jetzt sollte sie auch noch operieren! Ob das gut ging?

Der erste Verwundete, den sie verarzten sollte, hatte Granatsplitterverletzungen an Arm und Schulter, wie er ihr mitteilte. Seine Zähne und das Weiß seiner Augen leuchteten aus dem dreckverschmierten Gesicht. Doch was ihr noch stärker auffiel, war die Farbe seiner Augen. Wie Bernstein schimmerten sie, und Hanna musste sich zwingen, nicht allzu lange in seine irritierende Iris zu starren.

Schließlich räusperte sie sich verlegen. »Dann kommen Sie mal mit, junger Mann.« Ihre Stimme klang zittrig. Er setzte sich auf den Stuhl, den sie ihm zuwies und entledigte sich seines durchlöcherten Uniformoberteils. Auch die Schulter und der Arm waren voller Dreck und verkrustetem Blut. Hanna sprühte großflächig Novocain auf. »In zehn Minuten wirkt die Betäubung, dann können wir anfangen«, teilte sie ihm mit. »Ich bin gleich wieder bei Ihnen.«

»Wann kommt denn der Arzt?«, fragte er verwundert.

Hanna drehte sich zu ihm um. »Gar nicht. Das schaffen wir beide ganz alleine.« So zuversichtlich, wie sie klang, fühlte sie sich jedoch nicht.

Entrüstet schüttelte ihr Patient den Kopf. »Wo gibt es denn so was? Seit wann übernehmen Krankenschwestern die Arbeit der Ärzte?«

»Sehen Sie sich um«, forderte Hanna ihn mutig auf. »Das alles können die drei Ärzte, die wir hier haben, unmöglich alleine bewerkstelligen.«

Der Soldat verdrehte die Augen und bedeckte theatralisch sein Gesicht mit der Hand. »Oh Heiland«, grummelte er.

Hanna führte den nächsten Verwundeten auf den Platz neben ihren ersten Patienten.

»Nur ein Streifschuss an der Seite, Schwester«, beteuerte er, während er sich freimachte. Ein breiter Verband war um seinen muskulösen Oberkörper gewickelt. »Aber das hat sich entzündet.«

Hanna öffnete den Verband. »Und das ganz schön heftig«, konstatierte sie stirnrunzelnd, als sie die eiternde Wunde unterhalb des rechten Rippenbogens erblickte. Die Wundränder waren dick und gerötet und sehr warm.

Nach erfolgter Behandlung legte sie dem Soldaten einen neuen Verband an und bemerkte dabei einen roten Streifen an seinem Arm, was einen Hinweis auf eine Entzündung der Lymphgefäße bedeutete. Daraus konnte sich leicht eine Sepsis entwickeln, woran immer mehr Verwundete starben. Hanna notierte ihre Entdeckung auf dem Krankenblatt und schickte ihn in die Warteschlange der Verwundeten, die einem Arzt vorstellig werden mussten.

»Ach«, entrüstete sich der Patient mit den Granatsplittern. »Der wird vom Arzt behandelt. Hat er Ihnen dafür ein Abendessen versprochen, oder was?« Seine Bernsteinaugen verdunkelten sich und erinnerten Hanna jetzt nicht mehr an Edelsteine, sondern vielmehr an den getrockneten Schlamm in seinem Gesicht.

Sie schlug kurz die Augen nieder. »Der ist dem Tod einfach nur ein Stückchen näher als Sie, das ist alles.«

Als sie die zu behandelnden Stellen reinigte, wurden etliche Splitterteile sichtbar, die sie heraus zu ziehen versuchte. Bei dieser Arbeit konzentrierte sie sich sehr und bemühte sich, die Pinzette ruhig zu führen. Als sie bemerkte, wie argwöhnisch er sie musterte, begann sie zu zittern. Er war nicht der Einzige, der Bedenken wegen ihres Tuns hatte. Aber das konnte sie unmöglich offen zugeben.

Die meisten Splitter ließen sich jedoch leicht herauslösen, einige waren sehr klein und auf den ersten Blick kaum zu erkennen. Hanna sah kurz zu ihm auf. »Ist es noch auszuhalten?«

Er nickte, was Hanna zuversichtlich stimmte. Sie beugte sich dicht über seinen Arm. »Das ist ja die reinste Sisyphusarbeit! Sie werden noch eine ganze Weile hier sitzen müssen, tut mir leid.«

»Ach, das macht doch nichts«, erwiderte er mit einer wegwerfenden Handbewegung. »Sie machen Ihre Sache ja doch ganz gut, stelle ich fest. Und außerdem ist alles besser, als in dem Morast da draußen zu liegen und beschossen zu werden.«

Hanna schaute kurz hoch. »Sie haben aber noch Glück im Unglück gehabt«, meinte sie.

Die Schmerzensschreie ringsum wurden lauter und sie musste ihre Stimme anheben. »Die meisten Splitter sitzen nicht allzu tief. Nur der eine hier will sich nicht packen lassen. Der sitzt sehr fest.«

Sie inspizierte die Stelle am Oberarm und überlegte, was am besten zu tun sei. Um einen kleinen Schnitt würde sie nicht herumkommen. Ob sie den Stabsarzt erst um Erlaubnis bitten musste? Er war vermutlich froh um jeden Handgriff, der ihm abgenommen wurde. Zudem stand er seit Stunden im OP.

Obwohl tief- und festsitzende Splitter eigentlich nicht entfernt werden, und die betroffenen Extremitäten nur verbunden und mit einer Volkmannschiene ruhiggestellt werden sollten, entschied Hanna beherzt, den Splitter dennoch herauszuschneiden.

Unsicher, ob das Novocain zur Betäubung ausreichen würde, spritzte sie ihm ein weiteres Narkotikum unmittelbar neben die Stelle, in der der Splitter feststeckte.

»Ich bin sofort wieder zurück«, sagte sie, ging zu dem Schrank, in dessen Schubladen das sterile Untersuchungsbesteck aufbewahrt wurde, und nahm ein Skalpell heraus.

Der Soldat riss verwundert die Augen auf. »Wollen Sie mich jetzt abstechen, Schwester?«

»Sehe ich so blutrünstig aus?« Hanna lachte. »Keine Angst. Ich muss dem letzten Splitter nur ein wenig auf die Sprünge helfen. Ein klitzekleiner Schnitt, dann kann ich ihn mit der Pinzette herausziehen.«

»Wenn's denn sein muss«, brachte er zögerlich hervor. »Aber Sie werden ja sicherlich wissen, was Sie da tun.«

Sie glaubte, dass er das vermutlich mehr zu seiner eigenen Beruhigung gesagt hatte. Schließlich wandte er den Blick ab. Hanna indes atmete tief ein, setzte das Skalpell mit zitternden Fingern an und drückte es in das offene Fleisch. Ein Schauer lief ihr dabei über den Rücken. Das hörte wohl nie auf! Seit sie zum ersten Mal bei einer Operation dabei gewesen war, erging es ihr so: Sobald das Skalpell angesetzt und der erste Schnitt geführt wurde, bekam sie Gänsehaut, die Haare am Arm stellten sich auf, und ihr wurde gleichzeitig heiß und kalt. War der Schnitt vollbracht und die Wunde eröffnet, war alles wieder gut.

Sie schnitt ein paar Millimeter nach unten und tupfte das frische Blut ab. Nun musste sie die Wunde auseinander spreizen und die Pinzette hineintauchen. Sie bekam den Splitter an der Spitze zu fassen, rutschte aber immer wieder ab. Jedes Mal zog der Patient Luft durch die Zähne. Das Geräusch wurde immer lauter.

In Hannas Nacken sammelten sich kleine Schweißperlen. Vielleicht sollte sie sich besser an die Vorgaben halten und es bleiben lassen. Wer wusste schon, ob sie nicht noch mehr Schaden anrichtete, wenn sie jetzt weitermachte? Dass solch tiefsitzende Splitter üblicherweise im Fleisch belassen wurden, hatte sicherlich seinen Grund.

Noch einen Versuch, sagte sie sich und setzte die Pinzette wieder an. Diesmal grub sie die Spitze etwas tiefer hinein und erwischte eine Stelle, an der die Pinzette griff. Aus dem Augenwinkel bemerkte sie, wie der Soldat seine linke Hand zur Faust ballte.

»Gleich haben wir's geschafft«, ermutigte sie ihn. Noch einmal musste sie kräftig ziehen, danach ging es leichter. Schließlich hielt sie den Granatsplitter, der fast die Größe eines Fingerglieds hatte, in die Luft. »Da ist der Bösewicht«, sagte sie stolz und gleichermaßen erleichtert. Nun traute sich auch der Soldat, seinen Kopf wieder zu ihr zu drehen. »Sehen Sie, Schwester, ich wusste doch die ganze Zeit, dass Sie das hinkriegen«, flunkerte er. »Wird ja kaum Ihr erstes Mal gewesen sein.«

»Doch«, gab Hanna kleinlaut zu.

»Was?«, fragte er mit großen Augen. Kurz darauf grinste er. »Dann gratuliere ich Ihnen zur gelungenen ersten Operation. Was bin ich froh, dass ich das nicht vorher wusste.«

»Sie haben es geahnt«, mutmaßte Hanna. »Geben Sie es zu.«

Er wiegte nur den Kopf und grinste sie an.

»Danke, dass Sie mir vertraut haben«, sagte sie leise und spülte die Wunde, in der sich noch ein wenig Schmutz befand, tupfte alle Stellen nochmals mit Karbollösung ab und legte abschließend einen Verband an.

»Zum Ausheilen müssen Sie bestimmt ins Reservelazarett. Ich wünsche Ihnen alles Gute.«

Er nahm ihre Hand. »Vielen Dank, Schwester. Ich hätte wirklich nicht gedacht, dass Sie so etwas noch nie gemacht haben. Sie sind eine bewundernswerte Frau. Mögen Sie noch vielen Kameraden das Leben retten. Gott schütze Sie.«

Krankensammelstelle
Stalino, Russland
Oktober 1942

Erste Verwundete aus der Schlacht um Stalingrad trafen ein, die untere Etage war von Schmerzensschreien erfüllt. Hinzu kamen die Anweisungen der Oberin, Ärzte und Sanitäter, die die Schreie der Verwundeten zu übertönen suchten. Sie dröhnten in Hannas Ohren, nicht einmal ihre eigenen Worte verstand sie noch.

Der erste, den Sanitäter zu ihrem Behandlungsplatz trugen, hielt seinen nackten, bereits abgebundenen Oberschenkel fest umklammert. Zwischen den Schreien sandte er ihr flehende Blicke. Die Wunde war verheerend, der Knochen in dem riesigen Loch zu großen Teilen sichtbar. Hanna war sicher, dass dieses Bein nicht zu retten war. Sie spritzte ihm Morphium, was ihn augenblicklich beruhigte und ließ ihn zu den Wartenden im OP bringen.

Teilnahmslos stierte der nächste Landser vor sich hin, während die Sanitäter ihn auf die Pritsche setzten. Sein linkes Bein war unterhalb des Knies, das rechte bereits am Oberschenkel amputiert worden.

Hanna erkundigte sich nach dem Patientenblatt, doch offenbar war es beim Transport abhanden gekommen. Das Gewebe der kürzlich operierten Stümpfe, das wie üblich nicht durch eine Naht verschlossen worden war, begann zu granulieren, was Hanna als gutes Zeichen wertete. Sie musste gähnen und rieb sich die Augen, strich dem Soldaten dann aufmunternd über den Arm, da verzog er das Gesicht. Ein blutiges Rinnsal lief unter seinem Ärmel heraus. Vorsichtig zog sie ihm das Oberteil aus. In der Mitte des linken Unterarms steckte ein großer Granatsplitter.

»Das ist eine Kleinigkeit«, sprach sie beruhigend und winkte ab. »Den haben wir schnell draußen.« In der letzten Zeit hatte sie so viele ambulante Operationen durchgeführt, dass sie inzwischen sicher agierte. Sie sprühte das Betäubungsmittel auf den Arm und versicherte ihm, gleich zurück zu kommen.

Die Zeit bis zur Wirkung des Narkotikums musste sie nutzen, um schnell auf der Station nach dem Rechten zu sehen. Vielleicht könnte sie auch kurz verschnaufen – seit mehr als fünfzehn Stunden arbeitete sie inzwischen ohne Pause.

Im Stationszimmer wunderte sie sich über die Unordnung. Schubladen waren weit aufgerissen, deren Inhalt kreuz und quer durcheinander geworfen war. Auf der Arbeitsfläche lagen benutzte Instrumente und schmutzige Verbände.

Hanna seufzte und ordnete die verbliebenen Medikamente, Verbände und Bestecke der Reihe nach ein. Benutzte herumliegende Instrumente legte sie in einen Topf, den sie mit dem Wasser füllte, das Olga am Morgen in Eimern hochgeschleppt hatte. Den Topf stellte sie auf den Esbitkocher, der auf dem Tisch stand und zündete den Brennstoffwürfel an. Die Pause musste sie wohl oder übel auf später verschieben.

Hinter ihr tauchte mit einem Mal Gerda auf. »Puh, hier ist ja was los«, klagte sie und ließ sich ächzend auf einen Stuhl fallen. »Ich brauche jetzt mal eine Pause, sonst stehe ich das nicht mehr lange durch.« Mit verwunderten Blicken sah sie sich um. »Was machst du denn hier für ein Durcheinander?«

Hanna hielt kurz inne und kniff die Augen zusammen. »Sag mal, was tust du eigentlich hier? Dein Arbeitsplatz ist doch auf Lenis Station.«

Gerda zuckte nur kurz die Schultern.

»Außerdem mache ich kein Durcheinander, sondern bringe Durcheinander in Ordnung. Zumindest versuche ich es. Hier sieht es ja aus wie auf einem Schlachtfeld.«

»Hast du schon mal eins gesehen?«, entgegnete Gerda schnippisch.

Hanna stieß Luft aus. Verdrießlich stopfte sie die schmutzigen Verbände in den Wäschekorb, den sie Gerda in die Hände drückte.

Doch die schob den Korb von sich. Eine Weile fixierten sie sich. Kein Wort fiel, nur das Wehklagen der Patienten durchdrang die Stille im Zimmer.

»Vielleicht solltest du dich mal darauf besinnen, wo du stehst«, stieß Hanna schließlich hervor.

Gerda grinste sie hämisch an und sagte im Hinausgehen: »Jeder steht da, wo er stehen will.«

Selbst als Gerda aus ihrem Blickfeld verschwunden war, stierte Hanna noch in ihre Richtung. Sie brauchte eine ganze Weile, bis sie sich darauf besann, dass sie nach unten zu dem Patienten musste. Die Narkose wirkte sicher schon.

Ein prüfender Blick in die Krankensäle zeigte ihr, dass zumindest auf ihre eigenen Helferinnen Verlass war. Danja half einem Soldaten beim Aufstehen, Olga beugte sich über einen Patienten und gab ihm eine Spritze. Dabei grinste sie breit. Offensichtlich war sie stolz darauf, dass auch sie als Hilfskraft nun injizieren und Blut entnehmen durfte.

Hannas Blick schweifte weiter durch den Raum und erfasste Resi, die ihr matt lächelnd zuwinkte.

Offensichtlich war hier alles in Ordnung.

Im Krankensaal neben dem Stationszimmer lag gleich neben der Eingangstür ein Patient im Stroh, der sie aus großen Augen anstarrte.

Bernsteinaugen.

Bestürzt schlug Hanna die Hand vor den Mund. »Was tun Sie denn hier?« Sie hockte sich zu ihm und bemerkte die Hitze, die sein Körper ausstrahlte.

»Blutvergiftung«, brachte er dünn hervor.

Hannas Gedanken rotierten. »Wie ist das passiert?«, stammelte sie und besah sich seine Wunden.

»Nach Ihrer heldenhaften Operation wollte ich … mir die Papiere ausstellen lassen.« Er atmete so schwer, als habe er gerade einen Hundertmeterlauf hinter sich gebracht. »Und wie ich dort unten … gewartet habe, ist diese … Ärztin gekommen. Ich glaube, sie hat mich nicht verstanden. Wollte … mich unbedingt untersuchen.«

Hanna nahm das Glas Wasser, das auf dem Boden stand, und hielt es ihm an die Lippen, während sie seinen Kopf ein wenig anhob. Dankbar nahm er einen Schluck.

»Ich konnte machen, was ich wollte«, fuhr er keuchend fort. »Die Frau … hat sich nicht davon … abbringen lassen. Dann hat … sie mir noch eine … Spritze gegeben … und mich weggeschickt.« Er wurde immer kurzatmiger.

Nachdenklich sah Hanna ihn an. »Und was ist dann passiert?«

»Dann musste ich … am Bahnhof zwei … zwei geschlagene Tage warten … und kam noch immer nicht weg. Mir ging es schlechter und schlechter … und da hab ich mich wieder … auf den Weg hierhin gemacht.«

Hanna hob die Decke an und inspizierte seine Beine. Wenigstens hatte man ihm bereits kalte Umschläge um die Waden gewickelt. »Jetzt sind Sie hier, und ich werde mich persönlich darum kümmern, dass es Ihnen bald wieder besser geht.« Das war das Mindeste, was sie für ihn tun konnte.

Im Hinausgehen beauftragte sie im Krankensaal gegenüber Resi, die Umschläge zu erneuern und Quark auf den Arm aufzutragen. Als Hanna sich auf den Weg nach unten machte, stahl sich ein merkwürdiges Gefühl in ihren Kopf, das sie nicht zuordnen konnte.

Nun widmete sich Hanna dem Patienten, dem sie den Granatsplitter entfernen wollte, dabei bemerkte sie, wie er sich verstohlen die Augen wischte. Sie wusste nicht recht, was sie dem beinamputierten Soldaten zum Trost sagen könnte und versuchte es mit den Worten: »Bald geht es nach Hause.«

»Natürlich«, brachte er unwillig hervor, »wohin denn sonst? Hier bin ich ja nicht mehr zu gebrauchen. Ich kann von Glück reden, wenn mir meine Frau nicht davonläuft. Was soll sie denn mit so einem wie mir?«

»Aber wenigstens biste noch am Leben«, mischte sich ein anderer Soldat mit einem Hauch von Vorwurf in der Stimme ein. »Meinen besten Freund hat es vor Stalingrad erwischt. Der war drei oder vier Löcher von mir entfernt, und dann kamen die russischen Panzer. Ich sehe, wie er sich hinstellt, um eine Granate zu werfen und rufe noch ›Runter, Fred, runter!‹ – da hält der eine Panzer auf ihn zu.« Der Soldat schüttelte den Kopf, schluckte und fuhr mit tränenerstickter Stimme fort: »Zermalmt haben sie ihn wie eine Ameise.«

Hanna war nicht mehr in der Lage, weiterzumachen. Vor ihren Augen verschwamm alles zu einer unscharfen Masse.

Reiß dich zusammen, mahnte sie sich selbst. Tu deine Pflicht, dafür bist du schließlich hier! Sie atmete tief ein und blinzelte die Tränen weg. Dann widmete sie sich wieder ihrer Aufgabe und versorgte gewissenhaft jeden, der ihrer Hilfe bedürftig war.

Mitten in der Nacht konnte Hanna endlich ihren Dienst im Behandlungsraum beenden. Sie beeilte sich, nach oben zu laufen, wo der Soldat mit den Bernsteinaugen im Fieber lag.

Schon vom Flur aus bekam sie im Lichtschein, der durch die offene Tür fiel, eine Ahnung, wie es um ihn stand. Doch Hanna war fest entschlossen, um sein Leben zu kämpfen.

Unruhig wälzte er sich auf dem Stroh, sein Gesicht glänzte fiebrig. Als sie sich zu ihm auf den Boden kniete, bemerkte sie, wie er am ganzen Körper zitterte. Seine Stirn glühte regelrecht. In ungleichmäßigen Abständen stieß er sauren Atem hervor.

Sofort rannte sie ins Stationszimmer, holte Stethoskop und Blutdruckmessgerät und eilte wieder zurück.

Der Soldat sah sie aus glasigen Augen an.

»Wie geht es Ihnen?«, fragte Hanna, während sie sich hinkniete und die Druckmanschette um seinen Oberarm befestigte.

»Mutter«, hauchte er dünn.

Sie pumpte die Manschette auf, mit der freien Hand legte sie die Stöpsel des Stethoskops in ihre Ohren.

»Bist du's, Mutter?«

Hanna fixierte die Stellschraube am Messgerät und streichelte sanft seine Wange. »Alles wird wieder gut«, sagte sie gedämpft.

Nun schob sie das Bruststück des Stethoskops auf die Innenseite seiner Ellenbeuge, löste die Stellschraube ein wenig und pumpte sacht weiter.

»Erkennst du mich denn nicht?«, fragte er unvermittelt und sah sie mit einem Ausdruck von Verwirrung an. »Ich bin's, Mutter, der Adalbert.«

»Ist ja gut, Adalbert«, beruhigte sie ihn. »Ich hab dich doch längst erkannt.« Eine Träne stahl sich in ihren Augenwinkel. »Aber jetzt wollen wir erst mal sehen, dass wir dich wieder auf die Beine kriegen, was, mein Junge?« Sie schluckte schwer und versuchte ein aufmunterndes Lächeln.

Durch Lösen der erneut festgestellten Schraube ließ sie langsam den Druck aus der Arterie weichen. Konzentriert horchte sie auf das Geräusch des Blutdrucks, doch lange Zeit hörte Hanna nichts außer seinem gepressten Atem.

Erst, als die Nadel des Messgeräts auf 90 sank, vernahm sie das pulsierende Rauschen seines Blutes. Kurz darauf erstarb es wieder. Hanna schloss die Augen und seufzte schwer. Neunzig zu siebzig.

Seine Hand war ebenso heiß wie sein Gesicht. Während sie den Puls zählte, sah sie auf ihre Armbanduhr. Beinah gingen ihr die Augen über, einhundert Schläge die Minute.

Im Stationszimmer durchsuchte sie fieberhaft alle Schränke, warf Schachteln durcheinander, fand aber nichts, was sie hätte weiterbringen können.

»Was ist passieren?«

Hanna fuhr herum. »Mensch, Danja, hast du mich erschreckt! Ich suche Ephetonin. Meinetwegen auch Adrenalin. Irgendwas, das den Blutdruck in die Höhe treibt.«

Die Russin sah sie ratlos an. »Hast du Problem?«

»Ja!« Hanna rieb sich die Stirn. »Nein. Nicht ich. Adalbert. Der Patient mit der Sepsis, der da hinten neben dem Eingang liegt.«

»Alle weg«, erklärte Danja nüchtern. »Unten auch alle weg. Ganze Sachen kommt morgen, sagt Doktor.«

Morgen. So viel Zeit blieb ihm nicht mehr. »Habt ihr die Leukozyten ausgezählt?«

»Leukos?«

Hanna nickte und sah Danja dabei zu, wie sie auf dem kleinen Tisch in einem Berg von Papier kramte. Schließlich hielt sie einen Zettel ans Licht. Allerhand Zahlen und Schriftzeichen waren darauf notiert.

»Da«, sagte Danja und wies auf eine der Zahlen.

Ungläubig blickte Hanna auf den Zettel, und für einen Lidschlag blieb ihr die Luft weg. »Achtzehntausend?«

Danja nickte. »Kannst du nur noch zugucken, Mann sterben.«

Hanna registrierte erstaunt, wie gleichgültig das Mädchen wirkte. Den Kopf voll schwermütiger Gedanken ging sie mit nassen Tüchern zurück zu Adalbert. Warum er? Ausgerechnet der, an dem sie ihre erste Operation durchgeführt hatte. War es vielleicht doch ihre Schuld?

Im Krankensaal angekommen, kniete sie sich zu ihm ins Stroh. »Adalbert?«, flüsterte sie schließlich.

Er starrte sie an, als sähe er sie zum ersten Mal.

Erneut legte Hanna die Druckmanschette an und maß den Blutdruck. Fünfundachtzig zu sechzig. Der Puls war unverändert.

Sie erneuerte nun die Umschläge an den Waden. Plötzlich verzog Adalbert das Gesicht. Hanna tastete ihn am Rumpf ab, da schrie er auf.

Nein, das durfte nicht passieren! Nicht auch noch die Organe. Hanna wusste genau, was ihm nach dem septischen Schock bevorstand.

Sie rieb sich durchs Gesicht. Was konnte sie noch tun? Als läge die Lösung irgendwo zwischen den Verwundeten, starrte sie in den dunklen Raum.

In dem Moment griff Adalbert nach ihrer Hand.

Hanna setzte sich zu ihm ins Stroh und lehnte sich gegen die Wand, seine Hand weiterhin fest umschlossen. Mit der freien Hand streichelte sie die seine – eine Geste, die nicht nur ihn zur Ruhe brachte.

Stetig fielen ihr die Augen zu, der Kopf senkte sich zur Seite. Doch sie verbot sich, jetzt einzuschlafen. Ihm zur Seite zu stehen, war das Einzige, was sie jetzt noch für ihn tun konnte.

Sie war so müde. Mit der Zeit konnte sie sich dem Sog, den ein kurzes Schließen der Augen herbeiführte, immer weniger entziehen. Nur ganz kurz …

Dämmriges Tageslicht hüllte den Krankensaal in einen grauen Schleier, die Fenster waren beschlagen vom Atem der Schlafenden. Hannas Nacken schmerzte, sie fror. Als sie an sich heruntersah, bemerkte sie, dass jemand eine Decke über ihre Beine gebreitet hatte. Adalbert lag nur mit der Lazarettkleidung bedeckt im dünnen Stroh. Seine Hand noch immer in ihrer.

Hanna schreckte hoch. Die Hand war kalt, wie Wachs wirkte die Haut.

Sie suchte seinen Puls.

Entsetzt schlug sie die Hände vors Gesicht.

Am Nachmittag stand Hanna neben der Krankensammelstelle vor der Grube, die Stani ausgeschaufelt hatte. Darin war Adalberts Sarg.

Während sie mit tränenverschleiertem Blick das »Vater Unser« betete, kippte ihre Stimme. Sich wieder zu fangen, gelang ihr nicht, doch Stani betete in seiner Muttersprache weiter.

Flugplatz
Stalino, Russland
22. Oktober 1942

Hanna knabberte auf ihrer Unterlippe und sah bang durch den Nieselregen über das Rollfeld. Gleich sollte sie eine »Tante Ju« besteigen. Sie war noch nie geflogen, und der Anblick dieses gewaltigen, mit Wellblech verkleideten Flugzeugs ließ sie erzittern. Zunächst wurden acht Schwerverletzte auf Tragen eingeladen, fünf Leichtverletzte bestiegen das Flugzeug selbstständig.

»Komm schon, Hanna, die warten nicht auf uns«, forderte Bertha sie auf und ging zielstrebig auf das mehrere Meter hohe Monstrum zu. Hanna zögerte, doch was blieb ihr übrig? Den Fronturlaub verbrachte man nun mal in der Heimat, und die war weit weg.

»Mensch, Bertha!«, lamentierte sie und blieb stehen. »Wenn ich gewusst hätte, dass wir fliegen müssen, hätte ich niemals Urlaub beantragt.«

Bertha gab ihr mit einem ungeduldigen Wink zu verstehen, dass sie sich beeilen sollte. »Stell dich nicht so an, Hanna!«

Schließlich stapfte sie schweren Schrittes hinter Bertha her und stieg beklommen die Stufen zum Flugzeug hinauf. Auch als sie auf ihrem Platz saß, wollte ihr Puls sich nicht beruhigen. Der Fensterblick in den dunkel verhangenen Himmel verstärkte ihr ungutes Gefühl. Hanna wurde noch mulmiger zumute, als die Maschine startete und auf das Rollfeld zusteuerte. Während sie ihre feuchten Hände rieb, bemerkte sie, wie sehr sie zitterte. Es war furchtbar laut, um sie herum vibrierte alles so heftig, als breche dieses metallene Konstrukt jeden Moment auseinander. Immer schneller und schneller rollte das Flugzeug über die Bahn. Schließlich hob es ab.

Hanna war, als drehe sich ihr Magen um, in ihren Ohren knackte es. Der Regen nahm zu und peitschte gegen die kleinen Fenster, der böige Herbstwind rüttelte Hanna auf ihrem Platz hin und her.

Ängstlich blickte sie zu Bertha, die sie unbekümmert anlächelte. »Meine Güte Hanna, du bist ja kreidebleich! Der Pilot fliegt bestimmt nicht zum ersten Mal bei schlechtem Wetter. Außerdem dauert es nicht mehr lange, bis wir in Charkow landen und in ein anderes Flugzeug Richtung Heimat steigen.«

Hanna schüttelte entsetzt den Kopf. »Du glaubst doch nicht im Ernst, dass ich so ein Ding nochmal freiwillig betrete! Wer weiß, ob wir das hier überhaupt überleben!«

Bertha lachte sie aus. Tante Ju brummte und vibrierte indes eintönig vor sich hin, und als der Pilot eine Steilkurve nahm und Hanna aus dem Fensterchen blickte, war ihr, als käme die Erde auf sie zu. Sie krallte ihre Finger in den Sitz und fürchtete, jeden Moment hinauszufallen.

Ihre Angst legte sich erst, nachdem die Maschine auf dem Flugplatz von Charkow landete, die Türen sich öffneten und sie wieder sicheren Boden unter ihren Füßen spürte.

»Du kannst machen, was du willst, Bertha«, verkündete sie entschlossen. »Mich kriegen keine zehn Pferde mehr in ein Flugzeug! Ich nehme die Bahn.«

Bertha starrte sie ungläubig an und schüttelte den Kopf. »Du hast sie nicht mehr alle!«

»Ist mir egal!« Hanna verschränkte die Arme vor der Brust und sah trotzig zur Seite.

»Du alter Hasenfuß! Weißt du, wie lange wir mit der Bahn unterwegs sind? Das kann Wochen dauern!«

»Du kannst ja fliegen, wenn du willst. Lass dich von mir nicht aufhalten.« Hanna wandte sich von ihrer Freundin ab, um den Flugplatz zu verlassen.

Nach einer Weile kam Bertha ihr hinterhergelaufen und stoppte sie mit einem festen Griff am Arm. »Ich komme mit.«

»Wie du willst«, gab Hanna knapp zurück, doch dann grinste sie ihre Freundin an. »Lieb von dir.«

Sie irrten durch unbefestigte Straßen, vorbei an den traurigen Resten einst herrschaftlicher Häuser.

Endlich am Bahnhof angekommen, schien es aussichtslos, überhaupt an Fahrkarten zu kommen. Hanna erklärte dem deutschen Schaffner lang und breit ihre ausweglose Situation, was ihn zu einem unverständlichen Kopfschütteln veranlasste. »So etwas ist mir bisher noch nicht untergekommen. Da haben Sie die Gelegenheit, auf schnellstem Weg mit dem Flugzeug in die Heimat zu kommen, und schlagen diese aus.« Er machte eine abfällige Handbewegung. »Aber wer kann schon die Weiber verstehen!«

Schließlich bekamen sie doch noch ihre Fahrkarten und bestiegen eine halbe Stunde später den hoffnungslos überfüllten Schnellzug für Fronturlauber, der sie ins Reich bringen sollte.

Zum x-ten Mal schoben sie sich durch die vollen Gänge. Nirgendwo gab es freie Plätze. Entweder war alles besetzt oder Erster Klasse, wofür sie natürlich keine Fahrkarten mehr bekommen hatten. Die beiden Krankenschwestern befürchteten, dass sie die restliche Fahrt im Gang verbringen mussten.

Plötzlich vernahm Hanna ein Klopfen. Zwei Offiziere schauten aus dem Abteil zu ihnen herüber und winkten sie zu sich. »Wohl keinen Sitzplatz mehr bekommen, was?«, fragte der ältere über den Rand seiner Brille hinweg. »Kommen Sie nur herein, wir haben genug Platz für Sie beide.«

In einer bedauernden Geste hob Hanna die Hände. »Eigentlich war es nicht vorgesehen, mit dem Zug zu fahren. Deshalb haben wir nur Karten für die Mannschaftswagen bekommen, Herr Offizier.«

Doch er winkte ab. »Lassen Sie das mal meine Sorge sein. Schließlich sind Sie als Vollschwestern im Dienstrang uns Offizieren gleichgestellt. Treten Sie ruhig näher.«

Hanna und Bertha grinsten sich zu und konnten ihr Glück kaum fassen.

»Das ist wirklich nett von Ihnen«, beteuerte Hanna. »Recht herzlichen Dank.«

Der jüngere Offizier legte sein Buch zur Seite und half ihnen beim Verstauen des Gepäcks. »Immerhin erweisen Sie dem deutschen Reich einen besonderen Dienst. Da sollte man doch meinen, dass Ihnen solche Sitze zustehen, nicht?

Hanna wiegte den Kopf und lächelte ihm dankbar entgegen.

Entlang der Bahngleise zeugten allbeständig zerstörte Haubitzen, beschädigte Panzer und ausgebrannte Fahrzeuge von der Eindeutigkeit des Kriegs. Doch Hanna nahm das alles kaum noch wahr, viel wichtiger war ihr, den versäumten Schlaf nachzuholen, was ihr nach tagelanger Fahrt durch die unterschiedlichsten Landschaften endlich gelang.

»Alles Gute zum Geburtstag«, raunte ihr Bertha auf einmal ins Ohr.

An ihren zwanzigsten Geburtstag hatte Hanna nicht mehr gedacht. Sie bedankte sich, und die Offiziere gratulierten ebenfalls. Der jüngere kramte aus seiner Tasche eine Flasche Likör hervor, öffnete sie und schenkte jedem einen kleinen Schluck in die Verschlüsse ihrer Feldflaschen ein.

Der ältere Offizier nahm seine Brille ab und sprach einen Toast aus: »Auf Sie, Schwester, Sie und Ihr junges Leben. Mögen noch viele glückliche Jahre folgen.«

Winkel in der Eifel

November 1942

Die alte Holztür öffnete sich, noch bevor Hanna angeklopft hatte. Vor ihr stand Großvater. Mit glänzenden Augen reichte er ihr die Hand. »Mien Deern.« Alt war er geworden. Seit Großmutter vor drei Jahren gestorben war, hatte er stark nachgelassen.

Mit schlurfenden Schritten ging er in Richtung Küche. Hanna folgte ihm. Sie hatte ganz vergessen, wie klein, eng und dunkel hier alles war. Durch den spärlich beleuchteten Flur blickte sie durch die offene Küchentür. Dort saß ihre komplette Familie am Tisch. Mutter schälte Kartoffeln, und Hanna fiel auf, dass ihre Haare seit dem letzten Besuch noch grauer geworden waren.

Ihre Schwestern Bernie, Maria und Martha putzten und schnitten Gemüse, wobei sich Maria und Martha immer wieder einen kurzen Blick zuwarfen und in Kichern verfielen. Bernie kommentierte das Gekicher der jüngeren Schwestern jedes Mal mit einem Augenrollen. Die beiden wollten offenbar noch nicht so vernünftig sein, wie es Bernie inzwischen war.

Vater las die Zeitung. Hannas kleiner Bruder Heinz half ihm dabei, indem er jede Überschrift laut vorlas. Das wollte ihm noch nicht so flüssig gelingen, denn er war erst im Frühjahr in die Schule gekommen.

Großvater bückte sich schwerfällig und nahm Hannas jüngsten Bruder Horst, der auf einem Kanten Brot lutschte, auf den Arm. Mensch, was war der gewachsen!

»Sieh mal, wer da gekommen ist«, sagte Großvater freudig zu dem Kleinen und wies zur Küchentür.

Alle Köpfe fuhren hoch, Heinz sprang sofort von der Bank auf und stürmte auf Hanna zu. »Janno! Janno! Vater, Janno Porre ist wieder da!«

In verhaltener Freude kam Vater auf sie zu und gab ihr die Hand, auch Mutter wirkte im ersten Moment distanziert. Aber Hanna hatte nichts anderes erwartet. Im Grunde wusste sie, dass die Eltern sich über ihr Kommen freuten, sie konnten es nur nicht so offen zeigen. Die Schwestern hingegen stürmten auf sie zu und begrüßten sie überschwänglich. Hanna atmete auf. Es war so schön, wieder bei ihrer Familie zu sein. Auch wenn ihr hier alles fremd und unwirklich vorkam. Es war so still und friedlich, ganz anders als in Stalino.

»Hanna, kannst du mir bei den Rechenaufgaben helfen?« Nachdem sie nach dem Abendbrot gemeinsam den Abwasch erledigt hatten, musste Maria dringend noch ihre Schularbeiten erledigen und erhoffte sich offenbar, dass ihre älteste Schwester das für sie tun könnte.

»Zum Glück bin ich bald fertig mit der Schule. Das ganze Rechengedöns geht mir echt auf die Nerven!« Maria begann nun zu flüstern: »Hanna, ich möchte nach der Schulzeit gern nach Bad Münstereifel gehen. Ich habe gehört, dass der Führer dort ein Hauptquartier hat. Ich würde ihn so gern mal in echt sehen.«

Hanna sah ihre Schwester argwöhnisch an. »Wo hast du denn das gehört?«

»Zwei Jungs haben sich vor der Schule darüber unterhalten. Sehr geheimnisvoll haben sie getan und mich weggeschickt, nachdem sie bemerkt haben, dass ich mithöre. Einer von den beiden muss einen Vetter in Rodert wohnen haben, und der hat ihm scheinbar unter strengster Geheimhaltungspflicht davon berichtet.«

Hanna war ehrlich erstaunt darüber, was Menschen sich alles ausdachten, um das Interesse auf sich zu lenken. »Strengste Geheimhaltung funktioniert aber anders, meinst du nicht auch? Und warum willst du den Führer überhaupt in echt sehen?«

Maria stemmte ihre Hände in die Hüften und sah Hanna entrüstet an. »Warum wohl? Er ist der Führer! Und außerdem wüsste ich zu gerne, ob er nun blaue Augen hat oder braune.«

Hanna blickte fragend drein. Maria versuchte, Hanna ihr Anliegen zu erklären. »In der Schule gab es neulich eine Diskussion. Die einen behaupten, der Führer hat blaue Augen, so wie es beim Arier auch sein sollte. Die anderen sagen, dass er braune Augen hat.«

»Und deshalb willst du ihn sehen? Schau dir doch einfach die Fotos von ihm in den Zeitungen an.«

»Kann man da etwa Farben erkennen?«, entgegnete Maria genervt.

»Zumindest siehst du, ob sie hell oder dunkel sind. Das dürfte ja wohl Antwort genug sein.«

Jetzt war es Hanna, die ihre Stimme senkte: »Besonders arisch wirkt er nicht gerade. Führer hin oder her. Und außerdem glaube ich nicht, dass er sich derzeit ausgerechnet in der Eifel aufhält und in seinem Hauptquartier auf dich wartet. Der hat bestimmt wichtigeres zu tun.«

Bevor Maria etwas erwidern konnte, wandte sich Hanna den Rechenaufgaben ihrer Schwester zu. »Lass mal sehen, das hier ist momentan wichtiger als die Augen des Führers.«

Ein Geisteskranker kostet täglich etwa 4 Reichsmark, ein Krüppel 5,50 Reichsmark, ein Verbrecher 3,50 Reichsmark. In vielen Fällen hat ein Beamter täglich nur etwa 4 Reichsmark, ein Angestellter kaum 3,50 Reichsmark, ein ungelernter Arbeiter noch keine 2 Reichsmark auf den Kopf der Familie.

Nach vorsichtigen Schätzungen sind in Deutschland 300.000 Geisteskranke, Epileptiker usw. in Anstaltspflege.

Was kosten diese jährlich insgesamt bei einem Satz von 4 Reichsmark?

Als Maria Hanna ihre Kreide in die Hand drückte, betrat Vater die Küche und stutzte. »So weit kommt's gerade noch, dass Hanna dir die Aufgaben löst! Ich weiß genau, dass du das alleine kannst, du schwatten Törk. Komm, Hanna, wir beide gehen in die Stube.«

Seit Hannas letztem Besuch hatte sich dort nichts verändert. Großvaters Ohrensessel mit den gehäkelten Deckchen stand immer noch am Fenster, daneben das Radio auf dem kleinen Beistelltisch und der zinnene Aschenbecher, in dem die kalte Pfeife lag und darauf wartete, angezündet und geraucht zu werden. Die bunt geblümte Tischdecke war etwas fadenscheiniger als bei Hannas letztem Besuch.

Vater und Tochter nahmen am Tisch in der Mitte des Raumes Platz. Ein Gespräch wollte jedoch nur schwerlich in Gang kommen. Durch die lange Trennung hatten sie sich offensichtlich mehr voneinander entfernt, als es sich beide eingestehen wollten. Vater erkundigte sich schließlich nach ihrer Arbeit, und Hanna berichtete stockend darüber.

»Hast du auch davon gehört, dass Goebbels in seiner Rede zum Erntedankfest verkündet hat, jeder Fronturlauber bekäme bei Grenzüberschreitung ein ›Führerpaket‹ mit Lebensmitteln?«, fragte sie.

»Goebbels lügt doch, sobald er nur den Mund aufmacht«, entgegnete Vater aufgebracht.

Hanna wollte etwas erwidern, doch er schnitt ihr das Wort ab. »Und, hast du eins bekommen?«

Sie senkte den Blick und schüttelte den Kopf.

»Siehst du. Hör mir bloß auf mit dem Volk!«

Nach ein paar Tagen hatte sich Hanna halbwegs an das Zusammenleben mit der Familie gewöhnt. Am Morgen hatte Bernie sie geweckt und aufgefordert, sie zu begleiten, um im Seelenamt den jüngsten Gefallenen in der Immerather Dreifaltigkeitskapelle zu gedenken.

»Sollen wir noch einen Spaziergang ans Maar machen?«, hatte Maria nach dem Seelenamt vorgeschlagen. »Bevor jeden von uns wieder die Arbeit zu Hause ruft.«

Alle waren einverstanden, und nun stand Hanna mit ihren Schwestern sowie einigen Gillenfelder Mädchen am oberen Kraterrand, die morgendliche Sonne und den Römerberg im Rücken.

Klar und tief lag das Pulvermaar vor ihr.

»Ich will ans Wasser!«, rief Hanna und rannte übermütig den Kraterwall hinunter. Die bunt gefärbten Buchen hatten schon einiges Laub abgeworfen, die trockenen Blätter knisterten unter Hannas Füßen. Sie wurde schneller und schneller und konnte nicht eher stoppen, bis sie an die Badebucht gelangte, in der das kleine Badehaus der Hotels *Hommes* und *Vosen* stand. Die verwaiste Badeanstalt lag rechterhand.

Ganz nah trat Hanna an das Ufer und ließ ihren Blick umherwandern. Die Sonne schob sich über die Bäume hinter ihr und ließ den Wald am gegenüberliegenden Ufer in kräftigen Gelb- und Orangetönen leuchten. Wie ein Heer mächtiger Beschützer umstanden die Buchen das Maar, dessen Oberfläche sich leicht kräuselte. Zarte Nebelschleier tanzten hier und dort auf dem Wasser.

Hanna schloss die Augen und atmete tief ein. Im selben Augenblick durchströmte sie ein Gefühl tiefer Dankbarkeit. Sie lebte! Und hier fühlte sie sich frei. Für den Rest ihres Lebens wollte sie sich diesen erhabenen Moment im Gedächtnis bewahren.

Immer wieder sog sie die klare Luft tief in sich auf, beugte sich schließlich hinunter und schöpfte mit den Händen Wasser, um sich das erhitzte Gesicht zu kühlen.

Das Wasser fühlte sich warm an.

»Das kommt von den Strömungen hier im Maar«, erklärte das Mädchen mit den dunklen Zöpfen, das neben sie getreten war.

Hanna entledigte sich trotz der Kühle, die hier im Schatten herrschte, ihrer Schuhe und Strümpfe, raffte den Rock und ging ein paar Schritte ins Maar hinein. »Tatsache! Hier ist eine warme Strömung!«, rief sie den anderen zu und watete weiter. Schon im nächsten Moment zog sie die Luft durch die Zähne. »Und hier eine eiskalte!«

Die Mädchen lachten.

»Menschenskinder, was bin ich lange nicht mehr hier gewesen«, sinnierte Hanna, während sie wieder ans Ufer stieg. »Ich hätte gern im Sommer mit euch hier in der Sonne gelegen und im Wasser geplantscht.«

»Ha, das hätte aber ins Auge gehen können«, wandte Maria ein. »Die von der Kriegsmarine haben hier Testsprengungen durchgeführt.«

»Was? Hier in unserem Maar?« Ungläubig ließ Hanna ihren Blick über das Wasser schweifen. Neben der Badeanstalt entdeckte sie ein paar ungewöhnlich große Ruderboote. »Wozu sind die denn gut?«

»Ach, das sind nur die Kutter von der Marine-HJ«, klärte Bernie sie mit einer abfälligen Geste auf.

»Marine-HJ? Wo kommt die denn her?«

»Na, von da oben«, sagte Bernie und wies auf den gegenüberliegenden Kraterrand.«

Hanna schüttelte den Kopf. »Da ist doch das Lager vom Reichsarbeitsdienst.«

»Oh Hanna«, sagte Martha schwer. »Der RAD ist doch schon seit letztem Jahr nicht mehr da. Stattdessen haben sie dort ein

Wehrertüchtigungslager der Kieler Marine, wo sie Jungs im Marinedienst ausbilden.«

»Man merkt, dass du lange nicht mehr zu Hause warst, Hanna«, meinte eins der Mädchen.

Am Nachmittag saß Hanna mit ihren Schwestern in der Stube. Sie half Maria und Martha beim Stopfen der Socken und Ausbessern der Wäsche.

Martha sah von ihrer Arbeit auf. »In der Gillenfelder Kartoffelfabrik sind seit gestern wieder neue Ostarbeiter. Russische Kriegsgefangene, habe ich gehört.«

Hanna stutzte und ließ das Flickzeug auf den Schoß sinken. »Die bringen die Russen bis hierhin?«

»Natürlich, warum auch nicht?«, entgegnete Martha schulterzuckend. »Jede Arbeitskraft wird gebraucht, jetzt, wo so viele Männer im Krieg sind. Aus dem Frauenstraflager in Flußbach haben sie auch welche in der Kartoffelfabrik beschäftigt, heißt es. Aber ich glaube, die kommen nicht aus Russland. Das sollen Luxemburgerinnen sein.«

»Das ist ja lustig«, kicherte Maria. »Zuerst schicken sie die Russen hierher in die Kartoffelfabrik, und die Trockenkartoffeln schicken sie dann nach Russland an die Front.«

»Die Arbeiter kommen aber auch aus Luxemburg, aus Belgien, Holland und Frankreich, soweit ich weiß«, murmelte Bernie, ohne von ihrer Strickarbeit aufzusehen. »Nicht nur aus dem Osten.«

»Das müssen ja viele sein. Und die kommen jeden Tag von Flußbach hierher?«, wollte Hanna wissen.

Martha schlug sich die flache Hand an die Stirn. »Natürlich nicht, Hanna. Die haben neben der Fabrik ein Lager gebaut, wo alle nach Feierabend eingesperrt werden. Hast du das nicht vom Zug aus gesehen, als du heimgekommen bist?«

Hanna deutete ein Kopfschütteln an. »Habe nicht darauf geachtet.«

»Wie ist es überhaupt da, wo du bist?«, erkundigte sich Martha. Den Strumpf, den sie stopfen sollte, ließ sie unbeachtet auf ihrem Schoß liegen.

»Kalt«, entgegnete Hanna.

»Im Krieg zu sein, meinte ich.«

Hanna ließ die Stopfnadel sinken und dachte einen Moment nach. »Ach, weißt du, wir haben da so viel zu tun, da kommt man gar nicht groß zum Nachdenken. Es ist halt so, wie es ist. Ich kann ja sowieso nichts dran ändern, warum sollte ich also drüber nachdenken? Wir werden gebraucht und machen unsere Arbeit. Wenn ich Feierabend habe, bin ich meistens so müde, dass ich sogar im Stehen einschlafen könnte.«

Martha schien zufrieden mit der Antwort und wandte sich wieder ihrer Arbeit zu. Da fiel Hanna etwas ein, das sie die ganze Zeit schon ansprechen wollte, doch bisher hatte ihr der Mut dazu gefehlt. Sie kratzte sich am Kopf und begann zögerlich: »Sagt mal, warum schreibt ihr mir eigentlich nie?«

Die Schwestern hoben fast gleichzeitig die Köpfe und sahen Hanna betreten an. Ratlos hoben sie die Schultern.

Bernie ergriff als erste das Wort: »Darüber habe ich noch nie nachgedacht, Hanna.« In ihrer Stimme schwang ein Hauch Verlegenheit.

»Wenn ich ehrlich sein soll«, sagte Martha, »habe ich bislang kein einziges Mal daran gedacht, dass du dich über Post freuen könntest.«

»Wenn man so weit weg von zu Hause ist …«, begann Hanna, doch sie ließ den Satz unvollendet.

Schließlich fragte Maria: »Was sollen wir denn schon groß schreiben? Hier passiert doch den lieben langen Tag nichts. Immer nur dasselbe Einerlei.«

Hanna senkte die Lider. »War ja nur mal so eine Frage.« Offensichtlich brauchte sie auch in Zukunft nicht mit Feldpost zu rechnen.

Bernie kämpfte mit den Maschen, die ständig von der Stricknadel fielen. »So bekomme ich den Schal nie vor dem Winter fertig«, klagte sie. Als sie endlich wieder alle Maschen an Ort und Stelle hatte und weiterstricken wollte, betrat Vater die Stube und schaltete das Empfangsgerät ein. »Ihr wisst, was ihr zu tun habt«, sagte er knapp.

»Komm, Hanna«, sagte Bernie und zog die Schwester mit sich.

Schnell warfen sich die Mädchen ihre Jacken über und stellten sich vor dem Haus in die Nähe des Stubenfensters. Hanna spähte hinein und sah, wie Vater das Rad für die Sendersuche drehte. Schließlich setzte er sich in den Sessel neben dem Gerät und zündete die Pfeife an.

Während Hanna und Maria untätig herumstanden, begannen Bernie und Martha ein Klatschspiel, sie sangen: »Bei Müllers hat's gebrannt, brannt, brannt, da bin ich hin gerannt, rannt, rannt, da kam ein Polizist, zist, zist …«

»Immer müssen wir hier Schmiere stehen«, beschwerte sich Maria und stampfte mit dem Fuß auf. »Hätte es nicht gereicht, nur eine von uns hinaus zu schicken? Zu viert stehen wir uns hier die Beine in den Bauch, während Vater schön gemütlich im Warmen sitzt und Feindsender hört!«

Mit gesenkter Stimme zischte Hanna: »Sei still! Es muss ja nicht gleich das ganze Dorf hören. Acht Augen sehen eben mehr als zwei.«

Maria verdrehte die Augen.

»Was ist dir lieber?«, presste Hanna aufgebracht hervor. »Hier draußen aufpassen und ans Fenster klopfen, wenn jemand vorbeikommt, damit Vater schnell den Sender wechseln kann, oder dass er erwischt und eingesperrt wird?

Maria blickte Hanna herausfordernd an. »Und was, wenn ich mich aus Versehen irgendwo verplappere?«

»Dagegen weiß ich ein gutes Rezept, Schwesterchen. Denk einfach nach, bevor du den Mund aufmachst! Und merk dir eins: Blut ist dicker als Wasser! Unsere Familie hält zusammen, egal was kommt!«

»Ja ja«, entgegnete Maria patzig. »Vater bestimmt, und wir haben zu gehorchen. So war es schon immer. Und so ist es überall. Der Mann ist der Herr im Haus, er hat die Hosen an. Und wenn er sie auszieht, dann gibt es ein dreiviertel Jahr später einen Schreihals mehr im Haus. In der Politik und auch in der Kirche ist es nicht anders. Es steht ja schon in der Bibel, dass der Mann über die Frau herrschen wird. Immer bestimmen die Männer, wo es lang geht. Das ist unfair.«

Hanna war versucht, ihrer Schwester eine ordentliche Backpfeife zu verpassen, doch sie beherrschte sich. Maria war in einem schwierigen Alter. Sollten sich doch die Eltern mit ihrer Aufmüpfigkeit herumschlagen.

Doch Maria setzte nach: »Da fällt dir nichts mehr ein, was? Aber du brauchst dich ja nicht zu beschweren. Du hast es ja auch gut. Wohnst gar nicht mehr hier und kannst tun und lassen, was du willst.«

Hanna konnte nicht mehr an sich halten. Sie holte aus und klatschte mit der Hand fest auf Marias Wange. Mit einem Mal entlud sich Hannas gesamter angestauter Frust wie ein Donnerwetter über ihre Schwester. »Tun und lassen, was ich will? Ich werde dir helfen! Du hast keine Vorstellung davon, wie es in Russland zugeht, Maria. Ich *tue* meine Pflicht. Jeden Tag und jede Nacht pflege ich die Verwundeten und schenke jedem ein aufmunterndes Lächeln, auch wenn mir selbst nur noch zum Heulen zumute ist. Und ich *lasse* hunderte Soldaten alleine sterben. Auch jeden Tag und jede Nacht, weil es einfach viel zu viele sind. Und weil ich es ganz einfach tun *muss*. Wenn ich da tun und lassen würde, was ich *will*, wäre ich schneller tot als ich bis drei zählen kann. Erzähl du mir also nicht, wie gut ich es habe!«

Maria legte ihre Hand an die Wange und funkelte Hanna aus hasserfüllten Augen an. »Du hast mich geschlagen!«, stieß sie trotzig hervor.

»Nimm doch Vernunft an«, beschwor Hanna sie. »Keiner kann tun und lassen, was er will. Nicht in Russland und auch nicht hier.«

Deutlich hörbar stieß Maria die Luft aus. »Geh doch einfach wieder nach Russland zurück!«

Der Tag, an dem Hanna wieder nach Russland zurück musste, kam schneller, als ihr lieb war. Obwohl sie sich Mühe gegeben hatte, sich mit Maria zu versöhnen, war das Verhältnis zu ihrer Schwester distanziert geblieben.

Vater stand im Rahmen der Küchentür und reichte ihr zum Abschied die Hand. »Pass gut auf dich auf, Kind.«

Wie lange war es her, dass er sie Kind genannt hatte? »Verlass dich drauf«, entgegnete sie und lächelte ihn scheu an. Sie war verwundert und gleichermaßen gerührt, dass er seine Arbeit wegen ihrer Abreise auf später verschoben hatte.

Mutter drückte sich an ihm vorbei und steckte Hanna ein Bündel Selbstgestricktes zu. »Das wird dich wärmen«, sagte sie, während sie sich verstohlen eine Träne aus dem Auge wischte.

Dass Mutter aber auch immer so nah am Wasser gebaut hatte. Aber Hanna musste selbst schlucken.

»Janno, Janno Porre!«, rief der kleine Horst und streckte Hanna die Arme entgegen. Unwillkürlich musste sie schmunzeln, war es dem Lausbub Heinz doch tatsächlich gelungen, dem zweijährigen Brüderchen beizubringen, die große Schwester beim Schimpfnamen zu rufen. Sie wuselte Heinz durch die Haare und nannte ihn Frechdachs. Er grinste sie an, verbeugte sich galant und sagte in lieblichem Tonfall: »Auf Wiedersehen, mein liebes Fräulein Janno Porre.« Alle lachten, und Hanna hob mahnend den Zeigefinger. Dann nahm sie Großvater den Kleinen vom Arm, schmiegte ihn liebevoll an sich und drückte ihm einen Kuss auf die Stirn. Dabei senkte sie die Lider, damit keiner die Tränen bemerkte, die sich in ihre Augen stehlen wollten.

Großvater strich mit seiner alten Hand über ihren Rücken. »Du machst das schon, dort in Russland. Auf Wiedersehen, mien Deern.« Mit verräterischem Schniefen wandte er sich ab und schlurfte an Vater vorbei in die Küche.

Hanna atmete tief ein und übergab Horst an Bernie. »Jetzt muss ich aber wirklich«, sagte sie und streichelte ihren Schwestern die Wangen. Maria zuckte unwillkürlich zurück, nahm Hanna aber im nächsten Moment in die Arme und flüsterte: »Entschuldigung.«

Hanna zwinkerte ihr zu und öffnete die Tür. Sie drehte sich noch einmal zu ihrer Familie um, als könne sie sich den Anblick ins Gedächtnis brennen.

Mit dem einerseits bangen Gefühl, wieder in Kriegsgebiet zu ziehen und gleichzeitig einer gewissen Erleichterung, der bedrückenden Enge des Elternhauses zu entkommen, machte sie sich zu Fuß auf den vier Kilometer langen Weg zum Bahnhof.

Bahnhof
Gillenfeld in der Eifel

November 1942

Hanna betrat den kleinen Wartesaal. Sie liebte die Atmosphäre der Bahnhöfe, die für sie stets etwas von Wehmut und Abschied ausstrahlten, aber auch das Gefühl von Fernweh und die Ahnung eines Neuanfangs. Selbst hier in diesem kleinen Bahnhof durchströmte sie diese Empfindung. Sie seufzte schwer.

Am Schalter ließ sie sich ihre Karte abstempeln und verließ den Saal durch die seitliche Tür in Richtung der Gleise.

Was sie in Stalino wohl erwarten mochte? Ob Gerda sich inzwischen beruhigt hatte? Ein leichtes Ziehen machte sich in Hannas Magengrube bemerkbar, das sie versuchte zu ignorieren.

Stalingrad war noch immer nicht eingenommen, wie sie von Vater erfahren hatte. Der Russe schien sich erbittert zu wehren, was gewiss wieder unzählige Verwundete zur Folge haben würde, die früher oder später zu einem großen Teil bei ihnen in der Krankensammelstelle landeten.

Hanna wusste nicht, ob Vater seine Informationen vom Wehrmachtsbericht oder vom Feindsender bezog, aber als er davon berichtet hatte, klang er sehr besorgt. Als hätte er Angst um sie. Immerhin wusste er als Kämpfer des ersten Großen Kriegs genau, welchem Risiko auch das Pflegepersonal ausgesetzt war.

Nur wenige Menschen standen hier am Bahnsteig. Unter der großen Bahnhofsuhr an der Wand des Gebäudes unterhielten sich zwei Soldaten. Der Kleinere der beiden zündete sich eine Zigarette an, während der andere seine Hände um das Streichholz hielt und sich die Finger rieb. Auch Hanna fröstelte ein wenig, und der Blick in die Wolken, die bleischwer über dem Bahnhof hingen, versprach keine Änderung. Der erste Schnee würde sicher nicht mehr lange auf sich warten lassen.

Einige Meter entfernt fiel ihr ein junger Mann auf, den sie irgendwoher kannte. Offensichtlich wartete er ebenfalls auf seinen Zug. Er trug die Uniform eines einfachen Soldaten, das Barett saß akkurat auf dem Kopf. Kurzes braunes Haar lugte darunter hervor, er lehnte lässig am Fahnenmast, die Füße überkreuzt. Aus kleinen dunklen Augen blickte er schelmisch zu ihr hinüber.

Natürlich! Jetzt fiel es ihr wieder ein! Als sie vor ihrer Ausbildung ihr Pflichtjahr im Haushalt des Amtsbürgermeisters Dr. Schmitt absolviert hatte, war er täglich mit dem Fuhrwagen voll Milchkannen beim Bürgermeisteramt vorbeigefahren. Jedes Mal hatte er mit einem Blick nach oben die Peitsche knallen lassen, wohl in der Hoffnung, dass Hanna ans Fenster kommen würde.

Aus dem milchgesichtigen Burschen von damals war ein durchaus hübscher junger Mann geworden.

Hanna betrachtete ihn eine Weile. Dann nahm sie ihren ganzen Mut zusammen und ging zu ihm hinüber. »Bist du nicht mit Theoberts verwandt?«, begann sie. »Ich habe dich schon öfter da gesehen.«

Mit spitzbübischem Lächeln musterte er sie. Sofort spürte Hanna ihre Wangen heiß werden und senkte den Blick. Dann aber zwang sie sich, wieder aufzuschauen und sich weiter mit ihm zu unterhalten, als sei dies nichts Ungewöhnliches.

In seinen braunen Augen funkelten kleine Schimmer von Bernstein, während er sprach.

Sofort verlor sich Hanna in Gedanken an Adalberts Tod, der sie tiefer getroffen hatte als alle anderen zuvor.

Auf einmal wedelte der junge Mann mit seiner Hand vor Hannas Augen. »Hörst du mir überhaupt zu?«, fragte er mit belustigter Miene.

»Äh, ja, natürlich«, schwindelte sie. »Was hast du noch gleich gesagt?«

»Ich bin mit Theoberts Fritz befreundet« erklärte er und wirkte dabei wie ein Paradepferd auf dem Exerzierplatz.

»Du bist Krankenschwester«, stellte er beim Betrachten ihrer Schwesternhaube interessiert fest. »Wo geht es denn hin?«

»Nach Stalino. Also erst mal nach Berlin und dann umsteigen und so weiter.«

»Nach Berlin muss ich auch, dann können wir bis dahin ja gemeinsam reisen«, rief er begeistert aus. Sofort wurde er wieder ernst. »Danach müssen sich unsere Wege leider trennen, obwohl ich viel lieber mit dir nach Stalino fahren würde. Aber ich muss weiter in den Norden. Wir liegen seit über einem halben Jahr bei Juchnow, um dort die Stellung zu halten. Das ist irgendwo vor Moskau.«

Hanna spürte, wie seine sanfte Stimme einen wohlig warmen Schauer durch ihren Körper rieseln ließ und wunderte sich ein wenig über diese Gefühlsregung. Dass sie noch eine ganze Weile seine Gesellschaft genießen konnte, würde bestimmt unterhaltsam werden.

»Ich bin übrigens Hanna. Und wie heißt du?«

Er setzte wieder dieses schelmische Lächeln auf, hob und senkte die Augenbrauen. »Das weiß ich doch längst! Ich heiße Josef.«

Der Zug fuhr am Bahnhof ein und hielt mit kreischenden Bremsen. Josef ließ Hanna den Vortritt und stieg dicht hinter ihr ein. Sofort wandte sich Hanna der linken Seite zur Ersten Klasse zu.

»Ähm, unsere Wege scheinen sich hier schon zu trennen«, sagte Josef in bedauerndem Tonfall. »Ich muss nach rechts, in den Mannschaftswagen.«

Hanna sah sich betreten um, doch ihre Miene erhellte sich. »Weißt du was, Josef? Hier scheint nicht viel Betrieb zu sein.

Vielleicht lässt der Schaffner meine Karte ausnahmsweise für zwei gelten.« Daran glaubte sie zwar nicht, doch auf die Schnelle war ihr nichts Besseres eingefallen, ihn zum Bleiben zu bewegen. »Komm doch einfach mit mir«, forderte sie ihn kühn auf und zog ihren Mantel aus. Sie hängte ihn über die Schulter. So konnte sich Josef dahinter verbergen. Dabei drängte er seinen Körper ganz dicht an ihren und atmete in ihren Nacken. Ein zarter Duft von Seife und Milch wehte um Hannas Nase, und sie spürte ein aufregendes Kribbeln.

Endlich fanden sie ein leeres Abteil. Josef setzte sich auf den Platz neben sie, beugte sich weit zu ihr herüber und zwinkerte ihr zu. »Heute ist ein wahrer Glückstag!«

»Wie kommst du darauf?«

»Weil ich dich getroffen habe.«

Hanna schenkte ihm ein zögerliches Lächeln, ihr wurde heiß und kalt zugleich. Sie merkte, wie ihr wieder die Röte ins Gesicht stieg. Verlegen lehnte sie sich zurück und schaute aus dem Fenster, um etwas Abstand zwischen sich und Josef zu bringen. Dennoch fühlte sie sich geschmeichelt. Dieses Gefühl war ganz anders, als schöne Augen von den Soldaten in der Krankensammelstelle gemacht zu bekommen.

Josef durchbrach die Stille mit einem Zungenschnalzen. »Wenn wir uns das nächste Mal begegnen, gehen wir aus. Was hältst du davon?«

Hanna gefiel die Vorstellung, doch ganz so leicht wollte sie es ihm nicht machen. »Wir könnten gemeinsam mit der Dorfjugend um die Häuser ziehen.«

Sie stellte fest, dass seine Mundwinkel für einen kurzen Moment nach unten zuckten, aber er schien die Gefühlsregung schnell wieder unter Kontrolle zu haben. »Ach.« Er winkte ab. »Die brauchen wir doch gar nicht. Nur wir beide. Das würde mir viel besser gefallen.«

»Wir werden sehen …« Hanna ließ den Satz unvollendet und bemühte sich um ein unverfänglicheres Gesprächsthema. »Ich habe dich öfter mit dem Fuhrwagen voll Milchkannen durch Gillenfeld fahren sehen. Wie viele Kühe habt ihr zu Hause?«

Während Josef von seinem Leben auf dem Bauernhof in Strohn erzählte, sah er sie eindringlich an. Die kleinen Sprenkel in den Augen verliehen seinem Ausdruck etwas Verwegenes.

Hanna blickte mehr als einmal verlegen zur Seite, wenn er sie so betrachtete. Aber mit der Zeit gefiel ihr das Liebäugeln, und selig grinsend erwiderte sie die intensiven Blicke.

»Und was machst du so vor Moskau, außer die Stellung zu halten?«, fragte sie schließlich, um etwas anderes bemüht als ihm permanent in die Augen zu schauen.

Genüsslich lehnte sich Josef gegen das Polster. »Was glaubst du denn?«

»Wird das jetzt ein Ratespiel?«

»Warum nicht?«

»Hm«, machte sie und besah sich seine graue Uniform etwas genauer. Auf den Schulterklappen war ein einzelner Balken abgebildet. Demnach gehörte er einem niedrigeren Rang an. Der Kragenspiegel wies eine aluminiumfarbene Doppelschwinge auf, deren Bedeutung Hanna nicht kannte. Am linken Oberarm entdeckte sie einen ovalen Aufnäher mit aufgesticktem weißem Blitz. SS-Runen waren das nicht, die sahen anders aus.

»Ich weiß es!«, rief sie freudig aus. »Du bist ein Blitzkrieger.« Wagemutig zwinkerte sie ihm zu.

Josef lachte. »Ja genau, ein Blitzkrieger. Das klingt gut.«

»Und in Wirklichkeit?«

»In Wirklichkeit bin ich Funker in der zweiten Kompanie der Nachrichten Abteilung 34. Zuständig für die Einrichtung und den Erhalt der Nachrichten- und Telefonverbindungen.«

»Du telefonierst also den ganzen Tag?«

»Das wär's noch.« Josef schien sich über Hannas Frage köstlich zu amüsieren. »Aber ob du es glaubst oder nicht, neulich habe ich von Juchnow aus sogar eine Verbindung bis nach Strohn aufbauen können.«

»Was? Bis nach Strohn? Du veräppelst mich doch!«

Josef hielt die rechte Hand zum Schwur hoch und sah Hanna mit ernster Miene an. »Großes Indianer-Ehrenwort. Den Bürgermeister hatte ich am Apparat. Mit ihm habe ich kurz geplaudert und meinen Eltern Grüße ausrichten lassen. Die Verbindung war zwar nicht besonders gut, aber sie stand.«

Hanna bewunderte ihn dafür, dass er so etwas Schwieriges hinbekommen hatte. Sie konnte sich gar nicht vorstellen, wie eine Verbindung, besonders über diese große Distanz, überhaupt zustande kommen konnte, und hakte nach. Josef versuchte mehrmals, ihr die Zusammenhänge zu erklären, doch sie verstand es einfach nicht.

Erst als sie das hessische Bergland durchfuhren, war das regelmäßige Öffnen und Schließen der Abteiltüren zu hören. Dazwischen jeweils die knappe Aufforderung des Schaffners, die Fahrkarten vorzuzeigen.

Erschrocken sah Josef auf. Dann sprang er von seinem Sitz hoch und stürmte zur Abteiltür. »Ich bin gleich wieder bei dir«, versprach er mit schelmischem Grinsen. Schwungvoll zog er die Tür auf, linste nach links und rannte davon.

Mit einem Lächeln auf den Lippen sah Hanna ihm hinterher.

Da stand auch schon der Schaffner in der Türöffnung. »Die Fahrkarten, bitte!«

Hanna kramte nach ihrer Karte und hielt sie ihm entgegen.

»Was ist mit dem jungen Mann?«, fragte er griesgrämig und wies in die Richtung, in die Josef verschwunden war. »Ist er ein Schwarzfahrer oder warum hatte er es so eilig?«

Hanna hob die Schultern und setzte eine Unschuldsmiene auf. Mit grimmigem Blick streifte er die Ablage, wo ihrer beider Gepäck in trauter Eintracht beieinanderlag. Das hatte sie ganz vergessen.

»Vielleicht ein rasanter Anfall von Diarrhoe?«, schob sie vage ein.

Der Schaffner schaute sie misstrauisch an und entfernte sich wieder. Die nächste Abteiltür wurde aufgerissen. »Die Fahrkarten, bitte!«

Eine ganze Weile noch klang die Stimme in ihren Ohren.

Nach einiger Zeit tauchte Josef wieder auf, ein unternehmungslustiges Grinsen auf den Lippen. Er ließ sich in den Sitz neben Hanna fallen. »Mann, das war knapp!«

Hanna kicherte und hielt sich die Hand vor den Mund. »Ich habe dem Schaffner gesagt, du hättest den flotten Heini.«

Josef sah sie erstaunt an und lachte laut.

Im selben Moment flog die Tür auf. Hanna und Josef schreckten hoch wie ein ertapptes Liebespaar. Mit ernster Miene fixierte der Schaffner Josef. »Die Fahrkarte!«, forderte er schroff.

Umständlich kramte Josef in den Taschen seiner Uniform und fischte schließlich eine zerknitterte Karte heraus. Mit gesenkten Lidern hielt er sie dem Schaffner entgegen.

»Wusste ich doch gleich, dass hier was faul ist!«, donnerte der Beamte beim Blick auf das Billet und packte Josef am Uniformkragen. »Raus hier! Dahin, wo du hingehörst!«

»Aber es ist doch noch gar nicht so viel Betrieb hier«, warf Hanna flehend ein. »Sie können doch auch mal eine Ausnahme machen.«

»Nix da!« Im Hinausgehen sah er Hanna scharf an. Ganz klein fühlte sie sich, und mit der Zeit auch einsam.

Bis Berlin war es nun nicht mehr weit. Wenn sie Josef noch einmal wiedersehen wollte, war es an der Zeit zu handeln. Kurzerhand verließ sie das Abteil und drängte sich an den Soldaten vorbei, die inzwischen überall in den Mannschaftswagen die Gänge belagerten. Prüfend sah sie jedem ins Gesicht, aber Josef war nicht unter ihnen.

»Hanna«, drang auf einmal seine warme Stimme an ihr Ohr. »Das ist aber schön, dass du hierher kommst.« Ganz nah war er und tat nichts anderes, als sie anzulächeln.

Hanna wurde ganz schwindelig, sie wusste nicht, wohin sie schauen sollte. Die umstehenden Soldaten bedachten sie mit süffisantem Grinsen.

Schließlich räusperte sie sich. »Ähm, du hast noch dein Gepäck im Abteil liegen.«

»Ich brauchte doch einen Grund, wieder zurückzukommen.« Josef zwinkerte ihr zu und nahm sie bei der Hand. »Komm mit.«

Hanna nahm den sanften Druck seiner Hand wahr und den Duft nach Seife und Milch.

In Berlin stellten sie fest, dass Hannas Aufenthalt zwar kürzer war als der von Josef, doch lange genug, um noch etwas Zeit miteinander zu verbringen.

»Komm, ich lade dich auf einen Kaffee ein«, schlug Josef vor. Im Bahnhofscafé forderte er sie auf: »Gib mir doch deine Feldpostnummer.«

Die Bedienung brachte den bestellten Muckefuck.

»Dann schreibe ich dir demnächst mal.«

Hannas Wangen begannen zu glühen. Noch nie hatte jemand von sich aus nach ihrer Feldpostnummer gefragt. Aufgeregt wühlte sie in ihrer Tasche nach den Papieren und notierte die Nummer auf einen Zettel, den sie ihm über den Tisch hinweg zuschob.

Josef rührte in seinem Kaffee, und als er den Löffel verkehrt herum in den Mund steckte und wieder hinauszog, zwinkerte er ihr zu. Dann nahm er den Zettel, ohne einen Blick darauf zu werfen, und ließ ihn unter dem Reichsadler in der Brusttasche verschwinden.

Wie schön! Endlich würde ihr jemand schreiben. Hanna nahm einen Schluck von dem heißen Kaffee. Dabei fiel ihr Blick auf ihre Armbanduhr.

»Oh nein! Nur noch fünf Minuten!«, rief sie erschrocken aus. »Ich muss gehen.« Schnell stellte sie die Tasse hin und steckte ihre Papiere zurück in die Tasche.

Josef erhob sich ebenfalls und reichte ihr die Hand. Wieder durchströmte Hanna diese wohlige Wärme. Am liebsten wollte sie ihn nicht mehr loslassen, doch ihr war klar, wie ungehörig dieser Wunsch war.

»Du schreibst mir?«, versuchte sie sich zu vergewissern.

»Versprochen«, sagte Josef und umschloss ihre Hand mit beiden Händen. »Bis bald, Hanna. Gute Reise und viel Glück!«

»Das wünsche ich dir auch. Pass gut auf dich auf, Josef.«

Im Weggehen sah Hanna noch einmal über die Schulter zurück und winkte ihm zu.

Als ihr Zug ein paar Tage später an der Reichsgrenze anhielt, erhielt sie, wie die meisten anderen auch, ein Päckchen, in dem sich Mehl, Zucker, Kartoffeln und Marmelade, sowie Honig und Fett befanden. Goebbels hat also doch nicht gelogen, dachte Hanna und freute sich über die zusätzliche Ration an Lebensmitteln.

Je weiter der Zug Richtung Osten rollte, umso kälter und ungemütlicher wurde es. Zu Hause hatten die herbstlichen Stürme und der Novemberregen die Landschaft in ein tristes, nebliges Grau verwandelt. Hier jedoch war es ungemütlich kalt und erste Schneeflocken tanzten über die endlose Steppe. Wie eine Schicht aus Staub verdeckten sie die augenfälligen Zeugnisse des Krieges.

Bahnhof
Stalino, Russland
November 1942

Hanna wickelte ihren Schal noch enger um den Hals und kramte in den Taschen ihres Mantels nach den Handschuhen, die Mutter ihr beim Abschied zugesteckt hatte. Mit ihrem kleinen Koffer und dem Führerpaket beladen ging sie durch die Tür des Bahnhofsgebäudes nach draußen. Dort entdeckte sie Matti. Er verlud gerade einen Verwundeten in einen Sanka. Bei jeder Erschütterung schrie der Patient auf. Weitere Verletzte standen dicht gedrängt um das Fahrzeug, offensichtlich in der Hoffnung, sie könnten sich neben die Trage im Laderaum zwängen.

»Haut ab jetzt!«, beschwerte sich Matti und schloss energisch die Hecktüren. »Ihr seht doch, dass da drin kein Platz mehr ist. Ihr müsst zu Fuß gehen.«

»Als ob wir nicht schon genug marschiert wären«, protestierte einer, dessen rechtes Hosenbein in Fetzen herabhing.

Matti hob in einer bedauernden Geste die Schultern. Im nächsten Moment erblickte er Hanna und begrüßte sie mit überschwänglichem Handschlag. »Gut, dass du wieder zurück bist, Hanna. In der Sammelstelle geht es drunter und drüber. Wir wissen nicht mehr, wo uns der Kopf steht.« Nun wies er auf das Fahrzeug. »Willst du mitfahren?«

Hanna freute sich, dass sie nicht zu Fuß gehen musste, und stieg ein. Im Fahrzeug war es jedoch genauso kalt wie draußen.

Sie fuhren an etlichen Soldaten vorbei, von denen nur wenige im Besitz eines Wintermantels waren.

»Alles Verwundete«, erklärte Matti, »die wollen alle zu uns. Und die meisten kommen aus Stalingrad. Dort muss die Hölle los sein!«

»Hm.« Hanna nickte. Das hörte sich ja noch schlimmer an als Vaters Einschätzung. Besser nicht darüber nachdenken. Sie würde noch früh genug mit den Auswirkungen der Schlacht konfrontiert werden. Stattdessen fragte sie: »Hast du eigentlich deine Irina noch?«

Über Mattis Gesicht huschte ein seliges Lächeln. »Ich besuche sie, wann immer ich kann. Wenn der Krieg aus ist, wollen wir heiraten.«

»Was, so ernst ist es dir?«

»Absolut«, antwortete Matti im Brustton der Überzeugung. »Ich will bei ihr bleiben. Jeder Tag, an dem ich sie nicht sehen kann, ist ein verlorener Tag.«

»Du weißt aber schon, dass das gefährlich ist?«

Matti zuckte die Schultern und grinste sie an. »Tja, Hanna. Wo die Liebe hinfällt …«

»Und wenn es der Misthaufen ist«, ergänzte Hanna und lachte. Während sie an den Soldaten vorbeifuhren, blickten manche zu ihr herüber. Auf einmal stutzte Hanna. Sie glaubte tatsächlich, sie habe Josef gesehen. Aber das konnte nicht sein! Gewiss nur eine Ähnlichkeit, sagte sie sich und wunderte sich ein bisschen über das heftige Pochen ihres Herzens.

Unzählige Soldaten standen auf beiden Seiten der Krankensammelstelle vor den Eingängen. Manche lagen auf dem hart gefrorenen Boden, offenbar unfähig, auch nur einen weiteren

Schritt zu tun. Vom einstigen Stolz der deutschen Wehrmacht war nicht mehr viel übrig geblieben.

Hanna sah mitleidig an der Wartereihe entlang. Ihr Blick schweifte ab und wanderte an dem großen Gebäude empor. Von einem Fenster im zweiten Stock grinste ein feistes Gesicht auf sie herab. Sofort sah Hanna wieder weg, doch das ziehende Gefühl in ihrem Bauch blieb.

Sie ging an den Wartenden vorbei. Ein Soldat, um dessen Kopf ein fleckiger Verband gewickelt war, trat aus der Reihe und sprach sie an: »Schwester, können Sie meinen Kameraden hier nicht mit reinschleusen? Es geht ihm sehr schlecht.« Er zeigte auf den Landser, der auf dem eisigen Boden saß und an der Wand lehnte. Mit einem kleinen Bleistift schrieb er etwas auf einen Zettel, den er in der zitternden Hand hielt.

»Wir stehen schon seit der Nacht hier draußen«, klagte der Verletzte mit dem Kopfverband. »Es will einfach nicht vorangehen. Jetzt haben wir es lebend bis zum Lazarett geschafft, um dann vor dem Gebäude zu erfrieren?«

Hanna schüttelte bedauernd den Kopf und versuchte ein aufmunterndes Lächeln. »Es tut mir leid, aber das muss schon der Reihe nach gehen. Ich werde mal sehen, was da drin los ist, ich bin gerade erst aus der Heimat angekommen.«

Sie wollte gerade weitergehen, als ein fürchterlich lauter Knall ihr plötzlich durch Mark und Bein fuhr. Mit einem Aufschrei sprang sie zur Seite. Sie folgte den entsetzten Blicken der umstehenden Soldaten neben sich und schlug sich die Hand vor den Mund, als wolle sie so den Schrei unterdrücken, den sie doch tat.

Der Soldat, der eben noch auf dem Boden saß, hatte sich eine Kugel durch den Mund gejagt. In seiner rechten Hand lag die Pistole, Blut rann ihm aus Mund, Nase und Ohren. Die Hauswand voll von Blut und zerfetzter Hirnmasse.

Hanna unterdrückte ein Würgen. Tränen drängten in ihre Augen.

In seiner linken Hand lag noch der Zettel, auf den er etwas geschrieben hatte. Sie versuchte, ihre Tränen wegzublinzeln, hockte sich neben ihn und schloss ihm mit zitternden Fingern die toten Augen. Dann löste sie das mit Blut bespritzte Papier aus seiner Hand und las, was dort in wackliger Schrift stand:

Sturm zieht durch das Land,
ein Zittern und ein Beben.
Der Mensch ist wie entbrannt,
verwüstet Leib und Leben.

Sturm zieht durch das Land,
der Lebensbaum sich neigt.
Der Mensch steht wie gebannt
daneben nur und schweigt.

Sturm zieht durch das Land,
Pflicht, Ehre und Befehle.
Gefahr wird nicht erkannt,
krank des Soldaten Seele.

Hanna schluckte schwer. Abwesend steckte sie den Zettel in ihre Manteltasche, wischte sich über die Augen und stand auf.

»Könnt ihr ihn da hinten hinbringen?«, fragte sie mit brüchiger Stimme den Kameraden des Toten und wies neben die Baracke, wo einige Särge aufeinander gestapelt standen. »Ich sage drin Bescheid, damit er wenigstens ein ordentliches Begräbnis bekommt.«

Der Soldat nickte und wies umstehende Kameraden an, ihm zu helfen.

Mit flauem Gefühl trat Hanna durch die Tür. Der Gestank nach Schweiß, Blut und schwärendem Fleisch schlug ihr entgegen. Im Flur bahnte sie sich einen Weg durch die laut wehklagende Masse der Wartenden, stieg auf der ebenfalls überfüllten Treppe nach oben zu ihrer Station und brachte ihr Gepäck in den Schlafraum hinter dem Stationszimmer. Mit einer gewissen Portion Stolz auf ihre Helferinnen registrierte sie die Ordnung und Sauberkeit, die trotz des unüberschaubaren Betriebs hier herrschten. Auf ihre Mädchen war einfach Verlass.

Hinter sich hörte Hanna ein schrilles Quieken, dann freudige Jauchzer. Sie drehte sich um, sofort fielen ihr Olga und Danja in die Arme. Einen kurzen Moment später tauchte Resi im Stationszimmer auf. »Schön, dass du wieder da bist, Hanna! Du kommst genau zur rechten Zeit. Die Krankensäle sind zum Bersten voll, hier geht es zu wie in einem Taubenschlag. In zwei Stunden muss ich unten sein. Ich habe Dienst bei der Frau Doktor und zwischendurch muss ich im Sterbezimmer nach den Patienten sehen, und das bis morgen früh.«

»Ihr seht müde aus«, bemerkte Hanna besorgt. »Kommt ihr hier gar nicht mehr zum Schlafen?«

Resi zuckte die Schultern. »Was willst du machen, wenn alle nach deiner Hilfe schreien? Wir können sie ja nicht sterben lassen, nur weil wir schlafen wollen.«

»Die sterben auch schon vorher«, entgegnete Hanna nachdenklich. Auf Resis fragenden Blick berichtete sie von dem Selbstmord.

Resi schüttelte den Kopf. »Aber so ist das im Krieg. Die werden alle verrückt. Was glaubst du, wie viele Verwirrte wir inzwischen hier beherbergen? Das halbe Sterbezimmer ist voll davon.« Resi rieb sich heftig die Augen und gähnte. »Deine Vertretung ist vor zwei Tagen wieder in das andere Lazarett gegangen. Jede fehlende Hand bedeutet weniger Schlaf für uns alle.« Umständlich nahm sie sich eine Tablette aus einem Röhrchen, steckte sie in den Mund und spülte sie mit einem Schluck kalten Ersatzkaffee hinunter.

Während Hanna die Krankensäle inspizierte, stellte sie fest, dass kaum mehr ein Zentimeter Platz zwischen den Verwundeten war, die Betten waren größtenteils doppelt belegt, manche lagen auch zu dritt, um sich gegenseitig zu wärmen. Die kleinen Koksöfen, deren Abzugsrohre durch die zerschlagenen Fensterscheiben ragten, verbreiteten nur leidliche Temperaturen.

Hannas Blick blieb an der Stelle haften, wo Adalbert gelegen hatte. Es schnürte ihr beinah die Kehle zu, denn längst war auch dieser Platz von einem weiteren anonymen Opferlamm belegt worden.

Schnell wandte sie sich ab und ging nach unten zur Schreibstube, um sich zurück zu melden. Die Oberin grüßte sie knapp und schickte sie sofort in den Operationsraum.

Auf dem Weg dorthin entdeckte sie im Behandlungsraum Leni, die einem Verwundeten den Arm eingipste. Auch sie sah müde aus. »Grüß dich, Hanna, wie war der Urlaub?«

»Wenn ich sehe, was hier los ist und wie abgekämpft ihr seid, wird meine Erholung nicht lange vorhalten.«

»Das wird von Tag zu Tag schlimmer hier«, raunte Leni ihr zu. »Die kommen fast alle aus Stalingrad. Und sie berichten schlimme Dinge.«

Vor Hannas innerem Auge tauchte sofort der Soldat auf, der sich vor dem Lazarett erschossen hatte. Ob er auch dort gewesen war? Schnell wischte sie den Gedanken beiseite, sie durfte sich nicht von ihren Gefühlen leiten lassen. »Ist Bertha auch schon zurück?« Mit nervösem Blick suchte sie den Raum ab.

»Bertha habe ich schon lange nicht mehr gesehen. Hatte die auch Urlaub? Wie schön für sie.« Eine Spur Neid schwang in Lenis Stimme. »Solltest du Arbeit suchen, Peter steht seit zwei Tagen mit dem Stabsarzt im OP. Der würde dich bestimmt küssen für eine Ablösung.«

»Na, das mache ich auch ohne küssen, ich war sowieso auf dem Weg dorthin«, gab Hanna schmunzelnd zurück. »Aber was macht Peter bei einer Operation? Der sitzt doch normalerweise in der Schreibstube.«

Leni hob die Schultern. »Die Schreiberlinge müssen jetzt auch ran. Der Stabsarzt hat entschieden, dass Leben retten wichtiger ist als korrekte Papiere.«

»Ach du meine Güte.«

Im Operationsraum band Hanna sich einen Kittel um, rieb Hände und Arme mit Desinfektionslösung ein und trat an den Operationstisch. Peter und der Stabsarzt bereiteten gerade einen verwundeten Soldaten für eine Amputation vor. Um die tief liegenden Augen der beiden Männer zeichneten sich dunkle Ringe in die sonst fahle Gesichtshaut. Die Bewegungen wirkten fahrig. Wenn Hanna bedachte, dass sie seit zwei Tagen ununterbrochen operierten, wunderte sie sich nicht darüber. Sie grüßte und fragte Peter: »Bist du einverstanden, wenn ich dich für eine Weile ablöse?«

Peter hätte Hanna tatsächlich am liebsten küssen mögen, so wie er sie anstrahlte. »Oh, danke Hanna!«

»Warum sind Sie keine Ärztin geworden, Schwester?«, fragte Dr. Gimbor matt lächelnd. »Dann hätten Sie mich jetzt ablösen können.«

Der auf dem Tisch liegende Soldat stöhnte. »Nee nee, Herr Doktor, die Operation machen Sie mal besser selbst!«

Während Hanna die Narkose vorbereitete, fiel ihr ein bedrohliches Brummen auf, dicht über dem Gebäude. Kurz darauf waren dumpf Schüsse zu hören.

»Feindflieger«, erklärte der Arzt mit gereizter Stimme.

Gott bewahre, dachte Hanna. Wie konnte es sein, dass sich die Lage hier innerhalb ihres Urlaubs so drastisch verschlechtert hatte?

Um dem Stabsarzt eine kleine Verschnaufpause zu gönnen, hielt sie die aufgezogene Morphium-Atropin-Spritze hoch und sah ihn fragend an. Er nickte und setzte sich auf einen freien Stuhl. Sie injizierte das Morphium subkutan als Vorbereitung auf die eigentliche Narkose.

Nach zwanzigminütiger Wartezeit, die sie genutzt hatte, um andere Operierte zu verbinden, rüttelte sie am Arm des Arztes. »Herr Doktor, aufwachen! Der Patient ist gleich so weit.« Sie hielt ihm die Gummihandschuhe hin, doch er winkte ab. »Desinfektion muss reichen. Mit den dicken Teilen habe ich einfach zu wenig Gefühl in den Fingern.«

In das Dröhnen der Flieger mischte sich Gerdas Stimme, die vom Behandlungszimmer kam. Grimmig zog Hanna die Brauen zusammen und würdigte die Hilfsschwester keines Blickes.

Sie hielt die Flasche mit dem Chloräthyl kopfüber auf die Mullkompresse und musste sich sehr konzentrieren, es durften keinesfalls mehr als fünfundsiebzig Tropfen sein. Nicht, dass der Patient wegen ihrer Unaufmerksamkeit sein Leben lassen würde.

Behutsam drückte sie ihm die Kompresse dicht vor Mund und Nase und wies ihn an, laut und langsam zu zählen. Mit zittriger Stimme begann er. Von der ›Zehn‹ war nur noch ein langes ›zzz‹ zu hören. Sein Atem ging nun ruhig und gleichmäßig. Hanna überprüfte die Reaktion seiner Pupillen und nickte dem Arzt zu. Der setzte das Skalpell an und führte den ersten Schnitt weit unterhalb der zu amputierenden Stelle. Wie jedes Mal bei einem solchen Eingriff stellten sich Hanna die Nackenhaare auf und ein Kribbeln durchfuhr ihren gesamten Körper. Sie hielt den abgebundenen, zu amputierenden Teil fest, was eigentlich noch viel zu früh war, denn Dr. Gimbor hatte noch nicht zur Säge gegriffen. Zunächst wandte er einen Lappenschnitt an, so gut es bei dem zertrümmerten Unterarm gelang. Immer wieder fielen ihm dabei die Augen zu.

»Wie ist ihm das widerfahren?«, fragte Hanna, um den Arzt irgendwie wachzuhalten. Unterdessen sah sie sich die Verletzung genauer an. Die Haut auf der Innenseite des Armes schien noch recht intakt zu sein, wobei die Außenseite zum Teil abgerissen und die Hand bis zum Gelenk ein einziges Mus war.

»Ein T34 ist über ihn gerollt«, entgegnete er ohne von seiner Arbeit aufzuschauen. »Er hat den Arm nicht schnell genug eingezogen.« Gimbor machte sich daran, die zertrümmerte Muskulatur zu entfernen und die Nerven in Wundnähe zu durchtrennen.

»T34 – ein Panzer?«

Er nickte. Hanna tupfte die kaum blutenden Stellen regelmäßig ab und gab gleichzeitig darauf Acht, dass der Arzt wach blieb. Mit einer Zange trug er die spitzen Zacken der verbliebenen Knochen ab. Hierbei ging er äußerst sparsam vor, um alles an brauchbarem Material für eine eventuelle Nachoperation zu erhalten.

Hanna wollte den amputierten Körperteil in den bereitstehenden Eimer legen und erschrak. Abgetrennte Hände, Arme und

Füße quollen daraus hervor. Kurzerhand legte sie den Arm in die Blutlache neben dem Eimer. Hier sollte mal dringend einer sauber machen, dachte sie angewidert.

Den belassenen Hautlappen nähte Dr. Gimbor nach außen stülpend mit einer Knopfnaht hoch, so dass die Wunde breit offen lag. Wenn nach drei bis vier Tagen keine Infektionsgefahr mehr bestand und die Wunde anfing zu granulieren, würde der Lappen über das Knochenende zurückgelegt und ohne eine weitere Naht mit Heftpflasterstreifen locker befestigt werden. Das garantierte den Ablauf von Wundflüssigkeit und Keimen.

Das stetige Brummen draußen wurde mal lauter, dann wieder leiser. »Sind das etwa alles Flieger?«, fragte sie den Arzt erstaunt.

Er nickte und zog die Stirn kraus. »Die Russen werden immer aktiver. Aber uns erzählt man dauernd, dass sie ihre Ziele nur selten treffen.«

»Dann bin ich ja beruhigt«, sagte Hanna ironisch.

Schließlich wusch er sich die Hände, nahm die Brille ab und rieb sich die Augen. »Keine weiteren Operationen heute. Das Pervitin ist mir ausgegangen. Ohne schaffe ich das nicht mehr, und Nachschub ist vor morgen früh nicht zu erwarten.« Er gähnte ausgiebig, taumelte dabei und suchte am Tisch Halt. »Lassen Sie ihn auf Ihre Station bringen. Er soll bis übermorgen auf jeden Fall hier bleiben.«

»Soweit ich weiß, hat Resi noch welches. Soll ich …?«

Gimbor winkte ab und deutete ein Kopfschütteln an. »Ich gebe Ihnen einen guten Rat, Schwester. Wenn der Nachschub kommt, legen Sie sich ein Röhrchen für den persönlichen Gebrauch zur Seite. Wir werden unsere Aufgabe ohne dieses Teufelszeug nicht mehr bewältigen können.« Wieder gähnte er, selbst jetzt beim Reden fielen ihm die Augen zu. Dann jedoch sandte er ihr einen warnenden Blick und hob den Zeigefinger. »Aber seien sie vorsichtig! Sie werden dadurch ein anderer Mensch! Nehmen Sie es nicht zu oft. Wenn Sie erst mal süchtig danach sind, dann sind Sie verloren. Und das geht sehr schnell!«

Am Abend verabschiedete sich Resi zum Dienst bei der Frau Doktor, und Hanna schickte Danja zum Schlafen. Olga und sie würden über Nacht die Stellung halten.

Derweil brachte Stani einen großen Korb voll frisch gewaschener Verbände. Hanna suchte sich sofort ein paar leichtverletzte Soldaten zusammen und bat sie, ihr beim Aufrollen der Verbände zu helfen, was diese auch bereitwillig taten.

Ein dürrer Blonder schälte sich aus seiner Decke und dem Mantel, den er zusätzlich zum Schutz vor der Kälte über sich ausgebreitet hatte. Das plattgelegene Stroh raschelte nicht, als er aufstand. Er ging zum Empfangsgerät und schaltete es ein. Sofort wurden alle still und lauschten gespannt dem Wehrmachtsbericht.

Hanna ging in den Krankensaal nebenan, wo der frisch Operierte lag. Er erwachte aus der Narkose und lächelte sie schief an. »Wer hat mich operiert, Schwester? Sie oder der Doktor?« Er lallte wie ein Betrunkener.

»Der Herr Doktor natürlich«, entgegnete Hanna und berührte ihn sanft an seinem gesunden Arm, was ihm ein seliges Grinsen entlockte.

»Heiraten Sie mich«, sagte er schlaftrunken.

»Das machen wir später«, antwortete sie amüsiert.

»Hm«, meinte er und schlief wieder ein.

Vom Flur her erschallte kehliges Lachen. »Das würde er aber schnell bereuen!«, hörte sie Gerda rufen.

Sofort rief einer der Verwundeten ihr hinterher: »Das glauben Sie aber auch nur! Die Hanna würde hier jeder mit Kusshand zur Frau nehmen!«

Erstaunt sah Hanna auf und ging eilig weiter die Reihen der Patienten ab. Ein sehr junger Soldat starrte die Decke an, er reagierte nicht auf jegliche Ansprache. Sie beugte sich zu ihm hinunter und berührte ihn, was ihn aus seiner Lethargie zu lösen schien. Aus glasigen Augen sah er zu ihr auf.

»Geht es dir gut?« fragte sie besorgt.

Er wirkte nachdenklich. »Weiß nicht«, meinte er schließlich.

»Kommst du von Stalingrad?«

Er dachte lange nach. »Wir hatten diese Scheißstadt fast eingenommen. Mann gegen Mann, Auge in Auge. Viel zu nah für Gewehr und Bajonett. Dabei sind wir gar nicht im Nahkampf ausgebildet worden. Wir haben unsere Klappspaten an den Seiten messerscharf geschliffen und nur noch damit auf den Feind eingedroschen.« Unterhalb seines Ohrs hackte er mit der seitlichen Hand auf den Hals ein. »Schlagader treffen«, keuchte er. Dann schlug er sich mehrmals gegen den Kopf. »Ich kriege diese Scheißbilder nicht mehr da raus.« Er wandte sich ab.

Am liebsten hätte Hanna alle nach Hause geschickt und den Krieg für beendet erklärt. »Das wird schon wieder«, sagte sie stattdessen mit erzwungenem Lächeln. »Mit der Zeit verblassen die Wunden.«

Auch der nächste Verletzte wirkte in sich gekehrt. Sein durchschossener Brustkorb war in mehrere Lagen Verbände gewickelt.

»Alles in Ordnung?«, fragte sie, nachdem sie den Verband begutachtet hatte.

Er sah kurz zu ihr und wandte den Blick gleich wieder ab. Zu spät bemerkte Hanna, dass sie ihre Gedanken laut aussprach: »Was musst du armer Kerl nur durchgemacht haben?«

Jetzt sah er sie eindringlich an und sagte in verbittertem Ton: »Wenn ich dir das alles erzähle, kannst du keine Nacht mehr ruhig schlafen.«

Hanna erschrak und ließ ihn dann in Ruhe. In der Nähe der Tür fiel ihr die russische Ärztin auf, die eindringlich auf Olga einsprach und dabei auf verschiedene Männer zeigte.

»Schwester, ich habe gehört, Sie sind Schalke-Anhänger?«, fragte ein Patient vom oberen Stockbett herunter. Als Hanna sich zu ihm umdrehte und nickte, seufzte er theatralisch. »Warum ausgerechnet Schalke?«

»Mein Onkel August war dort Torhüter.«

»So ein Ärger aber auch«, entgegnete er in gespieltem Bedauern. »Beim Endspiel um den Tschammerpokal haben die Schalker 0:2 gegen 1860 München verloren. Tut mir echt leid.«

»Oh, wie schade.« Hanna fand es einigermaßen erheiternd, dass sich ihre Begeisterung für den Fußball immer wieder unter den ständig wechselnden Frontkämpfern herumsprach. Sie lächelte gequält.

Abermals brachten Sanitäter neue Verletzte in den Saal, andere erhielten Befehl zum Rücktransport in Reservelazarette. Kaum einer der abgekämpften Soldaten wollte freiwillig wieder an die Front.

Obwohl der Führer laut Aussagen der Verwundeten behauptete, mit der sechsten Armee den Himmel stürmen zu können, hatten viele Landser ihre Illusion vom Sieg längst verloren, das merkte Hanna ihnen deutlich an. Doch Hitler gebärdete sich noch immer so, als habe er bereits gesiegt. In seiner Rede im Münchener Löwenbräukeller musste er verkündet haben, kein Schiff käme mehr die Wolga hoch. Hanna fand die Behauptung ungeheuerlich, wenn sie daran dachte, wie viele Soldaten schon allein hier gestorben waren, und noch sterben würden.

Ja, sie stürmten den Himmel. Allerdings nicht so, wie der Führer es befohlen hatte.

Es war kurz vor Mitternacht, als sie Stani im Flur begegnete. Er trug einen großen Korb voll Stroh und setzte zu reden an, hielt dann jedoch inne, weil Gerda auf der Treppe an ihnen vorbeiging.

Die beiden sahen ihr hinterher, und nachdem oben eine Tür ins Schloss gefallen war, begann Stani mit gesenkter Stimme: »Hab ich mein Freundin nicht gesehen so lange. Darf ich bitte, bitte sie besuchen? Nur diese eine Nacht.«

»Da fragst du mich? Das habe ich doch gar nicht zu entscheiden.«

Stani brachte nur ein Schulterzucken zustande.

Die Vorgesetzten würden es bestimmt nicht erlauben. Was sollte sie ihm sagen? Stani war ein lieber Kerl und er tat ihr leid. Aber wenn Hanna ihn jetzt gehen ließ, lief sie Gefahr, dass er nicht wieder zurückkehrte. Und sie selbst käme in Teufels Küche. Konnte sie ihm vertrauen? Ihr kam der Ratschlag des Soldaten in Saporoshje in den Sinn: ›Vertraue nie dem Feind, und mag er dir auch noch so freundlich ins Gesicht tun.‹ Stani war Russe, aber war er auch ein Feind? Misstrauisch prüfte sie seinen Blick, konnte aber keinerlei Falschheit darin erkennen.

»Ich darf dir das nicht erlauben, Stani.«

Bedrückt ließ er den Kopf sinken.

Hanna massierte sich die Stirn, sah ihn erneut prüfend an. Schließlich sagte sie mit verschwörerischem Grinsen: »Aber ich kann dir versichern, dass ich dich nicht verrate, wenn du es trotzdem tust.«

Stanis Kopf schnellte hoch, er begann zu grinsen. Doch Hanna setzte eine strenge Miene auf und hob mahnend den Zeigefinger. »Aber nur, wenn du mir hoch und heilig versprichst, dass du morgen in aller Herrgottsfrühe wieder zurück bist!«

Stani strahlte über das ganze Gesicht. Er fasste Hanna bei den Armen und drückte sie an sich. »Ich verspreche. Morgen ganz früh zurück. Danke, Hanna! Bist du so ein großartige Mensch!«

Bevor er sich davonschleichen konnte, hielt sie ihn am Arm und flüsterte eindringlich: »Und kein Wort zu irgendjemand. Das bleibt unser Geheimnis, verstanden?«

»Hab ich verstanden«, versprach er und verschwand. Den Korb mit dem Stroh ließ er im Flur zurück.

Bereits in dem Augenblick, als Stani gegangen war, kamen Hanna große Zweifel. Wenn er morgen früh nicht zurück käme, wäre sie geliefert. Wenn er sie verriet, galt sie als Mitwisserin. Was ihr dafür wohl blühen mochte? Ein gefundenes Fressen, nicht nur für Gerda!

Warum musste ich auch so blöd sein und ihn gehen lassen? Während sie in Gedanken an den drohenden Ärger nach den neuen Patienten sah, debattierten im Flur ein paar Soldaten, die offenbar nicht schlafen konnten, über das im Wehrmachtsbericht Gehörte: »Erste Kampfhandlungen zwischen Alliierten und Deutschen in Tunesien – dass ich nicht lache! Der Feind kriegt ordentlich eins auf die Mütze und damit hat es sich!«

»Na ja, ganz so einfach wird es kaum werden, Kamerad«, gab der hakennasige Hüne zu bedenken. »Der Ami und der Engländer sind ernstzunehmende Gegner. Und so, wie die Lage derzeit aussieht, rückt der Gedanke an einen deutschen Sieg meiner Meinung nach in immer weitere Ferne.«

Der Soldat, der gerade aus einem Krankensaal trat, warnte die anderen mit einem Kopfnicken leise, aber eindringlich: »Hier liegt einer, der sich ständig Notizen macht. Scheiß-Nazi! Seid also vorsichtig mit euren Äußerungen!«

Die allgemeine Unterhaltung fand damit ein Ende, und die Patienten sprachen nun wesentlich leiser.

»Wann ist das alles endlich vorbei?«, seufzte der Hüne missmutig. »Selbst wenn du fast im Sterben liegst, wirst du noch von oben bespitzelt.«

Hanna dachte verdrießlich, dass man zum Bespitzeln noch nicht mal einen Nazi brauchte. Dazu reichte es vollkommen aus, wenn Gerda auftauchte.

Inzwischen war es mitten in der Nacht, die meisten Patienten schliefen – trotz des ständigen Jammerns und Klagens vieler Kameraden. Auch Hanna kämpfte gegen die Müdigkeit an. Doch ihrer Meinung nach sollte sich zuerst Olga für ein paar Stunden hinlegen.

»Nein, nein«, entgegnete die Hilfsschwester, während sie sich durch das Gesicht rieb. »Bin ich noch viel munter. Kannst du gehen in Bett.«

»Bist du dir sicher?«, fragte Hanna. Ein paar Stunden zu schlafen, kam ihr sehr verlockend vor, denn an geregelte Arbeitszeiten war hier nicht mehr zu denken.

Olga nickte eifrig.

Am Fenster wuchs ein ganzer Garten aus Eisblumen, und Hannas Atem wehte in kleinen Wölkchen durch die Schlafkammer. Als sie im Bett lag, vermochte selbst die zweite Decke die Kälte nicht zu vertreiben. Hinzu kam die Sorge, ob Stani am nächsten Morgen wirklich wieder auftauchen würde. Hanna starrte in die Dunkelheit und wälzte sich hin und her. Die Kälte kroch ihr immer tiefer in die Knochen. Ob Stani in seiner Freude sogar vergessen hatte, Kohlen in den Öfen nachzulegen?

Trotz der Kälte musste Hanna eingeschlafen sein. Als sie die Augen öffnete, war es bereits hell. Sie setzte sich auf, gähnte herzhaft und streckte sich aus. Im Bett nebenan schnarchte Resi, nur ihre Haare schauten unter der Decke hervor.

Hanna verließ die Kammer und setzte im Stationszimmer einen Muckefuck auf. Unmittelbar darauf lugte ein Kopf mit dunklen strohigen Haaren durch die Tür. Strahlend blaue Augen grinsten sie an.

»Stani!«, rief Hanna erleichtert aus. »Gott sei Dank bist du zurückgekommen.«

»Ja klar ich bin zurück! Habe versprochen.« Er lächelte fröhlich. »Siehst du komisch aus, Hanna.« Dann verschwand er wieder.

Während Hanna in ihrer Tasse rührte und sich fragte, was außer dem Nachthemd an ihr komisch aussehen sollte, wurde ihr bewusst, dass sie sich schon eine ganze Weile kratzte, besonders im Gesicht. Sie ging zurück in die Kammer und kramte den kleinen Handspiegel aus ihrer Tasche hervor. Unwillkürlich schreckte sie vor ihrem eigenen Spiegelbild zurück. Ihr Gesicht sah aus wie ein Streuselkuchen. Bei genauem Hinsehen entdeckte Hanna in jeder dieser Pusteln eine Einstichstelle.

Im Bett brauchte sie nicht lange zu suchen, bis sich ihr Verdacht bestätigte: Etliche Wanzen tummelten sich unter dem Kopfkissen sowie in der Ritze zwischen Matratze und Bettrahmen. Ein Schauer des Ekels lief ihr über den Rücken. Sie fand es widerlich, zuzuschlagen, doch die Dinger mussten eliminiert werden.

Resi, die von Hannas Wanzenvernichtungsaktion aufgewacht war, sah mindestens genau so zerstochen aus wie Hanna.

Im Gegensatz zu der lauthals lachenden Gerda verzogen die Patienten keine Miene bei Hannas und Resis Anblick, aber sie gaben den Schwestern gute Ratschläge. »Besorgt euch ein paar Blechbüchsen und stellt die Füße der Betten hinein. Dann schüttet ihr etwas Treibstoff in die Dosen, so können die Wanzen nicht mehr das Bett hoch krabbeln.«

Sie nahmen den Ratschlag dankbar an und machten sich am Nachmittag auf die Suche nach Stani, der ihnen bei ihrem Vorhaben behilflich sein sollte.

Am Abend betrachteten sie zufrieden das Werk, doch der Gestank, den der Treibstoff im ganzen Raum verbreitete, bereitete ihnen Kopfschmerzen.

»Besser im Gestank schlafen, als nochmal so zerstochen zu werden. Darauf kann ich liebend gern verzichten«, meinte Resi und legte sich ins Bett.

Josef hätte bestimmt eine bessere Lösung gewusst. Selbst, wenn er nur irgendwo angerufen hätte, um sich zu informieren. Der Gedanke an ihn entlockte Hanna ein Lächeln.

Der nächste Morgen brachte die Gewissheit, dass Wanzen entweder durch Treibstoff schwimmen oder fliegen konnten.

»Immerhin haben die Läuse uns bisher verschont«, tröstete Hanna ihre Kollegin. »Das ist doch schon mal was.«

Resi seufzte. »Ach Hanna, hätte ich bloß deinen Optimismus – ich wäre glücklich!«

Hanna hob die Schultern. »Vom Jammern wird es ja auch nicht besser.«

Krankensammelstelle
Stalino, Russland
Ende November 1942

»Der Heeressanitätsinspekteur ist gerade eingetroffen!« Gerda lief aufgebracht durch das Treppenhaus. »Ich habe keine Lust, schon wieder so eine Ansage zu bekommen wie die letzten beiden Male.«

Hanna, die gerade auf dem Weg zur Schreibstube war, rollte mit den Augen. Diese blöde Gans hatte aber auch rein gar nichts verstanden. »Die Ansage hast nur du bekommen. Und das, weil der Herr Professor mit ansehen musste, wie unsauber du gearbeitet hast.«

Gerda schnitt ihr eine Grimasse. »Bilde dir mal nicht zu viel ein«, zischte sie und lief die Treppe hoch.

Prof. Dr. med. Handloser, Generaloberstabsarzt und Chef des Wehrmachtssanitätswesens, war auf Supervision, um die zahlreichen Lazarette zu kontrollieren und sich mit den Ärzten über eventuelle Missstände auszutauschen. Hanna war gerade im ersten Krankensaal mit der Patientenversorgung fertig, als Handloser am Treppenabsatz auftauchte. Seine dunklen Haare hatte er streng nach hinten gekämmt, was seine ohnehin hohe Stirn noch größer erscheinen ließ.

»Guten Tag, Herr General«, begrüßte Hanna ihn höflich. Sie reichte ihm die Hand und knickste. Handloser lächelte sie mit seinen großen, dunklen Augen an. »Guten Tag, Schwesterchen.« Er machte keinerlei Anstalten, ihre Station zu betreten, worüber Hanna sich wunderte.

Kaum merklich schüttelte er den Kopf. »Bei Ihrer Station brauche ich nicht mehr nachzuschauen. Da war bisher immer alles in Ordnung.«

Aus dem Augenwinkel bemerkte Hanna, wie auf dem Treppenabsatz zwei feiste Waden davonhuschten. Handloser nickte ihr zu und ging nach nebenan zu Hedwigs Station.

Hinter sich vernahm Hanna plötzlich Applaus. Verdutzt drehte sie sich um. Resi, Olga und Danja standen dort und grinsten breit. Hanna lief auf die drei zu und umarmte sie. »Ohne euch und eure großartige Arbeit wäre das nichts geworden. Danke, ihr Lieben!«

Resi rieb sich die Augen und gähnte. »Ich bin total erledigt. Obwohl diese Nacht nur sieben Soldaten den Heldentod gestorben sind.« Das Wort »Heldentod« untermauerte sie mit einem zynischen Unterton.

Sieben Tote waren in ihrer momentanen Situation wahrhaft wenig. Doch Hanna fragte sich nicht zum ersten Mal, was heldenhaft daran sein konnte, so elend zu sterben.

»Sobald Stani die Särge fertig hat, werden sie beerdigt.«

»Glaubst du, bei der Kälte kann er überhaupt Gräber ausheben?«, fragte Hanna skeptisch.

Resi senkte den Kopf. »Wohl eher nicht. Dann müssen die Särge eben wieder an der Hauswand entlang gestapelt werden, bis der Boden aufgetaut ist, wie bei der letzten Kältewelle.«

Auf Geheiß der Oberin stattete sich Hanna mit Wattestäbchen und Mundspateln aus, um den Patienten mit ansteckenden Krankheiten Proben aus dem Rachenraum entnehmen zu können. Sie zog ihre Jacke enger zu und beschleunigte den Schritt. Obwohl der Weg zur Baracke keine zwanzig Meter betrug, glichen ihre Finger bereits bläulich verfärbten Eiszapfen.

Die Baracke für die Ansteckenden, die Stani schon vor einiger Zeit auf dem Hof errichtet hatte, war inzwischen voll belegt. Die entkräfteten Soldaten hatten den Keimen, die Diphtherie, Fleckfieber, Malaria oder das Wolhynische Fieber auslösten, nichts mehr entgegenzusetzen, weswegen nur wenige das Glück hatten, die Infektion zu überleben.

Warme Luft, vermischt mit unterschiedlichen menschlichen Ausdünstungen schlug Hanna entgegen.

»Guten Morgen, zusammen«, verkündete sie in freundlichem Ton. »Dann wollen wir doch mal sehen, wer bald wieder hier raus darf.«

Wenigstens hier gab es keinen mit Blutvergiftung. Auf ihrer Station häuften sich in besorgniserregender Zahl die Sepsisfälle. Und in ebenso hoher Zahl diejenigen, die daran starben.

Sie ging von Bett zu Bett, von Strohlager zu Strohlager, maß Fieber und fühlte Puls, entnahm Proben und erkundigte sich nach dem Befinden. Die Proben ins Labor des größeren Lazaretts zu bringen, wollte sie Matti überlassen, doch sie fragte sich, wo er sich herumtrieb. Seit Tagen hatte sie ihn nicht gesehen.

»Heute geht's mir schon viel besser, Schwester«, berichtete der fleckige Soldat, dessen Fieber bereits am abklingen war. »Aber die Kameraden hier neben mir scheinen es nicht so gut getroffen zu haben. Die phantasieren unentwegt.«

Hanna besah sich seinen Bettnachbarn, dessen Temperatur gefährlich hoch war. »Öffne bitte den Mund, damit ich eine Probe entnehmen kann.«

Er reagierte nicht, was Hanna dazu veranlasste, seinen Mund mit der einen Hand zu öffnen und seine Zunge mit dem Holzspatel hinunter zu drücken. Dann schob sie den Wattestab in seinen Rachen und machte einen Abstrich. Auch der nächste Soldat hatte sehr hohes Fieber und stank erbärmlich aus dem Hals. Als sie sich dicht über ihn beugte, um genau sehen zu können, wo sie die Probe entnahm, begann er zu husten. Zu spät wich Hanna zurück und bekam einen Teil des Auswurfs direkt ins Gesicht. Angeekelt drehte sie sich um und wischte sich mit einem Tuch ab. Zwar widerstand sie dem Impuls zu würgen, doch der Gestank, der ihr nun anhaftete, löste heftige Übelkeit aus.

Immerhin brauchte sie keine Angst vor Ansteckung zu haben, erst letzte Woche hatte die Wiederholungsimpfung stattgefunden.

Nachdem jeder Patient seine Medizin erhalten hatte und alle Proben für den Transport in das größere Lazarett bereit waren, machte sich Hanna auf die Suche nach Matti. Bei Karl in der Küche würde sie bestimmt mehr erfahren. Der wusste eigentlich immer, wo sein junger Freund steckte.

»Ob du es glaubst oder nicht, Hanna, ich habe Matti seit vorgestern Morgen nicht mehr gesehen. Da wollte er zu seiner Irina. Ich fürchte, wir müssen ihn als vermisst melden, wenn er nicht bald wieder hier auftaucht.«

Hanna seufzte. »Hoffen wir, dass ihm nichts passiert ist und er sich bald wieder hier blicken lässt.«

In der Schreibstube fand Hanna einen geeigneten Boten, dem sie die Schachtel mit den Abstrichen in die Hand drückte.

»Wie geht es eigentlich Bertha?«, fragte sie Peter, der hinter einem Berg von Akten am Schreibtisch saß. »Ich habe sie noch gar nicht gesehen, seit ich aus dem Urlaub zurück bin.«

Peters Miene nahm einen wehmütigen Ausdruck an. »Frag mal lieber, wie es mir geht. Wir sehen uns immer seltener. Und meist reicht es gerade nur dazu, sich eine Kusshand zuzuwerfen.«

Bei der Gelegenheit erkundigte sie sich, ob Feldpost für sie eingetroffen sei, doch Peter schüttelte den Kopf.

Sie bedauerte, dass sie ihre Schwestern nicht beharrlicher aufgefordert hatte, ihr zu schreiben. Und Josef? Ob er sie bereits vergessen hatte?

Als sie im Flur die Unterhaltung einiger Soldaten mitbekam, blieb sie abrupt stehen. Sie sprachen davon, dass in Stalingrad die Rote Armee zugeschlagen habe und die Wehrmachtsoldaten in der Falle säßen.

Die im Kessel eingeschlossenen Landser sollten nach Görings Versprechen aus der Luft versorgt werden, was einer der Verwundeten für ein unmögliches Unterfangen hielt. »In Stalingrad sitzen zweiundzwanzig Divisionen fest. Nie im Leben kann die Luftwaffe den benötigten Nachschub transportieren!«

»Und dann muss man ja auch das stürmische Wetter und die schlechte Sicht bei Schneefall bedenken«, warf der Soldat ein, der mit dem Rücken zu Hanna stand.

»Warum bricht die Sechste denn nicht aus dem Kessel aus?«, erkundigte sich Hanna.

»Für den Führer ist die Eroberung Stalingrads symbolträchtig«, erklärte der Soldat. »Das lässt er sich bestimmt nicht durch einen Ausbruch seiner Armee nehmen.«

»Das würde auch grad noch fehlen«, donnerte plötzlich Gerda neben Hanna, »wenn sie jetzt alle abhauen wollten! Es reicht doch schon, dass wir uns hinter der Front mit Volksfeinden rumschlagen müssen.«

Hanna verbiss sich jeden Kommentar und ging. Sie musste zusehen, dass sie wieder die Verwundeten pflegte. Auf ihrer Station ließ sich selbst die russische Ärztin nicht mehr blicken, zu groß war die Zahl derer, die dringend operiert werden mussten. Und doch waren die wenigsten von ihnen zu retten.

Am Nachmittag wollte Hanna noch einmal nach ihren Diphtheriepatienten sehen und ging über den zugeschneiten Hof. Im gleichen Moment fuhr ein Fahrzeug der Geheimen Feldpolizei in rasantem Tempo vor. Drei grimmig dreinblickende Männer stiegen aus und verschwanden im Gebäude.

Das mussten die Kettenhunde sein, von denen in letzter Zeit so viel erzählt wurde. Was mochte das zu bedeuten haben? Stani war ja zum Glück wieder zurück gekommen.

Ob Gerda …?

Verschreckt von diesem Gedanken hielt Hanna die Luft an. Schnell schlüpfte sie durch die Tür in die Baracke und eilte zu den Patienten.

»Ich habe auch schon nach ihnen geschaut«, sagte Leni hinter ihr. »Sieht nicht so rosig aus, was?«

Hanna schüttelte den Kopf. »Selbst die Wadenwickel haben bisher nichts genützt.«

Dennoch legten sie den Männern neue Wickel an.

»Alle anderen sind versorgt«, sagte Leni, während sie die Kranken nacheinander zudeckte. »Sollen wir eine kurze Pause machen, bis wir die beiden wieder auspacken müssen?«

Hanna sah sich in der Baracke um. »Warum eigentlich nicht?« Obwohl es draußen bitterkalt war und wieder zu schneien begann, war sie froh um jeden Moment, den sie ohne das Schreien und Wehklagen der Verwundeten verbringen konnte. Zeit zum Durchatmen.

Schon im Hinausgehen fiel Hanna auf, dass der Wagen weg war. Ein Gefühl der Erleichterung durchströmte sie. Waren sie also nicht ihretwegen dagewesen.

Der Schnee fiel leise und in großen Flocken herab. Zaghaft, als wolle er erst nachsehen, ob es sich lohnte, hier an dieser Stelle auf die Erde zu fallen.

Schnell wurde das Schneetreiben jedoch dichter, Hanna erkannte das Lazarettgebäude gegenüber nur noch schemenhaft. Auch die Schreie und Stimmen der Soldaten vor der Sammelstelle drangen nur noch gedämpft zu ihnen herüber. Hanna ärgerte sich, dass sie nur die Kaninchenfelljacke übergeworfen, aber nicht die gefütterten Stiefel angezogen hatte. Ihre Füße waren bereits eiskalt. Zum Glück hatte Stani beim Bau der Baracken über den Eingängen einen kleinen Dachüberstand angebracht, sodass sie und Leni im Trockenen standen. Mit vor der Brust verschränkten Armen lehnte sich Hanna an die Tür und gähnte. »Ich könnte im Stehen einschlafen. Bist du auch so müde?«

Leni zuckte die Schultern, kramte in ihrer Rocktasche und zog eine Zigarette heraus, die sie mit einem Streichholz anzündete.

Erstaunt sah Hanna die Kollegin an. »Seit wann rauchst du?«

Leni zuckte die Schultern. »Seit ein paar Wochen. Zu essen schicken sie uns immer weniger, aber die tägliche Ration von drei Glimmstängeln kommt zuverlässig.« Sie hielt Hanna die Zigarette hin. »Das unterdrückt den Hunger. Probier es aus.«

Hanna sandte ihrer Kollegin einen misstrauischen Blick. Im selben Moment jedoch knurrte ihr Magen unüberhörbar. Schließlich nahm sie das qualmende Stäbchen entgegen, steckte es in den Mund und zog kräftig daran. Sofort begann sie zu husten, bis ihr schlecht wurde.

»Lass mal lieber«, sagte sie, nachdem sich ihre Lunge wieder beruhigt hatte. »Ich verschenke meine Zigaretten weiterhin an die Soldaten.«

Auf einmal erklang ein bekanntes Knattern am Himmel. Hanna verzog das Gesicht. »Die Russen schon wieder mit ihren Kaffemühlen. Die sehen doch gar nichts da oben!«

Der heftige Schneeschauer ließ langsam nach und gab die Sicht auf das große Gebäude wieder frei.

Plötzlich fuhr der Wagen der Feldpolizei erneut auf den Hof. Hanna spürte ihren Herzschlag bis an den Hals. Würden sie sie jetzt doch holen?

Die Männer stiegen aus, ihre Mienen wirkten zufriedener als vorhin. Das musste mit dem vierten Mann zu tun haben, den sie aus dem Auto zerrten. Einer ging auf die Krankensammelstelle zu, der zweite richtete sein Gewehr auf den Gefangenen, der den Kopf gesenkt hielt. Auch der dritte Feldpolizist zückte nun sein Gewehr und hielt es dem jungen Mann in den Rücken, um ihn voranzutreiben. Das gelockte Haar des Gefangenen erinnerte sie an … »Matti!«, schrie sie.

Er hob seinen Kopf, lächelte den Schwestern zu und winkte, fröhlich wie immer.

»Das muss ein Missverständnis sein. Sonst wäre der nicht so gut gelaunt.« Leni schien genau so fassungslos wie Hanna.

Einige Minuten später traten die Männer wieder aus dem Gebäude und führten Matti ab. Dieser lachte noch immer. Warum war er so arglos? War ihm der Ernst der Lage nicht langsam klar? Mit Schrecken beobachteten sie, wie er in das Fahrzeug gedrängt wurde und von der Bildfläche verschwand.

Ohne zu zögern liefen sie und Leni zu Karl, der ihnen aufgebracht im Flur entgegen kam. »Karl, was ist mit Matti?«

Er hob die Arme und schlug die Hände gegen den Kopf. »Verhaftet! Der Jeck ist bei seiner russischen Freundin untergekrochen und wollte nicht mehr hierhin zurück. Jetzt haben sie ihn wegen Fahnenflucht festgenommen.«

»Was passiert jetzt mit ihm?«

Karl zuckte die Schultern. »Was schon? Das wisst ihr doch.« Einen Moment blickte er ins Leere, seine Augen füllten sich mit Tränen. Er machte auf dem Absatz kehrt und verschwand in Richtung Küche.

»Schwester, Schwester, helfen Sie meinem Kameraden«, forderte sie einer der Verwundeten auf, die den Flur und das Treppenhaus verstopften. Neben ihm lag einer, der qualvoll stöhnte.

Sein Gesicht war bleich und stark eingefallen. Hanna wunderte sich, dass er zugedeckt war. Woher kam die Decke?

»Ihn hat es voll erwischt. Ein Wunder, dass er überhaupt bis hierhin durchgehalten hat«, erklärte sein Kamerad.

Mit leeren Augen starrte der Verwundete vor sich hin. Hanna beugte sich zu ihm hinunter und hob die Decke an. Was sie dort sah, drehte ihr beinah den Magen um. Von der Uniform erkannte sie kaum noch etwas. In seinem Bauch klaffte ein großes Loch, die inneren Organe waren deutlich sichtbar.

Hanna rieb sich durchs Gesicht. »Ich hole die Sanitäter.«

Im Sterbezimmer suchte Hanna nach einem Platz für den Bauchschusspatienten. Aber die wenigen Betten waren überbelegt – von Todgeweihten ebenso wie von Verwirrten, die hier auf ihren Weitertransport warteten. Weil sie auf der normalen Station zu viel Unruhe verbreiten würden, hatten die Ärzte entschieden, sie zu den Sterbenden zu legen. Die würden sich nicht beschweren.

»Bringt ihn hierher«, bat sie die Sanitäter, die den Patienten auf einer Trage hereinbrachten und auf dem Stroh nah an Fenster und Ofen lagerten.

»Schwester«, hauchte er dünn und deutete auf seinen Mund. Er musste stark ausgetrocknet sein und sehr durstig.

Einem Patienten mit offenem Bauchraum durfte sie keinesfalls etwas zu trinken geben. Doch er flehte sie mit seinen Blicken an.

Schließlich holte sie ein Glas Tee. Einen einzigen Schluck wollte sie ihm geben, gerade, um Mund und Hals damit zu befeuchten. Mit der linken Hand hob sie seinen Kopf etwas an und führte das Glas an seinen Mund. Gierig nahm er einen Schluck und schloss dabei die Augen.

Als Hanna das Glas wieder absetzen wollte, packte er ihr Handgelenk und hielt es fest. Hanna war erstaunt, welch enorme Kraft er trotz seiner Verletzung aufbot.

»Nein, du darfst nicht mehr trinken. Ich gebe dir später noch einmal was. Versprochen.«

Er hielt sie weiterhin fest, starrte auf das Glas wie auf einen kostbaren Schatz, den es zu sichern galt.

Nach einigem Gerangel ließ seine Kraft nach und Hanna konnte ihm ihren Arm entziehen. Das Glas stellte sie auf die Fensterbank, bevor sie dem Patienten Morphium spritzte.

»Schwester«, kam es mit dünner Stimme aus einem Bett. Aus einer anderen Ecke drang lautes Stöhnen. Hanna ließ ihren Blick durch den Raum schweifen. Ein Sterbender neben dem anderen. Wären sie doch nur alle erlöst von ihrem Leid!

Unterdessen setzte sich ein anderer Patient auf die Bettkante. Er bot einen entsetzlichen Anblick. Strähniges Haar klebte ihm am Kopf, seine Augen wirkten tot, einzig die Tränen, die an seinen Wangen herabliefen, zeugten von Leben. Aus seinen Mundwinkeln tropfte Speichel. Den Oberkörper wiegte er unablässig vor und zurück. Die ganze Zeit hielt er einen Schuh in den Händen, fest an seine Brust gepresst, und streichelte ihn wie eine Mutter, die ihr weinendes Kind zu beruhigen versucht. Dann schloss er die Augen und begann mit zittriger Stimme zu singen: »Maikäfer flieg, dein Vater ist im Krieg, die Mutter ist in Pommerland, Pommerland ist abgebrannt …«

Der Soldat, der ihm gegenüber lag, verdrehte die Augen und brüllte den Singenden an: »Sie sind tot, hörst du! Alle mausetot! Durch deinen Singsang machst du sie nicht wieder lebendig!«

Der traurige Sänger schien aus seiner Lethargie erwacht, hielt in seiner Bewegung inne und fixierte den brüllenden Bettnachbarn aus zusammengekniffenen Augen. Die beiden sahen aus, als ob sie jeden Moment aufeinander losgehen und sich prügeln würden. Schnell huschte Hanna zur offenen Tür, weil sie für den Fall gewappnet sein wollte, um ohne Verzögerung Hilfe anzufordern. In der Tür stieß sie mit der Oberin zusammen, die eine Kanne Tee in den Händen hielt.

»Ach, singt er wieder?« Die Falte auf der Stirn der Alten zuckte.

»Macht er das also öfter?« Hannas Stimme zitterte.

Die Oberin nickte nur und sah dem Patienten noch eine Weile zu. Dann legte er sich wieder hin, drehte sich zur Seite und zog seine Decke bis über die Schultern.

»Keine Angst, Schwester. Der ist harmlos. Der singt und heult nur, und manchmal ruft er wirres Zeug.«

»Was müssen diese armen Teufel bloß Schlimmes erlebt haben?«, fragte Hanna im Flüsterton.

Ihre Vorgesetzte hob die Schultern. »Einer von den Verwundeten hat mir erzählt, dass er den Kameraden hier kennt. Er muss bei einem Sonderkommando gewesen sein. Und seit einer Evakuierungsaktion in Babi Jar ist er wohl dem Wahnsinn anheimgefallen. Manchmal flüstert er in seiner Umnachtung irgendwelchen Kindern zu, dass sie weglaufen sollen.«

Hanna schüttelte gedankenvoll den Kopf, und die Oberin setzte nach: »Danach schreit er meistens: ›Hört auf, hört auf! Lasst doch wenigstens die Kinder!‹«

»Oh mein Gott«, brachte Hanna entsetzt hervor und hielt sich die Hand vor den Mund.

Weiter hinten im Raum riefen mehrere Soldaten verzweifelt nach ihrer Mutter. Hanna nahm der Oberin die Teekanne ab und ging zu ihnen. Dabei stellte sie fest, dass das Teeglas auf der Fensterbank fehlte. Sie blickte hinunter zu dem Patienten. Ganz verdreht lag er da, das leere Glas in der Hand, und schlief. Hanna nahm es an sich, deckte ihn zu und ging die Bettreihen ab. Sie wusste, was das bedeutete.

Bei einem anderen Verletzten war sie ebenfalls sicher, dass er die nächste Stunde nicht mehr erleben würde. Seine Atmung ging flach, der Puls war kaum noch zu fühlen. Sie setzte sich kurz zu ihm und hielt seine Hand, obwohl sie dafür eigentlich keine Zeit hatte. Vermutlich wäre es sinnvoller, sich um die zu kümmern, die überleben würden, statt einem Sterbenden die Hand zu halten. Doch tief in ihrem Inneren fühlte sich das, was sie gerade tat, richtig an. In diesem Moment der Stille überkam Hanna ein inniger Friede.

Der junge Sterbende, der sein Leben noch nicht einmal richtig gelebt hatte, öffnete die Augen, einen dankbaren Blick auf Hanna gerichtet und tat einen letzten tiefen Atemzug.

Seit mehr als fünfzig Stunden war Hanna nun schon auf den Beinen und es gab keinerlei Aussicht auf eine Pause. Überall wurde ihre Hilfe angefordert. An Schlaf brauchte sie gar nicht zu denken, schon seit längerem hatte sie sich nur in unregelmäßigen Abständen ein klein wenig hinlegen können. Ihre Augen brannten, die Konzentration ließ bedenklich nach und ihre Beine schmerzten, aber sie funktionierte, allein darauf kam es an. Fragte sich bloß, wie lange noch.

Sie überlegte, ob sie nicht ebenfalls zu den Wunderpillen greifen sollte, wie es die anderen Kolleginnen längst alle taten. Und hatte ihr nicht Dr. Gimbor selbst zu diesem Schritt geraten? Kurz entschlossen ging sie ins Stationszimmer und nahm eine Packung Pervitin aus dem Arzneimittelschrank, schraubte den Verschluss des Röhrchens auf und steckte sich eine Tablette in den Mund.

Tatsächlich spürte Hanna bald die Wirkung. Sie fühlte sich frisch wie schon lange nicht mehr. All ihre Müdigkeit, die Abgeschlagenheit und ihre Zweifel, das alles durchzustehen, waren wie weggefegt. Sie war sicher, dass sie nun das doppelte Arbeitspensum würde schaffen können.

Auf dem Weg zur Küche begegnete ihr Gerda. Doch was kümmerte sie diese Witzfigur? Sie grinste ihr entgegen und ging wortlos an ihr vorbei.

»Gehst wohl wieder zu deinem Liebchen!«, rief Gerda ihr hinterher.

Hanna blieb abrupt stehen und drehte sich um. »Was hast du da gesagt?«

Die Augen zu Schlitzen verengt, zischte die Hilfsschwester: »Du brauchst gar nicht so unschuldig zu tun. Ich hab euch gesehen. Du hast hier unten bei ihm am Bett gesessen und Händchen gehalten. Bestimmt bist du auch noch zu ihm unter die Decke gekrochen.« Missbilligend schüttelte sie den Kopf.

»Dass du dich nicht schämst! Noch nicht mal vor den Verwirrten machst du halt!«

»Du bist ja nicht mehr ganz klar im Kopf!«, raunte Hanna und ließ Gerda stehen.

»Das wird immer schlimmer«, begrüßte Karl sie in der Küche mit bedauerndem Tonfall. Mit einem Kopfnicken wies er auf Hannas Tagesration: grünlich schimmerndes Brot, von grauem Schimmel überzogene Butter und ein wenig Marmelade. »Da vergeht einem ja jeglicher Appetit«, sagte sie und steckte die Zigaretten ein.

»Du rauchst?« Karl sah sie erstaunt an.

Mit einem Grinsen im Gesicht hüpfte Hanna zwischen den Verwundeten hindurch. Ihr war, als hätte sie Energie für zehn. Das Leben fühlte sich einfach nur gut an.

Auf dem Treppenabsatz diskutierte eine Gruppe Soldaten darüber, dass auch im Kessel von Stalingrad die Rationen gekürzt worden waren. Hanna blieb einen Moment bei ihnen stehen und hörte zu.

»Göring hat sein Versprechen noch nicht einmal im Ansatz gehalten!«, echauffierte sich einer, während er seine Brille mit einem Zipfel des Lazaretthemds putzte. Als er kurz zu ihr aufsah, durchströmte Hanna ein warmes Gefühl. Seine Augen erinnerten sie im ersten Moment an Josef. Doch alles andere ähnelte ihm nicht, und das warme Gefühl kühlte merklich schnell ab.

Ein anderer zündete sich gerade eine Zigarette an und entgegnete: »Inzwischen fliegen die Maschinen noch nicht mal halb voll in den Kessel rein, kommen aber übervoll wieder raus.«

»Genau!«, rief Hanna kichernd dazwischen. »Und die Ladung landet dann bei uns.« Kurz entschlossen wandte sie sich an den Raucher. »Hast du Feuer?«

Der Soldat entzündete ein Streichholz und hielt es Hanna entgegen. Sie steckte eine Zigarette in den Mund und zog daran. Hustend bedankte sie sich.

Er lachte. »Sie rauchen wohl noch nicht so lange, was?«

Hanna schüttelte während des weiteren Hustenanfalls den Kopf und meinte anschließend: »Der Hunger …«

Er nickte verständnisvoll. »Feind Nummer drei«, sagte er nüchtern.

»Und wer sind eins und zwei?«, wollte Hanna wissen.

»Der Iwan und die Kälte. Bei den Temperaturen friert dir sogar der Stahlhelm am Kopf fest. Wie sollen da Fahrzeuge funktionieren oder Gewehre?«

»Es ist ein Skandal, Schwester!«, raunte der Brillenträger. »Da kämpft man für Führer und Vaterland, und die bringen es noch nicht einmal zustande, einem was zu beißen zu schicken.«

»Habt ihr hier auch nichts zu essen bekommen?«, erkundigte sie sich.

»Doch. Eine Suppe – auch wenn sie dünn war, aber wenigstens hat sie gewärmt. Immer noch besser als im Kessel. Da hat man als Verwundeter gar nichts mehr bekommen, weil der Rest der Truppe kampffähig bleiben sollte.«

»Auf den Straßen lagen doch genügend tote Pferde«, mischte sich ein weiterer Soldat im Vorbeigehen ein.

»Ja, genau. Da wirst du noch zum Aasfresser.« Er schüttelte den Kopf.

Nachdenklich betrachtete Hanna den beinamputierten Soldaten, der ihr an Krücken gegenüberstand. »Wenn keine Fahrzeuge mehr fuhren, wie bist du dann zum Flugplatz gekommen? Wurdest du getragen?«

Er schmunzelte. »Das beste und zuverlässigste Transportmittel ist immer noch der Panjewagen.«

»Ja, und die Kameraden, die ihn ziehen.«

»Genau, wenigstens auf die ist immer Verlass.«

»Was dort in Stalingrad los ist, kann sich kein Mensch vorstellen. Schlimmer kann es nicht mehr werden. An einen Sieg glaubt sowieso keiner mehr«, vermeldete einer lautstark.

»Hör auf, hier so herum zu krakeelen«, wies ihn ein Kamerad mit einem Blick auf Hanna zurecht. »Du weißt, was dir blühen kann.«

»Schlimmer als die Hölle von Stalingrad kann das nicht werden!«

»Wenigstens sind wir dort raus. Wenn ich dran denke, was da am Flugplatz los war«, sagte ein anderer Soldat kopfschüttelnd. »Zuerst musste die Flugzeugbesatzung die Kameraden mit vorgehaltenen Waffen daran hindern, die JU zu stürmen. Wer keinen Transportberechtigungsschein hat, kommt nun mal nicht raus aus dem Kessel. Als ich dann endlich drin war in der JU und sie auf der Startbahn angerollt ist, habe ich gesehen, dass einige Kameraden auf den Tragflächen gelegen und sich festgehalten haben. Kurz nach Abheben der Maschine konnten sie sich aber nicht mehr halten und sind runtergefallen. Manche haben es jedoch hinbekommen, sich irgendwie an den Tragflächen oder sonstwo an der Maschine festzubinden. Die haben es dann zwar aus dem Kessel raus geschafft, sind aber unterwegs erfroren.«

»Oh nein«, entfuhr es Hanna. »Wie verzweifelt müssen die gewesen sein!« Für Hanna klang das alles ungeheuerlich, doch sie fragte sich, ob die Männer nicht gerade dabei waren, sich mit ihren Berichten gegenseitig übertrumpfen zu wollen. Doch das Grauen gehörte für die Frontkämpfer zum täglichen Geschäft. Sich darüber zu unterhalten war für sie so normal, wie für andere der Klatsch und Tratsch am nachbarlichen Gartenzaun.

Mit einem Mal verspürte sie Übelkeit. Das Rauchen bekam ihr nicht. Sie reichte ihre Zigarette an einen der Soldaten weiter und ging zur Station.

Auch dort debattierten einige. Wieder ging es um die Luftversorgung. Hatten die denn kein anderes Thema?

Ein Soldat stieg aus seinem Bett und ging in Richtung Flur. Hanna sah ihm verwundert nach und rief: »He, wo willst du denn hin? Du bist ja halbnackt.«

»Ich muss nach draußen, meine Klamotten holen«, meinte er und verschwand. Hanna ging zum Fenster und beobachtete, wie er im Hof seine hart gefrorene Uniform von der Wäscheleine abnahm. Als er den Krankensaal wieder betrat, schlotterte er vor Kälte. Seine gefrorene Kleidung hielt er waagerecht in die

Luft. Die Kameraden lachten. Auch Hanna fiel in das Lachen mit ein, fragte dann aber nach dem Zweck des Ganzen.

»Ist doch ganz einfach, Schwester. Nicht nur wir Landser, auch die Läuse erfrieren da draußen.«

Nachdem die Uniform aufgetaut war und er sie ausschüttelte, fielen etliche tote Läuse auf den Boden. Siegessicher schlüpfte er in die Kleidung. »Endlich ohne die blutsaugenden Plagegeister!« Seine Freude währte jedoch nicht lange. Er begann bald wieder, sich zu kratzen.

Neben dem Gebäude der Krankensammelstelle hatten sich russische Kinder zum Schutz vor der Kälte ein Iglu gebaut, das sie innen mit Jutesäcken ausgelegt hatten. Darin wohnten sie. Wo ihre Familien waren, ob die Eltern noch lebten, wusste keiner. Ihre Kleidung war schmutzig und zerschlissen. Statt Schuhen trugen sie Lumpen an ihren Füßen. Am Tag durften sie sich im Flur der Krankensammelstelle aufhalten und wärmen.

Karl brachte es nicht übers Herz, die Kinder hungern zu sehen, und so versorgte er sie, so gut es ging, mit Essen und warmen Getränken. Da die Vorräte immer knapper wurden, gelang es ihm jedoch oft nicht, ihnen etwas zu geben. Schließlich mussten zuerst die Verwundeten und die Mannschaft verköstigt werden.

»Hier, nehmt das«, meinte Hanna und hielt den Kindern ihre komplette Tagesration an Brot, Marmelade und Dosenfleisch entgegen. Mit leuchtenden Augen fassten kleine Hände danach und trugen es schnell fort.

»Bist du von allen Sinnen?«, fragte Karl ungehalten. »Wovon willst du heute satt werden?«

Hanna zuckte die Schultern. »Ich brauch nix.« Dabei griff sie prüfend in ihrer Schürzentasche nach dem Röhrchen, aus dem sie sich eben noch bedient hatte. Die Warnung des Stabsarztes hatte sie längst in den Wind geschlagen, denn die Veränderung, die das Pervitin in ihr hervorrief, brachte nach Hannas Empfinden nur Vorteile.

Viele Soldaten hielten es mit dem Essen ähnlich und teilten ihre karge Ration mit den ausgehungerten Kindern. Das Strahlen in ihren Augen entschädigte sie für die noch schmälere Mahlzeit.

Einem Soldat, der seit zwei Tagen auf Hannas Station untergebracht war, schien dies nicht zu gefallen. Erbost rief er aus: »Wir sind doch hier nicht bei der Volkswohlfahrt!«

Er erntete verständnislose Blicke, was ihn offenbar noch mehr erzürnte. Schließlich donnerte er: »Behaltet euer Essen für euch und schmeißt diese bolschewistische Saubrut endlich hier raus!«

Auch auf der Station fiel er durch sein Verhalten auf. »Ihr räudigen Hunde! Ihr habt doch überhaupt nichts!«, schimpfte er unvermittelt in den Krankensaal hinein. Er hob den Arm seines Bettnachbarn an und beschaute sich dessen Verband. Dabei fiel ihm eine Haarsträhne ins Gesicht, die er schnell mit den Fingern nach hinten kämmte. »So ein kleiner Verband – du willst mir doch nicht ernsthaft erzählen, du wärst schwer verwundet! Simulanten, alles Simulanten hier! Das werde ich melden! He, du!« Er zeigte auf einen Patienten, der an Krücken an ihm vorbei ging. »Du notierst die Namen derer, die hier liegen, verstanden! Und dann bringst du mir deine Notizen!«

Der Mann mit den Krücken schaute kurz über seine Schulter und schüttelte verständnislos den Kopf. Dann ging er einfach weiter.

»Jawoll, Herr Hauptmann, heißt das!«, brüllte der Störenfried ihm hinterher.

Energisch ging Hanna auf ihn zu. »Jetzt beruhigen Sie sich mal wieder«, sagte sie, bemüht, einen ruhigen Ton anzuschlagen. »Mit der Aufregung ist doch keinem geholfen.«

»Was wollen *Sie* denn?«, fragte er aufgebracht und musterte sie grimmig. »Mit Ihnen rede ich doch gar nicht.«

Hanna stemmte die Hände in die Hüften und sah ihn herausfordernd an. »Dass diese Soldaten alle wegen einer ernsthaften Verwundung oder Erkrankung hier sind, hat schon seine Berechtigung, Herr Hauptmann. Hier simuliert kein Einziger.«

»Das können Sie Ihrer Großmutter erzählen, Schwester. Ich sehe, was ich sehe. Und ich sehe nichts Gutes!«

»Und welche Krankheit hat Sie hierher verschlagen?«, fragte Hanna kühn. Hinter sich vernahm sie unterdrücktes Lachen.

Die Augen des Hauptmanns verengten sich zu Schlitzen. »Ich will sofort Ihren Vorgesetzten sprechen!«

Hanna schüttelte vehement den Kopf. »Das sieht schlecht aus, Herr Hauptmann. Mit Verlaub, aber meine Vorgesetzten kümmern sich derzeit um echte Probleme. Die werden für Sie keine Zeit haben.« Jetzt grinste sie ihm unverwandt ins Gesicht.

Er hob die Hand, als wolle er ihr eine Ohrfeige verpassen. Vereinzelt sprangen Soldaten auf, um ihr beizustehen. Doch der Hauptmann drohte nur. »Das wird ein Nachspiel haben, Schwesterchen!«

Hanna nickte ihm zu. »Nachspiele können Sie unten in der Schreibstube beantragen.«

Die Patienten applaudierten, und der Hauptmann verließ mit zornesrotem Kopf den Krankensaal.

Hanna war mehr als erleichtert, als er am nächsten Morgen weitertransportiert wurde.

»Der lebt nicht mehr lange«, prophezeiten mehrere Patienten. »Wieso? Der war doch gar nicht schwer krank«, wunderte sich Hanna.

»Solche Typen wie der sterben manchmal ganz leicht durch einen Schuss in den Rücken«, antwortete einer vielsagend. »›Partisanenüberfall‹ heißt es dann. Kannste nichts machen.« Die anderen lachten.

»Die Nähmaschinen fliegen inzwischen ganz schön oft über Stalino, finden Sie nicht auch, Schwester?«, erkundigte sich der Soldat mit dem aufgeschwemmten Gesicht, den Blick aus dem Fenster gerichtet.

Hanna sah kurz hinaus, konnte an dem grauen Nachmittagshimmel aber keinen Flieger erkennen, obwohl das Knattern deutlich zu hören war. »Bislang hat man die Kaffeemühlen überwiegend nachts gehört.«

»Das sind die Nachthexen. Ein russisches Bomberregiment, ausschließlich von Frauen geflogen! Diese Flintenweiber müssen Nerven haben wie Drahtseile. Die sprengen Brücken, Munitions- und Treibstofflager in die Luft. Selbst jetzt, wo die Sicht durch Nebel oder Schneefall so schlecht ist und unsere Männer sich nicht mal trauen, zu starten, gehen die Nachthexen in die Luft und bomben alles kurz und klein. Also deren Treffsicherheit scheint recht hoch zu sein.«

»Oh«, kommentierte Hanna. Frauen, die Bomber flogen. Ganz schön mutig, fand sie. Und trotzdem wünschte sie den Nachthexen die Pest an den Hals.

Plötzlich tippte ihr jemand an die Schulter. Als sie sich umdrehte, stand Peter vor ihr und hielt ihr eine handschriftliche Notiz entgegen, die Hanna kurz überflog. Es handelte sich um die Beschwerde eines Hauptmanns über sie. Wie ein Blitz zuckte der Schreck durch ihren Körper. Offenbar hatte sie ordentlich über das Ziel hinausgeschossen. Mit welchen Konsequenzen mochte sie jetzt zu rechnen haben?

Nun ging Peter zu dem kleinen Ofen, öffnete ihn und warf den Zettel ins Feuer. »Nur damit du Bescheid weißt«, sagte er schließlich und wandte sich zum Gehen. »Erst nachdenken, dann reden.«

»Danke«, erwiderte sie kleinlaut und nahm sich vor, in Zukunft besser darauf zu achten, was sie sagte.

Um vier Uhr in der Früh traf ein ganzer Lazarettzug Soldaten ein. Sie waren Angehörige der dritten rumänischen Armee, deren Kampflinie nordwestlich von Stalingrad von Einheiten der Roten Armee durchbrochen worden war. Wie deutsche Kämpfer berichteten, war dieser sowjetische Durchbruch entscheidend für die Einkesselung gewesen.

Hanna hatte schon viel von der russischen Barbarei und der Kaltblütigkeit der Rotarmisten gehört. Doch was sie in dieser Nacht zu sehen und hören bekam, hätte sie sich in ihrer wildesten Fantasie nicht ausdenken können.

Einer der Rumänen krabbelte auf sie zu und setzte sich vor ihr auf den Boden. »Füße nix mehr gehen«, klagte er unter Tränen.

Während sie mit großer Vorsicht den Verband von einem seiner Füße abwickelte, sagte sie: »Ihr habt ja alle die Füße verbunden. Was ist passiert?«

Der Rumäne schlug mit der Faust auf seinen Oberschenkel und schüttelte den Kopf. »Russe uns hat gefangen. Dann wir mussten Stiefel und Strumpf ausziehen, und Russe sagt ›geh‹.«

»Geh? Was meinte er damit?«

»Gehen. Jetzt ihr seid Freiheit, aber nur mit nackte Fuß.«

»Bei der Kälte?« Hanna starrte ihn ungläubig an. »Es sind minus dreißig Grad da draußen! Alles ist voll Schnee und Eis.«

»Ja, alles Schnee und Eis, was schneidet Fuß kaputt. Erst Füße haben weh getan. Noch nie solche Schmerz gehabt. Paar Stunden weiter kommen Beulen dran und dann nix mehr fühlen.«

Schmerzensschreie erfüllten den Raum und dazwischen drang das Brummen von Fliegern. Das waren bestimmt die Nachthexen. Hanna versuchte angestrengt, sich auf das Gespräch mit ihrem Patienten zu konzentrieren. »Wie lange seid ihr so gelaufen?«

Er zuckte die Schultern. »Zwei, drei Tage, bis Hauptverbandplatz finden. Die haben Fuß verbinden und uns setzen in Zug.«

Nachdem Hanna den Verband bis auf zwei Lagen abgerollt hatte, klebte er fest. Sie löste eine Tablette in Wasser auf und träufelte die Flüssigkeit auf die Bandage.

»Warum wird Verband gelb?«, fragte er aufgebracht.

»Keine Sorge«, sagte Hanna, »das ist nur wegen des Wirkstoffs, Ethacridin. Damit löse ich die Verklebung, und dann können wir alles wunderbar ablösen ohne dass es weh tut.«

»Oh, tut weh. Nix machen, Schwester!« Mit abwehrenden Gesten versuchte er, sie daran zu hindern. Doch sie durfte jetzt nicht zimperlich sein. Zum Glück hatte sie erst am Abend eine Pervitin geschluckt, ihr Garant für zielstrebiges Arbeiten ohne jeden Zweifel, den sie nicht mehr missen wollte. Von Müdigkeit keine Spur mehr. Keine Angst, kein Zögern, dafür Wachsamkeit, Entschlossenheit und Pflichterfüllung bis zum Letzten.

Jede weitere Bewegung, die sie an dem Verband vollzog, begleitete der Soldat mit markerschütternden Schreien. Und als sie es beinah geschafft hatte, fielen mit dem letzten Stück der Binde drei schwarze Zehen von dem gänzlich abgestorbenen Fuß ab.

Hanna erschrak furchtbar. Der Anblick war verstörend. Dagegen kam auch das Pervitin nicht an. Die Zehen waren zwar noch als solche zu erkennen, doch der restliche Fuß glich einem klumpigen Stück verkohlten Holzes. Auch einzelne Frostbeulen, die schon vor Tagen aufgeplatzt sein mussten, waren zu erkennen.

Die Füße der anderen sahen nicht besser aus. Die Ärzte würden wieder stundenlang nichts als Amputationen vornehmen müssen. Im Raum breitete sich inzwischen ein fürchterlicher Gestank nach verfaultem Fleisch aus.

»Der Arzt kommt gleich und entscheidet, was zu tun ist«, sagte sie und kniete sich vor den nächsten Patienten. Neben ihr ging Hedwig in die Hocke, die sich gerade eine herausgelöste Locke aus dem Gesicht blies. »Mensch, Hedwig, was hab ich dich lange nicht gesehen. Geht es dir gut?«

»Ja ja, danke«, sagte sie mit angestrengter Stimme. »Es ist aber auch kein Wunder, dass wir uns nicht mehr über den Weg laufen, bei dem Betrieb hier.«

Die beiden Soldaten, vor denen sie knieten, steckten ihre Köpfe zusammen und riefen sich etwas zu. Vermutlich in ihrer Muttersprache, merkwürdig langgezogene Laute drangen an Hannas Ohren: »Pedaapsa meritaata, proaasta.«

Kein Wort davon verstand sie, Hedwig hingegen lauschte mit Entsetzen in den Augen.

»Du verstehst rumänisch?«, fragte Hanna erstaunt. Doch Hedwig winkte unwirsch ab. Mit jedem weiteren Wort, das die Männer sprachen, wurden die Augen der Kollegin größer. Mehr und mehr entgleisten ihre Gesichtszüge.

Hanna hörte ebenfalls gebannt zu, doch sie nahm nur einzelne Worte wahr: »Folosim evreii, Post de animale« und »Marsul spre Stalingrad.« Sie konnte sich keinen Reim darauf machen.

»Was habt Ihr gemacht?«, rief Hedwig nun entsetzt aus.

In ertappter Peinlichkeit sahen die beiden Rumänen auf. Der eine wehrte sofort ab. »Nix nix«, beteuerte er schnell. Derjenige, der vor Hanna saß, senkte den Kopf, sagte aber nichts.

»Was ist passiert?«, erkundigte sie sich bei Hedwig.

Die sah sich um, bevor sie sich zu Hanna beugte und bemüht leise antwortete: »Die hatten beim Marsch auf Stalingrad keine Pferde mehr. Da haben sie Juden als Zugtiere eingesetzt.«

Entsetzt blickte Hanna erst Hedwig an, dann die Rumänen. »Warum?«, fragte sie, doch sie erhielt keine Antwort.

Sie erinnerte sich. ›Ohne Vogel sehr schlimm‹, hatte der Rumäne in Saporoshje gesagt, aber damals hatte sie sich nichts darunter vorstellen können.

Krankensammelstelle
Stalino, Russland
Dezember 1942

»Minus achtunddreißig Grad«, las Hanna am Thermometer ab, das neben der Eingangstür an der Wand hing. »Diese russische Kälte beißt mir noch das Gesicht ab.«

Während sie die Hände tief in die Taschen ihrer Jacke vergrub, fielen ihr die Fahrzeuge auf, die wegen der enormen Kälte in zunehmender Zahl nutzlos im Hof herumstanden. Manchmal fehlte aber auch einfach Benzin. Nach Dr. Gimbors Einschätzung geriet der Nachschub an Treibstoff, Munition, Lebensmitteln und Medizin vor allem durch die rege Partisanentätigkeit mehr und mehr ins Stocken. Zu viele Abschnitte der überlebenswichtigen Bahnverbindung waren offenbar zerstört.

Hanna und ihre Kolleginnen mussten mit der Verabreichung von Medikamenten inzwischen sehr sparsam umgehen. Analgetika gab es nur noch für jene, die es ohne Medikamente gar nicht mehr aushielten. Demzufolge nahmen die Schmerzensschreie und das Wehklagen der Verwundeten drastisch zu. Aber in Hannas Röhrchen befanden sich noch genug von den Wunderpillen. Die machten das Ganze erträglicher.

Ihrem Mund entwich ein lautes Seufzen, während sie die überfüllte Baracke für die Ansteckenden betrat. Trotz der Pelzstiefel und -jacke fror sie erbärmlich und schlang die Hände um den Hals. In dem Moment wurde ihr bewusst, dass ihr Hals schon seit einigen Tagen schmerzte.

Die beiden Diphtherie-Patienten, um die sich Hanna so gesorgt hatte, waren außer Lebensgefahr, doch immer noch weit davon entfernt, als geheilt entlassen werden zu können.

»Ah, da kommt ja unser Karbolmäuschen!«, riefen sie im Chor und lachten.

»Euch scheint es ja schon wieder besser zu gehen, was?«

»Dank Ihrer guten Pflege, Schwester.«

Hanna freute sich über das Lob. Während sie ihren Blick durch den Raum schweifen ließ, bemerkte sie plötzlich ein bekanntes Gesicht.

»Bertha, was machst du denn hier?« Sofort stürmte sie auf das Bett ihrer Freundin zu. Sie lag in eine Decke eingewickelt und zitterte am ganzen Leib.

»Fleckfieber«, entgegnete sie und streckte Hanna ihren rechten Arm entgegen. Er war von rotfleckigem Ausschlag übersät.

»Wir alle sind doch vor zwei Wochen erst wiederholt geimpft worden! Wie kannst du da krank werden?«

Bertha hob die Schultern. Ihrer Krankenkarte war zu entnehmen, dass sie seit Tagen unverändert hohes Fieber hatte. Hanna legte ihrer Freundin einen feuchten Lappen auf die Stirn.

»Das ist viel zu kalt, ich friere mir ohnehin schon den Allerwertesten ab. Kann man den Ofen nicht noch etwas mehr befeuern?«

»Das liegt an deinem Fieber, Bertha. Hier drin ist es ausreichend warm. Aber in ein paar Tagen wird es dir schon wieder besser gehen, warte nur ab.« Nachdem sie die anderen Kranken versorgt hatte, sagte sie zu Bertha: »Ich komme nachher nochmal nach dir schauen.« Doch sie war schon eingeschlafen. Als Hanna die Tür öffnete, rief ihr einer der ehemaligen Sorgenpatienten zu: »Nach uns kommen Sie doch hoffentlich auch schauen, Schwester!«

»Aber selbstverständlich«, meinte Hanna augenzwinkernd. »Nach euch beiden zu allererst.«

Als sie wieder das Hauptgebäude betrat, wedelte Gerda ihr mit einem Brief in der Hand entgegen. Dabei setzte sie eine wichtigtuerische Miene auf. »Wer hätte das gedacht, Hanna«, flötete sie ihr entgegen. »Dass du einmal Post erhältst.«

»Was?« Hannas Herz machte einen Hüpfer – Josef hatte sie nicht vergessen! Mit großen Schritten ging sie auf die Hilfsschwester zu und entriss ihren wurstigen Fingern den Brief. Doch die Handschrift auf dem Kuvert war schnörkelig, wenig männlich.

»Was schreibt sie denn, die bucklige Verwandtschaft?«, fragte Gerda spitz.

Hanna sah auf und sandte Gerda einen scharfen Blick. »Weißt du was, Gerda? Halt einfach dein Schandmaul und mach dich an die Arbeit.« Damit ließ sie die Hilfsschwester stehen und lief nach oben.

Noch im Laufen riss sie das Kuvert auf und faltete den Briefbogen hastig auseinander.

Liebe Hanna,

Hast Du immer noch so viele verwundete Soldaten zu pflegen?

Mehr, als ich bewerkstelligen kann, ging es Hanna durch den Kopf. Und noch viel mehr, die an den kleinsten Verletzungen sterben. Verfluchte Sepsis.

Bei uns geht es viel gemütlicher zu, seit wir nicht mehr so oft aufs Feld müssen. Zwar scheucht uns Vater ständig in die Kälte hinaus und Mutter halst uns immer mehr Arbeit im Haus auf, als ohnehin schon, aber bald beginnt die besinnliche Zeit, und da soll das Haus ja glänzen. Ich freue mich schon sehr auf den Advent und die feierlichen Messen, auch, wenn der Festtagsschmaus in diesem Jahr noch dürftiger ausfallen wird als im letzten Jahr.

Stell Dir vor, sogar die Gefangenen dürfen in die Kirche gehen!

Dieser Tage war ich in Gillenfeld bei Tinnessen Erna zu Besuch. Und auf einmal war da so ein gleichmäßiges Klackern. Wie Hufklappern hat sich das angehört. Wir dachten schon, da kommt jetzt ein Trupp berittener Soldaten durch die Straßen, und sind sofort raus, um die Reiter zu begrüßen. Aber von Reitern weit und breit keine Spur. Stattdessen klappert eine ganze Kolonne Graukittel von der Kartoffelfabrik in ihren Holzschuhen durch die Straßen.
Wie die uns angeguckt haben! Aber nur heimlich. Als wollten sie uns umbringen. Aber das hätten der …

Der restliche Text war geschwärzt worden. Hanna bedauerte, nun nicht erfahren zu können, was Maria ihr noch hatte mitteilen wollen.

Schöne Grüße von Bernie und Martha und von den kleinen Jungens auch.
Mutti und Vati lassen ebenfalls grüßen.
Deine Schwester Maria

Hanna ließ das Blatt sinken. Ihr wurde ganz warm ums Herz. Maria hatte ihre Worte ernst genommen und ihr einen langen Brief geschrieben.

Am Nachmittag ließ sich Hanna auf den Stuhl im Stationszimmer sinken und steckte sich eine weitere Pille in den Mund. Diesmal brachte sie den kleinen Muntermacher kaum herunter, so sehr schmerzte ihr Hals.

Es war beruhigend, zu wissen, dass die Schmerzen gleich der Vergangenheit angehören würden. Die Warnung des Stabsarztes, dass sie von den Pillen abhängig werden könnte, war ihr inzwischen egal. Mit diesen Dingern ging es ihr so gut, dass sie sich einen Arbeitstag anders gar nicht mehr vorstellen konnte. Außerdem war sie viel leistungsfähiger, das Reich würde es ihr noch danken, dessen war sie sicher.

Nur kurz wollte sie ausruhen. Sie stützte den Ellbogen auf die Ablage und hielt sich den Kopf, der sich ungewöhnlich heiß anfühlte. Sie fühlte sich sehr schwach, immer wieder fielen ihr die Augen zu. Doch sie durfte sich nichts von ihrer Zerschlagenheit anmerken lassen – die Patienten brauchten sie, und weiteren Personalausfall konnten sie sich nicht leisten. Der Andrang der Verwundeten vor der Krankensammelstelle ließ nicht nach, im Gegenteil, es wurden immer mehr. Sehr viele konnten nicht versorgt werden, weil einfach die Kapazitäten fehlten. Das Sterbezimmer war zum Bersten gefüllt und bot nicht das kleinste Fleckchen mehr Platz. Inzwischen waren sogar die Duschräume zweckentfremdet und wurden zusätzlich für die Unterbringung Todgeweihter genutzt. Viel zu selten fanden die Krankenschwestern Gelegenheit, nach diesen hoffnungslos verlorenen Männern zu schauen, warteten doch tausende anderer Patienten auf ihre Versorgung. Die Todkranken, die sie notgedrungen sich selbst überlassen mussten, weil sich niemand um sie kümmern konnte, starben inmitten der Kameraden und doch in größter Einsamkeit.

Ein heftiger Hustenanfall brachte sie fast zum Erbrechen, innerhalb der nächsten Minuten schwoll ihr Hals so stark an, dass sie kaum noch Luft bekam. Ein Blick in den Handspiegel, den sie aus der Schublade nahm, ließ sie zusammenfahren, die Schwellung war auch von außen überdeutlich zu erkennen. Zudem zeigte das Pervitin kaum eine Wirkung.

Sofort schleppte sie sich nach unten in den Behandlungsraum, wo die russische Ärztin sich sofort um sie kümmerte und eine Probenentnahme anordnete.

Ausgerechnet Gerda war es, die sich über sie beugte und mit dem Stäbchen in Hannas Hals herumfuchtelte.

»Diphtherie?«, raunte sie mit sarkastischem Unterton. »Wo hast du dir die denn eingefangen?«

Hanna zuckte die Schultern.

»Kam die mit dem Brief?«

Gerda konnte es einfach nicht lassen! Sie steckte das Stäbchen noch tiefer in Hannas Hals, was ein Würgen hervorrief.

»Dann hat es sich mit dir ja bald von selbst erledigt«, meinte die Hilfsschwester gehässig, während sie das Stäbchen aus Hannas Mund zog. »Manchmal trifft es halt doch die richtigen.«

»Mach dir keine Hoffnung«, entgegnete Hanna schwach. »Ich werde es schon überleben.«

»Das wird sich zeigen!« Siegessicher stapfte Gerda davon.

Hanna fühlte sich elend und fragte sich bang, ob Gerdas Prophezeiung sich bewahrheiten würde. Sie dachte an die Patienten, die sie an der schweren Krankheit hatte sterben sehen, und bekam mit einem Mal weiche Knie. War es jetzt wirklich aus mit ihrem Leben?

Von ihrem Bett in der Kammer hinter dem Stationszimmer musste sie in die Baracke für ansteckende Krankheiten umziehen.

Danja und Olga verabschiedeten sich überschwänglich von ihr. Mit Tränen in den Augen umarmten sie sie.

Hanna wehrte ab. »Hört auf! Ihr seid doch gar nicht geimpft. Nicht, dass ihr euch auch noch ansteckt. Dann muss Resi die ganze Arbeit hier alleine machen.«

Krankensammelstelle
Baracke für ansteckende Krankheiten
Stalino, Russland
12. Dezember 1942

Hanna registrierte noch, dass Bertha über und über von rötlichem Ausschlag gezeichnet war, bevor sie sich in das Bett neben ihrer Freundin legte, das am Morgen frei geworden war.

»Ach was«, stutzte Bertha mit großen Augen. »Du hier? Als Patientin? Du bist doch erst geimpft worden!«

»Scheinbar hat die Anstrengung der letzten Wochen den Impfschutz auch bei mir zunichte gemacht.« Hanna fiel das Sprechen schwer. Inzwischen war ihr, als schnüre sich ein Band mit jedem Herzschlag enger um den Hals. Immer wieder musste sie dort hinfassen. Jeder mühevolle Atemzug beförderte immer weniger Luft in ihre Lungen.

Schließlich zog eine bleierne Müdigkeit Hanna in unruhigen Schlaf.

Mit einem Mal schreckte sie auf. Sie zitterte. Luft, sie brauchte Luft! In ihrer Panik wälzte sie den Kopf hin und her, fühlte kalten Schweiß am ganzen Körper und fror.

Plötzlich lag eine Hand auf ihrer Stirn, eine Stimme sprach beruhigend auf sie ein. Dann hörte Hanna, wie jemand sagte: »Einundvierzig, Gotte bewahre!«

Als Hanna die Augen öffnete, stand die Oberin vor ihr und lächelte milde. Doch ihr Mund wurde breiter und breiter. Gleich würde es das ganze Gesicht der Alten zerreißen.

Das Telefon läutete. Die Oberin nahm ab und hielt Hanna den Hörer entgegen. Josef! Doch als Hanna die Hand danach ausstreckte, löste der Hörer sich auf.

Im nächsten Moment – oder war längere Zeit vergangen? – war die Oberin verschwunden. Hanna spürte einen kalten Luftzug an den Beinen. Am Fußende stand Hedwig, die sich mit besorgtem Blick an Hannas Bettdecke zu schaffen machte.

Etwas Eiskaltes berührte Hannas Bein. Sofort zog sie scharf Luft durch die Zähne, was einen heftigen Hustenanfall zur Folge hatte.

Kurz darauf stand die Ärztin an ihrem Bett, eine Spritze in der Hand und hämisch grinsend. Hanna ahnte, dass es ihr nun ähnlich ergehen musste wie Adalbert. Und so vielen anderen.

Schicksalsergeben schloss sie die Augen, doch der befürchtete Pieks blieb aus.

Die Maserung der Holzvertäfelung bewegte sich. Je länger Hanna hinsah, umso lebhafter wurden die Figuren darauf. Eine sah aus wie ein Krokodil, das sein Maul weit aufriss. Obwohl es geradezu lächerlich wirkte, weil es die Farbe des Holzes angenommen hatte, beängstigte es Hanna. Vor dem braunen Krokodil lief eine Giraffe, deren Beine viel zu kurz und der Kopf zu groß geraten waren. Sie hatte das Raubtier bestimmt nicht bemerkt, denn ihrem großen Kopf fehlten die Augen.

Hanna warf sich stöhnend hin und her. Das Krokodil blieb der Giraffe dicht auf den Fersen. Wie aus dem Nichts tauchte Gerda auf und lachte das arme Tier aus, das jeden Moment Gefahr lief, vernichtet zu werden.

Mit einem Mal waren die Bewegungen wie eingefroren, und doch meinte Hanna, jeden Moment müsse das Krokodil hervorschnellen, um sein Opfer zu zermalmen.

Plötzlich krabbelte etwas in Hannas Mund. Sie spürte, wie es sich weiter hineinschlich und den Hals herunterkroch. Das Krokodil? Panisch versuchte Hanna, es loszuwerden. Sie musste schrecklich würgen. Als sie die Augen aufschlug, war Lenis Gesicht dicht vor ihrem. Sie lächelte Hanna an und zog einen Wattestab aus ihrem Mund. »Geht es dir besser?«, fragte die Kollegin.

»Hm.« Hanna blinzelte. Kaum ein Hauch Luft drang durch ihre Kehle. Ein Pfeifgeräusch fiel ihr auf, begleitet von einem Rasseln.

»Dein Atem hört sich nicht so gut an«, meinte Leni, bevor sie wieder ging.

Hanna sah zu Bertha hinüber, die sie bekümmert betrachtete.

»Gib mir eine Pille«, forderte sie ihre Freundin mit belegter Stimme auf. Mit dem Pervitin würde es ihr bestimmt um einiges besser gehen.

»Hast du sie noch alle?«, entfuhr es Bertha.

»Mach schon!«

»Sag bloß, du bist süchtig nach dem Zeug?«, raunte sie.

Hanna deutete ein Kopfschütteln an. »Pille«, sagte sie noch, bevor sie wieder wegdämmerte.

Hanna schlug die Augen auf. Sie hatte tief und fest geschlafen und fühlte sich etwas besser. Ihr Hals schmerzte immer noch, jedoch war das fürchterliche Gefühl zu ersticken, verschwunden. Verwundert betrachtete sie den Tannenzweig, der neben ihrem Bett an der Wand hing. Wo kam der denn her?

»Hanna, wie fühlst du dich?« Bertha klang besorgt. Nachdem Hanna ihr zulächelte, trällerte die Freundin: »Ich wünsche dir ein gesegnetes Weihnachtsfest.«

Hanna blinzelte irritiert. »Weihnachten? Habe ich etwa so lange geschlafen?«

Bertha lachte. »Schlafen kann man das nicht gerade nennen, was du die letzten zwei Wochen getan hast. Wir hatten richtige Angst um dich. Sogar der Stabsarzt und die Oberin kamen fast jeden Tag, um nach dir zu sehen. Hast du denn gar nichts davon mitbekommen?«

Sie sah sich etwas verwirrt in der Baracke um und bemerkte Hedwig in der anderen Ecke des Raums, die Patienten versorgte. Ob Gerda auch hier gewesen war? Sofort begann ihr Bauch zu grummeln. Dazu kam das nagende Gefühl von Hunger. »Wann gibt es was zu essen?«, erkundigte sie sich bei Bertha.

Ihre Freundin hob die Schultern. »Inzwischen gibt es nur noch dünne Suppe aus Trockengemüse. Wenn man Glück hat, schwimmen ein paar Kartoffelstückchen darin.«

Vielleicht sind das ja Heimatkartoffeln, dachte Hanna mit verklärtem Blick. In diesem Moment fühlte sie sich besonders einsam, und der Gedanke an zu Hause versetzte ihr einen Stich ins Herz.

Die wenigen Möhrenstückchen in der Suppe hatten traurige, dunkle Ränder. Trockenkartoffeln suchte man vergeblich.

Es strengte Hanna an, den Napf zu halten. Mit zittrigen Fingern tauchte sie den Löffel hinein und aß.

Schließlich ließ sie atemlos den Löffel sinken und schielte zu ihrer Freundin. »Wasser mit Klümpchen.«

Bertha kicherte. »Unsere diesjährige Festtagssuppe.«

»Habe ich eigentlich Post bekommen?«, erkundigte sich Hanna.

Bertha sah sie erstaunt an. »Wie kommst du darauf? Du kriegst doch nie Post!«

»Immerhin ist Weihnachten.«

»Soweit ich weiß, kam nichts für dich mit.«

Enttäuscht starrte Hanna in ihren Napf. Warum hatte Josef ihre Feldpostnummer haben wollen, wenn er ihr nicht schrieb? Lange grübelte sie.

»Wie sieht es denn in Stalingrad aus?«, fragte Hanna schließlich, der mit einem Mal wieder die gesamte missliche Situation vor Augen stand.

Bertha winkte ab. »Das wird immer schlimmer. Die vierte Panzerarmee ist gegen Stalingrad vorgerückt, um die eingekesselten Soldaten zu befreien. Das war an dem Tag, an dem du hierher verlegt wurdest.«

»Und? Hatten sie Erfolg?«

Bertha schüttelte den Kopf. »Die haben den Entsatzversuch eingestellt.«

»Und jetzt?«, fragte Hanna erschrocken. »Was passiert mit den eingeschlossenen Soldaten?«

»Wenn nicht noch ein Wunder geschieht, werden die wohl ihrem Schicksal überlassen.« Bertha hob die Schultern. »Nix mehr mit: ›Haltet aus, der Führer holt euch raus.‹«

Es durfte einfach nicht sein, dass so viele Menschenleben verloren sein sollten. Welchen Sinn sollte das haben?

»Was ist das dauernd für ein Krach?«, fragte Hanna. Der stetig wiederkehrende donnernde Schall draußen klang beunruhigend.

»Gefechtslärm«, sagte Bertha mit besorgter Miene. Auf Hannas erschrockenen Blick erklärte sie: »Die Front rückt bedrohlich näher.«

Oh mein Gott, ging es Hanna durch den Kopf. Jetzt habe ich die Diphtherie überlebt, da droht der Tod von anderer Seite.

»Ah, da haben wir ja unsere Patientin!«, riss eine Stimme Hanna aus ihren düsteren Gedanken. Die beiden Diphtheriepatienten, um die sie sich vor ihrer eigenen Erkrankung so gesorgt hatte, hielten zielstrebig auf sie zu und lachten sie verschmitzt an. Der Eine trug eine Holzlatte auf seiner Schulter, der Andere brachte einen langen Holzstock, um dessen oberes Ende eine dicke Lage Watte gewickelt war. »Schwester Hanna, Ihnen scheint es ja schon wieder besser zu gehen. Dann strecken Sie mal schön brav die Zunge heraus, damit wir eine Probe entnehmen können.« Nun taten die beiden so, als wollten sie Hanna tatsächlich eine Probe aus dem Rachen nehmen.

Hanna lachte laut. Sie freute sich, dass ihre ehemaligen Patienten wieder gesund und zu solchen Scherzen aufgelegt waren. Gleichzeitig tat es ihr leid, dass sie nicht weiter helfen konnte, die Verwundeten zu pflegen, sondern untätig im Bett liegen bleiben musste.

In seiner Rundfunkansprache zur vierten Kriegsweihnacht, die Hanna gemeinsam mit den anderen vor dem Wehrmachtsempfänger verfolgte, beschwor Reichspropagandaminister Goebbels das deutsche Volk durchzuhalten und den Glauben an den Endsieg nicht zu verlieren.

Einer der Soldaten wandte sich mit hängenden Schultern von dem Gerät ab. »Das wird doch im Leben nichts mehr.«

Auch Hanna hegte stille Zweifel, ob der Wehrmacht tatsächlich noch ein Sieg gelingen konnte. Bei der großen Anzahl an Verwundeten, die täglich bei ihnen eintrafen, musste die Kraft an der Front zwangsläufig sinken.

Die Schüsse, die immer wieder zu hören waren, kamen Hanna mit jedem Tag ein wenig lauter vor. Manchmal war es stundenlang still, dann folgte wieder reger Schusswechsel. Hanna glaubte, anhand der Maschinengewehrgeräusche erkennen zu können, welche Nation gerade am Abzug war. Zuerst eine recht laute, durchdringende Salve – das mussten die Deutschen sein. Die russische Antwort kam aus größerer Entfernung und klang im Ton höher. So beschossen sie sich gegenseitig, und manchmal blieb der Feind seine Antwort schuldig. Das wertete Hanna als gutes Zeichen. Blieb aber einmal der dunklere, nähere Ton aus, war sie sehr beunruhigt. Die Vorstellung, dass die Rotarmisten eines Tages die Krankensammelstelle stürmen würden, versetzte Hanna in große Angst. Wie sollten sie und ihre Kolleginnen, die Ärzte, Sanitäter und die vielen Verwundeten dann heil hier herauskommen? Ihr kamen die Schilderungen des Soldaten aus Feodosia in den Sinn. So etwas durfte nicht passieren. Deshalb drückte Hanna immer ganz fest die Daumen, wenn sie die Deutschen schießen hörte und sendete ein Stoßgebet zum Himmel, dass sie alle mit heiler Haut in die Heimat zurückkamen.

Fast zwei Monate lag Hanna bereits in der Baracke. Nach Einschätzung der Ärzte würde es noch mehrere Monate in Anspruch nehmen, bis sie wieder voll einsatzfähig war. Deshalb sollte sie erst einmal nach Hause, worüber sie sehr froh war. Bertha, deren Genesung ebenso in der Heimat fortgeführt werden sollte, begleitete sie.

Am Vormittag des 10. Februar hielten sie sich bereit für die Abfahrt zum Flugplatz. Hanna hatte ein äußerst mulmiges Gefühl bei dem Gedanken, nochmals einen Flieger besteigen zu müssen. Hinzu kam, dass seit dem frühen Morgen viele russische Bomber am Himmel kreisten, mehr als gewöhnlich. Und es knallte und rumste gewaltig in der näheren Umgebung.

Berthas Versuche, Hanna zu beruhigen, brachten keinen Erfolg. Ihre Angst vor dem Fliegen überstieg bei Weitem die vor den feindlichen Fliegern. Sie standen schon vor den Lastwagen, um mit anderen Verwundeten zum Flugplatz gebracht zu werden, als ein Soldat aus dem Gebäude stürmte und alle wieder zurückrief. »Es hat einen Luftangriff auf den Flugplatz gegeben! Ein Großteil muss zerstört sein. Kein guter Zeitpunkt, dort in ein Flugzeug steigen zu wollen.«

Trotz aller Bestürzung war Hanna erleichtert, dass sie zumindest für den Moment dem Fliegen entkommen war.

Bahnhof
Stalino, Russland
12. Februar 1943

Mit jedem Atemzug spürte Hanna die eisige Luft in ihre Lungen strömen, was schmerzhafter wurde, je länger sie mit Bertha hier draußen am Bahnsteig herumstand. Selbst die Hose und die Pelzkleidung hielten die Kälte nicht ab.

»Ich bin froh, wenn wir endlich einsteigen dürfen.« Sie rieb sich die Hände und betrachtete den Lazarettzug, der sie bald nach Hause bringen sollte. Er bestand fast ausschließlich aus Güterwaggons, die sich wie Patronen eines Munitionsgurts aneinanderreihten.

Ein älterer Wachmann lief aufgeregt am Zug entlang und erteilte einem jüngeren Soldat Befehle. Dieser beschriftete daraufhin im Eiltempo jeden Waggon, obwohl seine Finger das Stück Kreide wegen der eisigen Kälte kaum noch halten konnten.

Im gleichen Augenblick gingen zwei Offiziere an den beiden Krankenschwestern vorbei.

»Minus dreiundfünfzig Grad?«, fragte der Hinkende aufgebracht. »Die erfrieren uns ja alle auf der Fahrt.«

»Pest oder Cholera«, entgegnete der kleinere, der eilfertig neben dem anderen herlief. »Wenn sie hier bleiben, droht ihnen was ganz anderes. Du weißt, wo der Russe inzwischen steht.«

Fassungslos starrte Hanna den beiden hinterher. Das klang ja, als könnte der Feind jeden Moment vor ihnen stehen! Ihr Mund wurde augenblicklich trocken und die Zunge klebte ihr am Gaumen.

Eine Maschinengewehrsalve in einiger Entfernung ließ sie heftig zusammenzucken. Es war unverkennbar: Die Lage war äußerst ernst.

Erleichtert, dass sie bald von diesem Gefahrenherd fort kommen würde, stieg Hanna zusammen mit Bertha in einen dieser Güterwaggons ein. ›Soldaten‹ stand in zittriger Schrift auf der Schiebetür. Was sonst sollte sich darin befinden?

Es war dunkel in dem Waggon. Nur eine kleine Petroleumlampe hing in der Mitte der Decke und spendete mit ihrem traurigen Flämmchen spärliches Licht. Direkt neben dem Eingang stand ein kleiner Ofen, der den kalten, dunklen Wagen jedoch nicht ausreichend zu beheizen vermochte. Über dem Ofen waren zwei winzig kleine Fensterchen angebracht, die Hanna an Schießscharten erinnerten. Der Boden war mit Stroh ausgelegt, auf dem kranke Soldaten in Decken eingewickelt lagen. Hanna und Bertha setzten sich auf ein Bänkchen auf der gegenüberliegenden Seite. Nach einer Weile setzte sich der Zug in Bewegung.

»Endlich.« Hanna lächelte bei dem Gedanken, bald ihre Familie wieder zu sehen.

Wie sie gehört hatte, sah der Plan vor, den Lazarettzug über die schnellstmöglich befahrbare Strecke über Charkow und Kiew, Lublin und Warschau ins Deutsche Reich zu schicken. Kurz bevor sie am späten Nachmittag den Bahnhof von Charkow erreichen sollten, endete die ohnehin stockende Fahrt jedoch vollends.

In der Nähe knallten Schüsse. Sehr viel lauter, als Hanna es in Stalino erlebt hatte.

»Trommelfeuer.« Der verwundete Soldat, der neben Hanna auf der Bank saß, schien nicht sehr beunruhigt. Seine Hand aber hielt das Gewehr, das er bei sich trug, fest umklammert. Hanna spürte eine gewisse Erleichterung bei dem Gedanken, einen Bewaffneten an ihrer Seite zu haben, auch, wenn er der Einzige war. Die anderen Verwundeten waren dermaßen vollgepumpt mit Morphium, dass sie auf nichts reagierten.

Plötzlich donnerten Maschinengewehrsalven direkt neben dem Waggon. Hanna stieß einen spitzen Schrei aus. Der Soldat krallte seine Finger fester um den Gewehrkolben, offenbar bereit, jeden Moment aufzuspringen und zu schießen.

»Jetzt ist es aus mit uns«, krächzte Hanna aufgebracht. Bei jedem weiteren Schuss zuckte sie angstvoll zusammen.

Obwohl auch Bertha sichtlich beunruhigt war, winkte sie ab. »Selbst der Russe wird nicht so skrupellos sein und auf einen Lazarettzug schießen. Hier sind wir sicher.«

»Nicht, dass die noch die Waggons aufmachen.« Hanna schlug sich die Hand vor den Mund, als wolle sie so ihrem Entsetzen Einhalt gebieten. »Du weißt, was man sich über den Russen erzählt.«

Bertha fasste sie am Arm. »Mach dich nicht verrückt, Hanna. Uns wird schon nichts geschehen.«

Hanna gelang es nicht, Berthas Zuversicht zu teilen. Sie wollte einfach nur lebend hier raus!

Langsam fuhr der Zug wieder an. Ein Blick durch die winzigen Fensterluken verriet Hanna, dass er in die gleiche Richtung fuhr, aus der sie gekommen waren.

»Warum fahren wir wieder zurück?«, krächzte sie.

Der Soldat neben ihr zuckte die Schultern. Das Trommelfeuer knatterte indes weiter durch die russische Kälte, direkt neben den Gleisen und auch in größerer Entfernung.

»Der Russe ist noch nicht so nah, dass er an den Zug rankommt«, brummte der Soldat ungehalten und zündete sich eine Zigarette an, das Streichholz warf er achtlos ins Stroh und trat es aus.

Hanna bezweifelte, dass er die Lage ungesehen richtig einschätzen konnte, sagte aber nichts. Stattdessen griff sie nach Berthas Händen und drückte sie fest.

Nach einer Weile stoppte der Zug wieder, das Trommelfeuer war kaum noch zu hören. Hanna stand auf und lugte vorsichtig aus dem Fensterchen. Neben den Gleisen türmte sich der Schnee meterhoch. Am oberen Rand dieses Schneehügels erschien plötzlich der Kopf einer Gestalt, die sich schnell wieder duckte. Sekunden darauf knallte ein Schuss, und die Person bäumte sich auf, um dann leblos im Schnee zusammenzusacken.

Entsetzt schlug Hanna die Hände vors Gesicht und setzte sich schnell wieder neben Bertha. War das ein Russe?

Nun hieß es wieder: Abwarten. Der Zug stand ungefähr eine Stunde lang still. Schüsse waren keine mehr zu hören, nur laute Befehle donnerten durch die Luft.

Schließlich ging es im Schneckentempo weiter. Dauernd hielt der Zug und fuhr wieder an. Hannas Bauch schmerzte vor Sorge, ob sie es auf diese schleppende Weise wirklich bis nach Hause schaffen würden.

Beim nächsten Halt wurde die Waggontür schwungvoll aufgeschoben. Ein Arzt stieg ein, der sich die Patienten besah. »Charkow war bis auf einen schmalen Korridor von der Roten Armee umstellt«, sagte er über die Schulter hinweg. »Die geplante Strecke können wir vergessen. Jetzt müssen wir Richtung Melitopol und da unser Glück versuchen.«

»Bis ans Asowsche Meer?«, entfuhr es Hanna.

Er drehte sich zu ihr um, sein Gesicht wirkte besorgt. »Ich hoffe, dass wir vorher einen Weg finden. Melitopol soll nämlich auch umstellt sein.«

»Gott steh uns bei.« Bertha bekreuzigte sich und schloss für einen Moment die Augen. Hanna hingegen brachte kein Wort heraus.

Dresden

20. Februar 1943

»Ich hätte nicht gedacht, dass mir das bisschen Laufen so viel ausmacht«, keuchte Bertha und blieb stehen. »Hanna, ich kann nicht mehr. Lass uns eine Pause einlegen.«

Hanna war genauso erschöpft wie ihre Freundin und willigte nur zu gern ein. Nach der abenteuerlichen langen Fahrt durch Bessarabien und die Karpaten waren sie endlich in Deutschland angekommen. Jetzt, unter der Anstrengung des Fußmarsches durch die Stadt wurde ihr zunehmend bewusst, wie schwach sie noch war. Der Weg vom Dresdner Bahnhof bis zum Diakonissenhaus, dem Lazarett, das sie zu Fuß erreichen mussten, zog sich endlos in die Länge. Zudem hegte Hanna inzwischen den Verdacht, dass sie sich verlaufen hatten. Von den Soldaten aus dem Lazarettzug war weit und breit keiner mehr zu sehen.

»Lass uns hier links abbiegen. Vielleicht finden wir ja irgendwo eine Bank, auf der wir uns ausruhen können«, schlug Hanna vor. Eine kleine Brücke führte über den breiten Wassergraben, der ein altes Gemäuer umgab. Sie durchschritten das offenstehende Tor, dessen mit Gold verzierte Kuppel in Form einer überdimensionalen Krone einstige Macht und Reichtum ausstrahlte.

»Das muss der berühmte Zwinger sein«, raunte Bertha ehrfürchtig.

Im Innenhof bestaunten sie die alten Gebäude mit den barocken Verzierungen und den steinernen Putten. An einem der Springbrunnen, die außer Betrieb waren, ließen sich die beiden auf einer Bank nieder, um ein wenig auszuruhen. Obwohl es sehr kalt war, vermochten die Sonnenstrahlen ihnen ein wenig Wärme zu spenden.

Nach einer Weile machten sie sich wieder auf den Weg. Sie gingen über die Sophienstraße und durchquerten einige Gässchen, bis sie schließlich vor der Frauenkirche standen. Dort fragten sie einen Passanten nach dem Weg.

Er wies die Straße entlang und murmelte etwas von »Minzgosse«, »Elbüfr« und »Gorölobrügge«. Aus seinem sächsischen Redeschwall erahnten sie, dass sie an der Elbe entlang laufen sollten.

Hanna und Bertha bedankten sich und gingen mit zweifelnden Blicken weiter, ohne sich noch einmal umzudrehen.

»Ich habe nur Bahnhof verstanden«, raunte Hanna ihrer Freundin zu. »Um diesen Dialekt zu verstehen, muss man ja studiert haben!«

Bertha lachte auf. »Auf jeden Fall müssen wir immer rechts lang, über eine Gorillabrücke und dann in irgendeine Gosse.«

»Ich glaube, der meinte Gasse.«

»Aber was soll die Gorillabrücke sein? Ob wir uns da hinüberschwingen müssen?« Bertha klemmte ihre Hände unter die Achseln und ahmte die Geräusche eines Affen nach. Sie kriegten sich nicht mehr ein und alberten herum, bis sie schließlich eine Brücke erreichten. Dort war ein Schild mit der Aufschrift »Carolabrücke« angebracht.

Vier Tage darauf saß Hanna im Zug nach Bocholt, wo ihre weitere Behandlung stattfinden sollte. Nach dem Krankenhausaufenthalt während der weiteren ambulanten Behandlung würde sie bei ihren Tanten Aenne und Lene wohnen. Hanna freute sich schon, ihre gleichaltrigen Cousinen endlich einmal wieder zu sehen.

Seit dem frühen Morgen war sie unterwegs, immer wieder geriet die Fahrt ins Stocken. Die Bahnverbindungen wurden wegen des zunehmenden Luftkriegs schlechter und unzuverlässiger. Nicht nur zahlreiche deutsche Städte wurden von den feindlichen Bombern in Schutt und Asche gelegt. Vielerorts waren die Gleise zerstört, die Züge mussten umgeleitet werden oder fuhren gar nicht mehr, wie ihr ein Mitreisender erklärte.

Der Herr neben ihr stieg in Kassel aus dem Zug. Seine Zeitung hatte er auf dem Sitz zurückgelassen. Wie ein kostbares Juwel hielt Hanna sie nun in den Händen: Es war die »Münchner Neueste Nachrichten«. Ein Stück zweite Heimat. Wie sehr vermisste sie ihr München und die schöne, unbeschwerte Zeit dort. Die Ausgabe war vom 23. Februar. Sie blätterte in der Zeitung, überflog und las verschiedene Artikel. Bei einem kleinen Absatz blieb sie hängen:

Todesurteile wegen Vorbereitung zum Hochverrat LPM. Der Volksgerichtshof verurteilte am 22.02.1943 im Schwurgerichtssaal des Justizpalastes den 24 Jahre alten Hans Scholl, die 21 Jahre alte Sophie Scholl, beide aus München, und den 23 Jahre alten Christoph Probst aus Aldrans bei Innsbruck wegen Vorbereitung zum Hochverrat und wegen Feindbegünstigung zum Tode und zum Verlust der bürgerlichen Ehrenrechte. Das Urteil wurde am selben Tag vollzogen. Die Verurteilten hatten sich als charakteristische Einzelgänger durch das Beschmieren von Häusern mit staatsfeindlichen Aufforderungen und durch die Verbreitung hochverräterischer Flugschriften an der Wehrkraft und dem Widerstandsgeist des deutschen Volkes in schamloser Weise vergangen. Angesichts des heroischen Kampfes des deutschen

Volkes verdienen derartige verworfene Subjekte nichts anderes als den raschen und ehrlosen Tod.

Entsetzt ließ Hanna die Zeitung sinken. Hans Scholl. Das war doch einer der Medizinstudenten.

Sofort kamen ihr Bilder in den Sinn: Der Hörsaal, der Student mit dem offenen Lächeln, die Injektion – ganz übel war ihr auf einmal, während sie in die tristgraue, hügelige Winterlandschaft blickte, die draußen vor dem Fenster vorbeizog.

Lazarett Hauswirtschaftsschule
Antonienstraße 6, München-Schwabing

26. Juni 1943

»Die Räume wurden doch letzte Woche erst ausgegast!« Die Oberin schlug die Hände an ihre faltigen Wangen, als sie Hannas zerstochenes Gesicht sah. »Es kann nicht sein, dass schon wieder alles voll von diesen Drecksviechern ist.« Um sich zu vergewissern, ging sie mit resoluten Schritten zur Wand und zog die marode Verkleidung, die im unteren Drittel angebracht war, ein wenig nach vorne. Sofort zuckte sie zusammen und ließ schnell wieder los. Hunderte Wanzen stoben aufgescheucht durcheinander.

»Die sind wohl nicht klein zu kriegen«, bedauerte Hanna und kratzte sich zum wiederholten Mal die krustig gewordenen Stiche auf. In ihrem kleinen Dachzimmer, das sie vor zwei Tagen in ihrer neuen Wirkungsstätte bezogen hatte, hatte sie die Wanzen kurzerhand totgeschlagen. Doch das war nur ein Tropfen auf den heißen Stein gewesen. Die Vorstellung, wie viele dieser kleinen Biester sich dort noch aufhielten und ihr des Nachts im Gesicht herumkrabbelten, ließ sie schaudern. Dennoch musste sie nun ihren Dienst antreten. Die rund sechzig Patienten im ersten Stock sowie die vierzig Offiziere, die eine Etage höher untergebracht waren, wollten versorgt werden.

Trotz der Wanzenplage war Hanna froh, hier zu sein. Die Ausstattung im hiesigen Lazarett war ganz anders als die Stationen in Russland. Alles war leicht steril zu halten, es gab genügend Medikamente und ausreichend Personal. Das Essen war zwar nicht üppig, doch es schmeckte und sie wurde halbwegs satt.

Der lange Aufenthalt im Bocholter Reservelazarett des St. Agnes Hospitals und die anschließende Unterbringung bei ihren Tanten hatten Hanna sehr gut getan. Die Diagnose, dass die Diphtherietoxine ihren Herzmuskel angegriffen hatten, war für Hanna zwar sehr erschreckend gewesen. Aber jetzt ging es ihr wieder gut. Allzu große Anstrengungen sollte sie nach Möglichkeit noch vermeiden, doch sie war zuversichtlich, bald wieder voll belastbar zu sein.

Die allmorgendliche Visite mit dem Abteilungsarzt Dr. Jumer, den Ärzten Dr. Wegeling und Dr. Heinbach, der greisen Oberin und Leni hatte begonnen. Die Krankensammelstelle in Stalino war zwischenzeitlich aufgelöst worden, weil die Front bedrohlich nahe gerückt und die Sicherheit der Lazarettmannschaft stark gefährdet gewesen war. Zu Hannas Freude waren Leni, Hedwig, Resi und Bertha wieder im selben Lazarett tätig wie sie. Dass Gerda und die vorherige Oberin nicht mit dabei waren, erfüllte Hanna mit dem angenehmen Gefühl der Erleichterung. Schon allein bei dem Gedanken an diese Personen grummelte ihr Bauch.

Zusammen mit dem anderen Personal ging sie die Bettreihen ab und blieb bei jedem Patienten am Fußende stehen. Die Oberin begab sich jeweils an das Kopfende und schüttelte die Kissen auf, obwohl Resi und Bertha dies am frühen Morgen schon erledigt hatten.

Dr. Jumer sprach kurz mit den Verwundeten und richtete sich dann an die Kollegen. Egal, wie schlimm es um die Patienten stand, der Abteilungsarzt wirkte immer fröhlich. Vielleicht lag das an den vielen Lachfältchen oder auch an der Adlernase, deren Flügel sich jedes Mal aufblähten, wenn er sprach.

»Kollege Wegeling, Sie haben die Operation an diesem Patienten durchgeführt. Berichten Sie uns davon.«

Dr. Wegeling straffte die breiten Schultern, was ihn jedoch nicht größer erscheinen ließ. Hanna fand, dass er dringend sein Gewicht reduzieren sollte. Allein der Anblick seines roten Gesichts ließ vermuten, dass hoher Blutdruck ihm bereits zu schaffen machte.

Während Wegeling den Hergang der Operation ausführte, betrachtete Hanna den dritten Arzt, der so ganz anders daherkam als die beiden anderen. Dr. Heinbachs hohe Stirn verlieh seinem wächsernen Gesicht mit den weichen Zügen unnatürlich wirkende Proportionen. Sich ständig mit den Fingern durch das mausblonde Haar zu fahren, schien eine Marotte von ihm zu sein. Ebenso wie Dr. Jumer nickte er interessiert über Wegelings Berichterstattung.

Nun kam der nächste Patient an die Reihe, er hatte eine Entzündung im Körper, deren Ursprung bisher ungeklärt war. Der Abteilungsarzt ordnete eine weitere Blutentnahme an, dabei lugte er über den Rand seiner Brille und sah Hanna auffordernd an. Sie öffnete die Schublade des Rollwagens, den sie bei der Visite mitführte, und steckte eine Nadel auf die entsprechende Glasampulle. Dem Patienten legte sie eine Binde um den Arm und staute den Blutfluss. Nachdem sie den Oberarm desinfiziert hatte, setzte sie die Nadel an. Der rügende Blick der Oberin hätte Hanna bremsen sollen, doch sie beachtete die Vorgesetzte nicht weiter.

»Schwester Hanna! Ich sehe wohl nicht richtig!« Sofort entriss die Alte ihr die Spritze und bedachte sie mit bösen Blicken. Mit wesentlich milderem Blick und einem gütigen Lächeln auf den Lippen reichte sie die Spritze dann an den Abteilungsarzt weiter, der die Blutentnahme umgehend vollzog.

»In Russland haben wir das immer so gemacht«, verteidigte sich Hanna, die sich nach Beendigung der Visite einer gehörigen Strafpredigt zu unterziehen hatte.

»Natürlich herrschen hier nicht die Verhältnisse wie in Russland!«, keifte die Oberin. »Eine Krankenschwester hat gefälligst kein Blut zu entnehmen oder Injektionen zu verabreichen! Das ist einzig und allein Arztsache. Hier herrschen geordnete deutsche Verhältnisse und Dienst nach Plan.«

An diese Gepflogenheiten würde sich Hanna erst wieder gewöhnen müssen. Mit gesenktem Kopf machte sie sich auf den Weg zurück zur Station.

Im Flur begegnete sie Clemens, dem Apotheker des Lazaretts, der auch als Sanitäter eingesetzt wurde, wie sie von Hedwig erfahren hatte.

»Mach dir nichts draus«, sprach er sie mit gesenkter Stimme an. »Drachen können halt nichts anderes als Feuer spucken.« Hatte er die Schelte der Oberin etwa mitbekommen? Was musste er jetzt bloß von ihr denken? Doch er schenkte ihr ein warmes Lächeln, das Hanna sogleich versöhnte. Sie blieb stehen und lächelte ihn verlegen an. Er verschränkte die Arme vor der Brust und lehnte sich lässig gegen die Wand, dann sagte er: »An der Front gelten andere Regeln, da ist ein geordneter Arbeitsablauf eher Seltenheit, das weißt du, das weiß ich. Aber die Alte hat davon keinen Schimmer, sie war nie woanders im Einsatz als in München.«

»Du warst an der Front?«

»In Frankreich. Aber ein Oberschenkeldurchschuss hat mir dann die unerwartete Freude beschert, hier zu landen.« Wieder lächelte er sie freundlich an. In diesem Moment erinnerte sie sich an ihr Aussehen. Sie fragte sich, warum Clemens so nett zu ihr war – mit so vielen Pusteln im Gesicht. Er, der keinen einzigen sichtbaren Wanzenbiss hatte. Überhaupt sah er einfach nur großartig aus. Er war einen ganzen Kopf größer als Hanna, und seine Augen erinnerten sie an das Meer. Seine Haarfarbe war ähnlich wie ihre, nur trug er sein Haar kurz und nach hinten gekämmt.

Hannas Wangen begannen zu glühen, sie wusste nichts zu sagen, was sie nicht noch mehr in Verlegenheit bringen würde. »Ich muss weiter«, stammelte sie schließlich und lief in Richtung Krankensaal davon.

Auf der Station lag ein Soldat mit einer schweren Lungenentzündung. Wenn es ihm irgendwann besser ging, würde er noch eine ganze Weile auf einen freien Platz in einer der hoffnungslos überfüllten Erholungs- und Heilanstalten warten müssen, um die Krankheit auszukurieren.

Als Hanna ihn das erste Mal erblickte, tat ihr Herz einen kleinen Sprung, doch bei näherem Betrachten stellte sie enttäuscht fest, dass er nicht derjenige war, für den sie ihn anfangs gehalten hatte. Sein Versprechen, ihr zu schreiben, hatte Josef nicht in die Tat umgesetzt. Ob das alles nur ein Vorwand gewesen war, ihr näher zu kommen, damals im Zug von der Eifel nach Berlin? Vielleicht hatte er ihr ja auch schreiben wollen und ihm war etwas dazwischen gekommen. Oder war gar Schlimmeres geschehen? Hanna hatte in Russland so viele Soldaten sterben sehen. Noch mehr waren direkt an der Front gefallen – und fielen immer noch. Hoffentlich war ihm nichts zugestoßen.

Hanna fühlte den Puls des Patienten, steckte ihm das Fieberthermometer unter die Zunge und schüttelte das Kopfkissen auf. Dabei bemerkte sie auf der Nachtkonsole die Schirmmütze, die offenbar ihm gehörte. Ein Totenkopf prangte darauf.

»Haben Sie sich diese schwere Lungenentzündung in Russland geholt?«

Er deutete ein Kopfschütteln an und wollte zum Antworten das Fieberthermometer aus dem Mund nehmen. Schnell legte Hanna ihre Hand auf seine und bremste sein Vorhaben. »Das bleibt drin!«

»Ich bin Wachmann im Dachauer Lager«, nuschelte er. »SS-Scharführer Diedrich Fendl.«

So kränklich, wie er wirkte, konnte Hanna sich nicht vorstellen, dass er zu Hitlers Elite, geschweige denn zur Totenkopfdivision gehören sollte. Nicht dass sie ihn hässlich gefunden hätte, sein Äußeres war angenehm, doch wäre Herr Fendls derzeitige Erscheinung eher typisch für den Einsatz bei der Infanterie gewesen.

»Gleich gibt es Frühstück«, informierte sie ihn und widmete sich weiter der Versorgung der anderen Patienten.

»Guten Morgen, Hanna.« Clemens stand in der Tür und warf ihr ein Lächeln zu. »Ich habe frisches Verbandmaterial gebracht. Liegt im Stationszimmer.«

»Clemens! Schön, dass du vorbei schaust. Ich habe dich lange nicht gesehen.« Viel zu lange, dachte sie, obwohl seit ihrer Begegnung gerade erst ein Tag verstrichen war. Gleichzeitig war sie erstaunt über solche Gedanken. Sie begleitete ihn zum Stationszimmer, um die Lieferung zu prüfen. Nicht, dass es nötig gewesen wäre. Einfach nur so. »Wie geht es dir?«, fragte sie.

»Wenn ich dich Sonnenschein sehe, geht es mir gut!«

Dieser Charmeur – setzte er gerade alles daran, ihr schöne Augen zu machen? Hanna rückte ihre Schwesternhaube zurecht. Dabei wurde sie sich wieder ihrer Wanzenstiche bewusst, doch sie versuchte, sich ihre Verlegenheit nicht anmerken zu lassen. »Wie kommst du auf ›Sonnenschein‹?«

»Du lachst immer so schön«, sagte er mit weicher Stimme. »Und wenn du lachst, geht für mich die Sonne auf.«

Und die Sonne scheint auf das blaue Meer, dachte Hanna beim Blick in seine Augen. Doch das behielt sie für sich und lächelte nur schüchtern zurück. Dann sah sie auf die Schachtel, die auf dem Tisch im Stationszimmer stand.

»Neun Verbände – wie bestellt«, betonte Clemens.

»Neun?« Hanna lachte. »Kein Mensch bestellt neun Verbände! Das sollten mindestens zwanzig sein.«

»Oh, das tut mir leid. Dann muss ich wohl nochmal zu dir kommen und weitere bringen.« Clemens zwinkerte ihr zu. »Bis gleich.«

Hanna grinste. Während sie ihm hinterher sah, entfuhr ihr ein Seufzen.

Am nächsten Morgen war der Warteraum schon früh zum Bersten gefüllt mit Soldaten, die der Reihe nach zur Untersuchung aufgerufen wurden. Zur Anmeldung warteten noch viele weitere im Flur. Die Oberin scheuchte die Schwestern aufgeregt hin und her. In Dr. Jumers und Dr. Heinbachs Behandlungsräumen ging es zu wie in einem Taubenschlag. Nur bei Dr. Wegeling tat sich nichts. Seit einer halben Stunde saß nun schon ein anderer Arzt bei ihm im Zimmer.

Mit grimmigem Blick schimpfte die Oberin: »Wohin nur mit dieser Flut von Kranken? Das können der Abteilungsarzt und Dr. Heinbach unmöglich alleine stemmen. Schwester Hanna, gehen Sie zu Dr. Wegeling und geben Bescheid, dass das Wartezimmer voll ist. Immer dieses Fachsimpeln unter Kollegen. Als ob die Herren Doktoren das nicht auf den Feierabend verschieben könnten.«

Immer ich, dachte Hanna bei dem unangenehmen Gedanken, einen ihrer Vorgesetzten zur Eile mahnen zu müssen. Mit zögerlichen Schritten ging sie auf die Tür von Wegelings Behandlungsraum zu, klopfte an, atmete tief durch und drückte die quietschende Türklinke nach unten. Die beiden Ärzte waren offenbar so vertieft in ihr Gespräch, dass sie Hanna nicht bemerkten, als sie eintrat.

»Himmler hat mir grünes Licht gegeben. Was hätte er bei mir als Leiter des Ahnenerbes auch anderes tun sollen«, sagte der uniformierte Arzt, der mit dem Rücken zu ihr saß. Wegeling nickte anerkennend.

Hanna räusperte sich. Die beiden fuhren erschrocken hoch, wie kleine Jungs, die gerade beim Mundraub in der Speisekammer ertappt worden waren. Dr. Wegeling bedachte Hanna mit einem ärgerlichen Blick. Der andere Arzt lächelte und deutete ein Kopfnicken an.

Sie erwiderte sein Lächeln, das ihr allerdings im Halse stecken blieb, als sie wieder zu Dr. Wegeling schaute.

»Was gibt es denn, Schwester?«, fragte er ungeduldig.

Sie besann sich auf ihre Aufgabe und führte kleinlaut den Auftrag der Oberin aus.

»Herr Dr. Rascher hat entscheidende kriegswichtige Informationen für mich. Da wird es doch wohl erlaubt sein …«

»Lassen Sie's gut sein, Herr Kollege«, beschwichtigte Dr. Rascher den aufgebrachten Wegeling, dessen Gesicht inzwischen bedenklich dunkelrot verfärbt war. »Wir besprechen uns morgen weiter.«

Altstadt
München
Juli 1943

Hanna und Bertha schlenderten gemeinsam durch die Straßen und über die Plätze der Altstadt, um sich den freien Nachmittag zu vertreiben.

»Ein Glück, dass hier noch keine Bomben gefallen sind«, dachte Hanna laut vor sich hin, während sie ihren Blick über das menschliche Gewimmel in den Straßen schweifen ließ.

»So ganz stimmt das aber nicht«, entgegnete Bertha. »Im März haben sie den Elisabethplatz in Schwabing bombardiert. Beim Wittelsbacher Brunnen, in der Grillparzerstraße und vom Sendlingertorplatz bis zum Karlsplatz war auch alles zerstört.«

»Davon habe ich zum Glück nichts mitbekommen, da war ich noch in Bocholt.«

»Sei froh.«

Die spärlichen Auslagen der Geschäfte waren hübsch anzusehen und Hanna schwärmte davon, eines der Kleider, die sie dort sah, irgendwann einmal tragen zu können.

Nach dem Krieg.

Am Schuhhaus Hofen blieben sie stehen. Hanna konnte ihren Blick nicht von den dunkelblauen Damenschuhen abwenden. »Oh, Bertha, schau nur, sind sie nicht wunderschön? Lass uns hineingehen. Die muss ich anprobieren!« Forschen Schrittes betrat Hanna das Geschäft. Bertha stapfte hinterher und fragte die Freundin, ob sie das Preisschild neben den Schuhen nicht gesehen habe. Doch Hanna reagierte nicht.

»Guten Tag. Ich möchte gern die dunkelblauen Stöckelschuhe aus dem Schaufenster anprobieren.«

Die Verkäuferin musterte Hanna argwöhnisch. Mit skeptischem Blick brachte sie das Gewünschte. Hanna strahlte, als sie die Schuhe in ihren Händen hielt. Sie gefielen ihr noch besser als im Schaufenster. Echtes Leder und Absätze, dass einem schwindlig wurde. Die Ziernähte an der Seite waren im gleichen Farbton gehalten wie das Leder und dadurch kaum zu erkennen.

»Bertha, schau nur. Die gehören bald mir!« Sie streifte ihre plumpen und schon arg durchgelaufenen Alltagsschuhe ab und schlüpfte in die feinen blauen Stöckelschuhe. Sie passten wie für Hanna gemacht, was ihr ein glückseliges Jauchzen entlockte. »Sieh nur, wie groß ich damit bin!«

Bertha raunte ihr eindringlich zu: »Die Dinger kosten fünfundachtzig Reichsmark!«

Erschrocken sah Hanna zu Bertha, dann wieder auf die Schuhe. Von ihrem monatlichen Sold von hundertfünfzehn Reichsmark war am Ende des Monats nicht mal mehr ein Viertel übrig. Wie lange würde sie dafür sparen müssen?

»Würden wir Frauen für die gleiche Arbeit das gleiche Geld bekommen wie die Männer, hättest du die Moneten im Nu zusammen«, meinte Bertha und hob bedauernd die Schultern. »Aber erst im April hat Hitler die Angleichung der Frauenlöhne an die Gehälter der Männer abgelehnt, weil ja grundsätzlich nur der Mann verdient.«

»Woher du das immer alles weißt …« Hanna dachte nicht im Traum daran, aufzugeben und rechnete die Sache kurz durch. Fest entschlossen, ihr Ziel zu erreichen, verkündete sie: »Dann muss ich den Gürtel eben noch etwas enger schnallen. Es wird keine drei Monate dauern, dann gehören sie mir!« Wehmütig gab sie die Schuhe an die Verkäuferin zurück, die Hanna kühl anlächelte.

Altstadt
München
September 1943

Erneut stand Hanna vor dem Schuhhaus Hofen und suchte das Schaufenster ab. »Das darf doch nicht wahr sein!«, entfuhr es ihr. Jetzt hatte sie zwei lange Monate an allen Ecken und Enden gespart, und dann sollte eine andere Frau ihre begehrten Schuhe gekauft haben? Dabei wollte sie sie bereits heute Abend ausführen. Hanna betrat das Geschäft und steuerte zielstrebig auf die Verkäuferin zu. Energisch fragte sie: »Wo sind meine Schuhe?«

Die Frau sah Hanna fragend und etwas von oben herab an.

»Na, die Schuhe, die ich neulich anprobiert habe.«

»Als wären Sie die einzige Frau, die in der letzten Zeit hier Schuhe anprobiert hat«, echauffierte sich die Verkäuferin. Dann neigte sie den Kopf. »Fürwahr, hier werden wesentlich mehr Schuhe anprobiert als gekauft, aber finden Sie nicht auch, dass es ein Ding der Unmöglichkeit ist, sich die Gesichter von allen Frauen zu merken, die hier ein Stück heile Welt zu finden hoffen?«

Sollte die Verkäuferin doch froh sein, endlich einmal eine zahlungswillige Kundin vor sich zu haben! Hanna ließ sie einfach stehen, sah sich im Laden um und suchte die Regale durch.

Schließlich entdeckte sie ihre heiß ersehnten Stöckelschuhe. Stolz ging sie zur Kasse und zählte der Verkäuferin ihre hart ersparten fünfundachtzig Reichsmark auf die Ladentheke. Trotz der Papierknappheit wickelte die Frau die Schuhe in braunes Packpapier ein. Hanna verabschiedete sich bester Laune und schlenderte zur nächsten Tram-Station, in der freudigen Erwartung, den Kolleginnen ihre neueste Errungenschaft zu zeigen.

Als Hanna am Abend ihr Spiegelbild im Fenster ihres Zimmers betrachtete, fühlte sie sich großartig. Sie musste auf den Stuhl steigen, um in dem kleinen Fensterchen ihre Beine sehen zu können. Sie bückte sich, um sich von Kopf bis Fuß zu betrachten und begann gefährlich zu wackeln. Dennoch grinste sie zufrieden.

Ob es nun reiner Zufall war oder Vorsehung, vermochte sie nicht zu sagen: Das Kleid, das sie trug, war von exakt dem gleichen Blau wie die Schuhe.

Voller Euphorie machte sie sich auf den Weg nach unten, wo ihre Kolleginnen schon auf sie warteten. Das Treppenlaufen war mit diesen Absätzen gar nicht so einfach, unsicher klammerte sie sich an dem Geländer fest.

Unten angekommen, bestaunten Bertha und Resi Hannas Schuhe mit neidischen Blicken. Clemens, der auch mit von der Partie war, nickte anerkennend. »Du siehst umwerfend aus, Hanna!«

Ihre Wangen begannen zu glühen.

Der Weg, den sie zu Fuß zurücklegten, wurde für Hanna zur Tortur. Sie eierte über das Pflaster und kam sich vor wie der letzte Bauerntrampel. Je mehr sie sich bemühte, elegant zu wirken, umso wackliger wurde ihr Schritt.

Im Lokal angekommen, war Hanna mehr als erleichtert, dass es noch Sitzplätze gab. Dass seit Beginn des Ostfeldzugs bei sämtlichen Veranstaltungen Tanzverbot herrschte, machte ihr an diesem Abend nicht das Geringste aus. Ihre Füße brannten. Erschöpft ließ sie sich auf einen Stuhl am nächsten freien Tisch fallen und sah sich verstohlen um. Ohne den Blick von den Menschen ringsum abzuwenden, beugte sie sich nach vorne und streifte ihre Schuhe ab. Hier war so viel Betrieb, dass es bestimmt keinem auffallen würde. Ihrem Mund entwich ein lautes Seufzen.

Bevor Bertha oder Resi ihm zuvor kamen, setzte sich Clemens neben Hanna und legte einen Arm auf die Rückenlehne ihres Stuhls. Er beugte sich zu ihr und fragte: »Tun die Füße arg weh? Ich kann sie dir massieren.«

Hanna sah erschrocken auf. Waren ihr die Qualen derart deutlich anzusehen? »Ja«, meinte sie verlegen. »Und nein, danke. Ich glaube, das sähe etwas komisch aus, wenn du mir hier im

Lokal die Füße massieren würdest.« Wie kam er nur auf solch eine Idee? Absurd! Dennoch, die Vorstellung war nicht ganz unangenehm. Hanna, reiß dich zusammen, schalt sie sich in Gedanken. Das gehört sich nicht!

»Beim nächsten Mal lieber wieder die ausgelatschten Schuhe, was?«, fragte er mit seiner weichen Stimme, die Hanna einhüllte wie ein samtenes Tuch.

»Oh ja, das kannst du glauben!«

»Es ist doch völlig egal, was du trägst«, sagte er nun. »Mir gefällst du auch in Arbeitskleidung.«

Hanna wurde heiß und kalt zugleich. Sie lächelte ihn an, sah dann aber schnell wieder weg. Sie wusste gar nicht, wohin sie schauen sollte.

Im selben Moment öffnete sich der Bühnenvorhang. Im Rampenlicht stand Ilse Werner und badete sich im aufbrausenden Applaus. Sie begann, den ersten Teil von ›Wir machen Musik‹ zu trällern.

Die Werner pfiff und sang großartig! Hanna und ihre Kolleginnen belohnten jedes Lied mit tosendem Applaus. Als ihr die Hände bereits schmerzten, bemerkte sie aus dem Augenwinkel, dass Clemens sie beobachtete. Sie sah zu ihm hin, er wendete seinen Blick jedoch nicht ab und lächelte sie versonnen an. Während sie in seinen blauen Augen versank, konnte sie kaum noch atmen. Dieses Kribbeln, das von ihrem Kopf bis in den Bauch rieselte, war aufregend und verwirrte sie.

Was mache ich hier nur?, ging es ihr auf einmal durch den Kopf. Sie wischte den Gedanken jedoch energisch beiseite und beschloss, sich auf dieses wunderbare Gefühl einzulassen. Die Welt um sie herum schien zu verblassen, der Applaus, die Musik verschwanden aus ihrem Kopf.

Nur sie und … Plötzlich wurde es kalt und nass an ihren Beinen, sie fuhr erschrocken hoch. Ein anderer Gast hatte sein Bier verschüttet, ein Teil war auf Hannas Schoß gelandet. Das Kleid klebte ihr an den Beinen. Schnell stand sie auf und lief zur Toilette. Dort wusch sie den Fleck aus und versuchte anschließend, ihn zu trocknen. Als sie über Clemens nachsann, verflog ihr Ärger über das nasse Kleid jedoch im Nu und machte einem herrlich leichten Gefühl Platz. Sie erinnerte sich, dass sie ähnliche Empfindungen schon einmal hatte. Aber offensichtlich hatte es nicht sein sollen, dass sie und Josef sich noch einmal begegneten.

Auf dem Nachhauseweg bot Clemens ihr den Arm, den sie dankend annahm. Er roch angenehm nach dem herbwürzigen Duft von Zedernholz, den Hanna mit jedem Atemzug in sich aufsog.

Vor dem Lazarett angekommen, fragte sie: »Warum bist du überhaupt bis hierher mitgegangen? Du wohnst doch gar nicht hier, oder?«

»Ich wohne in der Viktoriastraße. Aber was glaubst du wohl, warum?« Er grinste.

Da war es wieder, dieses leichte Gefühl, das sie glauben ließ, sie würde schweben. Ganz schwindelig fühlte sie sich auf einmal. Sie sah ihn an und fragte sich gleichzeitig, ob es nicht ungehörig war, einen Mann derart anzublicken. Schnell verbannte sie den Gedanken wieder.

Die anderen hatten sich bereits verabschiedet und waren ins Haus gegangen. Hanna und Clemens standen allein vor der Tür. Im Lichtschein, der durch den Türspalt drang, erkannte sie seine gleichmäßigen Gesichtszüge. Am liebsten hätte sie die Hand an seine Wange gelegt und ihn gestreichelt, doch das wäre mehr als ungehörig, das ging auf keinen Fall.

Sie standen da und rührten sich nicht, tauschten lediglich Blicke. Und mit den Blicken, wie es Hanna schien, auch ihr tiefstes Inneres. Clemens war ihr mit einem Mal so vertraut, als würden sie sich schon ewig kennen.

Er räusperte sich. »Ich glaube, ich sollte jetzt besser gehen.«

Wie schade.

Zum Abschied berührte er sie sanft am Arm und hauchte ihr einen Kuss auf die Wange. »Der Abend mit dir war wunderschön. Gute Nacht, Sonnenschein.«

»Gute Nacht«, flüsterte Hanna und schmunzelte über den Kosenamen. Sie sah Clemens nach, wie er in der Dunkelheit verschwand, und fasste sich an die Wange.

Er hatte sie geküsst!

Mit dem Gedanken an Clemens und einem seligen Lächeln auf den Lippen schlief Hanna ein. Und mit dem Gedanken an Clemens und einem seligen Lächeln auf den Lippen wachte Hanna am nächsten Morgen auf. Ach, was war die Welt doch so schön!

Lazarett Hauswirtschaftsschule
München
September 1943

Obwohl die Vorhänge zurückgezogen waren, lag der Krankensaal düster vor Hanna. Mit einem Mal überkam sie eine innere Unruhe, die sie sich nicht erklären konnte. Sie schaltete das Licht ein, und als sie sah, wer da an Diedrich Fendls Bett stand, war ihr, als zöge jemand an dem Boden unter ihren Füßen.

»Da ist sie ja«, hörte sie Fendl freudig sagen. Im selben Moment drehte sich die stämmige Person zu ihr um und grinste sie an. Dass sie ihre Hilfsschwesterntracht trug, musste bedeuten, dass sie hier arbeitete.

»Guten Morgen«, sagte Gerda scheinheilig und kam auf Hanna zu. »Was für ein Glücksfall, der uns beide wieder zusammenführt.«

Hanna entrang sich ein gequältes Lächeln.

»Der Herr Fendl denkt, *du* solltest nach ihm sehen, schließlich kennt ihr euch ja schon eine Weile«, sagte Gerda nun giftig.

Hanna schluckte. Diese Kuh hatte sich keinen Deut geändert.

Schließlich nahm sie einen tiefen Atemzug und ging auf Fendl zu, ohne Gerda weiter zu beachten. Sie besah sich den Patienten und kam zu dem Schluss, dass es ihm schon um einiges besser ging. Der hartnäckige Schleim in der Lunge löste sich allmählich. Und doch setzte Fendl immer noch eine Leidensmiene auf. Sie griff nach seinem Handgelenk, um den Puls zu messen, worauf sie der kurzatmige Patient mit verträumtem Blick bedachte. Nun hob er seine andere Hand und umschloss Hannas, fest genug, dass sie sich ihm nicht entziehen konnte. »Schwester Hanna, Sie sehen heute wieder hinreißend aus! Wäre ich doch nur endlich gesund, dann würde ich Sie fragen, ob Sie mit mir ausgehen möchten. Doch ich fühle, dass es weniger wird mit mir. Diese Schmerzen, diese unsäglichen Schmerzen.« Theatralisch griff er sich an die Brust.

Ihm konnte es unmöglich immer noch so schlecht gehen. Seine Werte hatten sich von Tag zu Tag stabilisiert.

»Ich schicke gleich nach einem Arzt«, stammelte sie unbeholfen und verließ fluchtartig den Krankensaal. Dabei stapfte Gerda mit energischen Schritten hinter ihr her. Im Flur hielt sie Hanna am Arm und zischte: »Damit eins klar ist: Der gehört mir!«

Hanna sah der Hilfsschwester erstaunt in das rundliche Gesicht, dann blickte sie in den Krankensaal zu Fendl rüber, der ihr zuwinkte. »Kennst du ihn?«

»Bin gerade dabei, ihn kennenzulernen. Also nochmal und in aller Deutlichkeit: Lass die Finger von ihm!«

Hanna hob abwehrend die Hände. Was die sich einbildete! »Ist ja schon gut«, sagte sie beschwichtigend. »Ich will überhaupt nichts von ihm. Meinetwegen kannst du dich rund um die Uhr um ihn kümmern.«

»Dann ist es ja gut«, sagte Gerda mit versöhnlichem Lächeln.

Hanna wollte weitergehen, doch da fiel ihr noch etwas ein. »Sag mal, was ist denn überhaupt mit deinem Gustl? Ihr wolltet doch heiraten und dem Führer einen ganzen Stall voll … Ist es aus zwischen euch?«

Gerdas Miene versteinerte sich. »Er ist gefallen.«

»Oh nein, das tut mir leid für dich«, beteuerte Hanna, und sie meinte es wirklich so. Den Partner zu verlieren, das wünschte man niemandem, auch nicht der missgünstigsten Hexe.

Doch Gerda winkte unwirsch ab. »Es war ihm eine Ehre, sein Leben für den Führer zu geben. Das sollte uns allen ein Vorbild sein.«

»Wenn du meinst.« Innerlich schüttelte sich Hanna über Gerdas Herzlosigkeit. Vielleicht sollte sie die Oberin bitten, den Dienst tauschen zu dürfen.

Am späten Vormittag waren fast alle Patienten versorgt. Fehlte nur noch der Mongole, wie sie den russischen Kriegsgefangenen nannten. Hanna seufzte. Verwundete Kriegsgefangene wurden hier genauso versorgt wie deutsche Soldaten. Doch dieser Russe sah so anders aus als alle, die Hanna bisher gesehen hatte. Recht hoch lagen die Wangenknochen in seinem markanten, breiten Gesicht. Die Hautfarbe ging leicht ins gelb-braun, und die Augen fand Hanna besonders merkwürdig. Schräg standen sie weit auseinander und zeigten an den Außenseiten wie bei einer Katze nach oben.

Der Mongole war schwer verletzt und würde seine Heimat vermutlich nie wieder zu sehen bekommen. Obwohl er fast die ganze Zeit über bewusstlos war und dem Tod näher als dem Leben, hatte Hanna Angst vor ihm. Sie wusste, dass er ihr nichts tun würde, selbst wenn er bei Bewusstsein wäre, und doch fürchtete sie sich jedes Mal, wenn sie in seine Nähe kam und ihn pflegen musste.

»Was versorgst du den noch?«, herrschte Gerda sie an. »Der verreckt doch sowieso! Die teuren Medikamente heben wir besser für unsere eigenen Kämpfer auf! Oder willst du, dass er wieder quietschfidel zu seiner Truppe marschiert und unsere Soldaten abmurkst?«

Das wollte Hanna natürlich nicht. Die Vorstellung, dass der Mongole wieder gesund und ihr doch etwas antun würde, ängstigte sie noch mehr.

»Trotzdem müssen wir ihn versorgen!«, widersprach sie. »Auch wenn er unser Feind ist, ist er immer noch ein Mensch.«

»Drauf geschissen! Ein Mensch, dass ich nicht lache. Schau ihn dir doch nur mal an, Hanna. Ein Untermensch ist das!« Kopfschüttelnd zog Gerda davon.

Den Wochenenddienst im Operationsraum hatte Hanna endlich hinter sich, doch nun begann der Dienst auf der Station, und sie hoffte inständig, ihn nicht mit Gerda teilen zu müssen. Ihre Bitte hatte die Oberin zunächst mürrisch abgelehnt und dann gemeint, es würde sich zeigen.

»Dein Mongole hat endlich den Geist aufgegeben!«, begrüßte Gerda sie im Flur. »Letzte Nacht. Ich habe es dir ja gleich gesagt: Die ganze teure Medizin verschwendet! Und damit du es weißt, Hanna: Von mir hat er nicht einen einzigen Tropfen bekommen!«

Hanna starrte hinter Gerda her, wie sie mit erhobenem Kopf ins Stationszimmer ging.

Der Mongole konnte doch auch nichts dafür, dass sein Land und ihr Land Krieg gegeneinander führten. Reichte es nicht, dass die Soldaten sich gegenseitig töteten? Sie als Krankenschwester trug dafür Sorge, dass die Verwundeten wieder gesund gepflegt wurden, egal, ob Landsleute oder feindliche Soldaten. Für den Mann tat es Hanna leid, dass er gestorben war, doch für sich selbst war sie erleichtert, dass sie nicht mehr in seine Nähe musste.

»Schwester Hanna, welch eine Freude, Sie wieder zu sehen!« Diedrich Fendl strahlte über das ganze Gesicht, als Hanna den Krankensaal betrat. »Hatten Sie ein paar freie Tage? Sie sehen richtig erholt aus.«

»Finden Sie?« Der Kerl musste was an den Augen haben. Die letzten beiden Tage im Operationssaal waren ganz bestimmt nicht erholsam gewesen. »Wie geht es Ihnen denn heute, Herr Fendl? Schon Verdauung gehabt?«

Fendl lief rot an. »Ja, nein, äh, ich weiß nicht. Hanna, wenn Sie in meiner Nähe sind, fällt mir das Denken schwer.«

Ob dir das jemals leichtfiel, ist fraglich, dachte Hanna bei sich, lächelte ihn aber freundlich-distanziert an. »Dann lasse ich die Spalte mal offen. Gerda kann Sie ja nachher nochmal fragen und das Ergebnis eintragen.«

Er schien sich wieder zu fassen und hielt Hanna am Arm fest. Sein Griff brannte sich in ihre Haut. »Ich würde mich viel lieber über andere Dinge mit Ihnen unterhalten als über … sowas.«

»Tut mir leid, Herr Fendl«, erwiderte sie und löste sich energisch aus seinem Griff. »Wir sind hier nun mal in einem Lazarett. Und da ist ›sowas‹ wie der regelmäßige Stuhlgang eines Patienten mitunter enorm wichtig für das Voranschreiten seiner Genesung. Sie müssen vielmals entschuldigen, wenn wir Sie hier täglich dazu befragen. Es dient nur Ihrem eigenen Wohl. Privat interessiert das keinen von uns.«

Entsetzt starrte Fendl sie an. In einer bedauernden Geste hob sie die Schultern und widmete sich dem nächsten Patienten.

Mitten in der Nacht versetzte ein durchdringend auf- und abfallender Heulton Hanna und die übrige diensthabende Mannschaft in Panik. Fliegeralarm! Nun stand ihnen offenbar bevor, was in vielen deutschen Großstädten zum Alltag gehörte. Bei dem Gedanken an die Bomben spürte Hanna ein wildes Flattern im Bauch.

Allein die Oberin behielt Ruhe und begann, Kommandos zu erteilen: »Alle Patienten in den Luftschutzkeller! Die Sanitäter bringen die Schwerverletzten, die Schwestern den Rest!«

Zehn Minuten. Ihnen blieben gerade mal zehn Minuten, um alle Patienten hinunter zu schaffen. Wie sollten sie das nur bewerkstelligen?

Glücklicherweise waren die meisten Patienten in der Lage, den mit schweren Holzbalken abgestützten Keller selbständig aufzusuchen. Nur wenige brauchten Hilfe.

Fendl jedoch schien sich kaum auf den Beinen halten zu können und rief: »Schwester Hanna, helfen Sie mir. Ich bin noch zu schwach!«

Gerda stieß den Soldaten, dem sie stützend den Arm gereicht hatte, von sich, direkt in Hannas Arme. Hanna konnte ihn gerade noch auffangen und sah sich kopfschüttelnd nach Gerda um, die sich den SS-Mann schnappte.

Wenigstens hatte sie ihr damit Fendl vom Hals gehalten. Sollte sie sich ruhig seiner annehmen. Dann war Hanna ihn wenigstens los.

Es dauerte keine zehn Minuten, bis alle Verletzten evakuiert waren. Eng zusammengepfercht drängten sie sich im spärlich beleuchteten Keller. Den geringen Platz zwischen ihnen füllte die Angst aus, die schonungslos umging.

Der Geruch von Kohlen mischte sich mit dem der feuchten Wände und den Ausdünstungen der Menschen, die sich leise unterhielten.

Von ihrem Standpunkt an der Tür aus beobachtete Hanna, wie Gerda ihrem Schützling keinen Millimeter von der Seite wich und ihn so offensichtlich anhimmelte, dass es schon peinlich war. Dieser reckte jedoch den Hals und sah sich suchend um.

Als man ein tiefes Brummen näherkommen hörte, verstummte das Gemurmel der Leute abrupt.

Bitte nicht hier! Hanna merkte, wie ihre Knie zu zittern begannen.

Kurz darauf ertönte ein schrilles Pfeifen, das in ohrenbetäubendes Donnern mündete. Die Deckenlampe begann zu wackeln. Erschrocken zuckten die Menschen zusammen und hielten sich schützend die Hände über die Köpfe.

Hanna atmete schnell und horchte nach dem Donnern, das immer lauter dröhnte. Unendlich viele Flieger mussten dort oben über München kreisen und ihre todbringende Last abwerfen.

Plötzlich polterte es an der Tür. Hanna erschrak, öffnete aber auf Geheiß der Oberin.

Zwei Sanitäter brachten mit einer Trage noch einen Verwundeten, der bei jeder Erschütterung stöhnte, und heilfroh schien, als er abgesetzt wurde.

Im gleichen Moment, da Hanna die Tür schließen wollte, berührte ihre Hand die des Sanitäters, der mit dem Rücken zu ihr stand. Reflexartig zogen beide ihre Hände zurück und sahen sich an.

»Clemens!«, rief Hanna freudig überrascht aus.

Er lächelte und flüsterte ihr zu: »Ich freue mich über den Sonnenschein hier im dunklen Keller.« Unverhohlen zwinkerte er ihr zu und legte seine Hand wieder auf die Türklinke. Hitze schoss Hanna ins Gesicht, aber sie tat es ihm gleich und sie schlossen die Tür gemeinsam. Ihre Hände beließen sie dort.

Hanna wusste nicht, ob ihr Herz wegen Clemens so schnell pochte oder wegen der Aufregung um den Fliegerangriff. Doch die Gefahr war im Moment fast vergessen, weil Clemens ganz dicht bei ihr stand. Wären sie alleine gewesen, hätte man diese Nähe schon als unerhört bezeichnen können. Aber im dichten Gedränge fielen sie nicht weiter auf.

Schließlich löste sie die Hand von seiner und sah genierlich zu Boden. Ein kaum wahrnehmbarer Hauch seines Duftes wehte ihr um die Nase, den sie tief inhalierte. Verstohlen sah sie ihn jetzt von der Seite an. Beide hatten sich in den letzten Wochen etwas näher kennengelernt, in den Pausen hatte er sich stets zu ihr gesellt, wenn es seine Zeit erlaubte, doch nie waren sie sich so nahe gewesen wie in diesem Augenblick.

Mit einem Mal krachte es noch gewaltiger als zuvor, Hanna zuckte zusammen, ein paar Frauen schrien auf. Dem Einschlag folgten unzählige weitere.

Schützend legte Clemens den Arm um Hanna, die sich an ihn lehnte und hoffte, dass der Angriff bald vorbei war.

Sie schloss die Augen und presste die Lippen aufeinander. Plötzlich fing der Boden unter ihren Füßen an zu zittern. Das Kribbeln zog von den Fußsohlen die Beine herauf.

Hanna versuchte, ihre aufkeimende Panik unter Kontrolle zu halten, und konzentrierte sich auf ihre Atmung.

Clemens drückte sie dichter an sich und flüsterte ihr ins Ohr: »Solange du die Bomben pfeifen hörst, treffen sie dich nicht. Schlimm wird es erst, wenn du nichts hörst.«

Ein warmer Schauer durchrieselte sie. Es war ein tröstliches Gefühl, das ihre Angst jedoch nicht lange verdrängen konnte. Mit einem Mal wurde ihr ganz schwindelig. Clemens beugte sich zu ihr hinunter und schmiegte seinen Kopf an ihren. »Du musst den Mund offen halten, hörst du. Damit der Luftdruck dir im Falle eines Treffers nicht die Lunge zerreißt.«

Hanna nickte und konzentrierte sich darauf, mit geöffnetem Mund gleichmäßig langsam ein- und auszuatmen. Das war gar nicht so einfach. Clemens' Nähe und die gleichzeitige Bedrohung von oben verwirrten sie so sehr, dass sie immer wieder die Luft anhielt. Die Zeit im Keller schien ebenso wenig vergehen zu wollen wie die Bombardierung der Stadt.

Nach etlichen weiteren Explosionen wurde es still. Kein Pfeifen mehr, kein Einschlag, keine Flieger. Das Gemurmel unter den Patienten setzte wieder ein.

Wie aus einer anderen Welt hörte Hanna einen hohen, lang gezogenen Sirenenton. Aus irgendeiner Ecke des Kellers erscholl die resolute Stimme der Oberin: »Entwarnung. Wir können jetzt wieder raufgehen.«

Erleichtert atmete Hanna auf, aber irgendwie bedauerte sie das Ende der Luftwarnung. Sie hätte noch Stunden so mit Clemens beieinander stehen mögen.

Als Hanna am nächsten Morgen aufwachte, fühlte sie sich elend. Ihr war, als hätte sie hohes Fieber, doch ihre Stirn war nicht heiß. Kalter Schweiß stand ihr im Gesicht. Sie versuchte aufzustehen, das Zimmer um sie herum schien sich zu bewegen, alles drehte sich. Schnell setzte sich Hanna wieder auf die Bettkante. Stechende Schmerzen fuhren ihr durch die Brust bis in den Rücken. Ihre linke Hand fühlte sich an, als wäre sie gebrochen. Die Gelenke schmerzten so, wie Hanna sich einen rheumatischen Anfall vorstellte. Gestern ging es ihr noch gut, sie hatte sich in den letzten Tagen nur etwas abgeschlagen gefühlt und mit leichter Atemnot beim Treppensteigen zu kämpfen gehabt. Das führte sie allerdings auf den Umstand zurück, dass sie oft viele Stunden im OP assistiert und auch sonst recht anstrengende Tage gehabt hatte.

Diese extreme Schwäche jedenfalls, die Hanna an diesem Morgen verspürte, war über Nacht gekommen, wie angeflogen. Es nutzte nichts, sie musste sich wieder hinlegen und darauf warten, dass unten sie jemand vermissen und nach ihr sehen würde.

Es dauerte eine geraume Zeit, da klopfte es an ihre Tür. Kein zaghaftes, fragendes Klopfen, sondern das Klopfen einer befehlsgewohnten Natur. Hanna konnte noch nicht einmal antworten, da stand auch schon die Oberin im Zimmer und kam forsch auf sie zu.

»Haben Sie etwa verschlafen? Jetzt aber raus aus den Federn! Ich werd' Ihnen Beine machen!« Sie ergriff beherzt die Bettdecke und schlug sie schwungvoll auf.

»Mir ist nicht gut, Frau Oberin. Ich kann noch nicht mal aufstehen.«

Die Oberin stutzte und legte ihre Hand an Hannas Stirn: »Sie sind ja ganz verschwitzt. Bleiben Sie mal schön hier liegen, ich rufe nach dem Arzt.«

Abteilungsarzt Dr. Jumer untersuchte Hanna und murmelte währenddessen unverständliche Worte vor sich hin. Dabei blähten sich ständig seine Nasenflügel. Schließlich sagte er: »Die Koronarinsuffizienz macht Ihnen wohl doch noch weitere Probleme, Schwester. Ich tippe auf ein Rezidiv der Myokarditis.«

»Und warum habe ich dann Schmerzen im Rücken, in der Hand und sämtlichen Gelenken? Ich fühle mich wie eine Greisin!«

»Die Angina pectoris beruht auf einem Sauerstoffmangel im Herzmuskel, wo der Schmerz auch entsteht. Und dieser Schmerz wird auf bestimmte Hautregionen projiziert, weil die afferenten, viszeralen und somatischen Nervenfasern in den gleichen Rezeptorzellen des Tractus spinothalamicus enden.«

Hanna sah ihn nur groß an. Er lächelte milde und rückte seine Brille zurecht. »Was bedeutet afferent? Das haben Sie in Ihrer Ausbildung doch gelernt, Schwester. Oder nicht?«

»Zuführen, hintragen.«

»Richtig. Und viszeral?«

Hanna überlegte einen Moment. »Die Eingeweide betreffend. Und somatisch heißt den Körper betreffend.«

»Genau, und über den Tractus spinothalamicus wird die Schmerzempfindung in das Gehirn geleitet. Ein EKG sollte uns weiteren Aufschluss über Ihren Zustand geben. Sie wissen, dass Sie jetzt ein Fall für das Krankenhaus sind.«

Städtisches Krankenhaus
München
Oktober 1943

»Schade, dass du schon gehen musst.« Bedauernd legte Hanna ihre Hand auf Clemens' Arm.

»Ich würde auch lieber bei dir bleiben, aber mein Dienst beginnt in einer halben Stunde. Leider.« Clemens betrachtete Hanna mit besorgtem Blick. »Du bist immer noch so blass wie vor zwei Wochen. Was machen die denn hier mit dir?«

»Mir geht es doch schon viel besser«, widersprach Hanna.

Das Fenster neben ihrem Bett war geöffnet. Hanna sah zu der Kastanie, die davor stand. Die untergehende Sonne wärmte mit letzter Kraft den Raum, und eine milde Brise wehte bunt gefärbte Blätter vom Baum herab. Fröhlich zwitscherten einzelne Vögel ihr Lied, bevor sie weiter zogen, um dem nahenden Winter zu entfliehen. Wohin würden sie ziehen? Ob dort Krieg war? Die Vögel wussten nichts vom Schrecken des Krieges, den Zwängen der Diktatur. Sie lebten täglich ihr freies Leben, zogen, wohin der Weg sie führte, teilten sich jedem mit, der ihre Sprache verstand.

Frei von Angst, das Falsche zu sagen.

Frei von Angst vor Strafe.

Frei.

»Es tut mir unendlich leid, Hanna, doch ich muss jetzt wirklich gehen.« Clemens beugte sich über sie und küsste ihre Stirn. »Ich verspreche, dich am Sonntag wieder zu besuchen.«

Hanna strahlte über das ganze Gesicht. »Ehrlich?«

»Ganz ehrlich!«

Als er sich wieder aufrichtete, bemerkte Hanna, wie jemand mit einem riesengroßen Blumenstrauß den Krankensaal betrat. Eine schwarze Uniform ragte hinter den Blumen hervor.

»Sieh nur«, sagte sie kichernd und wies zur Tür.

Clemens lachte. »Nicht mal sein Gesicht ist hinter diesem Gestrüpp zu erkennen. Entweder hat er ein extrem schlechtes Gewissen oder aber er ist schwer verliebt.« Er zwinkerte Hanna zu und küsste sie sanft auf die Wange. »Jetzt bin ich aber wirklich verschwunden. Bis Sonntag, Sonnenschein.«

»Ich freue mich«, sagte Hanna und schaute ihm hinterher. Als er die Tür erreichte, drehte sich der Mann mit dem großen Blumenstrauß nach Clemens um. Hanna glaubte, nicht recht zu sehen. Diedrich Fendls grimmiger Blick bohrte sich in Clemens' Rücken. Schnell drehte sie sich um, in der Hoffnung, dass Fendl sie nicht sehen würde.

»Hanna, wie schön, dass es Ihnen wieder besser geht«, tönte seine Stimme auf einmal dicht hinter ihr.

Sie wandte sich zu ihm um. »Das ist aber eine Überraschung!« Hanna war mehr erstaunt als erfreut, dass sein Besuch ihr galt, doch sie wollte nicht unhöflich sein und bat ihren ungebetenen Besucher, Platz zu nehmen.

Mit einem Mal wurde ihr fürchterlich kalt. Sie schaute zum Fenster und rieb sich die Arme. Die Sonne war hinter den Dächern der gegenüberliegenden Häuser verschwunden, und das eben noch bunt leuchtende Laub bot nun einen tristen Anblick.

Die Krankenschwester brachte eine Vase und machte auf der Bettkonsole Platz, indem sie die kleine Vase mit der einzelnen Rose von Clemens beiseiteschob. Hannas vorwurfsvoller Blick ließ sie kurz innehalten. »Es ist schon spät«, sagte sie schließlich. »In zehn Minuten ist die Besuchszeit zu Ende.«

Sofort erhellte sich Hannas Miene. Zehn Minuten waren keine Ewigkeit.

»Hanna, wie geht es Ihnen?«, fragte Fendl, der seinen Stuhl jetzt ungehörig nah an ihr Kopfende rückte. »Im Lazarett wurde es ganz schön langweilig, als Sie nicht mehr da waren.«

»Ach ja, es geht schon. Und Sie? Haben Sie Ihre Lungenentzündung gut überstanden?«

Fendl hüstelte, winkte aber gleichzeitig ab. »Unkraut vergeht nicht. Ich wurde jetzt entlassen.«

Die Krankenschwester kam erneut und drückte Hanna eine Tasse in die Hände, aus der es dampfte.

»Ach nein!«, rief sie aus. »Schon wieder? Der Tee schmeckt einfach scheußlich!«

Die Schwester hob den Zeigefinger. »Der wird getrunken! Diese Kräutermischung wirkt unterstützend gegen Herzbeschwerden.« Ihre Miene duldete keinen Widerspruch.

Hanna rümpfte die Nase und nahm einen Schluck. Schnell stellte sie die Tasse auf der Konsole ab und starrte dann verlegen vor sich hin. Wie gern hätte sie jetzt in dem Buch geblättert, das Clemens ihr geschenkt hatte, und das noch auf der Bettdecke lag. Nun besaß sie einen eigenen Pschyrembel, darauf war sie sehr stolz. Worüber sie sich allerdings noch viel mehr freute, war die Widmung, die Clemens in den Buchdeckel eingetragen hatte: ›Meiner lieben Hanna mit dem Wunsche nutzbarer Anregung gewidmet. Clemens. 17.10.1943.‹

Hanna fiel beim besten Willen nichts ein, worüber sie sich mit ihrem Besucher unterhalten könnte. Ein Blick auf die große Uhr, die über der Eingangstür hing, verriet ihr, dass die Zeit nicht vorbei gehen wollte. Zehn Minuten konnten doch unmöglich so lange dauern!

»Wann werden Sie denn wieder entlassen? Ich würde sehr gerne einmal einen Spaziergang mit Ihnen unternehmen. Bei diesem herrlichen Wetter.«

»Ich weiß es nicht, Herr Fendl. Aber für einen Spaziergang bin ich ganz bestimmt noch nicht kräftig genug.«

»Sagen Sie doch Diedrich.« Vertraulich lächelte er sie an.

Inzwischen konnte sie sich nicht mehr erklären, was an ihm sie an Josef erinnert hatte. Gar nichts hatte er mit ihm gemeinsam.

»Gefallen Ihnen die Blumen?«, fragte er in ihre Gedanken hinein.

»Sie sind sehr schön«, sagte Hanna mit einem Blick auf das übertrieben große Gebinde. Auch wenn sie sich über den Absender ärgerte und über die Tatsache, dass Clemens' Rose daneben kaum noch zur Geltung kam, musste sie zugeben, dass die Gladiolen und Dahlien hübsch anzusehen waren. »Wo haben Sie die her?«

»Aus dem lagereigenen Blumenladen.«

»Aus dem Lager? Ich dachte, das ist so eine Art Zuchthaus? Ich wusste gar nicht, dass man dort auch einkaufen kann.«

Fendl lachte. »Kein Zuchthaus, Hanna. Ein Arbeitslager. Wir haben dort eine wunderschöne Plantage, auf der die Subjekte arbeiten dürfen.«

»Subjekte?«, entgegnete sie ungläubig.

»Die haben bei uns in Dachau ein Leben wie Odin in Walhalla. Dürfen den ganzen Tag an der frischen Luft sein und sich um die Blumen kümmern, die zur Forschung gebraucht werden.«

»Was denn für eine Forschung?«

»Neben dem Lager ist eine Pflanzenversuchsanstalt. Dort wird aus den Blumen Vitamin C extrahiert und Vitaminpräparate hergestellt.«

»Das wusste ich gar nicht. Und für wen sind diese Vitaminpräparate gedacht?«

»Hauptsächlich für die SS.« In seiner Stimme schwang Stolz.

Hanna fand, dass auch den einfachen Soldaten an der Front eine Extraportion Vitamine sicherlich gut tun würde. Vielleicht würden dann nicht so viele an Infektionskrankheiten leiden. Aber sie konnte sich beim besten Willen kein Bild von Verbrechern beim Unkrautjäten machen. »Sagen Sie mal, Herr … Diedrich, was sind denn das eigentlich für Menschen bei Ihnen in Dachau?«

»Menschen?« Fendl begann zu husten. »Das sind die reinsten Schwerverbrecher, die wir da haben. Asoziales Pack. Das nichts anderes verdient hat.«

»Dann ist Ihre Arbeit dort bestimmt sehr gefährlich, oder?«

»Das können Sie wohl glauben, Hanna. Aber zum Glück sind die Ju…«

»Sie müssen sich jetzt verabschieden«, unterbrach ihn die Schwester in bestimmtem Tonfall und wies auf die Uhr.

Na endlich, dachte Hanna. In einer bedauernden Geste hob sie die Schultern und meinte dann: »Vorschrift ist Vorschrift, da können wir leider nichts machen. Aber ich danke Ihnen für den Besuch.«

Nachdem Fendl gegangen war, stand Hanna auf, um das Fenster zu schließen. Sie lehnte sich auf das Fenstersims und sah einem Spatz zu, der unter dem Baum offenbar nach Regenwürmern suchte. Plötzlich flog er auf, und im selben Moment erschien Fendl in ihrem Blickfeld. Ebenso eine Frau, die vor Fendl stehen blieb und mit ihm sprach. Hanna bedauerte, dass sie unter dem dichten Laub nur einen Teil der Beine sehen konnte. Leider konnte sie auch nicht verstehen, was sie sprachen. Doch mit einem Mal hob die Frau ihre Stimme, und Hanna lief es eiskalt den Rücken hinab.

»Glauben Sie mir, lieber Herr Fendl«, sagte sie, während sie sich bei ihm einhakte und mit ihm unter dem Baum hinweg fortging, »Sie haben etwas Besseres verdient.«

Hanna kroch zurück ins Bett. Eine ganze Weile noch hallte Gerdas Stimme in ihrem Kopf nach.

Lazarett Hauswirtschaftsschule
München

Dezember 1943

Nach wochenlangem Ausfall durch die Herzmuskelerkrankung war Hanna endlich wieder arbeitsfähig, auch wenn sie der Arbeit noch nicht im gewohnten Tempo nachgehen konnte. Zudem musste sie wie unter einem Zwang ständig aus dem Fenster zum Haus schräg gegenüber sehen.

Plötzlich fragte Resi dicht hinter ihr: »Was gibt es denn da so Interessantes zu beobachten?«

»Ist dir schon mal aufgefallen, wie viele schwangere Frauen und Soldaten da ein und aus gehen? Das ist doch merkwürdig, findest du nicht?«

Resi deutete ein Kopfschütteln an. »Ganz und gar nicht, Hanna. Zumindest nicht, wenn man weiß, was dort drüben Tag für Tag vor sich geht.«

»Was denn?« Hannas Neugierde war kaum zu bremsen.

»Erzähle ich dir später. Jetzt muss ich erst mal dem Jumer assistieren.«

Den ganzen Tag über schweifte Hannas Blick immer wieder zum Haus Nummer 7.

Wenn sich die Männer und Frauen vor dem Haus begegneten, machten sie auf Hanna nicht den Eindruck, als hätten sie nichts miteinander zu tun. Sie begrüßten sich meist mit ausgesprochen höflichen Gesten, und manche plauderten auch eine Weile miteinander. Was Resi wohl darüber wusste?

»Werden Sie hier fürs Arbeiten bezahlt oder dafür, die Nachbarn zu beschatten?« Dr. Heinbach stand mit verschränkten Armen in der Tür und musterte sie kritisch. Peinlich berührt wandte sich Hanna vom Fenster ab und tat so, als streiche sie die Vorhänge glatt, während Heinbach sie aufforderte, mitzukommen. Hanna senkte ihren Blick und folgte dem Arzt in sein Behandlungszimmer.

Der Raum unterschied sich deutlich von jenen der anderen Ärzte. Während Dr. Jumers und Dr. Wegelings Behandlungsräume gerade das Nötigste beherbergten und eine sachliche Kühle ausstrahlten, glich der Raum von Dr. Heinbach eher einer guten Stube. An der Wand hingen Fotografien, im Regal standen die Bücher farblich und nach Größe sortiert, sogar ein kleiner Teppich lag auf dem Boden vor einem rot gepolsterten Ohrensessel.

Der Arzt setzte sich an seinen Schreibtisch und nahm einen Stift in die Hand, als wolle er irgendwelchen Schreibkram erledigen. Ihr bot er jedoch keinen Platz an.

Hanna beobachtete ihn verstohlen, wie er sein wächsernes Kinn rieb, während er in den Unterlagen las.

»Schwester Hanna«, begann er schließlich. Dabei sah er zu ihr auf, stützte die Arme auf der Tischplatte ab und beugte sich vor. »Wir haben da etwas, das Sie garantiert von Ihrer Neugierde ablenkt.«

Hanna fühlte ihre Wangen heiß werden.

»Wie Sie vielleicht schon mitbekommen haben, fehlt uns eine Röntgenschwester. Und Sie haben nun die Möglichkeit, eine mehrwöchige Röntgenausbildung zu absolvieren.«

Hanna sah ihn erstaunt an.

»So eine zusätzliche Ausbildung macht sich immer gut. Das eröffnet Ihnen für die Zukunft ganz neue Möglichkeiten.«

»Soweit ich weiß, hat Leni sich doch um diese Ausbildung beworben.«

Dr. Heinbach drehte den Stift hin und her. »Davon weiß ich nichts.«

»Ich bin mir ganz sicher, dass sie davon gesprochen hat. Vielleicht sollten wir lieber nochmal nachfragen. Ich will ihr da nichts wegnehmen.«

»Der Abteilungsarzt hat mich beauftragt, mit *Ihnen* zu sprechen.«

»Ja, wenn Sie meinen«, brachte sie gedehnt hervor.

»Am zehnten Januar fangen Sie an, im Reservelazarett in der Lazarettstraße.«

Es war also schon beschlossene Sache. Ob Leni davon wusste? Hoffentlich nahm sie ihr das nicht übel.

Am späten Nachmittag waren nur noch wenige Patienten im Wartezimmer. Hanna wunderte sich, dass auch solche in Zivil hier auftauchten, für gewöhnlich trugen die Patienten des Lazaretts Uniform. Ein junger Mann, dem Kindesalter kaum entwachsen, saß auf dem Stuhl neben der Tür, bekleidet mit einer grauen Stoffhose und einer gestrickten Joppe. Sein Gesicht war gezeichnet von einer abheilenden Akne, um den Mund herum bildete sich der erste Flaum. Hanna fiel auf, dass er einen Regenschirm festhielt. Und das, obwohl den ganzen Tag die Sonne geschienen hatte. Leute gab's …

»Der Nächste, bitte!«

Der junge Mann stand auf, folgte Hanna und blieb im Gang stehen, als sie ihn zu Dr. Wegelings freiem Behandlungsraum führen wollte.

»Entschuldigen Sie, Schwester, ich wurde bisher immer von Dr. Heinbach behandelt. Könnten wir das nicht beibehalten?«

»Wenn das ihr Herzenswunsch ist«, entgegnete Hanna schulterzuckend. »Der Herr Doktor befindet sich aber noch in einer Untersuchung.«

Kurze Zeit später brachte sie den Jüngling in Heinbachs Raum. Dieser saß an seinem Schreibtisch und deutete seinem Patienten mit einer galanten Handbewegung, Platz zu nehmen. »Danke, Schwester, Sie können dann gehen«, sagte er hastig.

Nachdem sie die Tür hinter sich zugezogen hatte und auf dem Tresen die nächste Patientenkarte holen wollte, hörte sie, wie irgendwo hinter ihr der Schlüssel einer Tür umgedreht wurde.

Resi blickte begierig auf die Brotscheiben, die Hanna gerade mit Schmierwurst bestrich. Ihr Magen knurrte unüberhörbar.

Hanna sah kurz auf. »Los, Resi, jetzt erzähl schon! Was weißt du über das Haus schräg gegenüber?«

Resi schnappte sich eine Scheibe Brot, lehnte sich auf Hannas Bett an die Wand und streckte die Beine aus. »Nee, erst mal Abendbrot, ich habe einen Bärenhunger!«

Sie biss in das Brot und verdrehte die Augen. »Hm, lecker! Schon der Alte Fritz hat gesagt, dass alle Kultur vom Magen ausgeht.«

Als Resi eine weitere Scheibe nehmen wollte, schob Hanna eilig den Teller beiseite. »Erst sagst du mir, was du weißt! Dann darfst du weiter der Kultur frönen!«

Resi schüttelte lachend den Kopf. »Hanna, du bist ganz schön neugierig! Na gut, dann will ich dir unwissendem Ding mal auf die Sprünge helfen.«

Hanna sah sie gespannt an.

»Das Haus gegenüber ist ein Lebensborn-Heim.«

»Was in aller Welt ist das?«

»Lebensborn heißt übersetzt ›Quell des Lebens‹. Du hast doch die schwangeren Frauen gesehen – ist dir aufgefallen, dass die meisten blond sind?«

Hanna nickte. »Genau wie die Männer.«

»Richtig! Alles Arier, durch und durch.« Resi sah Hanna eingehend an und beugte sich zu ihr vor. »Man erzählt sich, dass diese Lebensbornhäuser so eine Art Zuchtstätten für arischen Nachwuchs sind. SS-Bordelle sozusagen.«

»Du machst Witze!«

»Nein, Hanna, das ist so. Die Frauen bringen dort Kinder zur Welt, um kurz danach wieder von einem anderen SS-ler geschwängert zu werden.«

»Und wo sollen dann die ganzen Kinder sein? Ich habe noch nie welche dort drüben gesehen, auch nicht in dem großen Garten. Und ich habe auch noch nie eine der Frauen mit einem Kinderwagen bemerkt.«

»Das weiß ich auch nicht«, meinte Resi und schielte auf den Teller. »Vielleicht werden die direkt an Hitler übergeben. Wobei ich mir nicht vorstellen kann, dass der Zeit hat, einen ganzen Stall voll Kinder zu hüten.«

Hanna war sprachlos und nicht sicher, was sie von diesem Gerücht halten sollte.

Ein Freudenhaus in ihrer Nachbarschaft! Skandalös!

Hanna war dermaßen aufgewühlt von Resis Berichterstattung, dass sie nicht einschlafen konnte. Ihre Gedanken kreisten um die Frage, ob es sich bei dem Nachbarhaus wahrhaft um ein Bordell handelte. Mit dem Gedanken, dass das Böse die Dunkelheit liebt, schlug Hanna die Bettdecke zurück und stand auf. Schnell warf sie sich ihren Mantel über und schlich im dunklen Treppenhaus nach unten. Sie bedauerte, dass ihr Zimmer zur Rückseite des Hauses lag und sie das Nachbarhaus nicht von dort aus beobachten konnte.

Im Wartezimmer kniete sie sich auf einen Stuhl, der am Fenster stand, und zog den Verdunklungsvorhang zur Seite. Die Haustür von Nummer 7 war nur vage im Mondschein zu erkennen. Im ersten Stock leuchtete ein schmaler Lichtstreifen zwischen den nachlässig angebrachten Verdunklungstüchern.

Hanna hatte erwartet, dass in einem Bordell des Nachts reger Betrieb herrschen müsse. Sie fröstelte, und weil sich schräg gegenüber nichts tat, wollte sie wieder nach oben in ihr warmes Bett.

Plötzlich hörte sie Stimmen, die Tür von Dr. Wegelings Behandlungszimmer wurde geöffnet. Auf den Boden des Wartezimmers drang ein schwacher Lichtschein.

Wegeling räusperte sich. »Es ist keiner mehr hier, Kollege Rascher. Sie können ihn jetzt anrufen.«

Hanna huschte still hinter die Tür des Wartezimmers und presste sich an die Wand. Was sollten die Herren von ihr denken, wenn sie sie hier unten im Dunkeln vorfinden würden, ohne Schuhe an den Füßen und nur das Nachthemd unterm Mantel? Also ganz still sein.

Das Telefon stand im Flur hinter dem Tresen der Patientenannahme. Wenn Rascher dort telefonierte und Wegeling daneben stand, hatte sie keine Chance, unbemerkt hier wegzukommen. Sie saß in der Falle.

Während sie über ihre missliche Lage nachsann, unterhielt sich Dr. Rascher bereits mit jemandem am Telefon.

»... Guten Abend, Herr Himmler«, hörte sie ihn sagen. Er telefonierte tatsächlich mit Himmler! Dem Reichsheini höchstpersönlich!

»Ja, also der alte Schilling ist mit seinen Malariaversuchen noch nicht viel weiter gekommen als bisher«, sprach Rascher weiter. »Die jüngsten Berichte liegen mir allerdings noch nicht vor ... Ja, genau ... richtig, keine Jahreszeit für Mücken, Sie nehmen mir die Worte aus dem Mund ... Selbstverständlich, Herr Reichsführer SS, werde ich Ihnen umgehend zukommen lassen ... Wasser was? Ach Meerwasser! Die Versuche sind vom Kollegen Beiglböck für diesen Sommer anberaumt. Doch was ich Ihnen noch sagen wollte, mein lieber Himmler: Von der Wirksamkeit des Polygal bin ich nach wie vor mehr als überzeugt! Erst letzte Woche hatten wir einen Russen mit Zerreißung der Lung... Ja genau. Und ohne Verabreichung von Polygal hätte der nie und nimmer zwanzig Minuten durchgehal...

Natürlich, Herr Reichs..., aber sicher ... ja, das kann ich nachvollziehen. Wir haben selbstverständlich weiterhin genügend Material, an dem die frisch ausgebildeten SS-Ärzte sich erproben können. Das Material geht uns ja quasi nie aus, nicht wahr?« Rascher lachte laut.

Hanna fand sein Lachen furchtbar. Wie eine meckernde Ziege. Hoffentlich war er bald fertig. Sie wollte jetzt endlich ins Bett!

»Was? Nein, nein«, drängte sich Raschers Stimme wieder in Hannas Bewusstsein. »Die Höhenversuche sind ja längst abgeschlossen. Hierbei konnten im Übrigen sehr viele der jungen Ärzte an den Sez... Was meinen Sie? Geatmet? Aber ich bitte Sie! Wir sind doch keine Unmenschen, nicht wahr, Herr Himmler?« Er lachte wieder.

»Ja, der Kollege Brachtel führt die Hepatitisversuche weiterhin sehr rege durch. Sehr engagiert, der Mann ...

Dr. Mengele? Der wird doch sicher lieber in Auschwitz bleiben wollen. Ich hörte, dort sei die Zwillingsrate recht hoch.«

Hanna war dem Verzweifeln nahe. Warum musste dieser Rascher ausgerechnet hier und heute so mitteilungsfreudig sein? Ihre Füße waren inzwischen die reinsten Eisklumpen.

»Ja, Herr Himmler, wie ich Ihnen schon im vergangenen Winter mitgeteilt habe, machen die Unterkühlungsvers... ja genau, eben dies! Ausschwitz oder Lublin wäre wesentlich sinnvoller. Da ist es doch bedeutend kälter.«

Lublin? Da war ich doch auch mal für kurze Zeit gewesen, ging es Hanna durch den Kopf.

»In der Tat hätte ich die Versuche gern in Dachau weitergef... Sie sagen es, wegen des Aufsehens. Ich merke mal wieder: Wir beide verstehen uns!«

Plötzlich hörte sie Dr. Wegelings Stimme. »Was sehe ich denn da im Wartezimmer?« Seine Schritte näherten sich. Sie presste ihren Körper dichter an die Wand. Angespannt hielt sie die Luft an.

»Wer hat denn hier die Verdunklungsvorhänge nicht richtig zugezogen?«

Oh nein! Die hatte sie ganz vergessen!

Wegeling ging auf das Fenster zu. Ihr Herz raste so sehr, dass es ihr Schmerzen bereitete. Sie wagte kaum zu atmen. Die Tür verdeckte ihren Körper nicht vollkommen. Eine kleine Drehung Wegelings nach links und schon stünden sie Auge in Auge. Zum Glück hatte er das Licht nicht eingeschaltet, so hatte sie wenigstens eine geringe Chance, unentdeckt zu bleiben. Er schob den dunklen Stoff über die Gardinenstange. Dann drehte er sich wieder um und kam auf die Tür zu.

Bitte nicht! Geh weiter, geh weiter!

Hanna schloss die Augen, um das drohende Unheil nicht sehen zu müssen.

»Um nochmal auf das Polygal zurückzukommen«, hörte sie Rascher im Flur sagen. »Ja, nein, hm, ... ja gut ... wie Sie wünschen, Herr Reichsleiter-SS. Ja ebenso. Grüße an die Frau Gemahlin ... Danke, werde ich ausrichten.« Der Hörer knallte auf die Gabel des Telefons. Rascher lachte. »Ich konnte mir einfach nicht verkneifen, Grüße an die Gemahlin ausrichten zu lassen. Dabei gehen die beiden schon sehr lang getrennte Wege.«

»Und, was sagt Himmler zum Polygal?« Wegeling klang sehr gespannt und schritt aus dem Wartezimmer hinaus.

Hanna atmete auf. Das war ja gerade noch mal gutgegangen.

»Verlangt weiteren Nachweis des Wirkstoffs. Wir müssen also weiter testen.«

Das Licht im Flur erlosch, der Lichtschein aus Wegelings Zimmer wurde schwächer und verschwand schließlich ganz. Die Tür fiel leise ins Schloss. Vollkommene Dunkelheit herrschte.

Endlich waren sie weg! Endlich konnte Hanna gehen, sie spürte ihre Füße kaum noch. Auf Zehenspitzen schlich sie an Wegelings Tür vorbei und nahm die erste Stufe der Treppe.

Im selben Augenblick wurde die Tür wieder geöffnet, der dunkle Flur erhellte sich und Raschers meckerndes Lachen klang, als stünde er direkt hinter ihr.

Vor Schreck erstarrte Hanna.

»Haha, Wegeling, Sie sind mir ein Scherzbold! Die warmen Brüder umerziehen! Das käme der Quadratur des Kreises gleich! Die sind schon ganz gut aufgehoben bei uns in Dachau!«

Stufe für Stufe schlich Hanna die Treppe hoch, und nachdem sie die erste Etage erreicht hatte, rannte sie und hielt nicht eher an, bis sie in ihrem Zimmer stand.

Hanna schwor sich, ihre Neugierde in Zukunft besser unter Kontrolle zu haben. So etwas sollte ihr nicht noch einmal passieren!

Die ganze Woche darauf hatte Hanna Spätdienst. Am letzten Abend dieser Schicht war sie froh, endlich Feierabend zu haben. Morgen musste sie einen Teil von Lenis Frühdienst übernehmen. Ob sie inzwischen davon erfahren hatte, dass Hanna die Röntgenausbildung machen sollte? Ihren missmutigen Blicken nach zu urteilen, wusste sie dies bereits, doch Hanna hatte bisher vermieden, sie darauf anzusprechen.

Auf der Treppe kam ihr Clemens entgegen. Jedes Mal, wenn sie ihn sah, schlug ihr Herz schneller. Seine Blicke und die Berührungen, die nicht mehr nur zufällig sein konnten, hatten Hanna mehr und mehr gefangen genommen.

Mucksmäuschenstill war es im Haus. Die meisten Patienten schliefen. Die Kolleginnen, die Nachtdienst hatten, saßen im

Stationszimmer, und am besten gefiel Hanna, dass die Oberin frei hatte. Die hielt nämlich in Manier der Sittenpolizei stets ein strenges Auge auf die beiden.

»Ich wünsche dir einen schönen Feierabend, Sonnenschein.« Sanft berührte Clemens sie am Arm.

Hannas Herz tat einen Sprung. »Den wünsche ich dir auch.« Sie blickte verlegen zur Seite, schob dann aber ihre Bedenken, dieses wunderschöne Gefühl nicht zulassen zu dürfen, beharrlich von sich.

Sie wollte das.

Jetzt.

Wieder versank sie in den meerblauen Augen, die sie begehrlich betrachteten. Clemens' Hand wanderte an ihrem Arm herab. Ihre Hände berührten sich und sie flochten ihre Finger ineinander.

In Hannas Bauch tanzten die Schmetterlinge Tango, sie wünschte, die Zeit bliebe stehen.

Langsam näherte sich sein Gesicht, seinen Atem spürte sie als sanften Hauch auf ihrer Haut. Ihre Nasen stießen leicht aneinander. Einen Moment hielten sie inne, schließlich berührten sich zaghaft ihre Lippen. Zärtlich und warm durchströmte das Glück ihren Körper.

Das Licht ging aus. Irgendwo fiel eine Tür ins Schloss. Hanna schreckte kurz zurück, doch Clemens legte seine Hand in ihren Nacken und zog sie wieder zu sich. Sein Kuss wurde fordernder, und ein bislang unbekanntes Glücksgefühl berauschte ihre Sinne. Im Schutz der Dunkelheit schlang sie die Arme um ihn und ging mit Hingabe auf seine Forderung ein.

Plötzlich wurde unten eine Tür aufgerissen. Das Licht ging an, und im selben Augenblick ertönte die Stimme der Oberin.

Entsetzt sah Hanna zu Clemens, riss sich von ihm los und rannte nach oben.

»Guten Abend, Frau Oberin«, hörte sie ihn mit heiserer Stimme sagen. »Sie verbringen sogar Ihren freien Abend hier?«

Die Oberin grummelte etwas Unverständliches. Hanna war sicher, dass sie ihr an der Nasenspitze ansähe, was eben geschehen war, und lief schnell weiter in ihr Zimmer.

Dass sie die Vertretung für Leni übernehmen musste, ärgerte Hanna. So hatte sie Gerda schon wieder am Hals. Verdrießlich räumte sie das Frühstücksgeschirr der Patienten ab. Plötzlich klagte einer über entsetzliches Herzrasen. Hanna kümmerte sich sofort um ihn und maß den Puls. Immer mehr Patienten klagten jetzt über Beklemmungsgefühle und Unwohlsein. Sie eilte von Bett zu Bett, fand jedoch keine Erklärung für diese merkwürdige Epidemie.

Kurz darauf stürmte die Oberin in den Saal, Gerda im Schlepptau. »Was ist hier los?«, fragte sie streng und beäugte die Patienten mit skeptischer Miene.

Hanna wollte gerade antworten, da fiel ihr Gerda ins Wort, während sie die Stirn eines Patienten fühlte. »Herr Mogels, haben Sie denn heute Morgen nicht ihre Herztabletten eingenommen? Diese dicken grünen?«

Mogels dachte einen Moment nach. »Ich glaube, die waren heute nicht dabei.«

Die Augen der Oberin verengten sich zu Schlitzen. »Wer hat gestern Abend die Medikamente sortiert?«

»Die Hanna«, brachte Gerda eilig hervor.

Hanna sah erschrocken auf. Es stimmte, doch woher konnte Gerda das wissen?

»Mitkommen!«, befahl die Oberin, nachdem die Patienten versorgt waren und ging energisch ins Stationszimmer.

Hanna hatte das Gefühl, unter dem prüfenden Blick der Oberin zu verglühen. »Ich bin mir sicher, dass ich die Tabletten nicht vertauscht habe, Frau Oberin. Ich habe das schon so oft gemacht, und bisher war es immer richtig gewesen.«

»So etwas darf einfach nicht passieren, Hanna!«

Tränen drängten sich in Hannas Augen.

»Das wirft kein gutes Licht auf unser Haus«, presste die Oberin hervor. »Ich will nur hoffen, dass keiner der Offiziere das meldet.«

Hanna schluckte. Die Offiziere bereiteten ihr weniger Sorge.

»Weil ich Sie jedoch als sehr zuverlässig kenne, werde ich es dieses Mal bei der Verwarnung belassen. Aber seien Sie achtsam! Ein weiteres Mal und es wird schlimme Folgen haben!«

»Danke, Frau Oberin.«

»Gehen Sie jetzt.« Sie machte eine Handbewegung, als wolle sie eine Fliege verscheuchen.

Als Hanna aus dem Stationszimmer trat, stand Gerda mit verschränkten Armen und schadenfroher Miene im gegenüberliegenden Türrahmen. Hanna wollte nur noch weg. »Bist du jetzt zufrieden?«, zischte sie der Hilfsschwester im Gehen zu.

Am nächsten Morgen stand Diedrich Fendl im Flur und sah sich suchend um. Als er Hanna entdeckte, hielt er zielstrebig auf sie zu. »Schwester Hanna, was für eine Freude!«

Innerlich stöhnte sie auf.

»Ich dachte mir, bei diesem schönen Wetter sollten wir beide einen ausgedehnten Spaziergang machen. Das wäre so herrlich, an Ihrer Seite im Englischen Garten zu lustwandeln.«

Hanna traute ihren Ohren nicht. Im Hintergrund sah sie Clemens, der mit verschränkten Armen am Türpfosten lehnte und sich köstlich über Hannas entsetztes Gesicht zu amüsieren schien.

Hinter Clemens erschien auf einmal Gerda, der sofort die Kinnlade herunterklappte.

»Sie sehen ja, dass ich im Dienst bin. Tut mir leid«, sagte Hanna reserviert zu dem SS-Mann. »Zudem strengen mich lange Spaziergänge noch zu sehr an, Sie wissen ja, mein Herz.«

»Oh ja, natürlich. Schade, äußerst schade. Dann gehen wir eben ein anderes Mal. Aufgeschoben ist ja nicht aufgehoben, nicht wahr?« Er verabschiedete sich und steuerte auf die Treppe zu, wo Gerda ihn abfing und in ein Gespräch verwickelte.

Indes kam Clemens grinsend zu Hanna. »Oh, là là«, raunte er ihr ins Ohr. »Da haben wir aber einen äußerst hartnäckigen Verehrer, was?«

Hanna verzog das Gesicht und gab Clemens lachend einen Nasenstüber. Im Hintergrund tauchte die Hilfsschwester wieder auf und bedachte Hanna mit einem kalten Blick. In einer eindeutigen Geste legte Gerda die Kante ihrer flachen Hand vor den Kehlkopf und zog sie schnell zur Seite.

Reservelazarett I
Lazarettstraße 10, München

Januar 1944

»Schon wieder unscharf!« Hanna zog das frisch entwickelte Röntgenbild aus dem Entwickler und besah kritisch das Ergebnis im roten Dämmerlicht der Dunkelkammerleuchte.

»Jetzt kommt erst einmal die Zwischenwässerung und das zehnminütige Fixierbad, damit die nicht belichteten Silberhalogenide alle ausgewaschen werden«, mahnte ihre Ausbilderin Sieglinde. »Ansonsten dunkelt unser Bild zu stark nach und die diagnostische Information ist futsch. Und nach der ausgiebigen Schlusswässerung können wir uns bei Tageslicht in aller Ruhe ansehen, ob das Bild scharf ist oder nicht.« Sie drückte ihre Brille enger an den Nasenrücken und widmete sich wieder den Chemikalienbehältern, die sie sortierte.

Hanna wunderte sich, dass Sieglinde bei dem Dämmerlicht überhaupt etwas von der Schrift darauf entziffern konnte. Den dicken Gläsern ihrer Brille nach zu urteilen, musste sie fast blind sein.

»Das dauert aber auch wieder so lange!« Hanna wollte endlich wissen, ob ihr die Röntgenaufnahme diesmal gelungen war. Bisher hatte sie nicht so viel Glück gehabt – oft hatten die Patienten nicht lange genug bewegungslos in der Position verharrt, in die Hanna sie gebracht hatte, und manchmal hatte sie die Patienten zu weit entfernt von der Röntgenfilmkassette platziert, was jedes Mal zu Verwacklungen geführt hatte.

Mit der Laborzange entnahm sie das Bild dem Wasserbad, legte es in die Kippschale mit dem Fixierer und wippte sie sanft hin und her.

»Hanna, vergiss nicht, ständig die Temperatur von Chemie und Wasser zu kontrollieren«, mahnte Sieglinde, ohne von ihrer Arbeit aufzuschauen. »Zwanzig Grad müssen es sein.«

Hanna nickte und überprüfte geflissentlich die Temperatur. Sie war froh, dass Schwester Sieglinde eine so kameradschaftliche Einstellung hatte. Nie spielte sie sich ihr gegenüber auf, nur weil sie im Rang höher stand. Sie begegnete den Menschen stets auf Augenhöhe und hatte sich Hanna gegenüber, auch bei wiederholten Fehlern, bislang ruhig und gerecht verhalten.

Nachdem Sieglinde das Licht eingeschaltet hatte, erkannte Hanna auf Anhieb, dass das Bild nichts geworden war. Alles erschien verwaschen: der weiße Oberschenkelknochen, der sich eigentlich von seiner Umgebung deutlich hätte abgrenzen müssen, verschwamm mit der grau dargestellten Muskulatur.

Hanna verdrehte die Augen. »Mensch, schon wieder nichts!« Am liebsten hätte sie das Röntgenbild in die nächste Ecke gepfeffert, doch sie beherrschte sich.

»Lass mal sehen!« Sieglinde nahm ihr das Bild aus der Hand und hielt es gegen das Licht. »Das sieht mir stark nach einer Streustrahlung aus. War denn das Streustrahlenraster nicht vor der Filmkassette angebracht?«

Streu-strahlen-raster. Hanna konnte sich nicht erinnern, dieses Wort je gehört, geschweige denn, so ein Ding jemals gesehen zu haben.

Sieglinde lachte. »Ich sehe schon – über deinem Kopf schwebt ein riesiges Fragezeichen. Komm mit.«

Hanna folgte ihrer Ausbilderin zum Röntgenapparat, wo sie ihr mit einer Engelsgeduld alles noch einmal erklärte. Sie holte ein großes, rechteckiges Ding aus dem Regal hervor. »Das, liebe Hanna, ist das gute Stück. Das musst du hier oberhalb der Filmkassette in diese Schienen schieben, und schon verhindert es die Streustrahlung, wie wir sie auf dem Röntgenbild eben hatten.«

So viel Neues war zu erlernen. Für Hanna war das alles sehr aufregend, aber auch anstrengend. Freie Zeit war für sie zum reinen Luxus geworden, von geregelten Arbeitszeiten wie in der Antonienstraße konnte sie hier nur träumen. Der weite Weg in die Lazarettstraße und wieder zurück nahm viel Zeit in Anspruch. Zeit, die sie nicht mit Clemens verbringen konnte. Hanna wurde immer stärker bewusst, wie sehr sie ihn vermisste.

»Schwester Hanna, bringen Sie den nächsten Patienten zu Dr. Zaum.« Wie in jedem Lazarett regierte auch hier eine Oberin mit strenger Hand und behielt stets den Überblick.

Hanna eilte zu dem Tisch, auf dem die Patientenkarten zur Abholung bereitlagen. Sie nahm die oberste Karte vom Stapel, klappte sie auf und warf einen kurzen Blick darauf. Ein Oberstleutnant war an der Reihe.

»Graf von Stauffenberg, bitte!«, rief sie den nächsten Patienten im Wartezimmer auf.

Ein stattlicher Mann in einer feinen Uniform erhob sich von seinem Stuhl und lächelte sie freundlich an. Das linke Auge wurde von einer Augenklappe verdeckt, seinen rechten, verbundenen Arm trug er in einer Schlaufe. Die Hand fehlte.

Die Blicke der anderen wartenden Patienten ließen eine Art Ehrfurcht vor diesem Herrn vermuten. Nicht, dass es an seinen zahlreichen Verwundungen gelegen hätte. Man konnte einfach nicht anders, als ihm eine gewisse Aufmerksamkeit entgegen zu bringen.

Hannas Blick blieb zunächst an Stauffenbergs Lippen hängen. Noch nie hatte sie solch schön geformte Lippen bei einem Mann gesehen. Er räusperte sich kurz, verlegen wandte Hanna den Blick ab. An seine Uniform waren verschiedene Auszeichnungen geheftet. Ein großer, schimmernder Orden, der unterhalb seiner rechten Brusttasche prangte, fiel Hanna sofort ins Auge. In der Mitte des Ordens war ein schwarzes Hakenkreuz auf weißem Grund, umgeben von einem stilisierten Lorbeerkranz in glänzendem Gold. Nach außen hin hatte der Orden die Form eines achtstrahligen Sterns, der in dunklem Silber prunkte.

»Ein Spiegelei«, sagte von Stauffenberg, der ihren Blick bemerkt haben musste.

Hanna sah ihn erstaunt an.

»Deutsches Kreuz in Gold«, erklärte er mit einem Hauch von Belustigung in der Stimme. »Manch einer nennt es schlicht ›Spiegelei‹.«

»Ach so«, antwortete sie. »Und ich dachte schon, Sie wollten bei mir etwas zu essen bestellen.«

Er begann lauthals zu lachen.

Hanna begleitete ihn über den Flur. »Hier entlang bitte.«

Sie klopfte zaghaft an Dr. Zaums Behandlungszimmertür. Keine Reaktion. Für gewöhnlich ertönte von der anderen Seite der Tür stets ein zackiges ›Ja bitte!‹. Hannas Blick traf sich mit dem des Oberstleutnants.

»Der Herr Doktor hat bestimmt schon Feierabend gemacht und ist zum Rodeln in die Berge gefahren«, scherzte er.

Hanna lachte auf. Erneut klopfte sie, diesmal kräftiger.

»Ja bitte!«

Während sie die Tür öffnete, um den Patienten einzulassen, raunte sie ihm leise zu: »Das Rodeln ist wohl abgesagt worden.« Sie schloss die Tür, wandte sich zum Gehen und erschrak. Dicht hinter ihr stand die Oberin und sah sie streng an. »Gehen Sie zum Röntgenraum, ich mache hier weiter.«

Mit glühenden Wangen eilte Hanna davon.

Es dauerte nicht lange, bis Graf von Stauffenberg im Röntgenzimmer erschien. Hanna wies ihm den Stuhl neben dem Röntgentisch und platzierte seinen freigelegten Unterarmstumpf auf der Platte. Dabei besah sie sich interessiert die amputierte Stelle. »Das ist sehr schön verheilt. Sie hatten einen guten Operateur, wie mir scheint. Wie ist das pass… wie lange ist das jetzt her?«

Von Stauffenberg bedachte Hanna mit einem freundlichen Lächeln. »April letzten Jahres, bei einem Tieffliegerangriff in Nordafrika. Dort habe ich auch den Rest verloren.« Er wies mit der linken Hand auf die Augenklappe und wackelte gleichzeitig mit den drei verbliebenen Fingern. »Die letzten Operationen hat Dr. Sauerbruch in Berlin vorgenommen – ein wahrer Könner.«

»Haben Sie Probleme mit dem Arm, dass Sie hier sind?«

»Nein, ich soll bald eine Prothese bekommen.«

Hanna fand, dass noch nicht einmal die Augenklappe diesen Mann entstellen konnte. Trotz seines relativ hohen Alters wirkte er sehr attraktiv, und ihr Blick blieb wieder an seinen sinnlichen Lippen kleben.

Sofort musste sie an Clemens denken und an seine betörenden Küsse.

Dass sie jemanden einmal so sehr lieben würde, hätte sie nie für möglich gehalten. Es war nicht nur Schwärmerei, Hanna hatte schnell gemerkt, dass da mehr war. Sie liebte Clemens mit jeder Faser ihres Seins und spürte, dass auch er sie aufrichtig liebte. Es fühlte sich an, wie im Leben angekommen zu sein. Und Hanna konnte sich nicht vorstellen, auch nur einen Schritt in ihrer Zukunft ohne ihn zu tun.

Von Stauffenbergs Räuspern holte sie in die Wirklichkeit zurück. Er lächelte und sah sie so eindringlich an, als wolle er versuchen, ihre Gedanken zu lesen.

»Fangen wir an?«, fragte er schließlich.

Womit, wollte sie schon fragen, hielt sich aber im letzten Moment zurück.

Theater am Platzl
München
29. Januar 1944

Im Platzl war mal wieder der Teufel los. Soldaten, Männer in Zivil, ebenso junge wie ältere Frauen saßen und standen bunt gemischt in Erwartung des baldigen Auftritts auf ihren Plätzen, unterhielten sich, scherzten, lachten, tranken.

»Dort hinten ist noch was frei!« Clemens zeigte auf einen kleinen runden Tisch. Hanna lief schnell hin, um die raren Plätze für sich und ihre Begleiter zu sichern. Sie hatte schon so viel Lustiges über Weiß Ferdl gehört und konnte ihn heute Abend endlich einmal selbst erleben. Neugierig sah sie sich in dem Szenelokal um, in dem sie vor mehreren Monaten Ilse Werner erlebt hatte. In der Nähe der Bühne entdeckte Hanna einen Polizisten, der mürrisch vor sich hin starrte. Hatte Resi also Recht gehabt! Hanna hatte ihr nicht glauben wollen, dass bei den Vorstellungen des Theaterchefs ständig ein Polizist anwesend war, weil Ferdls Zunge manchmal gar zu spitz das Regime aufs Korn nahm.

Bertha, die seit Langem einen freien Abend bekommen hatte, begleitete sie. Peter war nicht dabei, ihn hatte ein Einsatzbefehl irgendwo in den Westen abkommandiert, und Hannas Freundin vermisste ihn schmerzlich.

Clemens steuerte mit drei vollen Maßkrügen auf den kleinen Tisch zu. »Mei, ist hier was los«, sagte er, als er sich neben sie setzte. »Das Interesse an Ferdls Auftritten reißt nicht ab.« Er legte seine Hand auf ihre und zwinkerte ihr zu. »Es ist schön, mit dir hier zu sein.«

Hanna erwiderte sein Lächeln. »Und mit dir erst!« Es war einer der wenigen Momente in den letzten Wochen, die sie für sich hatten.

Hanna hatte einen guten Blick auf die Bühne und konnte zudem das Geschehen im Lokal überblicken. Die Leute zu beobachten fand sie faszinierend. Bertha, die sich mit einem Bekannten unterhalten hatte, kam ebenfalls an ihren Tisch.

Auf der Bühne ging das Licht an, im Zuschauerraum erlosch es. Tosender Applaus brandete auf, als Ferdinand Weisheitinger auf die Bühne trat. Seine knollige Nase und der Melonenhut, den er trug, verliehen ihm einen pfiffigen Ausdruck. Ferdl trug einen großen braunen Koffer und stellte ihn mitten auf die Bühne. Er blieb stumm und blickte schelmisch durch das Publikum. Als der Applaus abebbte, setzte er eine wichtige Miene auf, zeigte auf den Koffer und erklärte: »Da ist unsere Regierung drin!«

Verhaltenes Lachen ertönte im Zuschauerraum, das anschwoll, als der Polizist prompt auf die Bühne stieg und dem Komödianten befahl, unverzüglich den Koffer zu öffnen. Von ganz hinten erschollen laute Pfiffe. Hanna, Clemens und Bertha reckten ihre Köpfe in die Höhe, um nichts zu verpassen.

Ferdl sah den Polizisten mit gespielter Unschuld an, blickte wieder zum Publikum und ging in die Hocke. Schließlich öffnete er umständlich und breit grinsend das Gepäck. Der Polizist schaute auf den geöffneten Koffer, bückte sich ebenfalls hinunter und durchsuchte den Inhalt, er wühlte regelrecht darin herum. Erbost blickte er zu Ferdl. »Das sind ja alles Lumpen!«

Ferdls schelmisches Grinsen wurde noch eine Spur breiter. »Das haben Sie gesagt!« Sogleich verließ er unter tosendem Applaus die Bühne.

Hanna schlug sich auf die Schenkel vor Lachen.

Der Theaterchef betrat erneut die Bühne, diesmal mit vier kleinen Schweinen an einer Leine. Eines war im Vergleich zu den anderen besonders dick.

Ein merkwürdiges Gefühl beschlich Hanna, als ob sie sich über das, was sie erlebte, nicht richtig freuen dürfe. Aber warum sollte sie sich ihre gute Stimmung vermiesen lassen?

Sie atmete tief ein und konzentrierte sich weiter auf das Programm.

»Darf ich vorstellen?«, begann Ferdl mit verschmitztem Grinsen und zeigte der Reihe nach auf jedes einzelne Schwein. »Das ist Sohn Mann, dies hier ist Tochter Mann, hier haben wir Frau Mann, und das dicke Schwein hier, das ist Herr-Mann!«

Wieder musste Hanna herzhaft lachen. Verstohlen sah sie sich um. Nicht dass sie noch verhaftet würde, weil sie sich über einen Göring-Witz amüsierte. Aber das gesamte Publikum klatschte Beifall und der Polizist verhielt sich bis zum Ende der Vorstellung ruhig.

Zwei Wochen später erzählte Hedwig, dass sie im Theater am Platzl ebenfalls eine von Ferdls Vorstellungen besucht habe. »Zum Glück haben sie ihn wieder freigelassen«, merkte sie an.

»Ist er etwa verhaftet worden?«, erkundigte sich Hanna verwundert.

»Aber ja doch, hast du nichts davon mitbekommen? Kurz nach der Vorstellung, die du mit Clemens und Bertha besucht hast, haben sie ihn eingebuchtet.«

»Das habe ich nicht gewusst.« Im Grunde wunderte es Hanna jedoch nicht, dass die Regierung seine recht deftigen Scherze nicht ungestraft hinnehmen wollte.

»Aber sie haben ihn ja nicht allzu lange festgehalten«, fuhr Hedwig fort.

»Das ist gut«, beschied Hanna. »Und, wie war die Vorstellung?«

»Großartig!«, schwärmte Hedwig. »Er hat sogar wieder die vier Schweine auf der Bühne gehabt, von denen du mir erzählt hattest.«

»Das hat der sich getraut? Der ist wirklich von allen guten Geistern verlassen. Hieß das dicke Schwein immer noch Herr-Mann?«

Hedwig lachte. »Nein. Er hat nur auf das Schwein geschimpft und gerufen: ›Und wegen dem dicken Schwein da saß ich im Gefängnis!‹«

Hanna lachte, aber insgeheim bewunderte sie Ferdl Weisheitinger für seinen Mut, sich nicht den Mund verbieten zu lassen. Oder war es Leichtsinn? Sie würde sich so etwas nicht trauen. Niemals würde sie eine Verhaftung riskieren, nur, um einen Spaß über die hohen Herren zu machen.

Aber vielleicht sollte man sich solch eine Haltung zum Vorbild nehmen.

Winkel in der Eifel

Ende Februar 1944

Hanna wischte sich mit dem Handrücken die Stirn, fuhr aber sogleich wieder fort, die Bürste fest auf dem Küchenboden kreisen zu lassen. Obwohl ihre Knie bereits schmerzten, wollte sie auf keinen Fall eine Pause einlegen. Sie hatte sich fest vorgenommen, die alten Kacheln zum Glänzen zu bringen. Auch, wenn das bedeutete, ihre wenigen freien Tage, die sie bei der Familie war, mit Putzen zu verbringen.

»Du tust gerade so, als bekämen wir hohen Besuch«, beschwerte sich Großvater über den Rand der Zeitung hinweg, als sie ihm bedeutete, die Füße anzuheben.

»Das ist ja auch der Fall«, entgegnete sie und kippte das restliche Wasser aus dem Blecheimer schwungvoll in seine Richtung. Großvater schüttelte den Kopf. »Was willst du denn überhaupt mit so einem … Städter?«

»Das verstehst du nicht«, knurrte sie ungehalten. Warum war Großvater nur so stur? Konnte er sich nicht einfach für sie freuen? Sie war so aufgewühlt, weil sie am nächsten Tag Clemens den Eltern vorstellen würde. Natürlich hoffte sie, dass sie sich gut verstanden, doch nun verhagelte Großvater ihr die ganze Vorfreude. Ob er auch so mürrisch reagieren würde, wenn Clemens vor ihm stand?

»Seit drei Tagen bist du nun hier, tagein tagaus am putzen und polieren. Meinst du nicht, du übertreibst es ein bisschen? So sauber hatten wir es ja noch nicht einmal an Weihnachten.«

»Clemens soll halt einen guten Eindruck von uns bekommen«, erklärte Hanna und machte sich daran, das Wasser mit dem Lappen aufzuwischen.

»Und den bekommt er nur, wenn alles blitzt und blinkt?«

Hanna verdrehte die Augen. »Lass mich einfach.«

Am nächsten Morgen ließ sich Hannas Aufregung kaum noch bändigen. Sie räumte gerade die gespülten Tassen in den Schrank, als es an der Haustür klopfte. Schnell lief sie hin, doch ihr kleiner Bruder Heinz war schneller gewesen. Wie ein junger Bulle posierte er in der geöffneten Tür und starrte Clemens aus großen Augen an.

»Willst du unseren Besuch nicht rein lassen?«, schimpfte Hanna und schob Heinz von der Tür weg. Als sie Clemens erblickte, raste ihr Puls noch mehr. Endlich war er da!

»Guten Tag, Hanna«, begrüßte er sie und reichte ihr die Hand. Hanna zog ihn forsch zu sich und gab ihm einen Kuss. Hinter sich hörte sie ein Kichern. Sie drehte sich um und spürte sofort, wie ihr die Hitze ins Gesicht schoss. Die gesamte Familie drängte sich im engen Flur.

Der Reihe nach stellte sie Clemens allen Familienmitgliedern vor. Großvater murmelte eine knappe Begrüßung, die wohl nur der liebe Gott hören konnte und schlurfte sofort in die Küche. Die Eltern waren betont höflich zu Clemens, Vater bat ihn sogar in die gute Stube. Wie nicht anders zu erwarten, folgten ihre Geschwister auf dem Fuße und ließen Clemens nicht mehr aus den Augen. Am Morgen hatten sie noch darüber gerätselt, wie so ein Städter wohl aussehen möge, doch nun hatte es den Anschein, als seien sie angenehm überrascht.

Vater scheuchte die Kinder alsbald aus der Stube hinaus und beauftragte Hanna, Kaffee zu kochen.

Belustigt grinste sie in sich hinein – er tat gerade so, als hätten sie echten Kaffee. Doch sie erhob keinen Einwand.

Als Mutter sie in die Küche begleitete, wunderte sie sich ein wenig. »Bleib doch in der Stube, Mutter. Ich mach das schon alleine.«

Doch Mutter zog die Tür hinter sich zu. »Vielleicht sollten wir Vater eine Weile mit deinem Clemens alleine lassen. Er will ihm sicher ein wenig auf den Zahn fühlen.«

Hanna sah sie entgeistert an. »Will er ihn jetzt verhören, oder was?«

»Wir wollen halt wissen, mit wem du dich so abgibst«, sagte Mutter in gutmütigem Tonfall.

»Mutter! Ich bin seit beinah vier Jahren aus dem Haus, und jetzt fangt ihr an, euch zu fragen, mit wem ich mich abgebe?«

Englischer Garten
München
18. März 1944

»Ist das nicht ein herrlicher Tag?« Hanna schmiegte sich noch enger an Clemens, mit dem sie durch den Englischen Garten spazierte. Sie überquerten eine kleine Holzbrücke, die über den Schwabinger Bach führte, und gingen den schmalen Pfad weiter am Bach entlang. Der Frühling hatte endlich Einzug gehalten. Hier und da lag noch ein wenig Schnee, doch dazwischen streckten erste Krokusse ihre Köpfe der Sonne entgegen, und die Zugvögel kehrten nach und nach zurück.

»Herrlich ist untertrieben«, antwortete Clemens mit strahlendem Lächeln. »Dienstfrei, Sonnenschein und du an meiner Seite. Was will man mehr? Ich bin der glücklichste Mann der ganzen Welt! Lass uns doch hier auf der Bank ein wenig rasten.«

Sie ließen sich auf der Holzbank nieder, die am Ufer des Baches stand und einen wunderschönen Ausblick auf einen großen Teil der Parkanlage bot. Clemens legte seinen Arm um Hanna und drückte sie fest an sich. Sie war überglücklich, die freie Zeit mit ihm zu verbringen.

Im Lazarett mussten sie stets achtgeben, dass die Oberin sie nicht beim Turteln erwischte. Oder Gerda, die das gewiss der Alten zutragen würde.

Hier waren sie frei von den Zwängen, denen sie in der Antonienstraße unterlagen, und konnten einander ihre Zuneigung offen zeigen.

Hanna legte den Kopf auf Clemens' Schulter, da hörte sie auf einmal ein Schnattern hinter sich. Sie drehte sich um und sprang begeistert auf. »Clemens, schau mal, zwei Schwäne!«

Clemens seufzte. »Ganz toll.«

Was er nur hatte? Sie setzte sich wieder und beobachtete weiter die beiden Schwäne. »Sieh nur, die stecken ihre Köpfe zusammen.«

»Die sind bestimmt genauso verliebt wie wir!« Er lächelte, doch er wirkte nervös.

Eine Frau mit Kinderwagen näherte sich, im Wageninneren fing es plötzlich an zu plärren. Ein paar Schritte vor ihnen blieb die Frau stehen und nahm das Kind aus dem Wagen.

Wieder seufzte Clemens schwer. Und als von der anderen Seite des Parks eine größere Menschentraube heranspaziert kam, schnalzte er verärgert mit der Zunge und schüttelte den Kopf. »Meine Güte!«, platzte er heraus.

»Was hast du denn?«, fragte Hanna verwundert.

»Ganz schön viel Betrieb hier für einen gewöhnlichen Samstag.«

Sie zuckte die Schultern. »Die wollen halt auch das schöne Wetter genießen.«

Nachdem auf dem schmalen Weg wieder Ruhe eingekehrt war, drehte sich Clemens zu ihr. »Hanna«, begann er, »wir kennen uns nun schon eine ganze Weile.«

»Hmm«, bestätigte sie träumerisch und beobachtete weiter die Menschen, die in einiger Entfernung im Park unterwegs waren. Zwischen zwei Bäumen hüpfte ein rotes Eichhörnchen aufgeregt hin und her. »Schau nur, wie süß – ein Eichhörnchen!«, rief sie begeistert.

Clemens hielt Hanna am Arm, drehte sie zu sich und sah sie eindringlich an. »Hanna, hör mir doch bitte mal zu! Einen kurzen Moment nur!« Er atmete tief ein. »Wir kennen uns nun schon eine ganze Weile.«

»Das hast du doch eben schon gesagt«, rief sie lachend.

»Hanna, bitte! Schsch.« Er legte seinen Zeigefinger auf ihre Lippen, was sie zum Kichern brachte. »Wir kennen uns schon eine ganze Weile, und ich bin zu dem Schluss gekommen, dass ich ohne dich nicht mehr sein will. Alles, was ich bin und was ich habe, lege ich dir zu Füßen.«

Hanna schluckte und sah ihn groß an. Sie nahm seinen Finger von ihren Lippen und hielt seine Hand.

Fest blickte er ihr in die Augen. »Und deswegen dachte ich mir …« Er entzog ihr die Hand, kramte aus seiner Jackentasche ein blaues Kästchen hervor und öffnete es mit zitternden Fingern. Ein goldener Ring steckte darin.

»Willst du mich heiraten?«

Tränen schossen ihr in die Augen und verschleierten ihren Blick. »Ja! Ja, Clemens, ja!«, rief sie begeistert aus und umarmte ihn stürmisch. Dann küssten sie sich innig.

Jetzt löste sich Clemens aus Hannas Armen und griff in das Kästchen. Behutsam steckte er ihr den Ring an den Finger. »Jetzt bist du *mein* Sonnenschein!«

Hanna war wie verzaubert. Abwechselnd betrachtete sie den wunderschönen Ring, in den ein kleiner Amethyst eingearbeitet war, und Clemens, ihren zukünftigen Ehemann.

Es fühlte sich großartig an, verlobt zu sein!

Plötzlich heulten Sirenen los.

Hanna schreckte hoch. »Oh nein! Clemens, was sollen wir nur tun?«

Mitten im Englischen Garten gab es keine Schutzeinrichtung. Der Weg zum nächsten Luftschutzkeller hätte weitaus mehr als zehn Minuten in Anspruch genommen, und zehn Minuten zwischen Alarm und Angriff waren die Faustregel.

Hanna war in großer Sorge. Clemens hingegen blieb die Ruhe selbst. »Wir bleiben hier sitzen und genießen den Sonnenschein!«

Hanna starrte ihn entsetzt an. »Und wenn die Flieger kommen? Und eine Bombe auf uns werfen?«

Er klopfte mit der flachen Hand auf den Platz neben sich. »Setz dich wieder zu mir. Wir haben uns eben verlobt. Da werden die Amis sich nicht trauen, eine Bombe auf uns zu werfen.«

»Ja, sicher! Als ob das so einfach wäre!«

»Natürlich! Was denkst du denn? Ich habe heute Morgen bei Präsident Roosevelt angerufen und gesagt, dass ich mich im Englischen Garten in München mit der schönsten Frau des

Universums verloben werde, und dass er sich unterstehen soll, eine Bombe auf uns werfen zu lassen!«

»Oh Clemens, du bist ja verrückt!« Hanna konnte trotz ihrer Sorge ein Lachen nicht unterdrücken.

Als er immer noch keine Anstalten machte, das Weite zu suchen, setzte sie sich voller Zweifel wieder zu ihm. »Wir können doch nicht einfach so hier sitzen bleiben!« Sie rutschte unruhig auf der Bank hin und her.

»Doch, können wir! Bisher hat es noch nie einen Tagesangriff auf München gegeben. Warum also ausgerechnet heute?«

Keine Menschenseele hielt sich mehr im Englischen Garten auf. Alle, die unterwegs gewesen waren, hatten sich einen schützenden Platz gesucht.

»Jetzt haben wir sogar den Englischen Garten ganz für uns allein! Das sollten wir feiern!« Clemens stand auf und zog Hanna mit sich. Er hielt sie an beiden Händen und begann, sich mit ihr im Kreis zu drehen. Im ersten Moment machte Hanna mit, ließ sich anstecken von seiner Sorglosigkeit, vergaß für einen kurzen Augenblick die drohende Gefahr und tanzte mit ihm durch den menschenleeren Stadtpark. Doch dann stoppte sie abrupt und schüttelte den Kopf. »Du bist echt wahnsinnig!«

Mit einem Mal erfüllte ein tiefes Brummen die Luft.

»Jetzt kommen sie doch!«, warf sie ihm vor. »Lass uns wenigstens dort hinten unter die Tannen gehen, damit sie uns nicht sehen können.«

Hand in Hand liefen sie so schnell sie konnten auf die schützende Baumgruppe zu, die etwa fünfzig Meter entfernt stand. Am Himmel erschien eine Formation unzähliger fliegender Festungen, gesäumt von Begleitjägern, die offenbar ohne jede Gegenwehr von deutscher Seite ihren Kurs auf München hielten. Kein Flakfeuer war zu hören. Die feindlichen Bomber steuerten direkt auf sie zu.

Völlig außer Atem kam das Paar bei den Tannen an und kroch unter das Geäst. Clemens lehnte sich an einen Baumstamm, Hanna stützte die Hände auf ihre Knie, langsam beruhigte sich ihr Atem.

Das Kreischen der Bomben schmerzte Hanna in den Ohren, nach jeder Detonation zitterte der Boden, sogar die Äste wackelten. Entsetzt warf sie sich in Clemens' Arme und krallte sich an seiner Jacke fest. »Ich habe solche Angst!«, schrie sie auf.

Er erwiderte etwas, doch sie verstand seine Antwort nicht, weil die Bomber nun genau über ihren Köpfen hinwegflogen.

Lazarett Hauswirtschaftsschule
München

25. April 1944

Hanna trommelte mit den Fingern auf die Tischplatte. Je weiter der Abend voranschritt, umso nervöser wurde sie. »Meine Güte, Hanna, was ist denn nur los mit dir?«, fragte Bertha, mit der sie im Stationszimmer bei einer Tasse dünnem Tee saß. »Willst du dich mit der Trommelei wachhalten oder was?«

»Ich bin ausgeschlafen«, entgegnete Hanna kopfschüttelnd. »Der Nachtdienst hat ja den Vorteil, dass man vormittags nur selten von den Sirenen geweckt wird.«

»Und was plagt dich dann?«

»Ich bin wieder zur Brandwache eingeteilt.«

»Schon wieder? Du Arme! Aber vielleicht hast du ja Glück. Es hat doch schon über einen Monat nur Störalarm gegeben. Heute Nacht wird es nicht anders sein.«

»Schön wär's!« Hanna fiel es zunehmend schwer, sitzen zu bleiben. Sie blickte auf die Uhr und seufzte. »Erst halb eins! Ich glaube, ich drehe nochmal eine Runde.«

Auf der Station herrschte vollkommene Stille. Im Schein der Flurbeleuchtung schritt Hanna durch den Krankensaal und sah nach den Patienten. Gleichmäßiges Atmen verriet ihr, dass sie schliefen. Manche warfen sich im Traum unruhig hin und her, andere schnarchten.

Einer jedoch war wach und starrte an die Zimmerdecke. Hanna ging hin und beugte sich zu ihm herunter. Tränen standen in seinen Augen.

Um die anderen nicht zu wecken, flüsterte sie: »Haben Sie Schmerzen?«

Der Verwundete schüttelte den Kopf. Neben dem Bett stand ein Stuhl, sie setzte sich schweigend hin. Eine ganze Weile saß sie so neben ihm. Er sagte nichts.

Inzwischen hatte sich Hanna an den schwachen Lichtschein gewöhnt. Der Patient war erst seit dem Morgen hier und Hanna wusste weder seinen Namen noch etwas über seine Verletzung. Er trug eine Gipsschiene am linken Bein und einen Verband am linken Arm. Tränen liefen ihm über die Wangen, doch kein Laut kam über seine Lippen, nicht das leiseste Schluchzen.

Hanna konnte nicht nachvollziehen, warum Männer so erpicht darauf waren, ihre Gefühle zu verbergen. Geteiltes Leid wurde um einiges erträglicher, als wenn man die schwere Last alleine mit sich herumschleppte, die einen irgendwann zu Boden drückte. Zudem konnte ein Blick von außen die eigene Sichtweise erheblich verändern, und das vermeintliche Problem löste sich mitunter schnell in Wohlgefallen auf. Das war zumindest ihre Erfahrung.

Hanna strich ihm tröstend über den Arm.

Er ergriff ihre Hand und drückte sie so fest, als wolle er all seinen Schmerz dort hineinlegen. Recht lange verharrten sie so, stillschweigend. Nun schniefte er und wischte sich die Tränen ab. Kurz darauf wandte er sich ihr zu. »Danke, Schwester«, flüsterte er mit tränenerstickter Stimme.

Hanna nickte. Hätte sie jetzt zu reden begonnen, wäre sie augenblicklich selbst in Tränen ausgebrochen, so sehr berührte sie der Anblick des weinenden Mannes. Dennoch blieb sie bei ihm sitzen. Er hielt ihre Hand weiterhin fest gedrückt. Aus dem Bett nebenan ertönte lautes Schnarchen, auf der anderen Seite des Raumes stöhnte einer qualvoll im Schlaf.

»Sie dürfen mir ruhig Ihr Herz ausschütten«, ermunterte Hanna den Soldaten nach einer Weile.

Kurz darauf begann er zu flüstern: »Ich habe mich als junger Bursche freiwillig zur Front gemeldet, habe meine Lehre abgebrochen und bin gegen den Willen meiner Eltern voll Überzeugung und guter Dinge in den Krieg gezogen.«

Die lange Pause, die er machte, ließ in Hanna die Frage aufkommen, ob er eine Antwort von ihr erwartete. Sie schaute ihn an, erneut füllten sich seine Augen mit Tränen. »Ich wollte dem Führer zum Sieg verhelfen.«

»Das wollen wir doch alle«, sagte Hanna, obwohl sie dies inzwischen mehr denn je bezweifelte. »Und wir werden siegen, ganz sicher.«

Er zuckte die Schultern. »Aber um welchen Preis?« Nun ließ er seinen Blick durch den Krankensaal schweifen. »Alle, die hier liegen, sind zu Mördern geworden.«

»Es ist Krieg. Und bevor man selbst erschossen wird, ist es doch verständlich, den Feind zuerst zu erschießen.«

Er schüttelte den Kopf. »Nicht das banale Töten im Kampf. Es ist … viel schlimmer.«

Im Krieg werden die Menschen zu Bestien.

»Kennen Sie den römischen Dichter Horaz?«, fragte er schließlich.

Sie schüttelte den Kopf.

»Von ihm stammt der Satz ›sapere aude‹«.

»Was heißt das?«

»Der Philosoph Immanuel Kant übersetzte ihn mit ›Habe Mut, dich deines eigenen Verstandes zu bedienen‹.« Er schüttelte gedankenvoll den Kopf und wirkte mit einem Mal noch verzweifelter. »Dieser Mut kam bei mir zu spät.«

Die Sirene brachte jede weitere Unterhaltung zum Erliegen. Hanna sprang vom Stuhl auf, schaltete das Licht ein und begann mit der Evakuierung der mittlerweile hellwachen Soldaten.

Sie hätte gerne gewusst, was der Patient gemeint hatte, doch dafür war nun weder Zeit noch Raum. In zehn Minuten mussten alle im Keller sein.

Im vollgestopften Keller wurde es still – wie immer, wenn die Angst um sich griff. Wenn die Flieger tatsächlich kommen würden, müsste Hanna zwischendurch immer wieder nach oben auf den Speicher und in das leer stehende Nachbarhaus, um zu sehen, ob dort Brandbomben lagen, die sofort gelöscht oder aus dem Fenster geworfen werden mussten.

Das Brummen war nun nicht mehr zu überhören. Hanna nickte Resi zu, mit der sie die heutige Brandwache teilte, und ging als erste. Mit zitternden Knien stieg sie die Kellertreppe hinauf. Die Flieger kamen ihr unheimlich laut vor. Sie traute sich fast nicht, einen Fuß vor den anderen zu setzen.

Im Dachgeschoss angekommen, riskierte sie einen Blick aus dem kleinen Fenster, das am Tag eine wunderschöne Sicht auf große Teile der Stadt bot. Doch jetzt war Neumond, und nur das immer lauter werdende Brummen kündete von dem Unheil, das wieder über München und seine Einwohner hereinbrechen sollte.

Plötzlich entdeckte Hanna rot schimmernde Leuchtbomben, die aus niedriger Höhe zur Erde fielen. Der Abwurf musste in der Maxvorstadt sein, in der Nähe des Hauptbahnhofs. Das bedeutete eine Entfernung von vielleicht drei Kilometern. Hanna schnappte nach Luft.

Im direkten Anschluss an die Leuchtbomben kamen weitere Flieger, die über den rot glimmenden Bereichen grüne Leuchtkerzen abwarfen. Inzwischen verstand Hanna, warum die Leute dies »Christbäume« nannten – in ihrem Flug leuchteten sie wie geschmückte Tannen am Weihnachtsabend.

Im Lichtkegel der Flakscheinwerfer erkannte Hanna die Türme der Frauenkirche. Da! Direkt neben einem der Türme war ein Flieger. Er flog genau auf sie zu! Ein zweiter Lichtkegel erfasste ihn, und sie verfolgten ihn gemeinsam. Hoffentlich kriegt ihr ihn, wünschte sich Hanna. Doch das Flakfeuer schoss mit lauten Salven knapp an dem Flieger vorbei.

Hanna spürte ihren Herzschlag schmerzhaft bis zum Hals. Trotz ihrer aufkeimenden Panik und der Pflicht, weiter zu gehen, konnte sie sich nicht vom Fenster lösen. Wie gebannt betrachtete sie die schaurige Tragödie, die sich in ihrer unmittelbaren Nähe abspielte.

Nun hatten die Flakscheinwerfer erneut einen Flieger erfasst – dieses Mal zielten die Flakhelfer genauer – und er fiel als riesiger Feuerball auf die Stadt.

Bei jeder Detonation zuckte Hanna zusammen. Schließlich sprang sie auf. In angstvoller Erwartung lief sie hinauf zum Dachboden und war sich gleichzeitig der Gefahr bewusst. Ihr kam der Gedanke, dass eine Brandbombe durch die Dachziegel hindurch fallen könnte, wenn sie selbst genau in dem Moment auf dem Speicher war!

»Mach dich nicht verrückt, Hanna!«, mahnte sie sich zu ihrer eigenen Beruhigung. Doch die unbarmherzige Angst blieb. Obwohl sie es eigentlich nicht wollte, blieb sie auf dem Rückweg erneut am Fenster stehen und blickte bang hinaus. Es war heller geworden über München. Hanna erkannte die Bomber, die ihre Todeslast über genau dem Gebiet abwarfen, das zuvor durch die Jagdflieger rot und grün gesäumt worden war. Erst jetzt wurde ihr bewusst, dass der Zweck der »Christbäume« zum Markieren der zu bombardierenden Fläche diente und die Feindflieger nur dort die Bomben abwarfen. Und sie befand sich nicht innerhalb des abgesteckten Gebiets. Ein vages Gefühl von Erleichterung durchströmte sie.

Mit angewiderter Faszination beobachtete Hanna eine Bombe, die durch die erhellte Nacht ihrem Ziel entgegenstürzte. Zügig und durch nichts aufzuhalten nahm sie ihre Bahn. Wie viele Menschen sie wohl in den Tod reißen mochte?

Hanna zitterte. Hinter der Silhouette einiger Häuser verschwand das Geschoss, um dann nach einem Sekundenbruchteil zu explodieren. Funken flogen und aufgewirbelter Staub. Der orange leuchtende Qualm stieg höher und höher und legte sich wie eine erstickende Glocke über die Stadt.

Nun fielen die Brandbomben dicht wie Regentropfen. Sie sollten das Werk der Wohnblockknacker vollenden und die geöffneten Häuser in Brand setzen. Der Himmel über München färbte sich blutrot. Im Nu standen ganze Häuserblocks in Flammen, die sich durch die Gebäude fraßen. Nichts als Schutt und Asche ließen sie übrig.

Vor dem Lazarett auf ihrem Weg zum Nachbarhaus, konnte Hanna jedes Detail erkennen, das ihr sonst in der Dunkelheit verborgen blieb. Ihr war, als brenne der Himmel.

Schnell verrichtete sie den Wachgang und verließ das Haus wieder. Ein unbekanntes Geräusch mischte sich in das Heulen der Bomben. Es klang wie ein rauschender Wasserfall. Ein Knistern kam hinzu. Mit einem Mal blies eine Windböe die aufgeheizte Luft zu ihr herüber und ließ sie erahnen, wie heiß es erst in unmittelbarer Nähe des Feuers sein musste.

Jetzt erkannte Hanna am Ende der Straße auch noch gelbschwarze Rauchwolken, die sich unaufhaltsam durch die Stadt walzten.

Auf einmal veränderte sich das Brummen der Flieger. Es klang tiefer und bedrohlicher, als wären sie direkt über ihr.

Jetzt war es aus, die Bombe würde ihr direkt auf den Kopf fallen. Hätte sie doch bloß nicht so lange oben am Fenster gestanden!

Sie rannte um ihr Leben, schoss ins Lazarettgebäude und sofort hinunter in den Keller.

Hinter ihr knallte die Tür zu. Im selben Moment gab es eine gewaltige Explosion, die alle Anwesenden zusammenzucken ließ. Der Boden unter ihren Füßen vibrierte. Hanna spürte das Zittern bis unter ihre Kopfhaut. Völlig außer Atem lehnte sie sich an die Wand und versuchte, sich zu beruhigen.

Tief durchzuatmen schien unmöglich, denn es schmerzte in der Brust, als wollten ihr die Lungen platzen. Immer wieder schüttelte sie den Kopf bei dem Gedanken an das Flammenmeer.

»So schlimm?«, hörte sie Resi fragen. Alle Augen richteten sich auf Hanna.

»Schlimmer. Ganz München brennt!«

Im Morgengrauen brannte die Stadt noch immer, doch bis zur Antonienstraße war das Feuer zum Glück nicht gelangt.

Hanna gähnte ununterbrochen, während sie die Schicht an Hedwig übergab. Und im Vertrauen darauf, dass das Feuer weiterhin fern bleiben würde, ging sie nach oben ins Bett.

Seit drei Wochen schon arbeitete Hanna ununterbrochen im Nachtdienst. Jede Nacht hatte es Fliegeralarm gegeben und jedes Mal mussten die Verwundeten evakuiert werden. Auch am Tag wurde ihr Schlaf inzwischen durch Luftwarnungen unterbrochen. Es war zermürbend. Aber sie war nicht die einzige, der es so erging, die Stimmung unter den Arbeitskollegen wurde zunehmend schlechter. Besonders Leni wirkte schon seit längerem äußerst gereizt, wenn Hanna ihr begegnete. Hanna vermutete, dass es mit der Röntgenausbildung zusammenhängen musste, doch sie hütete sich, Leni darauf anzusprechen.

Nun lag Hanna schon seit den frühen Morgenstunden in einem längst überfälligen, erholsamen Schlaf, der durch keine Luftwarnung gestört worden war, als ein zaghaftes Klopfen sie zurück in die Wirklichkeit holte. Clemens streckte seinen Kopf zur Tür herein. Hanna winkte ihm, hereinzukommen, und kuschelte sich wieder in die Decken. Die Dielenbretter knarzten unter Clemens' Schritten, kurz darauf spürte sie seine Hand sanft über ihren Kopf streicheln. Sie lächelte. Den Kuss auf ihre Wange beantwortete sie mit einem wohligen Seufzen.

»Schön, dass du da bist.«

Sie rutschte näher an die Wand, um ihm Platz zu machen. Hanna war bewusst, dass der Teufel los wäre, wenn die Oberin auf einmal hereinplatzte, Verlobung hin oder her. Aber schließlich blieben sie angezogen, da könnte ihnen nicht einmal die Alte was wollen.

Ohne auf Clemens' zweifelnden Blick einzugehen, hob Hanna die Bettdecke an. Es dauerte nicht lange, bis er zu ihr kroch. Ganz dicht drückte er sich an sie und legte den Arm um ihre Taille. Eine berauschende Welle durchflutete Hannas Körper. Am liebsten hätte sie ihn sofort geküsst und gestreichelt. Aber durfte sie das?

Zarte Küsse bedeckten ihren Hals, was ein wohliges Kribbeln über ihren Rücken rieseln ließ. Und als Clemens seine Umarmung löste und sie sanft zu sich drehte, überwand sie ihre Furcht, etwas Verbotenes zu tun.

Sie küssten sich, seine Hände begaben sich behutsam auf die forschende Reise über ihren Körper. Hanna sog seinen herben Duft in sich auf, und auch sie schickte ihre Hände auf Wanderschaft.

Die Sirene heulte. Hanna sah entgeistert auf.

»Ausgerechnet jetzt!« Clemens fasste sich an die Stirn.

»Es nutzt nichts, Clemens. Wenn genügend Zeit bleibt, inspiziert Frau Oberin alle Räume, damit auch jeder in Sicherheit kommt.«

»Was?« Er fuhr erschrocken hoch und sprang aus dem Bett. »Die Alte könnte jeden Moment hier im Zimmer stehen?«

Hanna nickte lachend.

»Da lachst du noch? Los, schnell aufstehen, anziehen und ab in den Keller!«

Feste Schläge an Hannas Zimmertür brachten Clemens der Verzweiflung nahe. »Oh Gott, da ist sie schon.« Er lief zur Tür und stellte sich dicht dahinter an die Wand.

»Hanna, aufwachen, Luftwarnung!«

Clemens' entsetzter Blick brachte Hanna zum Lachen, denn sie hatte die Stimme erkannt. »Ist gut, Bertha, ich komm gleich!«

Im nächsten Moment jedoch gab die Sirene mit einem langanhaltenden Ton wieder Entwarnung.

»Wie schön«, sagte Hanna freudig. »Dann kannst du ja wieder zu mir ins Bett kommen.«

Clemens sah sie entgeistert an. »Nein, meine Liebe. Tut mir leid. Aber das Risiko gehe ich nicht nochmal ein.«

»Schade!« Eine Weile dachte sie nach, dann sagte sie: »Diese ständigen Luftwarnungen und Fliegerangriffe machen mich noch ganz verrückt. Ich glaube, ich muss mal raus aus München.«

In Clemens' Augen bemerkte sie ein unternehmungslustiges Funkeln. »Was hältst du von einem gemeinsamen Urlaub?«

Hauptbahnhof
München
24. Mai 1944

München hatte arg gelitten in letzter Zeit. Alle paar Nächte kamen die Flieger, um die Stadt noch ein Stück mehr zu zerstören, die Menschen noch ein Stück mehr zu zermürben und vielen von ihnen das letzte Hab und Gut zu nehmen. Manchen sogar das Leben.

Viele Häuser hatten weder Fenster noch einen Dachstuhl, die Schornsteine ragten traurig in den Himmel, und einige Häuser waren völlig ausgebrannt. In den Straßen hing immer noch der Brandgeruch des Großangriffs vor vier Wochen.

Das Bahnhofsgebäude hatte zum Glück noch keinen Schaden genommen, also stand Hannas Urlaub nun nichts mehr im Weg. Sie bedauerte sehr, dass Clemens nicht hatte mitkommen können. Die Oberin hielt ihn derzeit für unabkömmlich, doch er wollte weiterhin versuchen, sie umzustimmen. Und wenn ihm dies gelänge, würde er nachkommen, das hatte er Hanna hoch und heilig versprochen.

Der Minutenzeiger der Bahnhofsuhr rückte vor. Drei Minuten vor zwölf. Noch siebzehn Minuten, bis der Zug eintreffen würde.

Plötzlich heulte die Sirene ihr altbekanntes Lied.

Oh nein, nicht jetzt, dachte Hanna. Immer musste dieser fürchterliche Alarm zu den unmöglichsten Zeiten stattfinden.

Die Menschen um Hanna herum verließen fluchtartig die Bahnsteige, stiegen hinab ins Bahnhofsgewölbe oder suchten den nächsten Luftschutzbunker auf.

Nein, nein, nein! Ich will in Urlaub fahren und warte auf meinen Zug!

Noch während Hanna den Kopf schüttelte, hörte sie das Brummen der nahenden Flieger.

»Nein! Ich bleibe hier stehen«, bestimmte sie laut. »Noch sechs Minuten, dann kommt der Zug!«

Sie war sich zwar darüber im Klaren, dass die Ankunft des Zuges sich nun sicher verzögern würde, doch noch immer war sie fest entschlossen, nicht von der Stelle zu weichen.

In einiger Entfernung stand ein Luftschutzwart, der ihr wild gestikulierend etwas zurief. Er deutete auf den öffentlichen Luftschutzbunker zu seiner Rechten. Hanna schüttelte den Kopf. Auf gar keinen Fall würde sie jetzt noch in den vollgestopften Bunker gehen!

Die ersten Bomben fielen mit lautem Geheul. Es pfiff und krachte und donnerte gewaltig, und der Boden unter ihren Füßen zitterte bei jeder Explosion. Die Anzeigetafel, die von der Überdachung des Gleises herabhing, schwang nun bedrohlich hin und her. Das Licht der Lampen flackerte.

Hanna bekam es jetzt doch mit der Angst zu tun und blickte sich suchend um. Sie lief am Gleis entlang auf die Treppen zu und flüchtete sich in die Tiefe des unteren Bahnhofsgewölbes.

Dort standen viele Menschen. Der Lärm war ohrenbetäubend, sie konnte nicht einmal mehr ihren eigenen Atem hören. Nicht nur der Boden, auch die Wände des Bahngewölbes zitterten gewaltig unter den Einschlägen. Die Lampen pendelten hin und her, das Licht zuckte und flackerte, bis es schließlich ganz erlosch.

Ein entsetztes Raunen ging durch die Menge.

Kurz darauf hörte Hanna das Rauschen von Brandbomben.

Ihren kleinen Koffer hatte sie zwischen die Füße geklemmt. Sie presste ihren Körper gegen die kalte Wand, doch ihr wurde schnell klar, dass sie ihr keinen Schutz bieten würde. Die alte Frau, die neben ihr stand, hielt einen Rosenkranz zwischen ihren knorrigen Fingern und betete. An der Wand gegenüber lehnte ein vielleicht zehnjähriger Junge. Er schien allein zu sein. Im schwachen Lichtschein, der durch den Treppenschacht nach unten fiel, sah Hanna Mütter, die ihren Kindern die Ohren zuhielten, Männer, die ihre Frauen fest umarmten, andere, die einfach nur warteten, dass der Angriff vorüber gehen möge. Menschen, die überleben wollten, genau wie sie.

Über dem Bahngewölbe wurde es still. Hanna konnte sich nicht erklären, was es war, doch mit einem Mal überkam sie ein beklemmendes Gefühl.

Ohne weiter darüber nachzudenken, legte sie ihre Hände an die Ohren und öffnete den Mund. Im selben Moment krachte es um sie herum so laut, wie sie es noch nie erlebt hatte. Gleichzeitig presste eine unsichtbare Kraft Hannas Körper fest gegen die Wand. Sie hatte nicht den Hauch einer Chance, sich dagegen zu wehren. In ihren Ohren knackte es und ein dumpfes Gefühl von Taubheit verwirrte sie. Irgendwo barst Glas und fiel als Splitterregen auf die Treppe herab. Weiter hinten im Gewölbe, wo die Menschen ebenso dicht gedrängt standen wie hier, stürzte die Decke ein. Putz und Steine flogen umher, Staub wirbelte auf. Die Menschen schrien aus Leibeskräften und rannten los.

Hanna griff nach ihrem Koffer, presste ihn an sich und wollte loslaufen. Im selben Moment strauchelte die alte Frau neben ihr und krallte sich an Hannas Jacke fest. Hanna sah sie erschrocken an, griff beherzt nach ihrer Hand und rannte zusammen mit ihr auf die Treppe zu. Doch die Greisin konnte nicht so schnell, so dass sie bald von der panischen Menschenmasse umringt waren.

Energisch zog Hanna die Frau weiter, sie hatte Angst, jeden Moment niedergetrampelt zu werden. Bloß nicht stolpern!

Auf der Treppe knirschte Glas unter ihren Schuhen, der Staub brannte ihr im Hals.

Als sie endlich oben ankamen, ließ sie die Greisin los und hustete, bis ihr schlecht wurde.

Die Frau begann auf einmal fürchterlich zu lachen. Hanna sah sie entgeistert an. Ein Teil des Bahngewölbes war eingestürzt und darunter lagen bestimmt viele Tote. Was war daran lustig? Das Lachen der Alten klang immer irrer.

Kopfschüttelnd ging Hanna auf die beschädigte Wartehalle und den Ausgang zu. Froh, dem allem entkommen zu sein.

In einiger Entfernung ragten abgerissene Schienen meterhoch in die Luft. Das bedeutete, dass ihr Zug nicht mehr kommen würde. Aber München war eine große Stadt, in der es noch andere, kleinere Bahnhöfe gab. Da ihr Urlaubsziel in südöstlicher Richtung lag und der Ostbahnhof seit seiner Zerstörung vor vier Wochen außer Betrieb war, machte sich Hanna auf den Weg zum Südbahnhof in Sendling. Sie war zuversichtlich, dass das normale Leben in München in einigen Stunden wieder aufgenommen würde und sie für eine Weile aus der Stadt entkommen konnte.

Gegenüber dem Bahnhofsplatz lag der öffentliche Luftschutzbunker, den der Luftschutzwart Hanna vorhin hatte zuweisen wollen. Bei dem Anblick erschrak sie. Dort stand kein Stein mehr auf dem anderen. Keine Menschen, die aus irgendwelchen Trümmerteilen krochen. Keiner, der die lodernden Flammen löschte. Und vermutlich keiner, der überlebt hatte.

Mit einem bangen Gefühl in der Brust ging sie die Goethestraße entlang. Hier hatte es zum Glück keine neuerlichen Bombentreffer gegeben. Nur ein paar alte Schutthaufen lagen hier und dort. Links des Beethovenplatzes, den Hanna überqueren musste, lagen die Kliniken in der Nussbaumstraße, wo sie während ihrer Ausbildung gearbeitet hatte.

Mit Wehmut dachte sie an ihre unbeschwerte Ausbildungszeit.

Den Goetheplatz ließ Hanna ebenso wie den Kapuzinerplatz hinter sich und folgte der Tumblinger Straße, die unmittelbar vor dem Südbahnhof endete. Hier schien die Welt noch in Ordnung. Kaum ein beschädigtes Haus, kein Schutt, keine zerstörten Straßen, und vor allem waren die Bahnschienen intakt.

Auf einmal hatte Hanna ein schrilles Pfeifen in den Ohren. Schon wieder eine Bombe? Sie hielt inne und horchte konzentriert.

Bad Reichenhall

7. Juni 1944

Resis Tante Hermine betrieb in Bad Reichenhall eine kleine Pension, in die Hanna sich für die Zeit ihres Aufenthalts eingemietet hatte. Die Zimmerwirtin war eine ältliche Dame und konnte die verwandtschaftliche Verbindung zu Resi nicht leugnen. Beide hatten die gleiche lange Nase und ebenso schmale Lippen. Lediglich in der Augenfarbe unterschieden sie sich, und natürlich in der Anzahl der Falten.

In Tante Hermines Obhut fühlte sich Hanna sehr wohl. Sie kümmerte sich rührend um Hanna, ganz so als wäre sie ihre eigene Tante.

In dem behaglich eingerichteten Frühstückszimmer war Hanna der einzige Gast. Der Teppich war so flauschig, dass sie heimlich ihre Schuhe auszog und die Zehen tief in den dicken Flor eingrub. Die helle Tapete hatte ein zartrosa Muster, und die Vorhänge an den Fenstern waren farblich darauf abgestimmt. An der Wand neben dem Buffet hingen verblasste Fotos aus besseren Zeiten. Die darauf abgebildeten Personen mussten Verwandte von Resi sein – auch sie ähnelten einander sehr.

»Haben Sie es schon gehört, Kindchen? Oh, das ist so schrecklich!« Tante Hermine war außer sich und verschüttete prompt den Kaffee auf der frisch gestärkten, blütenweißen Tischdecke. Schnell nahm Hanna ihre Serviette und legte sie auf den Fleck.

»Was ist denn passiert?«, wollte sie wissen, während sie eine Brotscheibe mit der hausgemachten Erdbeermarmelade bestrich. Doch was Resis Tante ihr mitteilen wollte, ließ sich offenbar nicht zwischen Tür und Angel erzählen. Sie stellte die Kaffekanne auf dem Tisch ab, zog den Stuhl, der Hanna gegenüber stand, zurück und setzte sich. »Vor drei Tagen sind die Amerikaner in Rom einmarschiert und stoßen immer weiter Richtung Norden vor. Und gestern sind sie zu Tausenden in Frankreich eingefallen!«

Hanna sah erstaunt auf und ließ das Messer sinken. Aus den Augenwinkeln bekam sie mit, dass Marmelade heruntertropfte und weitere Flecken auf der Tischdecke hinterließ. »Unsere Soldaten werden sie bestimmt zurückschlagen. Der Vormarsch gerät garantiert wieder ins Stocken«, sagte sie bestimmt.

Tante Hermine schüttelte den Kopf und griff sich an den Hals. »Nein, Kindchen, daran glaube ich nicht mehr. Dafür habe ich zu viele Gespräche von hier einquartierten Soldaten mitbekommen. An der Ostfront stehen die Zeichen auf Rückzug, in Italien auch, und in Frankreich wird es unseren Soldaten ebenso ergehen. Der Feind kommt näher. Die Schlinge zieht sich immer enger zu.«

Hanna winkte ab. »Dem Führer wird sicher wieder ein genialer Schachzug einfallen, und dann sind die Amis Geschichte.«

Die Zimmerwirtin blickte zur Tür, wohl um sich zu vergewissern, dass sie geschlossen war und niemand mithören konnte, dann sprach sie leise weiter: »Eins ist sicher: Hitler ist mit seinem Latein so langsam am Ende! Wo soll er die vielen Frontkämpfer denn noch hernehmen? Die jungen Männer sterben an der Front wie die Fliegen. So schnell wie der unsere Soldaten verheizt, kann keine Frau gebären. Am Ende rekrutiert er womöglich noch Kinder.«

Hanna legte der besorgten Frau ihre Hand auf den Arm und versuchte, sie zu beruhigen. »Ach, Tante Hermine, das wird schon wieder. Wir lassen uns nicht unterkriegen, da können die Amis und die Tommys noch so weit vormarschieren und noch so viele Bomben werfen. Wir bleiben stark!«

»Aber wie lange noch?«

Hanna hob die Schultern. Ganz so zuversichtlich, wie sie sich gab, war sie nicht, doch sie wollte die Tante nicht noch mehr beunruhigen und schwieg jetzt lieber.

Die Tür zum Frühstücksraum öffnete sich und drei einquartierte Soldaten traten ein. Der Älteste hob die Hand zum Gruß. »Heil Hitler.«

Tante Hermine räusperte sich, stand auf und strich ihre Schürze glatt. »Haben Sie gut geschlafen, die Herren?«

»Ausgezeichnet! Es geht doch nichts über ein ordentliches deutsches Bett.«

»Und über ein ordentliches deutsches Frühstück«, meinte der jüngere Soldat mit gierigem Blick auf Hannas Brot, in das sie gerade hineinbiss.

Während die Männer sich am Nebentisch niederließen und sich unterhielten, versank Hanna immer mehr in beunruhigende Gedanken. Was ihr momentan wesentlich mehr Kummer bereitete als der alliierte Vormarsch, war die Tatsache, dass Clemens offenbar doch keinen Urlaub bekommen hatte. Es wäre auch zu schön gewesen, ein paar unbeschwerte Tage mit ihm gemeinsam hier zu verbringen. Sie hatte mehrmals versucht, eine Telefonverbindung zum Lazarett herzustellen, doch das schien dieser Tage ein Ding der Unmöglichkeit. Hoffentlich war ihm nichts passiert.

Bei dem Gedanken an die Telefonverbindung fiel ihr Josef ein. Er hätte ein Telefonat bestimmt ermöglichen können. Im gleichen Moment jedoch schalt sich Hanna für diese törichte Idee. Sie leerte ihre Tasse und wischte sich mit der sauberen Ecke der Serviette den Mund ab. Beim Aufstehen nickte sie den Soldaten zu und verließ den Raum.

In der Küche hörte sie Geschirr klappern und steckte den Kopf durch die Türöffnung. Auf dem Herd stand ein riesiger Topf, aus dem es kräftig dampfte.

»Kann ich Ihnen etwas helfen, Tante Hermine?«

Hermine fuhr erschrocken herum, lächelte aber, als sie Hanna sah. »Nein, nein, Kindchen. Gehen Sie mal schön spazieren und genießen Sie den sonnigen Tag. Übermorgen hat die Herrlichkeit ein Ende, und Sie müssen wieder zurück in die zerbombte Stadt.« Sie schüttelte den Kopf. »Schrecklich, schrecklich.«

Wie an jedem Urlaubstag ging Hanna in den Königlichen Kurgarten zum Gradierhaus, einem Freiluft-Inhalatorium, an dessen langer Außenwand die AlpenSole von hoch oben herabrieselte. Schon von Weitem wehte ihr eine Brise des salzhaltigen Nebels entgegen. Sie atmete tief ein.

Viele Soldaten waren hier zum Auskurieren ihrer Krankheiten. Hoffentlich tauchte nicht auf einmal Fendl hier auf, mit seiner schweren Lungenentzündung hätte er genau hierher gepasst.

Entgegen ihrer täglichen Gewohnheit, zum Springbrunnen zu gehen und sich an dessen Rand auf einer Bank niederzulassen, ging sie weiter durch den Park, dessen Wege von bepflanzten Rabatten gesäumt wurden. Hohe Bäume und Fächerpalmen wuchsen am äußeren Rand des Parks. Hier wandelte sie durch eine heile Welt, von der in München nicht mehr viel übrig war. Nur die Anwesenheit der vielen Soldaten ließ erahnen, dass Krieg herrschte.

Schließlich verließ Hanna den Park und marschierte los. Den Predigtstuhl fest im Blick, ging sie über die Brücke, die über die Saalach führte und kam wenige Minuten darauf am Südtiroler Platz an. Wie jeden Tag zuvor beäugte sie misstrauisch die Drahtseile, an denen die Kabine hing, die gerade in die Talstation einfuhr.

Vielleicht hätte sie besser ins Café Reber gehen und die Aussicht auf die Berge aus der sicheren Perspektive im Tal genießen sollen. Doch Kuchen und Torten durften aufgrund der Lebensmittelknappheit nicht mehr hergestellt werden, und die Aussicht auf eine Armada von Kommissbroten in den Regalen schien Hanna nicht besonders verlockend.

Da heute ihr vorletzter Urlaubstag war und sie Bad Reichenhall nicht verlassen wollte, ohne einmal dort oben gewesen zu sein, beschloss sie, hinauf zu fahren. Doch ganz wohl war ihr dabei nicht zumute.

Sie kaufte eine Karte für die Seilbahn und näherte sich mit zitternden Knien der Gondel, die aussah wie ein zwölfeckiger Pavillon, rundherum mit Fenstern, die teilweise geöffnet waren. Der untere Teil der Kabine war rot gestrichen, mit weißer Farbe war eine ›2‹ aufgemalt. Hanna betrat die Gondel, weitere Gäste stiegen hinzu und auch der Kontrolleur trat ein.

Nachdem das Signal zur Abfahrt ertönte, gab es einen kräftigen Ruck. Hanna erschrak und wünschte sich nichts sehnlicher, als auf der Stelle wieder auszusteigen. Doch die Seilbahn fuhr an. Es schaukelte gewaltig, Hanna hielt sich krampfhaft an dem schmalen Fensterrahmen fest.

Immer weiter entfernte sich die Gondel von der Talstation. Die Häuser und Menschen im Tal wurden kleiner und kleiner. Je höher sie fuhren, umso großartiger wurde die Aussicht auf die umliegenden Berge. Hanna ertappte sich dabei, dass sie begann, die Fahrt zu genießen. Sie hatte das Gefühl, über die Baumwipfel hinwegzufliegen.

Von der Terrasse des Bergrestaurants bestaunte Hanna über die Fichten hinweg gewaltige Bergformationen. Dazwischen waberten leichte Nebelschleier. Warum nur hatte sie sich so lange von ihrer Angst zurückhalten lassen?

Sie nahm den ausgetretenen Pfad Richtung Gipfel und blickte über die saftig grünen Almwiesen, auf denen Küchenschellen, Ehrenpreis und Enzian ihre bunte Pracht zeigten. Den würzig harzigen Duft der am Wegrand wuchernden Latschenkiefern sog sie tief in sich auf.

Ihre Gedanken schweiften nach München, zu Clemens, den sie gerade in diesem friedlichen Moment so gerne bei sich gehabt hätte. Mit einem Mal erfasste sie eine Unruhe, die sich nicht mehr abschütteln ließ.

Südbahnhof
München
9. Juni 1944

Hanna wartete auf die Tram, mit der sie nach Schwabing fahren wollte. Plötzlich legten sich von hinten zwei Hände auf ihre Augen. Sie tastete danach und erkannte, dass es Frauenhände waren.

»Rate mal, wer hinter dir steht!«

Freudestrahlend drehte sie sich zu Bertha um, und die beiden fielen sich lachend in die Arme. Die Freundin war für ein paar Tage zu ihren Eltern gereist und ebenso wie Hanna vor einigen Minuten hier am Bahnhof angekommen.

»Gut siehst du aus, Bertha! Richtig erholt!«

»Bei uns zu Hause merkt man kaum, dass Krieg ist. Da ist noch keine einzige Bombe gefallen. Zum Glück. Ganz anders als hier.« Sie seufzte und richtete ihren Blick zum Himmel, der die Sonne schon seit den frühen Morgenstunden hinter einem dichten Wolkenvorhang verbarg. »Ich will gar nicht wissen, wann es wieder losgeht.« Schließlich sah sie sich um, als suche sie nach jemandem. »Wo ist Clemens? Ihr wolltet doch gemeinsam fahren?«

Hanna stieß Luft aus. »Die Oberin wollte ihn nicht aus ihren Fängen lassen. Ich habe versucht, ihn anzurufen, aber die Verbindung war zu schlecht. Und irgendwie habe ich ein ganz komisches Gefühl.«

»Was denn für ein Gefühl?«

»Na ja, von Bad Reichenhall aus konnte ich beobachten, was da in München los war. Hören konnte man zwar nichts. Aber das hat ordentlich geblitzt und geflackert.«

Bertha sah die Freundin guten Mutes an. »Ihm wird schon nichts passiert sein. Du wirst sehen, gleich wirst du in seinen Armen liegen!«

»Hoffentlich«, sagte Hanna und seufzte schwer.

Sie stiegen in die Tram ein, und inmitten der anderen Fahrgäste tauschten Hanna und Bertha ihre Urlaubserlebnisse aus.

Auf der Landsberger Straße stoppte die Tram.

Luftschutzwarnung.

Das Leben stand wieder einmal für eine Weile still. Die Menschen hatten Angst, versteckten sich, die Flieger kamen, warfen Bomben, und danach ging das Leben für die meisten wie gewohnt weiter. Und trotzdem hatte Hanna jetzt so starkes Herzklopfen, dass ihr schlecht wurde.

Wie die anderen folgten sie und Bertha zügig und schweigend den Streifen und Pfeilen, die überall in der Stadt mit weißer, fluoreszierender Farbe an die Häuser gemalt waren und den Weg zum nächsten Luftschutzraum wiesen.

Außer dem Fußgetrappel der Leute herrschte vollkommene Ruhe.

Es war die Ruhe vor dem Sturm.

Der Luftschutzwart, der vor dem Hauptzollamt in der Landsberger Straße stand, blies in seine Trillerpfeife und winkte die Menschen eilig heran.

Hanna besah sich das riesige Gebäude mit der hohen Glaskuppel und fragte sich, wie viel Platz im Inneren sein musste und was dort alles gelagert wurde. Sie hatte gehört, dass die Wehrmacht einen Teil der dortigen Lagerflächen als Depot nutzte.

»Ach, das Klappstuhlgeschwader ist wohl schon durch«, flüsterte Bertha hinter vorgehaltener Hand.

Am Eingang drängelten die Leute und schubsten sich gegenseitig. Die Stimmung wurde immer aggressiver, und der Luftschutzwart hatte Mühe, die Kontrolle zu behalten.

»Klappstuhl was?«, fragte Hanna, während sie vom Sog der Menge in das Gebäude hineingezogen wurden.

»Hast du noch nie davon gehört?« Bertha schien verblüfft. »So nennt man die Leute, die den halben Tag vor den Eingängen der Bunker hocken, damit sie auch wirklich reinkommen und nicht noch in letzter Minute abgewiesen werden.«

Je weiter sie die Stufen zum Bunker hinabstiegen, umso beklemmender wurde Hannas Gefühl. Dicke Betonwände, niedrige Decken, schwache Beleuchtung.

Sie setzten sich auf eine der Bänke, die in der Mitte des Raums aufgestellt waren. Immer mehr Menschen drängten in die schützende Tiefe. Neben Hanna saß ein alter Mann, der seinen Versuch, im Dämmerlicht lesen zu wollen, aufgab und seine Zeitung wieder zusammenfaltete. Stattdessen holte er aus seiner Jackentasche eine Kerze und Streichhölzer hervor.

Der Alte registrierte ihren fragenden Blick und musterte sie, besonders aber die Schwesterntracht, die sie trug. »Das haben Sie als Krankenschwester nicht gelernt, was?«

»Ich kann mir nicht vorstellen, dass das Kerzenlicht zum Lesen besser taugen soll als das Dämmerlicht hier.«

Er lächelte, was seine unzähligen Falten noch verstärkte. »Dafür ist die Kerze auch nicht gedacht, Schwester. Wissen Sie, Brandgase kann man nicht riechen. Und nur auf die Rauchentwicklung zu achten, ist mir nicht zuverlässig genug. Wenn das Licht der Kerze blau wird, sind mehr Gase als Sauerstoff in der Luft, dann ist es an der Zeit, schnellstmöglich das Weite zu suchen.« Er entzündete das Streichholz und hielt es mit zitternden Händen an die Kerze. Ein kleines Flämmchen legte sich um den Docht und verbreitete ein tröstliches Gefühl von Wärme und Zuversicht.

Das Brummen der Flieger war selbst hier unten deutlich zu hören. Die Gespräche verebbten, jeder horchte angespannt nach oben.

Als die ersten Bomben fielen, kam es Hanna vor, als explodierten sie in weiter Ferne. Doch sie musste sich täuschen, denn der Boden vibrierte. Selbst die dicken Wände schienen zu zittern.

Auf einmal flackerte das schwache Deckenlicht. Hanna ließ die Kerze mit ihrem gleichbleibenden Schein nun nicht mehr aus den Augen.

Ein gewaltiger Donnerschlag ließ sie zusammenzucken. Ohne es zu wollen oder steuern zu können, wackelte ihr Oberkörper hin und her. Sie konnte kaum glauben, dass der Luftdruck einer Minenbombe bis in den geschlossenen Bunker reichte.

Im selben Moment ging das Licht aus. Spitze Schreie folgten. Eine Frau stimmte ein Gebet an, andere weinten.

Wie Schafe, die in Krisensituationen die Flucht zur Herde antreten, nahmen sie und Bertha sich schweigend in die Arme.

Plötzlich schmeckte Hanna Mörtelstaub. Ihre Knie zitterten, die Lippen bebten und ihr Atem wurde schneller. Sie bemerkte ein Rieseln an den Wangen, gerade so, als liefe sie durch ein dichtes Geflecht von Spinnweben. »Du weißt ja, den Mund musst du offen halten«, flüsterte sie Bertha eindringlich zu und wunderte sich über ihre eigene Aussprache. Ihr Mund war völlig trocken und die Zunge wollte ihr nicht so recht gehorchen. Es kam ihr vor, als lallte sie wie ein Betrunkener.

Sie schielte zur Kerze, die jedoch im gleichen Augenblick erlosch. Kurz hatte Hanna das Gefühl zu schweben. Im selben Moment riss eine fremde Gewalt die beiden Frauen auseinander. Hanna schrie und prallte hart auf den Boden. Das panische Geschrei der vielen Menschen wurde im nächsten Augenblick von herabrauschendem Gestein übertönt. Hanna begann fürchterlich zu husten.

Nachdem der tosende Lärm verebbt war, drangen die Schreie wieder an ihr Ohr. Sie tastete ihre nähere Umgebung ab und fühlte nichts als Gesteinsbrocken. Die ganze Luft war erfüllt von umher wirbelndem Schmutz, der in Hals und Augen brannte. Sie schloss die Augen und zog ihren Ärmel über die Hand, die sie vor Mund und Nase hielt, doch der feine Staub drang hindurch und fraß sich durch ihre Luftröhre. Erneut hustete sie und rang verzweifelt nach Atem.

»Bertha?«, krächzte sie ängstlich, doch sie bekam keine Antwort.

Schwarz wie im tiefsten Grab war es im Bunker geworden. Unsicher kroch Hanna vorwärts. Plötzlich stieß sie auf ein weiches Hindernis. Eine Hand. Warm, aber schlaff. Hanna schluckte schwer. Bitte nicht Bertha. Sie öffnete kurz die Augen und sah durch den Staub hindurch eine fremde Person vor sich liegen.

Da – ein Licht! Hanna kroch darauf zu so schnell sie konnte. Mit einem Mal krachte es wieder laut, und der Hoffnungsschimmer war verschwunden. Erneut musste sie ihre Augen schließen, so sehr brannte der Staub. Sie keuchte angestrengt und änderte die Richtung. In hellem Orange schimmerte der dichte Staub. Das Flackern warf gespenstische Schatten.

Der Geruch von brennendem Holz stieg ihr in die Nase. Ganz in ihrer Nähe hustete jemand. Sie war also doch nicht so allein, wie sie sich fühlte. Plötzlich stieß sie mit dieser Person zusammen, doch auch das war nicht Bertha.

In einer anderen Ecke gab es ein weiteres Flackern, das sich schnell zu einem beachtlichen Feuer entwickelte.

Hanna wischte sich die Stirn. Ganz dicht am Boden kroch sie, hier konnte sie wenigstens über einen halben Meter diffus erkennen, was vor ihr lag.

Wie aus dem Nichts tauchten unzählig viele Leiber vor ihr auf. Sie lagen kreuz und quer auf dem Boden verteilt, manche übereinander, andere nebeneinander, bedeckt von Gestein und Schmutz. Ihre Augen waren weit aufgerissen, ein Ausdruck des Entsetzens lag darin. Der flackernde Schein des Feuers warf tanzende Schatten auf die Toten, was bei manchen den Anschein erweckte, als bewegten sie sich. Hanna schauderte.

Auch hier fand sie ihre Freundin nicht. Ihr wurde schwindelig, und zwischen den Hustenkrämpfen übermannte sie eine fürchterliche Übelkeit.

Schließlich kletterte sie über die Leichen hinweg. Es fühlte sich merkwürdig an, als ihre Hände in den erschlafften Körpern versanken. Der Geruch von Staub und Feuer vermischte sich mit dem von Kot und Urin. Hanna begann zu würgen und erbrach sich auf ein Hosenbein.

Nachdem sie die Leichen endlich überwunden hatte, stieß sie auf eine schier unüberwindbare Wand loser Steine. Ohne lange zu überlegen, griff sie zu und warf die Brocken achtlos hinter und neben sich.

Mit einer unerwarteten Heftigkeit begann der Raum, sich zu drehen. Hanna taumelte. Jedoch hielt sie nur kurz inne, um dann wieder Stein für Stein abzutragen.

Die heiße Luft schnürte ihr die Brust zu. Ihr war, als wäre sie in einem Ofen eingesperrt, den Satan höchstpersönlich in Brand gesetzt haben musste.

Schließlich lehnte sie sich gegen die Schuttwand und war versucht, aufzugeben. Das Husten und Klagen anderer Verschütteter verschwand wie hinter einer dicken Mauer. Hanna nahm nur noch das Rauschen ihres eigenen Blutes und das Rasseln ihres flachen Atems wahr. Das Feuer knisterte immer bedrohlicher.

Plötzlich krachte es erneut. Knapp hinter ihr stürzte ein Teil der Decke ein.

Sie schrie und hielt sich die Hände schützend über den Kopf. Wo sollte sie hin? Sie saß in der Hölle fest und wusste nicht, wie sie ihrem Schicksal entkommen konnte.

Mit Tränen der Verzweiflung nahm sie den einzigen Weg, der ihr jetzt noch blieb, und kroch auf das Feuer zu.

Die Luft war so heiß, dass Hanna glaubte, zu verglühen. Vor ihr loderte die undurchdringliche Feuerwand. Es roch nach verbranntem Fleisch. Links der Feuerwand stieß Hanna erneut auf einen riesigen Haufen aus Schutt. Ein weiterer Hustenanfall schüttelte sie. Sie sog die Luft ein wie ein Ertrinkender, der noch mal kurz an die Wasseroberfläche gelangt, um das letzte Fünkchen Hoffnung in sich aufzusaugen.

Dann machte sie sich daran, den Schutthaufen zu erklimmen. Immer wieder rutschte sie mit den heißen Steinen den züngelnden Flammen entgegen, die sie zu verschlingen drohten.

Vor ihren Augen verschwammen die Steine zu einer unscharfen Masse. Alles um sie herum bewegte sich. Unerschütterlich kroch sie jedoch weiter nach oben durch den Spalt.

Auf der anderen Seite rutschte sie mit dem Geröll nach unten. Die Luft war hier nicht mehr ganz so heiß. Es war auch dunkler.

Aber der Staub legte sich genauso dicht um Hanna wie dort, wo sie hergekommen war. Mit tränenden Augen blinzelte sie durch die Finsternis.

In einiger Entfernung drang ein schwacher Lichtschein zu ihr durch. Kein oranges Flackern. Kaltes, helles Licht.

Hanna kroch mühsam darauf zu. Auch hier musste sie über unzählige Leiber kriechen. Manche schrien um Hilfe, andere husteten oder röchelten nur noch.

Der Weg schien unüberwindbar. Hanna war am Ende ihrer Kräfte.

Schließlich setzte sie sich und lehnte sich kurz an die Wand. Eine bleierne Müdigkeit überkam sie, der Hanna dankbar entgegen sank.

Nur kurz die Augen schließen. Ein klein wenig ausruhen. Nur ein kleines bisschen …

Ein Schrei riss Hanna empor. Sie hatte das Gefühl, als hätte Großmutter laut nach ihr gerufen. Hanna blickte um sich. Doch nur Schutt und Leichen waren ihre Begleiter in den vermeintlich nahenden Tod.

Zu Großmutter.

Nein, sie durfte nicht aufgeben! Langsam kroch sie voran.

An der Öffnung empfing sie ein Hauch kühler Luft, mühsam zwängte sie sich hindurch.

Luft!

Freiheit!

In gierigen, rauen Zügen inhalierte sie zwischen den Hustenkrämpfen den Sauerstoff. Schließlich ließ sie sich auf den Boden sinken, um langsam zur Ruhe zu kommen.

In die Erleichterung, dem Inferno entkommen zu sein, mischte sich mehr und mehr die bange Frage nach Bertha. Der Gedanke, dass sie irgendwo tot in den Trümmern lag, war Hanna ebenso unerträglich wie die Vorstellung, nochmal durch das Loch zu kriechen und nach ihr zu suchen. Ihre Freundin musste es alleine schaffen.

Mit zitternden Beinen stand sie schließlich auf und ging.

Hier draußen war nichts mehr wie vor dem Angriff. Unter einem großen Steinberg ragte ein Stück der Tram heraus. Meterhoch schlugen die Flammen aus Fensteröffnungen und Dachstühlen der Häuser. Dort, wo sonst der Himmel zu sehen war, hing dichter Rauch wie ein schwarzes Leichentuch und verdunkelte die Sicht.

Schließlich kletterte Hanna auf einen Trümmerberg. »Oh mein Gott!«, rief sie und hielt sich die Hände vors Gesicht. Die ganze Straße war wie weggefegt. Wie dürre Skelette ragten die wenigen stehengebliebenen Häuserwände trostlos in den Himmel.

Hanna irrte weiter. Von ihrem vertrauten München schien nichts geblieben. Ob sie ihr Zuhause in der Antonienstraße jemals wiederfinden würde?

Schließlich kam sie an eine Kreuzung. Linkerhand entdeckte sie eine Gruppe Menschen, die sie nach der möglichen Richtung fragen wollte.

Schon als sie näher kam, beschlich sie ein ungutes Gefühl. Sie sollte hier besser nicht weitergehen.

Nach ein paar Schritten gab sie ihrem Gefühl nach und blieb stehen.

Die Gruppe bestand aus mehreren Frauen und Kindern. Hanna lief es eiskalt den Rücken hinunter. Sie waren alle tot.

An einer der wenigen Hauswände, die den Bomben getrotzt hatten, lehnte ein Mann. Seine Hände hatte er neben sich an die Wand gelegt. Es sah aus, als wolle er sie vor dem Einsturz bewahren. Seine Augen waren weit geöffnet. Er bewegte sich keinen Millimeter. Obwohl der Mann auf den ersten Blick nicht besonders ungewöhnlich aussah, erkannte sie, dass er tot war. Hanna schauderte und erinnerte sich dunkel an die Schilderungen der Oberin über den Anblick von Lungenriss-Toten.

Völlig erschöpft setzte sie ihren Weg fort, immer wieder knickten ihre Beine ein. Je weiter sie ging, umso mehr Leichen säumten ihren Weg.

Einige Tote waren schwarz verkohlt und auf Puppengröße geschrumpft. Ein Anblick, den Hanna nicht mehr ertragen konnte. Sie warf sich vornüber und erbrach sich in die Trümmer.

Mit einem langen Atemzug richtete sie sich wieder auf und setzte ihren Weg fort. An manchen Stellen war es totenstill. Kein Vogelgezwitscher, nicht die kleinste Maus regte sich. Hanna fühlte sich von Gott und der Welt verlassen. Ihr war, als schreite sie durch die Hölle.

Lazarett Hauswirtschaftsschule
München
9. Juni 1944

Nach Stunden des Umherirrens hatte Hanna die Antonienstraße gefunden. Auch hier nahm der Rauch das Tageslicht.

Erleichtert, endlich zu Hause zu sein, öffnete sie die Tür und betrat das Haus. Gerade kam Gerda die Treppe herunter.

»Hanna! Was machst du denn hier? Wir dachten alle, du seist tot!«

»Was ist das denn für eine Begrüßung?«, fragte Hanna fassungslos. »Ihr wusstet doch, dass ich in Urlaub fahre.«

Schnippisch entgegnete Gerda: »Dein Clemens hat sogar die Trümmer am Bahnhof nach dir durchsucht.«

Hanna stöhnte auf und schloss schuldbewusst die Augen.

»Was der um dich geweint hat! Richtig leid getan hat er mir.« Jetzt lächelte Gerda ihr versöhnlich entgegen. »Umso mehr wird er sich freuen, dich wohlbehalten wiederzuhaben.« Abschätzig sah sie an Hanna herab. »Naja, einigermaßen wohlbehalten.«

Während Hanna zur Oberin schlurfte, um sich vom Urlaub zurück zu melden, wunderte sie sich über Gerdas Empathie, das war ja eine völlig neue Seite an ihr.

»Hanna! Wie sehen Sie denn aus?«, rief die Oberin bestürzt.

Hanna blickte an sich herab. Fürwahr, sie bot keinen besonders gepflegten Anblick. Über und über von Schmutz bedeckt, die Schwesterntracht an vielen Stellen zerrissen, Hände und Beine waren von blutigen Wunden übersät. Sie hustete. »Ich war im Zollamtshaus verschüttet. Tut mir leid, Frau Oberin.«

»Und wo waren Sie die letzten zwei Wochen?«

»Im Urlaub. Das wussten Sie doch.«

»Nach dem Angriff am Hauptbahnhof hätten Sie sich hier melden müssen! Weil Sie das nicht getan haben, ist mir nichts anderes übrig geblieben, als eine Vermisstenmeldung herauszugeben. Die habe ich auch Ihren Eltern geschickt.«

Bestürzt schlug sich Hanna die Hand an die Stirn. Sie musste den Eltern umgehend eine Karte schicken. Bestimmt waren sie in großer Sorge.

»Gehen Sie sich waschen, spülen Sie ihre Wunden und ziehen sich um. In drei Stunden beginnt Ihr Nachtdienst.«

Sofort wieder Nachtdienst? Hanna nickte demütig. Dann wandte sie sich nochmal zu der Vorgesetzten: »Bertha war mit mir im Bunker. Wir wurden auseinander gerissen und ich habe sie seitdem nicht mehr gesehen. Wissen Sie vielleicht …?«

Die Oberin schloss für einen Moment die Augen und bekreuzigte sich. »Gott steh ihr bei. Wir warten erst einmal bis morgen ab.«

Mit einem Mal flog die Zimmertür auf und Clemens stürzte herein. »Hanna!« Tränen standen ihm in den Augen. Er nahm sie stürmisch in die Arme und drückte sie, als wolle er sie nie wieder loslassen. Obwohl Hanna alle Knochen schmerzten, ließ sie es zu. Auch sie freute sich, Clemens unversehrt wiederzusehen.

Plötzlich schluchzte er. »Wir dachten alle, du wärst tot! Das war so furchtbar! Ich lass dich nie mehr alleine wegfahren, hörst du!«

Sanft fuhr sie ihm über den Kopf. »Tut mir leid, dass du dir Sorgen gemacht hast. Aber jetzt bin ich ja wieder da.«

Zärtlich lächelte er Hanna an. »Ein Glück! So einen Sonnenschein wie dich werde ich nicht noch einmal in meinem Leben finden.«

Hanna winkte ab. »Jetzt übertreibst du aber.«

»Im Gegenteil.« Clemens hielt ihr Gesicht in beiden Händen, küsste sie auf die Stirn und sah ihr dann eindringlich in die Augen. »Für mich bist du etwas ganz Besonderes, vergiss das nie.«

Nachdem Hanna unter Schmerzen ihren Nachtdienst verrichtet hatte, musste sie neben dem Anfertigen von Röntgenaufnahmen auch noch im Frühdienst mithelfen, weil Leni später kommen würde. Bertha war noch immer nicht aufgetaucht, Hannas Sorge wich immer mehr einem dumpfen Gefühl von Hoffnungslosigkeit.

Sie stand an der Tür zum Wartezimmer, um den nächsten Patienten zum Röntgen aufzurufen, als sie vom Eingang her ein Schluchzen vernahm.

Bertha humpelte auf sie zu und fiel ihr in die Arme. »Du lebst!«, riefen beide gleichzeitig. Bertha sah fürchterlich aus, das Gesicht war aufgeschürft, die Schwesterntracht zerrissen.

Minutenlang hielten sie sich fest umschlungen und weinten.

Es war bereits Mittag, als Leni endlich im Stationszimmer erschien und Hanna Feierabend machen durfte.

»Du bist aber reichlich spät«, beschwerte sie sich bei der Kollegin. »In fünf Stunden fängt mein regulärer Dienst an, und ich habe noch nicht eine Minute geschlafen.« Außerdem spürte sie jeden einzelnen Knochen. Ihr Rücken fühlte sich an, als wäre er voller Hämatome.

Statt einer Entschuldigung schnitt Leni ihr eine Grimasse. »Du wirst es überleben«, entgegnete sie bissig.

Hanna traute ihren Ohren kaum. »Wie bitte?«

»Dir wird schon kein Zacken aus der Krone brechen, nur weil es mal nicht so läuft, wie du es gerne hättest.« In Lenis Stimme schwang ein überraschend boshafter Unterton.

»Was ist denn in dich gefahren?«, fragte Hanna aufgebracht. »Man könnte ja glatt meinen, Gerda stünde vor mir. Und was soll das überhaupt heißen – mal nicht so läuft, wie ich es gerne hätte?«

»Alles, Hanna! Einfach alles!« Jetzt verschränkte Leni die Arme vor der Brust und sah trotzig an Hanna vorbei.

»Alles? Was soll das?«

Leni richtete ihren Blick wieder auf Hanna und funkelte sie angriffslustig an. »Dir fällt doch alles nur so zu.«

»Was meinst du damit?«

Unwillig verdrehte ihre Kollegin die Augen. »Na, alles halt! Die Patienten, die Männer, die Röntgenausbildung, die Zerstörung der Gestapozentrale – du scheinst ja mehr Glück als Verstand zu haben!«

»Gestapozentrale? Was habe ich denn damit zu tun?«

Lenis Augen weiteten sich, als sei sie selbst erschrocken über ihre Äußerung, ihre Wangen färbten sich dunkelrot. »Ach, nix«, wehrte sie ab und eilte in verräterischer Hast zur Tür.

Blitzschnell packte Hanna sie am Arm. »Moment! So einfach kommst du mir nicht davon!«

Mit gesenktem Kopf stand Leni nun vor ihr, kein Laut drang über ihre Lippen.

»Sprich!«

Leni starrte weiterhin stur auf den Boden und griff sich gleichzeitig ins Haar.

»Mensch, Leni! Was soll das?« Hanna blickte auf Lenis Zopf, der sich wie ein Kreisel zwischen ihren Fingern bewegte. »Dass du mir böse bist, weil ich die Röntgenausbildung machen durfte, kann ich ja verstehen. Ich wusste, dass du die Stelle gern haben wolltest und habe mich wahrhaft nicht darum gerissen. Aber der Heinbach wollte meine Einwände nicht gelten lassen.«

Ohne den Kopf zu heben, richtete Leni einen verwunderten Blick auf Hanna.

»Ich wollte dir die Stelle wirklich nicht streitig machen. Es tut mir echt leid, Leni.«

»Und ich dachte die ganze Zeit, du wärst mir in den Rücken gefallen«, brachte sie kleinlaut hervor.

Hanna wiegte den Kopf. »Das ist doch nun wirklich nicht meine Art. So gut müsstest du mich aber kennen.«

Leni wirkte ratlos und hob die Schultern.

»Und was ist das mit der Gestapozentrale?«, fragte Hanna bestimmt. »Was soll ich damit zu tun haben?«

Leni sah kurz zur offenen Tür und schob sie zu. »Das ... das ist schon etwas länger her«, begann sie zögerlich. »Noch bevor du im Urlaub warst. Wir hatten Frühdienst. Also Gerda und ich.

Und da hat sich Gerda scheinbar einen Moment allein geglaubt, und ich habe mitbekommen, wie sie furchtbar aufgebracht vor sich hin geschimpft hat.« Leni drehte ihren Zopf so heftig, dass es Hanna störte. Sie hielt ihre Kollegin am Handgelenk fest und senkte deren Arm. Überrascht sah Leni sie an, fasste sich aber sogleich wieder. »Dabei ist dein Name gefallen.«

Dass Gerda über sie geschimpft hatte, wunderte Hanna nicht. Aber welche Rolle spielte die Gestapo in diesem Schmierenstück? »Über was hat sie denn geschim…«

Mit einem Ruck ging die Tür auf und Gerda kam ins Stationszimmer. »Ach nee!«, rief sie mit erzürnter Miene. »Ich kann mir die Finger wund arbeiten, während ihr hier beim Kaffeeklatsch rumsteht!«

Aus dem Augenwinkel bemerkte Hanna, wie Leni schon wieder nervös an ihrem Zopf herumfuchtelte.

»Jetzt halt aber mal die Luft an, Gerda! Ich war gerade dabei, den Dienst an Leni zu übergeben. Du brauchst dich also gar nicht zu beschweren.«

Gerda schnaubte, holte etwas aus dem Schrank und verschwand wieder. Hinter ihr fiel die Tür donnernd ins Schloss.

Indes sah Hanna auffordernd zu Leni. Doch die richtete einen scheuen Blick zur Tür.

»Erzähl weiter«, forderte Hanna nachdrücklich.

Schließlich wandte sich Leni wieder Hanna zu und flüsterte: »Von irgend so einem Heini war die Rede. Dass er vermisst wird, seit bei dem Großangriff im April ein Teil der Gestapozentrale zerstört worden ist. Und wegen irgendwelchen Notizen hat sie gejammert, dass die jetzt weg sind.«

Eine heiße Welle des Schreckens durchfuhr Hanna. Ihr Gesicht kribbelte, als sei dort kein Blut mehr vorhanden.

»Sie hat ja schon immer gern an dir herumgestichelt«, fuhr Leni fort. »Und ich kann mir vorstellen, dass sie irgendwas gemeldet haben könnte.«

»Ich weiß wirklich nicht, was ich damit zu tun haben soll«, log Hanna und wandte sich von der Kollegin ab.

Die nächsten Stunden verbrachte sie mit Grübeln. Doch Hanna kam zu dem Schluss, dass sie sich vermutlich viel zu viele Gedanken machte. Nichts hatte sie sich vorzuwerfen. Gerda konnte ganz einfach nichts gegen sie in der Hand haben.

In der Woche darauf musste Hanna schon wieder mit Gerda zusammenarbeiten. Gerade faltete sie im Stationszimmer die frischen Laken, da kam die Hilfsschwester herein. Sie lehnte sich an den Schrank und sah Hanna bei ihrer Arbeit zu.

Darüber ärgerte sich Hanna, doch sie verzichtete darauf, deren Mithilfe einzufordern.

»Hast du in der letzten Wochenschau den Bericht über die V1 gesehen?«, fragte Gerda unvermittelt.

Hanna schüttelte den Kopf, ohne von ihrer Arbeit aufzusehen.

»Die Rakete hat es erstmals geschafft, bis nach London zu kommen. Juchhe! Da muss es gekracht haben, dass die Fetzen flogen. Geschieht den blöden Engländern recht!«

»Also wirklich, Gerda! Mir tun die Leute leid. Ob es nun Engländer sind oder Deutsche oder der Kaiser von China, das spielt doch keine Rolle. Wir wissen doch selbst, wie es ist.« Hanna war sicher, dass Gerda wieder nach etwas suchte, das sie ihr als ›volksfeindlich‹ anlasten könnte. Doch solch menschenverachtende Äußerungen konnte sie einfach nicht unkommentiert lassen, und wenn es sie den Kopf kostete. »Und zu deiner Frage, ob ich den Bericht gesehen habe: Für das Kino habe ich keine Zeit. Offenbar ganz im Gegensatz zu dir.«

»Aber man muss doch auf dem Laufenden sein und über die neuesten Berichte von der Front Bescheid wissen.«

»Mir ist es zu teuer, ständig ins Kino zu laufen. Außerdem bin ich froh, wenn ich nach einem anstrengenden Arbeitstag meine Ruhe habe. Da muss ich mich nicht auch noch unter die Leute mischen.« Zudem äußerten sich immer mehr Leute darüber, dass in der Wochenschau nur noch Märchen erzählt würden. Sie hütete sich jedoch, dies auszusprechen.

»Interessiert dich das denn gar nicht?«

Hanna meinte, ein gewisses Lauern in Gerdas Stimme zu hören. Sie wusste, dass sie jetzt dringend versuchen sollte, den Gesprächsverlauf zu ihren eigenen Gunsten zu beeinflussen. »Ich höre die Nachrichten im Radio«, räumte sie ein. »Da bin ich auf dem Laufenden.«

»Aha«, entgegnete die Hilfsschwester mit einem Hauch von Triumph in der Stimme. »Verdächtig, verdächtig ...«

Hanna sah entgeistert zu Gerda auf, die jetzt dicht neben ihr stand. »Was ist denn daran verdächtig?«

Gerda zog die Stirn kraus und wiegte den Kopf. »Tabletten vertauscht, kein Interesse an der Wochenschau. Womöglich hörst du sogar den Feindsender ...«

Hanna schlug mit der Hand auf den Tisch. »Also, das ist doch ...«

»Fast eine Meldung wert, findest du nicht auch?«, flötete Gerda im Hinausgehen.

Englischer Garten
München
Juni 1944

Sie saßen auf derselben Bank, auf der Clemens ihr im März den Heiratsantrag gemacht hatte. Doch weder er noch die strahlende Sonne waren imstande, Hannas sturmumwölkte Miene zu erhellen. Seit Tagen konnte sie ihre grüblerischen Gedanken nicht abschütteln.

»Ich werde das Gefühl nicht los, dass Gerda mir schon wieder was ankreiden will.«

»Was ankreiden? Und was heißt hier schon wieder?«

Hanna schüttete ihm ihr Herz aus und erzählte diese leidige Geschichte von Anfang an. »Und gestern hat sie mir unterstellt, Feindsender zu hören. Das wäre eine Meldung wert. Dabei hat sie sich das aus den Fingern gesogen.«

Entsetzen lag in seinem Blick. »Wie kommt sie denn darauf?«

Hanna zuckte hilflos mit den Schultern.

Clemens' Blick schweifte durch den Park, als suche er dort nach einer Antwort. Er schüttelte den Kopf und rieb sich die Stirn. »Hanna, du unterschätzt die Gefahr! Du musst wirklich ganz genau darauf achten, was du sagst. Besonders in diesen Zeiten, wo ein jeder den anderen wegen Nichtigkeiten denunziert. Nicht nur Gerda.« Aufgebracht fuhr er sich durch die Haare.

Hanna machte sich immer kleiner auf der Bank. Sie wusste nichts mehr zu sagen. Doch das war auch gar nicht nötig, denn Clemens polterte direkt weiter: »Du bist einfach zu leichtsinnig! Mit dem, was du anderen anvertraust, gibst du ihnen gleichzeitig ein Messer in die Hand, das sie dir in den Rücken stoßen, wenn du am wenigsten damit rechnest. Sei also verdammt vorsichtig und denke erst nach, bevor du den Mund aufmachst.«

Hanna entzog ihm ihre Hand und schlug sie energisch auf ihren Oberschenkel. »Du bist unfair! Ich habe doch gar keine bösen Absichten und tue meine Pflicht wie jeder andere auch.«

Clemens machte eine beschwichtigende Geste. »Das weiß ich doch. Und Gerda weiß das bestimmt auch. Aber ich könnte mir vorstellen, dass sie auch noch mächtig eifersüchtig auf dich ist.«

»Eifersüchtig? Weswegen?«

»Du bist hübsch – sie nicht, du bist bei den Ärzten und Kolleginnen beliebt – sie nicht, du kommst bei den Männern an – sie nicht.«

»Was redest du denn da?«

»Du weißt schon, dieser komische Kerl mit der Lungenentzündung, der immer mit dir spazieren gehen wollte. Ist dir nie aufgefallen, wie Gerda ihn immer vergöttert hat? Und wie giftig ihr Blick wurde, wenn er dich angehimmelt hat? Ich habe es doch mit eigenen Augen gesehen. Und du warst immer schön freundlich zu ihm. Das kann ein eifersüchtiger Mensch durchaus falsch verstehen.«

»Natürlich war ich freundlich«, gab sie frostig zurück. »Das bin ich den Patienten doch schuldig. Du glaubst ja wohl nicht ernsthaft, dass ich diesen Kerl auch nur ansatzweise toll finde!«

»Immerhin ist er bei der SS.«

»Ja und?« Hanna begann zu kochen wie Sauerfleisch. Wollte Clemens ihr nun erzählen, Gerda wäre eifersüchtig, oder sprach er eher von sich selbst?

»Ihr Frauen fliegt doch auf die uniformierte Elite.«

»Also jetzt reicht's mir aber!« Sie sprang von der Bank auf und rauschte mit energischen Schritten davon. Sie ließ sich doch nicht unterstellen, dass sie sich für solche Jammerlappen wie diesen Fendl interessierte!

Hinter sich hörte Hanna den Kies knirschen. Clemens ergriff ihren Arm und drehte sie in einer schnellen Bewegung zu sich herum. »Hanna, so war das doch gar nicht gemeint.« Er wirkte verzweifelt. »Bitte, geh nicht weg. Ich will nicht mit dir streiten.«

Hanna spürte, wie sie unter seinen flehenden Blicken wieder weich zu werden drohte. Aber so leicht wollte sie es ihm nicht machen. »Schwöre«, drohte sie mit erhobenem Zeigefinger, »dass du nie, niemals wieder behauptest, ich wäre an einem anderen interessiert!«

Clemens senkte kurz die Lider und blies hörbar den Atem aus. Dann sah er ihr fest in die Augen. Er hob die rechte Hand, und mit einem Anflug von Grinsen im Gesicht sagte er: »Ich schwöre.«

Hanna wollte ernst bleiben, konnte sich ein Schmunzeln jedoch nicht verkneifen. Sie konnte ihm einfach nicht lange böse sein. Versöhnlich reichte sie ihm die Hand, und gemeinsam gingen sie weiter.

»Das Leben ist viel zu kurz«, sagte Clemens schließlich und blieb stehen. »Und diese kurze Zeit ist viel zu kostbar.« Er legte seine Hand in Hannas Nacken, zog sie zu sich und drückte seine Lippen sanft auf ihre. »Versprich mir, dass wir nie im Streit auseinander gehen werden. Ich könnte es nicht ertragen, wenn wir gestritten hätten und dann einem von uns etwas zustoßen würde. Ich liebe dich mehr als alles andere auf der Welt. Und das sollst du auch in Momenten wissen, wenn es dir mal nicht so gut geht und ich nicht bei dir sein kann. Dann sollte kein Streit zwischen uns stehen.«

»Ach Clemens, du hast ja so recht«, gestand Hanna. Dann schloss sie kühn: »Aber trotzdem! Behaupte nie wieder, ich würde auf die Elite stehen!«

Leopoldkaserne
Schwere-Reiter-Straße, München
5. Juli 1944

Obwohl es draußen nicht ausgesprochen heiß war, klebte Hanna hier drin inzwischen die Schwesterntracht am Leib. Viel zu viele hatte man in die Kammer gepfercht. Mit einem lauten Knall schloss der Wachmann die Tür von außen zu. Hanna zuckte zusammen. Richtig duster war es jetzt, lediglich an einer Wand war ein kleines Licht angebracht. Aber Licht war ohnehin nicht das, was sie brauchte. Luft zum Atmen hätte Hanna vollkommen gereicht, doch das bisschen Sauerstoff, das sie angestrengt durch die Gasmaske hindurch aufsaugen konnte, wurde mit jedem Atemzug heißer und würde bestimmt nicht genügen, um noch lange lebend darin zu stecken. Den Anblick der Soldaten fand Hanna gruselig, mit den runden Sichtfenstern in den Masken wirkten sie wie seltsam sprechende Totenköpfe.

»Ja toll!«, rief Bertha ihr aufgebracht entgegen. Auch ihre Stimme klang verzerrt. »Und wenn die Dinger jetzt nicht dicht sind, fallen wir tot um oder was?« Angst glomm in ihren Augen.

Auch Hanna spürte mit jeder Minute mehr Panik in sich aufsteigen. Sie befürchtete zu ersticken, noch ehe die Gasraumprobe angefangen hatte.

»Sieh dich um, Bertha«, forderte sie ihre Freundin ungeduldig auf. »Wir können hier gar nicht umfallen.«

Ein schrilles Fiepen ließ die Gespräche abrupt enden. Es klang wie die Wasserleitung im Lazarett, deren Geräusche stets durch die untere Etage dröhnten, sobald man das Wasser aufdrehte.

Schließlich wurde das Fiepen leiser, und eine gespenstische Stille legte sich über die Menschen.

Nach einer Weile löste ein leises stetiges Zischen das Fiepen ab. Es klang, als käme es von oben.

Hanna hob den Kopf, erst jetzt bemerkte sie an der Decke die in regelmäßigen Abständen angebrachten Duschköpfe. Das Zischen wurde lauter. Genau wie Hannas Angst, die inzwischen so durchdringend in ihrem Inneren dröhnte, dass ihr bereits schwindelig wurde.

Doch statt des befürchteten Gasgeruchs nahm Hanna nur den abgestandenen Mief innerhalb der Gasmaske wahr. Lange würde der Sauerstoff nicht mehr reichen.

Die Minuten verstrichen quälend langsam, und stillzustehen fiel Hanna zunehmend schwer. Auch Bertha schien unruhig zu werden, ihr Kopf bewegte sich unablässig. Dabei stieß sie ständig gegen die Gasmaske des Soldaten hinter sich.

Schließlich nahm das zischende Geräusch ab, wurde leiser, bis es ganz verstummte.

An der Türe tat sich jedoch nichts.

Gemurmel setzte ein, das mit jeder weiteren Minute anschwoll und in laute Beschwerderufe mündete, die durch die Masken dumpf zu Hanna drangen.

Wie lange mussten sie denn noch hier drin bleiben? Die konnten sie doch nicht ersticken lassen!

Nach einer weiteren gefühlten Ewigkeit öffnete sich auf der anderen Seite der Kammer die Tür wie ein erlösendes Versprechen. Gleißend helles Licht durchdrang die Sichtfenster der Gasmaske und Hanna musste blinzeln. Mit einem Winken bedeutete ihnen der Wachmann, herauszukommen. Sofort fiel die Anspannung von Hanna ab. Im Freien halfen sie und Bertha sich gegenseitig, sich schnellstmöglich von den engen Gummimasken zu befreien.

»Ab sofort haben Sie Ihre Gasmaske ständig mit sich zu führen!«, donnerte der Wachmann in die Runde. »Es gibt den verdichteten Hinweis, dass der hinterhältige Angloamerikaner Kampfgas gegen unser Volk einsetzen will. Doch hiermit werden wir ihm ein Schnippchen schlagen. Das deutsche Volk lässt sich nicht besiegen! Niemals! Sieg Heil!«

Lazarett Hauswirtschaftsschule München

19. Juli 1944

Seit mehr als einer Woche flogen die Amerikaner jeden Tag Großangriffe auf die Stadt, und Schwabing war von dieser Anschlagsserie besonders hart getroffen worden. Am vorigen Mittwoch hatten noch weite Teile des Viertels vom Angriff des Vortages gebrannt, als sich wieder eine ganze Staffel genähert und den bislang schwersten Schlag gebracht hatte.

Hanna war erneut zur Brandwache eingeteilt und betete inständig, dass sie sich im Falle eines Angriffs außerhalb des markierten Gebiets befand.

Gegen Mittag traf das Unvermeidliche ein: Luftwarnung. Hannas Puls überschlug sich beinah. Binnen kürzester Zeit waren alle Patienten im Keller, und das hässliche Brummen der Bomber dröhnte bereits in ihren Ohren. Dieses anhaltende Gefühl der Hilflosigkeit machte sie allmählich mürbe. Wann war der Krieg endlich vorbei?

Einer der verwundeten Soldaten raufte sich die Haare. »Das ist ja nicht auszuhalten! Da bin ich doch lieber an der Front. Dort kann ich mich wenigstens verteidigen statt mich nur zu verstecken.«

Bangen Herzens machte sich Hanna schließlich auf den Weg zum Dachboden. Dabei fiel ihr ein, dass sie die Gasmaske ständig bei sich tragen sollte. Die hing allerdings in ihrem Zimmer über der Stuhllehne. Ob sie sie noch schnell holen sollte?

Der ohrenbetäubende Lärm jedoch vermeldete, dass die Flieger ganz nah waren. Trotz ihrer unbeschreiblichen Angst blieb Hanna wie üblich kurz am obersten Fenster stehen und riskierte einen Blick nach draußen. Im selben Moment fiel etwas am Fenster vorbei. Hanna zuckte zusammen, drückte aber direkt ihre Nase an das Fensterglas und blickte nach unten. Das fliegende Objekt zog einen rot leuchtenden Schweif hinter sich her.

»Gott, steh uns bei! Jetzt sind wir dran!« Sie hatte das Stoßgebet noch nicht ganz ausgesprochen, da rannte sie schon mit schmerzhaft hämmerndem Herzen zum Speicher empor und warf nur einen kurzen Blick über den Dachboden.

Während sie die Stiege wieder herunter kletterte, zitterten ihre Beine so sehr, dass sie strauchelte und die letzten beiden Stufen hinunterfiel. Im Aufstehen sah sie aus dem Augenwinkel durch das Fenster unzählige Bomber auf das Gebäude zu fliegen.

Hanna rannte nicht, sie flog durch das Treppenhaus nach unten. Einen kurzen Moment überlegte sie, die Brandwache im gegenüberliegenden Haus zu vernachlässigen. Doch der Gedanke an den Ärger, der ihr dann drohte, ließ sie pflichtbewusst über die Straße laufen und im Nachbargebäude ihren Dienst verrichten.

Schon fielen die ersten Bomben auf Schwabing. Das typische Kreischen schrillte in Hannas Ohren. Der Boden unter ihren Füßen vibrierte fortwährend. Irgendwo zersprangen Fensterscheiben, Steine fielen herab.

Hanna spähte vorsichtig durch die einen Spaltbreit geöffnete Eingangstür und rannte los. Der Weg über die Straße kam ihr diesmal weiter vor als sonst. Aus dem Augenwinkel sah sie am Ende der Straße etwas Dunkles. Es bewegte sich schnell von oben herab. In dem Moment, da sie die Tür aufriss, knallte es. Das Knacken in den Ohren irritierte sie. Nicht nur der Boden unter ihren Füßen, ihr ganzer Körper erzitterte unter dem Dröhnen. Eine unsichtbare Macht drückte sie weiter in den Flur hinein und ließ kurz darauf die Haustür mit einem lauten Schlag ins Schloss fallen. Hanna schrie. Voll Entsetzen stürmte sie hinunter in den Schutz des Kellers.

Nie im Leben wollte sie da nochmal hinaufgehen. Diese Bomben. Dieser Terror. Diese Angst. Sie wollte das alles nicht mehr!

Antonienstraße
München
20. Juli 1944

»Mein Sonnenschein!« Clemens begrüßte Hanna mit ausgebreiteten Armen vor der Haustür des Lazaretts. Seit Wochen hatten sie kaum Zeit füreinander gehabt. Die Oberin achtete stets peinlich darauf, dass die beiden so selten wie möglich zusammen arbeiteten. Umso mehr genoss Hanna jetzt die Nähe zu ihm. Er bot ihr den Arm und sie hakte sich ein, dann marschierten sie los.

Ihren Plan, mit der Tram in die Stadt zu fahren, mussten sie ändern, das Verkehrsnetz war wegen schwerer Beschädigungen komplett zusammengebrochen. Ihr Weg, den sie zu Fuß zurücklegten, führte an rauchenden Ruinen und tiefen Bombenkratern vorbei.

Auch wenn die halbe Stadt in Trümmern lag, ging das Leben doch weiter. Und weil niemand sagen konnte, wann es zu Ende war, hatten sie beschlossen, es sich so gut wie eben möglich gehen zu lassen und jeden Moment zu nutzen.

Vor einer der Ruinen stand eine Frau, die bitterlich weinte. Clemens schaute im Vorbeigehen zu ihr zurück. »Das muss ihr Haus gewesen sein. Tragisch, jetzt hat sie alles verloren.«

»So viele sind obdachlos geworden«, bemerkte Hanna konsterniert. »Wir können dankbar sein, dass wir noch ein Dach über dem Kopf haben.«

Das Weinen der Frau wandelte sich in einen markerschütternden Schrei. Beide blickten zurück und beobachteten, wie ein Helfer in Sträflingskleidung aus den Trümmern auftauchte und ein kleines Kind in seinen Armen trug. Es rührte sich nicht. Der Mann übergab das Kind der Frau, die es schluchzend in ihre Arme nahm und mit Küssen und Tränen bedeckte.

Hanna seufzte. »Das ist alles so traurig. Ich darf gar nicht darüber nachdenken. Am liebsten möchte man aufgeben, damit man endlich wieder Ruhe bekommt und ein normales, friedliches Leben führen kann.«

»Psst, wenn dich jemand hört!« Clemens nahm ihre Hand und sah sie warnend an.

Kurz darauf kamen sie am Siegestor vorbei. Die Quadriga war vom Sockel gerissen, und einer der vier großen Bronzelöwen stand auf dem Kopf.

»Sieh nur, der Löwe dort versucht auch, seinen Kopf in den Sand zu stecken.« Jetzt lächelte er sie aufmunternd an. »Nur Mut, irgendwann wird auch dieser Krieg vorbei sein, und unsere Kinder dürfen in Frieden aufwachsen und bessere Zeiten erleben.«

»Hoffentlich«, entgegnete Hanna verzagt.

Obwohl es bereits später Nachmittag war, lag eine drückende Hitze über der Stadt. Hannas Hals war wie ausgetrocknet und sie hoffte, irgendwo eine Wirtschaft zu finden, wo sie ein Glas Wasser bekommen konnte.

Je weiter sich die beiden der Innenstadt näherten, umso hektischer ging es zu. Eine merkwürdige, beinah bedrohliche Atmosphäre lag in der Luft. Irgendwas war anders als sonst, aber Hanna fand keine Erklärung dafür.

Besonders viele Wehrmachtsfahrzeuge waren unterwegs, sie fuhren ungewöhnlich schnell, und ein großes Aufgebot an Soldaten präsentierte sich auf den Straßen. Alle wirkten nervös.

Hanna entdeckte die unbeschadete Wirtsstube zuerst. Gemeinsam betraten sie den Schankraum und setzten sich an den ersten freien Tisch. Vor den Fenstern tanzten feine Staubkörnchen in den einfallenden Sonnenstrahlen. An den Fenstern entlang stand eine lange Eckbank, darüber hing ein kunstvoll geschnitzter Herrgottswinkel. Gehäkelte Gardinen zierten die Fenster, die Vorhänge zeigten das gleiche rot-karierte Muster wie die kleinen Mitteldecken auf den Tischen. Eine wahrhafte Idylle zwischen all der Zerstörung.

Nur wenige Menschen hatten sich hierher verirrt. Die meisten brauchten das wenige Geld, über das sie verfügten, für Wichtigeres.

Auf Hannas Protest, ein Bier sei viel zu teuer, hatte Clemens argumentiert, dass er über die paar Mark noch hinwegkommen würde. Einmal dürfe man sich wohl ein Schmankerl gönnen.

Die Wirtin kam auf die beiden zu, nahm die Bestellung auf und brachte ihnen kurz darauf zwei Maß Bier.

»Auf dein Wohl«, sagte Clemens und hob seinen Krug. Hanna prostete ihm zu und nahm ein paar kräftige Schlucke. Ah, das tat gut. Sie wischte sich den Schaum vom Mund und beobachtete den dicken Wirt, der hinter dem Tresen den Zapfhahn bediente und im nächsten Moment den Volksempfänger einschaltete. Er drehte die Lautstärke auf, was die Wirtin mit genervtem Augenrollen quittierte. Über dem Gerät hing ein Portrait des Führers an der Wand. Eine dicke Fleischfliege lief aufgeregt auf des Führers Nase hin und her.

Nachdem sie wieder davongeflogen war, prangte ein hässlicher Fleck auf dem Gesicht. Hanna kicherte.

»Was ist denn so lustig?«, fragte Clemens.

Sie zeigte in Richtung des Bildes und flüsterte: »Da hat gerade eine Schmeißfliege den Führer beschissen!«

Clemens' Blick folgte Hannas Fingerzeig, doch dann erklang aus dem Radio eine aufgebrachte Stimme, die ihn aufhorchen ließ.

»Sie hören den Nachrichtendienst. Auf den Führer wurde heute ein Sprengstoffanschlag verübt. Der Führer selbst hat außer leichten Verbrennungen und Prellungen keine Verletzungen erlitten.«

»Sprengstoff?« Hanna starrte ungläubig auf das verunstaltete Hitlerbild. »Wer kann denn nur so etwas tun?«

In einer vagen Geste hob Clemens die Arme. »Die Wege des Herrn sind unergründlich.«

Als Hanna am Abend wieder ins Lazarett zurückkehrte, stieß sie im Treppenhaus auf Resi.

»So spät noch unterwegs?«

»Ich war mit Clemens in der Stadt. Hast du von dem Attentat gehört?«

Resi machte eine abfällige Geste. »Es gibt kein anderes Thema mehr. Hast du Lust, mir noch etwas Gesellschaft zu leisten? Ich habe Nachtdienst und heute scheint es ruhig zu bleiben.«

»Warum nicht? Ich kann jetzt sowieso noch nicht einschlafen.«

Aus dem Krankensaal drangen gedämpfte Laute. Das Empfangsgerät lief.

»Hast du vergessen, es auszuschalten?«, wollte Hanna wissen.

»Die Patienten denken, sie bekämen heute Nacht noch Neuigkeiten von Hitler zu hören. Sie können sich gar nicht mehr von dem Apparat loseisen.«

Hanna lehnte im Türrahmen, während Resi noch schnell nach einem frisch operierten Patienten schaute. Unterdessen ertönte Hitlers Stimme aus dem Lautsprecher:

»Deutsche Volksgenossen und -genossinnen!«

Viele Soldaten setzten sich in ihren Betten auf, alle horchten in angespannter Haltung. Sogar Resi hielt in ihrem Tun kurz inne und lauschte der sonoren Stimme.

»Ich weiß nicht, zum wievielten Male nunmehr ein Attentat auf mich geplant und zur Ausführung gekommen ist. Wenn ich heute zu Ihnen spreche, dann geschieht dies aus zwei Gründen:

Erstens, damit Sie meine Stimme hören und wissen, dass ich selbst unverletzt und gesund bin.

Zweitens, damit Sie aber auch das Nähere erfahren über ein Verbrechen, das in der deutschen Geschichte seinesgleichen sucht.«

Eine Welle der Erleichterung schien den Saal zu durchfluten. »Der Führer ist unverletzt, Gott sein Dank«, brachte ein Soldat hervor. Viele stimmten ihm zu. Doch nicht in allen Gesichtern registrierte Hanna einen Ausdruck der Freude. Sie hörte, wie Hitler von einer kleinen Clique verbrecherisch dummer Offiziere sprach, die jetzt unbarmherzig ausgerottet werden würden.

Als Bombenleger nannte er Graf von Stauffenberg. Hanna stutzte, als sie diesen Namen hörte. Dieser feine Herr! Wie konnte er es nur wagen, dem Führer nach dem Leben trachten zu wollen?

Hitlers Stimme drang wieder aus dem Apparat in Hannas Bewusstsein:

»Die Behauptung dieser Usurpatoren, dass ich nicht mehr lebte, wird jetzt in diesem Augenblick widerlegt, da ich zu Euch, meine lieben Volksgenossen, spreche ...«

Meine lieben Volksgenossen – der Mann hatte Nerven. Gerade einem Mordanschlag entkommen und im nächsten Moment mit den Gedanken schon wieder bei seinem geliebten Volk. Nur für das lebe er, wie er weiter ausführte.

Des Öfteren noch sprach er von Usurpatoren, und Hanna fragte sich, wer oder was das sein könnte. Im selben Augenblick rauschte Resi an ihr vorbei und zischte leise, aber mit einem Funkeln in den Augen, dass es Hanna Angst und Bange wurde: »Fragt sich nur, wer hier der Usurpator ist!«

Lazarett Hauswirtschaftsschule
München
August 1944

Ungläubig starrte Hanna auf das Kuvert, das vor ihr auf dem Bett lag. Den ganzen Tag schon musste die Oberin von dem Brief gewusst haben, aber erst eben, kurz vor Feierabend, hatte sie ihn Hanna ausgehändigt.

Er war tatsächlich an sie adressiert, und beim Absender konnte es sich nur um ihre Schwester Maria handeln. Ihre schnörkelige Handschrift war unverkennbar.

Seit Hanna wieder in München war, hatte ihr keiner mehr geschrieben. Und nun, da sie den Brief in Händen hielt, traute sie sich nicht, ihn zu öffnen. Es musste etwas geschehen sein, warum sonst sollte Maria ihr schreiben?

Ob etwas mit Großvater war? Oder mit ihrem jüngsten Bruder? Hanna wendete das Kuvert hin und her und besah es von allen Seiten. Sie roch sogar daran, als ob sie dadurch etwas über den Inhalt erfahren könnte.

Schließlich setzte sie das Messer an der oberen Kante an und schlitzte den Brief auf. Behutsam, als könnten die Worte darin zerbrechen, zog sie das Papier heraus, faltete es mit zitternden Händen auseinander und begann zu lesen:

Meine liebe Hanna,

wie geht es Dir im fernen München? Heute habe ich etwas ganz Furchtbares erlebt. Ich muss es Dir unbedingt mitteilen, sonst werde ich noch ganz verrückt.

Hanna ließ den Brief sinken. Hatte sie also richtig gelegen mit ihrer Befürchtung. Wenn schon einer aus der Familie schrieb, dann nur, um ihr irgendwelche Hiobsbotschaften mitzuteilen. Sie atmete tief ein, hob den Brief erneut hoch und las weiter:

Ich war mit Vati auf dem Weg nach Daun. Er musste dringend aufs Amt und hatte eigens hierfür den Laster aus der Scheune geholt. Ich war so stolz, dass er ausgerechnet mich mitnehmen wollte! In den buntesten Farben hatte ich mir schon ausgemalt, wie ich durch die Straßen flaniere und Schaufensterbummel betreibe, während Vati seinen Erledigungen nachgeht – auch, wenn in den Schaufenstern kaum noch etwas liegt.

Wir fuhren über Mehren, vorbei am Eischeiderhof und über den Mühlenberg. In der zweiten scharfen Kurve geschah es dann. Du weißt schon, an der Stelle, von der man diese grandiose Aussicht auf Daun mit dem Viadukt im Vordergrund hat.

Zuerst hörte ich ein merkwürdiges Brummen und machte Vati darauf aufmerksam. Er dachte, es sei was mit dem Wagen und stoppte direkt. Aber das Brummen wurde lauter, obwohl der Wagen nicht mehr lief. Wir stiegen aus, um nachzusehen. Im selben Moment flogen elf riesengroße Flieger über unsere Köpfe hinweg. Vati meinte, das seien die Amerikaner. Ich weiß nicht, warum er sich da so sicher war. Dann fielen im Sekundentakt bestimmt über hundert Bomben aus den Fliegern heraus und auf die Stadt. Du kannst dir nicht vorstellen, wie schrill die geheult haben. Und das, obwohl wir bestimmt noch drei Kilometer von Daun ent-

fernt waren! Die Explosionen ließen sogar den Boden unter unseren Füßen vibrieren. Das war so beängstigend!
Ganz schnell ging es, und die zertrümmerten Häuser am Arensberg und in der Lindenstraße standen in Flammen. Hinter der Dauner Burg stieg eine riesige Staubwolke hoch und vermischte sich mit dem Feuerqualm. Kurz darauf hörten wir bis zu dem Aussichtspunkt die Menschen schreien. Oh, war das schrecklich!
Obwohl uns nichts passiert ist, habe ich fürchterlich geweint, und Vati hat beschlossen, auf der Stelle wieder umzukehren.
Es war ein schlimmer Tag heute.
Ich denke an Dich, liebe Schwester!
In inniger Umarmung am 19. Juli 1944
Deine Maria

Hanna atmete auf. So schlimm das war, was Maria schrieb, aber die Hauptsache war, dass niemandem aus der Familie etwas passiert war.

Lazarett Hauswirtschaftsschule München

26. November 1944

»Mensch, das ist ja schweinekalt hier! Kann man nicht mal ein paar Briketts nachlegen?« Gerda rieb sich die Arme. »Diese verdammten Amis sind schuld! Nirgendwo kommen die Züge mehr durch. Alles haben sie kaputt gebombt.«

Die Oberin bedachte sie mit rügendem Blick. »Gerda, Sie wissen genau so gut wie ich, dass wir sparsam sein müssen mit dem bisschen, das wir noch haben. Wer weiß, wie lange es überhaupt noch Nachschub gibt. Aachen hat der Amerikaner schon eingenommen, und der Russe soll bereits in Ostpreußen stehen. Der Feind rückt von allen Seiten immer näher.«

Gerda winkte energisch ab. »Den schlagen wir wieder zurück. Mit Hilfe des Volkssturms sollte das doch eine Leichtigkeit sein.«

Hanna bezweifelte immer mehr, dass es gelingen konnte, die feindlichen Armeen mit bewaffneten alten Männern und Kindern aufzuhalten. Zwar sehnte sie schon lange das Ende des Kriegs herbei, doch die Vorstellung, dass Deutschland in Feindeshand geriet, beunruhigte sie mit jedem Gerücht mehr.

»Außerdem haben wir erst November«, argumentierte die Oberin weiter. »Die Kälte kommt erst noch, und dann brauchen wir die Briketts mehr denn je. Also reißen Sie sich zusammen und arbeiten einfach ein bisschen mehr, dann wird Ihnen von alleine wärmer!«

Gerdas Augen verengten sich zu Schlitzen, während sie zu Hanna blickte.

»Schwester Hanna, Sie bleiben mit der Gerda hier auf der Station«, ordnete die Oberin nun in einem Tonfall an, der keinen Widerspruch duldete. »Unten können Sie zurzeit ohnehin nichts ausrichten. Das Röntgen können wir bestimmt für den Rest des Tages vergessen, wer weiß, ob wir heute überhaupt wieder Strom bekommen.« Sie wandte sich zum Gehen, drehte sich aber noch einmal um und hob mahnend den Zeigefinger. »Eines noch, und das gilt für Sie beide: Der Krieg wird an der Front ausgetragen, nicht hier! Merken Sie sich das und halten Sie sich zurück!«

Hanna nickte zerknirscht und bedeutete Gerda mit einem Wink, ihr zu folgen. Sie würde der drallen Kuh einfach ein paar Verbände in die Hand drücken, die sie alleine wechseln konnte. Damit wäre sie eine Zeit lang beschäftigt.

»Warum sind denn keine Verbände mehr hier? Eben waren doch noch welche im Schrank!« Hanna suchte alles ab. »Die Fieberthermometer sind auch nicht in der Schublade«, stellte sie bestürzt fest. »Der Blutdruckmesser fehlt ebenfalls! Was ist denn heute los?«

Gerda starrte gegen die Zimmerdecke, als befänden sich die Sachen dort oben. Ihr genervter Blick wanderte zu Hanna. »Was weiß denn ich, wo du dein Material schon wieder hingelegt hast!«, spie sie verächtlich aus. »So viel Ordnung wie in

Stalino scheinst du hier ja nicht zu halten. Der Heeressanitätsinspekteur wäre ziemlich enttäuscht von dir.«

Hanna starrte sie ungläubig an. »Fängst du schon wieder an? Hilf mir lieber suchen. Wir brauchen die Sachen, wenn wir zu den Patienten gehen.«

Gerda schnaubte deutlich hörbar, zog vereinzelte Schubladen auf und schlug sie wieder zu, ohne ernsthaft darin gesucht zu haben, wie Hanna stirnrunzelnd beobachtete.

»Ich weiß gar nicht, was du willst!«, rief Gerda mit einem Mal, und wies auf die geöffnete Schublade vor sich. »Hier ist doch alles.«

Hanna schlurfte die Treppenstufen hinab und ging in den Apothekenraum, um sich von Clemens zu verabschieden.

»Guten Abend, mein Sonnenschein«, begrüßte er sie mit strahlendem Lächeln. »Du siehst müde aus. Hattest du einen anstrengenden Tag?«

»Allerdings«, klagte Hanna. »Heute war es wie verhext! Deswegen gehe ich auch gleich schlafen. Wer weiß, wie lange die Nachtruhe währt – die Amis machen bestimmt wieder Rabatz heute Nacht.«

Clemens streichelte ihre Wange und hauchte ihr einen Kuss auf den Mund. »Ich werde auch nach Hause gehen, sobald ich diese Medikamentenlieferung hier eingeräumt habe. Für morgen bin ich zum Frühdienst eingeteilt. Und wenn heute Nacht auch noch Luftwarnung ist, bleibt nicht mehr viel Zeit zum Schlafen.«

»Du Armer!« Sie erwiderte seinen Kuss. Dann griff sie beherzt in den Karton, um ihm zu helfen.

Er unterbrach seine Arbeit und sah sie nachdenklich an, kurz darauf erhellte sich seine Miene. »Weißt du was, Hanna? Wenn der Krieg vorbei ist, setze ich mein Studium fort und wir eröffnen irgendwann eine eigene Apotheke. Du und ich. Hier in München. Was hältst du davon?«

Hanna brauchte nicht lange nachzudenken, um Gefallen an dieser Idee zu finden. Sie räumten die letzten Medikamente in den Schrank. »Geschafft! Jetzt hast du endlich auch Feierabend und kannst nach Hause schlafen gehen.«

Er umarmte Hanna stürmisch und küsste sie. »Viel lieber würde ich jetzt nicht nach Hause zum Schlafen gehen.«

In gespielter Entrüstung entgegnete sie: »Also bitte, Herr Apotheker! Wenn das die Oberin wüsste!«

»Die alte Schachtel kann mich mal gern haben!« Wieder und wieder küsste er sie und knabberte an ihrem Ohrläppchen.

»Das kitzelt«, brachte Hanna unter Lachen hervor und versuchte, sich aus seinem Griff zu befreien.

Während er nicht müde wurde, sie zu necken, erfasste Hannas Blick durch die offene Tür die Oberin im Flur. Blitzschnell entzog sie sich Clemens' Umklammerung und raunte: »Die alte Schachtel!«

Er ließ von ihr ab, doch sein Blick verriet Bedauern. »Kommst du noch mit zur Tür?«

Sie nickte und begleitete ihn nach draußen, wo erster Raureif die Straße bedeckte. Während beide in der Dämmerung standen und sich umarmten, schmiegte sie sich noch enger an ihn, und ein tiefes Gefühl unendlicher Geborgenheit durchströmte sie. Wenn sie mit Clemens zusammen war, konnte sie die Welt um sich herum vergessen. Das Leben fühlte sich mit ihm so leicht an. »Nie mehr will ich dich loslassen«, beteuerte sie.

Er fasste ihre Hand. »Du kannst dir gar nicht vorstellen, wie sehr ich mich jeden Tag darauf freue, dich endlich wiederzusehen und im Arm halten zu dürfen.«

Sie küssten sich lange. Doch nach einer Weile begann Hanna zu zittern.

»Du frierst ja. Geh wieder rein, mein Sonnenschein. Morgen früh bin ich wieder bei dir. Ich komm dich dann wecken.« Clemens stieß die Haustür auf. Ein schwacher Lichtschein fiel auf sein Gesicht und Hanna betrachtete ihn verzückt. Sie wusste, sie würde ihn für immer lieben.

Hanna hatte das Klopfen an der Tür nicht gehört und fuhr erschrocken aus dem Schlaf, als sie die donnernde Stimme der

Oberin direkt neben sich vernahm. »Warum ist Ihr Verlobter nicht zur Arbeit erschienen?«

»Wieso? Ist er nicht unten?« Verschlafen rieb sie sich die Augen und streckte sich aus. »Hier ist er jedenfalls nicht.«

Prüfend musterte die Oberin Hannas Bettdecke.

Schließlich tippte sie mit dem Zeigefinger auf ihre Armbanduhr. »Es ist schon elf Uhr. Für Sie wäre es auch an der Zeit, aufzustehen. In zwei Stunden beginnt Ihr Dienst!« »Was? Schon so spät?« Hanna schlug ihre Bettdecke schwungvoll zurück, was sie sofort bereute, denn schnell überzog eine Gänsehaut ihren gesamten Körper. Am Fenster wuchsen sogar schon Eisblumen. Schnell wusch sie sich mit dem eisigen Wasser, das noch vom Vortag in der Kanne war, schlüpfte in ihre Schwesterntracht und ging nach unten.

Der Luftangriff der vergangenen Nacht war den Geräuschen nach mehr in der Innenstadt gewesen, also dürfte Clemens nichts zugestoßen sein.

»Vielleicht hat er ja verschlafen«, sagte sie zu ihrer Vorgesetzten, die ihr einen grimmigen Blick zuwarf. »Wissen Sie was? Ich werde jetzt mal nachsehen, was los ist.« In Windeseile lief sie wieder nach oben, schnappte sich Jacke, Mütze sowie den Schal und verschwand nach draußen, um im Laufschritt die Antonienstraße zu passieren.

Je näher Hanna Clemens' Wohnung kam, umso mehr Magengrimmen verspürte sie. Die Straße war übersät von Glassplittern, alle Fenster der umliegenden Häuser waren beschädigt.

Noch bevor sie die Moltkestraße überquerte, glaubte sie, in den Abgrund der Welt zu blicken. Alles lag voll Trümmer. Sie musste Steinhaufen umgehen und darüber klettern, und als sie endlich in die Viktoriastraße gelangte, setzte ihr Herz für einen Moment aus.

An vereinzelten Stellen stiegen dünne Rauchsäulen aus den Trümmern empor, das Mietshaus, in dem Clemens wohnte, war wie vom Erdboden verschluckt.

Alles Blut wich aus Hannas Gesicht.

Entsetzt sah sie sich um. Auf der gegenüberliegenden Seite räumten ein paar alte Männer Schutt zur Seite und riefen ihr zu: »Do is koaner mehr naus kimma!«

Hanna starrte die beiden ungläubig an. Still und langsam kroch die Panik hoch, um ihr die Luft abzuschnüren. Sie fasste sich an den Hals und schüttelte energisch den Kopf. »Nein! Nein, das glaube ich nicht.«

Nicht ihr Clemens!

Und was, wenn doch?

Ihr Herz schlug inzwischen wie ein wild gewordener Trommler.

»Wirklich keiner?«

Die Männer schüttelten bedauernd ihre Köpfe.

»Und Clemens?« Ihre Stimme war nur noch ein dünnes, zittriges Stimmchen.

Der ältere der beiden stützte sich auf den Stiel seiner Schaufel. »Am Morgen hams mit viele Leut die Toten naus g'holt.«

Vehement schüttelte sie den Kopf. »Der war bestimmt nicht zu Hause! Nein! Ich gehe jetzt zurück zum Lazarett und dann ist er gewiss schon da.«

Und wenn nicht?

Hanna sah auf den Trümmerhaufen und fragte sich, ob Clemens hier lebend hätte herauskommen können. Sie hatte dies im Sommer geschafft. Also musste er es jetzt auch geschafft haben.

»Clemens!«

Nichts.

Bedauern lag im Blick des alten Mannes. »Der Clemens war dahoam. Den ham's mit den anderen Toten fort gebracht.«

Fassungslos starrte sie den Alten an. Im nächsten Moment presste das Entsetzen ihren Magen zusammen, doch der Schock unterdrückte ein Würgen.

Gehetzt blickte sie über die Trümmer, während ihre Gedanken rasten.

Allmählich wurde ihr klar, dass ab sofort nichts mehr so sein würde wie bisher.

Reglos starrte sie ins Leere, Tränen quollen hervor und rannen ihre Wangen hinab. Die Trümmer und die Menschen ringsum nahm Hanna nur noch wie durch einen nebligen Schleier wahr.

»Clemens«, flüsterte sie. Leise, nur für sich selbst und die Seelen der Toten zu hören.

Ihr getrübter Blick fiel auf den Ring an ihrem Finger. Zart strich sie darüber, drehte ihn in Erinnerung an den Tag ihrer Verlobung, an Clemens' unendlich zarten und liebevollen Blick. ›Mein Sonnenschein‹ hörte sie ihn in Gedanken sagen, dann verschwamm das Bild.

Ein verzweifelter Schrei gellte durch die Straße.

Hanna barg ihren Kopf in den Händen, ihr war, als erwache sie aus einem fürchterlichen Traum. Und doch wusste sie im gleichen Moment, dass die bittere Realität sie wieder einholte. Sie hatte keine Ahnung, warum und wie lange sie bereits auf den kalten Trümmerteilen hockte, doch allmählich wurden ihre Füße taub. Schließlich stand sie auf, wischte die Tränen vom Gesicht und machte sich auf den Heimweg, begleitet von dem hilflosen Gefühl, von nun an mutterseelenalleine durchs Leben gehen zu müssen.

Die ganze letzte Woche war wie eine schleichende Fahrt durch einen Tunnel an Hanna vorbeigezogen.

Täglich hatte sie Stunden an Clemens' Grab verbracht.

Fassungslos. Hoffnungslos.

Sie hatte ihn nicht einmal verabschieden können, so schnell war er zusammen mit den anderen Opfern begraben worden.

Hannas Welt war zum Stillstand gekommen, während die Erde sich einfach weiterdrehte.

Als sie kurz vor ihrem Feierabend die Bettpfanne eines Patienten wegtrug, rutschte sie ihr aus der Hand, und die ganze Schweinerei ergoss sich über den Boden. Hanna warf die Bettpfanne gleich hinterher. Es schepperte gewaltig. »Verdammt und zugenäht!«, brüllte sie der Pfütze zu. »Kann denn gar nichts mehr funktionieren?«

»Schwester, was haben Sie denn?«, bemerkte einer der Offiziere verwundert. »So kenne ich Sie ja gar nicht.«

Hanna brachte kein Wort heraus und wandte sich abwehrend um. Kurz darauf fasste er sie unterm Arm und brachte sie zu seinem Bett. Dann bedeutete er ihr, Platz zu nehmen und setzte sich daneben.

»Na na na, wer wird denn da weinen?«, sprach er auf sie ein und tätschelte ihr tröstend den Rücken.

Hanna konnte sich kaum beruhigen. Immer wieder schüttelten sie Weinkrämpfe. »Es ist so schwer«, schluchzte sie. »Ich kann den Gedanken einfach nicht ertragen, dass er nie mehr zurückkommen soll. Das ist so ungerecht!«

Der Offizier reichte ihr ein Taschentuch. »So ist das Leben. Wir werden immer dann auf die Probe gestellt, wenn es ohnehin schlecht läuft. Es wird sicher nicht einfach werden, doch auch für Sie wird die Sonne irgendwann wieder scheinen.« Er nickte ihr aufmunternd zu. »Erst wenn man ganz tief im Dreck gekrochen ist, weiß man die Höhen des Lebens zu schätzen.«

Nachdem Hanna den Boden gewischt hatte und die Übergabe an die Nachtschicht vorüber war, saß sie auf ihrem Bett und starrte aus rotgeweinten Augen auf die gegenüberliegende Dachschräge. Als die Gefühle übermächtig wurden, warf sich Hanna auf das Kissen und schrie all ihren Schmerz dort hinein.

Nach einer Weile schob sie sich auf die Bettkante und kramte in ihrer Handtasche. Wo war nur dieses verdammte Röhrchen? Seit zwei Jahren führte sie es für alle Fälle mit sich, ohne es je wieder gebraucht zu haben, und jetzt war es unauffindbar. Allerhand Krimskrams förderte sie aus den Tiefen der Tasche hervor: einen Lippenstift, Bonbonpapierchen, Lebensmittelkarten. Sogar die teuren Nylonstrümpfe fand sie darin, die sie einst als Ersatz eingepackt hatte. Einzig das Pervitin blieb verschwunden. Missmutig schüttelte sie den Kopf. Kurzerhand drehte sie die Tasche um und schüttete den gesamten Inhalt auf ihr Bett. Ein metallisches Geräusch auf dem Boden ließ sie aufhorchen. Das Röhrchen kullerte Richtung Zimmertür.

»Aha! Ich wusste doch, dass es noch da ist!« Hanna hob das Röhrchen auf, schraubte den Deckel ab und schüttete sich die Pillen in die Hand. Einen Moment überlegte sie, ob sie alle nehmen und so der Trauer ein für alle Mal ein Ende bereiten sollte.

Lazarett Hauswirtschaftsschule München

Dezember 1944

Noch bevor sich Hanna davonstehlen konnte, hatte Dr. Heinbach sie entdeckt.

»Hanna, meine Liebe, seien Sie so gut und erhöhen Sie bei diesem Patienten die tägliche Dosis Pyramidon um eine halbe Tablette.« Während er ihr die Patientenkarte übergab, legte er seine Hand an ihren Rücken, die dann wie zufällig weiter nach unten rutschte, bis sie fast auf ihrem Steiß lag.

Ein Schauer des Ekels durchfuhr Hanna, schnell nickte sie und eilte Richtung Stationszimmer.

Seit Clemens' Tod war der Arzt fürsorglich um sie bemüht. Nicht nur er, sogar Gerda war freundlicher geworden. Sie hatte Hanna in letzter Zeit komplett in Ruhe gelassen. Offensichtlich besaß sie doch ein Herz. Doch das Verhalten des Arztes wurde Hanna zunehmend unheimlich. Er hielt ihr die Türen auf, machte Komplimente und verlangte inzwischen nur noch nach ihr als OP-Assistenz.

Wann immer es ihr gelang, ließ sie sich jedoch verleugnen und versteckte sich auf den Stationen.

Sie drückte die Tür des Stationszimmers hinter sich zu und seufzte erleichtert auf. Dann wandte sie sich an Resi, die sie erstaunt ansah. »Der Heinbach wird immer zudringlicher. Hat mich gerade schon wieder betatscht.«

»Wundert dich das?«

Hanna zog die Augenbrauen zusammen. »Ich wüsste mal gerne, was das soll!«

»Mensch, Hanna! Du merkst aber auch gar nichts! Was soll schon mit ihm los sein? Du bist wieder frei und er macht dir den Hof. So einfach ist das.«

»Blödsinn!« Hanna schüttelte sich. »Aber ich will doch gar nichts von ihm.«

»Das ist vielleicht auch besser so«, entgegnete Resi.

»Wie meinst du das?«

Resis Grinsen ließ vermuten, dass sie mehr wusste. »Ist dir denn noch nie was an ihm aufgefallen? Die ständigen Besuche der Jüngelchen, die hier mit Schirm antanzen, obwohl draußen heller Sonnenschein herrscht? Und die Tatsache, dass Heinbach jedes Mal, wenn so ein Jüngelchen bei ihm ist, seine Tür fest verschließt. Hast du mal seinen Blick gesehen, wenn er ihnen hinterher schaut? Ich sag dir was, Hanna: Der Heinbach ist unter Garantie ein Homo! Und dich will er höchstwahrscheinlich nur zum Schein. Damit sie ihm nicht an den Karren pissen können.«

Ungläubig starrte Hanna ihre Kollegin an. Homosexuelle wurden geächtet und weggesperrt, sie galten als asozial. Selbst dieser Dr. Rascher hatte bei Wegeling eine Andeutung diesbezüglich gemacht.

Die Vorstellung, dass Dr. Heinbach einer von ihnen sein sollte und sie dazu benutzen wollte, sein Ansehen zu wahren, war ihr äußerst widerlich. Wie sollte sie ihm jetzt, da der Verdacht im Raum stand, noch gegenübertreten?

Lazarett Hauswirtschaftsschule
München
17. Dezember 1944
Dritter Advent

»Das ist jetzt schon der zweiundvierzigste Luftangriff auf München«, beschwerte sich Bertha lautstark.

»Woher willst du das wissen? Hast du etwa mitgezählt?« Hanna verschränkte die Arme und lehnte sich seitlich gegen die Kellerwand.

»Das habe ich von Gerda gehört.«

»Die muss es ja wissen«, raunte Hanna ihr augenrollend zu. Das Brummen der Feindflieger ließ sie verstummen und angespannt horchen.

Plötzlich tippte ihr jemand an die Schulter und sagte: »Guten Tag, Janno Porre.«

Wer wusste denn hier in München ihren Schimpfnamen? Sie drehte sich um und musste den Kopf weit nach oben recken, um dem Soldaten ins Gesicht zu blicken.

»Schön, dich mal wieder zu sehen.«

Im nächsten Moment grinste sie. »Werner! Was machst du denn hier?«

»Der einzige Grund, weshalb man in München sein sollte, ist der, dich zu besuchen, liebe Base.«

Sie lachte, unterdessen musterte sie ihn von oben bis unten. Lange hatte sie ihren zwei Jahre jüngeren Vetter nicht mehr gesehen, doch sein markantes Gesicht war unverkennbar. Ihn hätte sie unter tausenden wiedererkannt. Er trug eine schmucklose, graue Uniform. Hannas Blick blieb an den SS-Runen auf seinem rechten Kragenspiegel hängen.

In beinah entschuldigendem Tonfall erklärte er: »Ich wurde eingezogen.«

»Wie ich«, raunte sie ihm verschwörerisch zu. Ihr war es gleichgültig, ob er sich freiwillig gemeldet hatte oder nicht. »Ich freue mich über deinen Besuch, Werner. Was verschlägt dich nach München, außer mich zu besuchen?«

Werner lächelte gequält. »Ich bin mit meiner Truppe auf der Durchreise. Wir machen hier nur kurz Zwischenstation, und da habe ich mir deine Adresse besorgt, um dich zu besuchen und zu sehen, wie es dir so geht.«

Hanna seufzte schwer. »Es muss«, sagte sie gequält und zwang sich, jetzt nicht an Clemens zu denken und wieder in Tränen auszubrechen. »Und du?«

Die Patienten um sie herum lauschten neugierig dem Gespräch und beäugten den jungen Soldaten. Auch Gerda schien sehr interessiert.

»Geht schon.« Mit unruhigem Blick sah er sich im Keller um. »Aber ich kann nicht lange bleiben«, fuhr er fort. »Wir ziehen heute noch weiter.«

»Wie schade.« Hanna ließ die Schultern hängen. »Ich dachte, wir könnten später, wenn ich Feierabend habe, vielleicht noch zusammensitzen und über alte Zeiten plaudern.«

»Tut mir leid. Daraus wird leider nichts.«

Die Explosionen wurden lauter, das Vibrieren des Bodens verstärkte sich.

Werner wirkte verunsichert. »Wie hältst du das nur aus hier? Ich meine, im Keller zu sitzen und dir das Gepfeife anzuhören. Und die Explosionen.«

Hanna zuckte die Schultern. »Ich habe doch keine andere Wahl.« Sie sah auf ihre Armbanduhr. Der Angriff dauerte nun schon zwanzig Minuten. »Man sollte meinen, denen da oben müsste so langsam die Munition ausgehen.«

»Das wäre schön«, entgegnete Werner. »Aber sag mal, wie geht es der Familie? Alles in Ordnung in der Eifel?«

Hanna zuckte die Schultern. »Von denen hört man nichts. Ich war auch lange nicht mehr dort. Es ist gar nicht so einfach, eine Zugverbindung zu bekommen.«

Werner nickte. Indes lauschte Hanna angestrengt den Explosionen und beobachtete ihren Vetter verstohlen aus dem Augenwinkel. Sie hatte ihn immer als ruhigen und ausgeglichenen Jungen in Erinnerung gehabt. Doch er hatte sich verändert. Nervös trat er von einem Bein auf das andere, sein Blick war matt, er schien voller Zweifel. Wie ein gehetztes Wildtier, jeden Moment zum Sprung bereit. Er wirkte auf sie, als laste das Unheil der Welt einzig auf seinen Schultern, und er versuche fieberhaft eine Lösung zu finden.

Allmählich wurde es draußen ruhiger, der erste Ansturm schien vorbei und Hanna atmete einstweilen auf. Nur Werner machte Anstalten, gehen zu wollen. »Ich muss jetzt los, wenn ich meine Truppe noch erwischen will.«

Hanna hielt ihn am Arm. »Werner, so bleib doch hier! Es hat noch keine Entwarnung gegeben. Das ist viel zu gefährlich da draußen.«

Doch er schüttelte bedauernd den Kopf. »Ich muss meine Pflicht erfüllen.« Zum Abschied umarmte er sie und eilte durch die Kellertür nach draußen, wo es kurz darauf wieder gewaltig brummte und krachte. Hoffentlich kam er heil durch.

Auf einmal stand Gerda dicht neben ihr. »Wer war das denn?«

»Mein Vetter«, antwortete Hanna knapp.

»Was? So einen strammen Burschen in der Verwandtschaft, der auch noch zur Elite zählt?«

Hanna zuckte die Schultern und sah betont gleichgültig an der Hilfsschwester vorbei.

Nach einer Weile unterbrach Gerda das Schweigen: »Bist ja doch ganz in Ordnung.«

Was war denn in die gefahren? Hanna wusste nicht mehr, woran sie war und starrte die Kollegin ungläubig an. »Und warum hast du dann die ganze Zeit gegen mich gegiftet?«

»Für die Sache müssen alle Kräfte mobilisiert und jedes Opfer gebracht werden. Da kann nicht einfach jeder seiner eigenen Nase folgen.«

Die Sache! Was bedeutete das überhaupt? Hatten sie alle in den letzten Jahren nicht schon genug Opfer gebracht? Und – wofür eigentlich? Wie lange noch? Zudem war Clemens' Tod für Hanna mehr Opfer, als sie ertragen konnte. Doch sie hütete sich, Gerda ihre Gedanken mitzuteilen und wandte sich ab.

Ungererstraße
München
20. Dezember 1944

»Denk bei jeder Bombe dran – das fing Adolf Hitler an!« Auf ihrem Weg zum Wirtschaftsamt las Hanna die fettgedruckte Überschrift auf dem Papier, das am Rand des Gehwegs in einer Pfütze lag. Das musste eins dieser sagenumwobenen Flugblätter sein. Hanna hatte schon mehrmals davon gehört, dass die Feindflieger auch über München solche Schriften abgeworfen haben sollten. Gesehen hatte sie ein derartiges Exemplar allerdings noch nie.

Sie wusste, dass der Besitz oder gar die Weitergabe solcher Flugblätter strengstens verboten war. Deshalb zog sie es vor, das Blatt nicht weiter zu beachten und ging zügig weiter. Was die Feinde mit diesem Papierkrieg bezwecken wollten, war Hanna schleierhaft.

Hatte wirklich Hitler den Krieg angefangen? Man erzählte sich ja schon immer, dass alles reine Lügenpropaganda sei, was die Amis oder die Briten so behaupteten.

Ob der Krieg überhaupt noch zu gewinnen war, bezweifelte Hanna jedoch mehr und mehr, aber man musste die Dinge nehmen, wie sie waren. Und die Dinge standen nicht gerade aussichtsreich: Die Front im Osten schien vollends zusammen gebrochen, wenn sie den Gesprächen der Patienten im Lazarett Glauben schenken konnte. Im Westen sah es offenbar auch nicht viel besser aus. Seit Oktober lieferten sich Deutsche und Amerikaner im Hürtgenwald in der nördlichen Eifel eine erbitterte Schlacht, und es war bislang nicht abzusehen, wer dort als Sieger hervorgehen würde.

Als Hanna endlich beim Wirtschaftsamt ankam, reihte sie sich in die lange Schlange der Wartenden ein. Eine geschlagene Stunde dauerte es, bis sie endlich an der Reihe war und zwei Bezugsscheine ausgehändigt bekam. Einen für Spinnstoffwaren und einen für Straßenschuhe. Allerdings wurde es immer schwieriger, an solche im Grunde genommen einfachen Dinge heranzukommen – am Nachmittag lief sich Hanna die Hacken wund, doch nirgendwo hatte sie Erfolg. So wie es aussah, musste sie auch diesen Winter mit ihrem alten Mantel zurechtkommen, der schon arg abgetragen und an vielen Stellen notdürftig ausgebessert war. Dort zog der kalte Wind so stark hindurch, dass der Mantel sie kaum noch zu wärmen vermochte. Aber zum Glück hatte sie ja den Schal, die Mütze und die Handschuhe, die Mutter ihr vor Jahren gestrickt hatte. Wenigstens diese wärmten noch genau so gut wie am ersten Tag.

Als sie mit leerem Blick an Clemens' Grab stand, grub sie ihre Hände tiefer in die Manteltaschen. Auf der rechten Seite fühlte sie etwas Dünnes zwischen der Wolle, die ihre Finger umgab. Eine Zeit lang betastete sie es und grübelte, um was es sich handeln mochte. Schließlich zog sie aus der Tasche einen zerknitterten und eingerissenen Zettel hervor, an dem kleine, verblasste Blutspritzer klebten.

Sofort hatte sie neben dem Bild von Clemens das des Soldaten in Stalino vor Augen, der seinem Leben in einem Moment tiefster Verzweiflung selbst ein Ende gesetzt hatte. »Krank des Soldaten Seele«, las sie am Ende der Zeilen.

Hastig stopfte sie den Zettel wieder zurück in die Tasche und wischte sich die Tränen aus den Augen.

Lazarett Hauswirtschaftsschule
München

7. Januar 1945

Seit dem Heulen der Sirenen harrten sie wieder einmal mit den Patienten im Keller aus.

»Immerhin haben sie uns seit dem dritten Advent in Ruhe gelassen«, sagte Hanna wenig überzeugt. »Das waren geschlagene drei Wochen ohne Fliegerangriff!«

Erbost schnaubte Gerda. »Wie gnädig! Trotzdem hoffe ich, dass die Flak heute alle abschießt.«

Fritz, Clemens' Nachfolger, legte sich auf den freien OP-Tisch und überkreuzte die Füße. Hanna beäugte ihn kritisch. Das sollte wohl spaßig sein.

Hier im Lazarett war Clemens schnell ersetzt worden. Hanna war jedoch überzeugt, dass keiner ihren Clemens wirklich ersetzen konnte. Grimmig starrte sie ins Leere.

Fritz wiegte den Kopf und grinste in ihre Richtung. »So kann ich mich wenigstens noch etwas ausruhen, ehe wir die Patienten wieder nach oben schleppen müssen«, erklärte er und schloss die Augen.

Hanna verzog das Gesicht und murmelte: »So ein Spinner.«

Noch herrschte draußen eine gespenstische Stille, doch bald ertönte wieder das bekannte Brummen, gefolgt vom Heulen der Bomben, das sich zu einem einzigen schrillen Ton vereinte. Hanna hielt sich die Ohren zu, doch das anhaltende Heulen durchdrang jedes Hindernis, fraß sich in den Kopf, ins Bewusstsein, ins Gedächtnis, wo es für alle Zeit haften blieb.

Diesmal dauerte es lange, bis die Sirenen Entwarnung verkündeten.

Kaum lagen die Patienten wieder in ihren Betten, ertönte erneutes Sirenenheulen. Die gleiche Prozedur wie zwei Stunden zuvor wiederholte sich. Und die grenzenlose Angst.

Diesmal ließ der Feind nicht lange auf sich warten.

Mit jedem Einschlag bebten die Kellerwände. Die Flieger mussten bereits sehr nah sein, denn das Licht begann bedrohlich zu flackern. Hanna massierte sich die Stirn und fragte sich zum wiederholten Mal, wie oft sie das noch aushalten musste. Inständig hoffte sie, dass es gutging.

Doch plötzlich gab es eine schwere Erschütterung, gefolgt von einem durchdringenden Knall. Mit lautem Getöse stürzte die Decke ein.

Hanna schrie. Sie duckte sich, hielt sich schützend die Hände über den Kopf und begann zu husten, bis sie nur noch röchelte.

»Hierher! Kommt alle hier herüber, hier geht es nach draußen«, erklang nach einer kleinen Ewigkeit eine Stimme von irgendwoher.

Hanna blinzelte und sah in einiger Entfernung einen schwachen Lichtschein durch den Staubnebel dringen. Mit brennenden Augen und kratzendem Hals stolperte sie über die Trümmer darauf zu.

Wie durch ein Wunder hatte keiner mehr als ein paar Schürfwunden davon getragen. Doch das Lazarett war zerstört. Im Laufe des Vormittags erschien ein Mann vom Kriegsschädenamt, der die Personalien aller aufnahm und die Verteilung der Patienten in andere Lazarette der Stadt anordnete.

Hanna und ihre Kolleginnen sollten erst einmal an Ort und Stelle bleiben. Für die nächsten Tage richteten sie sich im nach und nach von den Trümmern geräumten Keller ein. Es war bitterkalt dort unten und fürchterlich eng. Als behelfsmäßige Trennwände dienten Stofftücher, die sie an den Resten der Decke befestigten.

Am Mittag erschien in der Antonienstraße eine Frau mit einer Gulaschkanone. Sie war im Fürsorgewesen für Fliegergeschädigte beschäftigt und verteilte heißen Tee und Suppe an alle Obdachlosen.

Während Hanna dort anstand und sich auf das wärmende Getränk freute, beobachtete sie eine Gruppe Soldaten, die am ebenfalls zerstörten Gebäude des Lebensbornheims unbeschädigte Reste der Einrichtung auf einen Laster luden. Sie trugen Unmengen von Babybadewannen aus der Ruine heraus. Also doch eine Zuchtstätte, ging es Hanna durch den Kopf. Fritz ging auf die räumenden Soldaten zu und fragte, ob er solch eine Wanne haben könne. Seine Frau sei hochschwanger und schließlich gebe es dort ja mehr als genug davon. Der Soldat, der gerade einen Stapel dieser Emaillewannen auf die Ladefläche hievte, verneinte barsch. Genau in diesem Moment entglitt ihm der Stapel und fiel laut scheppernd auf die Straße.

Sechs Tage hatte Hanna zusammen mit ihren Kolleginnen im zerstörten Keller ausgeharrt, bis sie eine schriftliche Bestätigung über den erlittenen Totalschaden und eine Woche Urlaub erhalten hatte, den sie bei den Eltern verbringen wollte.

Ein letztes Mal für ungewisse Zeit stand sie an Clemens' Grab und weinte. Sanft strich sie über den Pschyrembel, den sie beinah unversehrt aus den Trümmern hatte retten können.

Eifel

Januar 1945

Die Bahnstrecken waren vielerorts zerstört, aber der Umstand der umfangreichen Truppenbewegung in Richtung der Ardennen kam Hanna zugute, und sie war schneller in der Eifel, als sie es für möglich gehalten hatte.

Die Maarhöhe am Pulvermaar lag hinter ihr. Der Fußmarsch vom Gillenfelder Bahnhof war anstrengender gewesen, als Hanna ihn in Erinnerung hatte. Bei jedem Schritt drang eisiger Schneematsch durch die Löcher ihrer Schuhsohlen, ihre Zehen spürte sie schon gar nicht mehr. Und je nasser und schwerer ihre Schuhe und Strümpfe geworden waren, umso mühsamer hatte sie sich den Hügel hinauf geschleppt.

Schon auf ihrem Weg durch Gillenfeld hatten die Leute sie angesprochen, gefragt, ob sie nun daheim bleiben und für die

Ärzte arbeiten würde. Dabei war sie immer wieder im Matsch stehen geblieben und hatte sich mit ihnen unterhalten.

Jetzt ging es zum Glück nur noch talwärts. Als sie auf das kleine Dorf vor sich blickte, durchströmte sie ein Gefühl der Erleichterung. Endlich war sie zu Hause. Winkel wirkte friedlich, die Häuser schmiegten sich in die weite Senke, über die Hanna von hier oben hinwegblicken konnte.

Gegen Mittag betrat Vater die Küche und legte sanft seine schwielige Hand auf Hannas Schulter. »Bald ist der Krieg vorbei und dann beginnt ein neues Leben. Auch für dich.« In seiner Stimme schwang eine Spur von Zuversicht, doch sein Blick verriet Mitleid.

Mutter schob ihr einen Teller dampfender Suppe hin. Sie hatte es schon immer verstanden, aus wenigen Zutaten ein schmackhaftes Essen zu kochen. Hanna nahm den Löffel, den ihr kleiner Bruder Horst ihr reichte und empfand tiefe Dankbarkeit für die Wärme, die diese Mahlzeit und die Fürsorge der Familie in ihr auslösten. »Meinst du wirklich, dass der Krieg bald vorbei ist?«, fragte sie ihren Vater befangen.

»Da bin ich mir ziemlich sicher. Die Amerikaner stehen quasi vor unserer Haustür, nur will das keiner wahrhaben. Hast du gesehen, wie viele Fahrzeuge, Proviant- und Munitionskisten an den Waldrändern unter Tannenzweigen versteckt stehen? Die ganze Eifel ist zum Aufmarschgebiet der Wehrmacht geworden, alle Dörfer sind vollgestopft von Militär. Kein Haus, das nicht Soldaten oder Vieh aufnehmen muss. Wirf nur mal einen Blick in unsere Scheune: Zehn Wehrmachtspferde, ein Automobil und ein Panzer.« Jetzt lachte er bitter auf. »Wer hätte je gedacht, dass Deutschlands einstiges Armenhaus zum Versorgungsgebiet der Wehrmacht würde? Oder dass *ich* jemals die Nazis unterstütze? Der Wehrmacht geht der Arsch so langsam auf Grundeis! Die Amerikaner rücken immer näher. Jeden Tag machen die Jabos im Tiefflug Jagd auf alles, was sich bewegt. Und die Herren Offiziere verstecken sich in den Schuppen und

Häusern der Leute. Erst im Schutz der Nacht erhalten sie Befehl und marschieren Richtung Ardennen.«

Ein merkwürdig tuckerndes Geräusch ließ Hanna aufhorchen. Es klang wie der Motor eines Traktors, der nicht so recht anspringen wollte und dies mit lautem Spucken und Blubbern wie zum Protest untermalte.

Mutter schlug die Hände über dem Kopf zusammen. »Jesus, Maria und Josef! Das hat doch alles keinen Sinn mehr. Der Krieg ist verloren, was sollen denn die Testflüge noch bringen?«

»Testflüge?«

»Das ist der Eifelschreck, den du da hörst«, erklärte Vater. »Vor dem haben die Leute mehr Angst als vor den feindlichen Fliegern.«

»Die Alte von nebenan nennt sie immer nur Dudderkätt«, sagte Großvater und lachte.

Mutter war außer sich. »Hörst du es denn nicht, Kind? Da kommt wieder von Büchel her eine V1 angeflogen! Die fliegen alle über unsere Köpfe hinweg, und die wenigsten schaffen es bis hinters Jungholz.«

»Was ist denn das Jungholz?«, fragte Hanna.

»Der Wald dort oben«, erklärte Mutter und zeigte aus dem Fenster. »Der erstreckt sich von hier bis kurz vor Mehren, da, wo die Autobahn entstehen soll.«

Hanna stutzte. »Ist die immer noch nicht fertig?«

Vater machte eine abfällige Handbewegung. »Schon vor zwei Jahren sind die Arbeiten eingestellt worden.«

Das Tuckern wurde lauter. Mutter wagte einen kurzen Blick aus dem Fenster. »Wenn sie sich so anhört wie jetzt, dann ist sie kaputt und stürzt ab. Eines Tages fällt uns auch noch so ein Teufelsding ins Haus. Erst neulich hat sich eine nach Ellscheid verirrt und ist bei den Leuten durch die Haustür geschossen. Gott im Himmel, steh uns bei!« Mutter bekreuzigte sich und machte sich daran, den Tisch abzuräumen.

Hanna stand auf und sah aus dem kleinen Küchenfenster. Tatsächlich erkannte sie in viel zu geringer Höhe diese Rakete, die einen ohrenbetäubenden Lärm verursachte. Ihre Flugbahn beschrieb keine gerade Linie. Stattdessen eierte sie mit einem langen Feuerschweif ihrem vermeintlichen Ziel entgegen. Beinah belustigt beobachtete Hanna die hochgepriesene Wunderwaffe, die angeblich eine Entfernung von dreihundert Kilometern zurücklegen konnte, wie sie in immer größeren Schnörkeln dem angrenzenden Wald entgegenflog, um dann mit Getöse in die Bäume zu rauschen und dort zu explodieren.

Hanna schüttelte den Kopf über ihre Mutter, die vor solch einem lachhaften Bömbchen eine so große Angst hatte. Was hätte sie erst getan, wenn sie eine Bombennacht in München mitgemacht hätte? Dann würde sie verstehen, was Krieg bedeutet. Dort hätte sie erleben können, was wirkliche Angst war. Angst vor einer V1 – einer einzelnen! Doch Hanna vermied es, ihre Mutter darauf anzusprechen. Sie würde es nicht verstehen.

Gerade kam Hanna mit einem Korb voll Wäsche die Treppe herunter und ging an der Stubentür vorbei, als sie Vaters aufgebrachte Stimme hörte. »Die Bombe hat sie nicht im Geringsten beeindruckt.«

Hanna stutzte. Sprach er von ihr? Die Tür war nur angelehnt. Hanna blieb davor stehen und lauschte. Wenn es um sie ging, hatte sie schließlich ein Recht darauf, zu erfahren, was gesprochen wurde.

»Vergiss nicht, dass sie aus München bestimmt weitaus Schlimmeres gewöhnt ist. Außerdem ist sie in Trauer.« Großvater schien der Einzige zu sein, der sie verstand. Sie roch den Tabak seiner Pfeife. Bestimmt saß er in seinem Ohrensessel und sah den Rauchkringeln hinterher. Bei dem Gedanken musste Hanna lächeln.

»Ich hatte eher die Befürchtung, sie würde diese Testflüge verteidigen, weil es den Krieg immer noch zu gewinnen gelte.« Enttäuschung lag in Vaters Stimme.

»Du glaubst, sie ist ein Nazi?« Großvater klang verblüfft.

Vater schwieg.

Hanna war bestürzt über das, was sie gehört hatte.

»Weißt du«, nahm Vater das Gespräch wieder auf, »ich war immer in großer Sorge, dass die Nazis die Kinder in ihren Bann ziehen würden. Besonders damals in Mussum, als das Ganze gerade erst angefangen hatte. Hanna war damals zehn, und entsprechend leicht zu beeinflussen.« Nun lachte er auf. »Ich weiß noch genau, wie sie mit mir gestritten hat, weil ich sie nicht zum BDM gehen lassen wollte.«

Auch Großvater lachte. »Das kann ich mir gut vorstellen. Wenn Hanna sich was in den Kopf gesetzt hat ... Das war schon immer so.«

Am liebsten hätte Hanna laut geschnaubt, doch sie hielt sich im letzten Moment zurück.

»Ich wollte nicht, dass sie meine Mädchen in ihre Fänge kriegen, und hatte beschlossen, die Kinder von allem fernzuhalten, was auch nur im Ansatz mit dem braunen Pack zu tun hat«, sagte Vater. »Aber in ihrem gesamten Umfeld haben doch auch die Kinder nichts als Lobreden auf Hitler und Hetze auf die Gegner zu hören bekommen. Kannst du mir sagen, wie sich daraus normal denkende Menschen entwickeln sollten?«

Großvater gab keine Antwort, zumindest hörte Hanna nichts.

Während sie sich wunderte, dass die beiden so vertraut miteinander sprachen, hub Vater wieder an zu reden: »Mir war von Anfang an klar, dass keiner mehr selbständig denken sollte, geschweige denn nach eigenem Gewissen handeln, wenn es nach den Nazis ging. Die wollten doch nicht eher Ruhe geben, bis sich ihre Gehirnwäsche in den Köpfen der Jugend festgesetzt hätte.« Der schwankenden Lautstärke seiner Stimme zufolge, schien Vater in der Stube auf und ab zu gehen. Hanna konnte sich gut vorstellen, wie er dabei gestikulierte und seinen grimmigen Blick aufsetzte.

»Ich bin nur heilfroh, dass die beiden Jungen noch zu klein sind für den Krieg. Hitler wird wohl nicht auch noch auf die Idee kommen und Neunjährige einziehen wollen.«

»Dass er die gesamte deutsche Jugend zu Nazis machen wollte, hat er doch schon in seinem üblen Geschmiere angekündigt«, bestätigte Großvater. »›Und sie werden nicht mehr frei, ihr ganzes Leben‹.«

»Du hast ›Mein Kampf‹ gelesen?« Vater war hörbar entsetzt.

»Nur überflogen«, wehrte Großvater ab. »Noch nie habe ich so viel Stuss auf einmal gelesen. Und mir kam schon damals ziemlich schnell der Verdacht, dass wir eines Tages voller Scham auf die eigene Geschichte blicken werden, wenn dieser braune Tunichtgut alles in die Tat umsetzt, was er angekündigt hat.«

»Hitler war noch nicht lange an der Macht, da hatte ich einen Tag in Münster zu tun gehabt.« Vaters Stimme klang nun anders. Viel leiser und sehr nachdenklich. »Der zehnte Mai war es gewesen, das weiß ich so genau, weil es der Namenstag meiner Mutter war. Abends war ich am Hindenburgplatz vorbeigekommen. Eine Schar Studenten hatte sich dort versammelt, zusammen mit SA- und SS-Männern. Die Hitlerjugend war auch da und eine Hochschulgruppe des Stahlhelm und wer weiß nicht noch alles. Vor ihnen war ein beachtlicher Scheiterhaufen aufgerichtet. Daneben hatten sie einen großen Wagen stehen, voll beladen mit Büchern, die sie nach und nach in die Flammen warfen. Große Schriftsteller waren darunter. Die haben einfach alles verbrannt.« Vaters Stimme überschlug sich fast.

Gebannt hörte Hanna zu.

»›Aktion wider den undeutschen Geist‹ haben sie das genannt. Ich kann es immer noch nicht fassen! Und die Menschen ringsum, die hättest du sehen sollen – glänzende Augen, wie entzückte Kinder vor dem Christbaum. Mit jedem weiteren Buch, das in die Flammen flog, stoben die Funken auf, die von der Masse mit »Ah« und »Oh« begleitet wurden. Mit einer fast schon perversen Faszination haben sie die Flammen bejubelt und dazu gesungen.«

Eine ganze Weile schwiegen sie, und Hanna überlegte schon, besser in die Küche zu gehen, bevor Vater sie hier entdeckte. Doch dann sprach er weiter.

»Als das junge Volk Buch für Buch verbrannte, habe ich mich gefragt, wie ich gegen so etwas ankommen und meine Kinder vor der braunen Gefahr schützen kann.«

»Du hättest mit ihnen reden müssen.«

»Mit den Mädchen?«, rief Vater aufgebracht. »Dafür waren sie doch viel zu jung. Und außerdem – es sind Mädchen ... wie leicht hätten sie sich verplappert.«

»Der Hitler hat alle verführt. Zu Hass und Gewalt. Als Einzelner konnte man da gar nichts ausrichten.«

»Mein damaliger Kollege in Bocholt hat mir von Heinrich Heine erzählt, dessen Bücher sicher auch in den Flammen gelandet sind«, berichtete Vater nun in ruhigerem Ton. »Der soll bereits vor mehr als hundert Jahren geschrieben haben: ›Das war ein Vorspiel nur, dort, wo man Bücher verbrennt, verbrennt man auch am Ende Menschen‹.« Er machte eine lange Pause. »Ich hatte immer gehofft, dass seine Prophezeiung nicht eintreten möge.«

»Was willst du damit sagen?«, hakte Großvater nach.

»Ich weiß nicht, ob ich das glauben kann, was da bei den ausländischen Sendern alles berichtet wird. Zu unfassbar eigentlich.« Er seufzte schwer. »Aber andererseits haben wir selbst schon mehrfach miterleben müssen, wie Andersdenkende zum Schweigen gebracht werden.«

Jetzt hörte Hanna nur noch das laute Ticken der Standuhr, lange Zeit sagte keiner der beiden ein Wort.

»Aber ich habe mir den Mund nie verbieten lassen, das weißt du.«

»Oh ja«, entgegnete Großvater streng. »Und es hätte nicht viel gefehlt ...«

»Ich weiß«, fiel Vater ihm barsch ins Wort.

»Und dann haben sie es doch noch geschafft, dass du die Klappe hältst.«

»Was hätte ich tun sollen? Wenn Minna nicht den Hinweis bekommen hätte ... Der schnelle Umzug in die Eifel, mich mit den Gegebenheiten arrangieren, war vermutlich meine einzige Chance gewesen.«

Hannas Nase kribbelte. Sie rieb daran, dennoch erscholl ein lautes Niesen durch die Diele. Schnell huschte sie in Richtung

Küche, und hörte noch, wie die Stubentür ins Schloss gedrückt wurde.

In der Nacht lag Hanna wach. Nicht einmal Marias gleichmäßiges Atmen neben ihr brachte sie zur Ruhe, ihre Gedanken kreisten um das belauschte Gespräch, und ein ungutes Gefühl beschlich sie. So tief sie auch unter die Bettdecke kroch, so dicht sie sich an ihre Schwester schmiegte, vermochte dies die Kälte nicht zu vertreiben, die sich ihrer mit jedem weiteren Gedanken bemächtigte.

Vater hatte immer schon gegen die Nazis gewettert, er musste die ganze Zeit über etwas gewusst haben, was sie nicht wusste. Allmählich begriff sie, warum er seit dem Umzug in die Eifel so verändert war.

Sollte wirklich alles stimmen, worüber er und Großvater gesprochen hatten, und was Hanna sich aus dem Nichtgesagten zusammenreimte, dann musste die ganze Nazi-Propaganda eine einzige große Lüge sein. Und alle waren darauf hereingefallen.

Die leisen Zweifel, die sich von Zeit zu Zeit gemeldet, die sie aber sofort wieder beiseitegeschoben hatte, nahmen für Hanna jetzt eine ganz andere Gestalt an. Doch was sie noch viel schlimmer fand, war die Tatsache, dass sie so vieles gar nicht erst hinterfragt hatte.

Erst jetzt brachte Hanna zum ersten Mal so etwas wie Verständnis für ihren Vater auf. Er hatte die ganze Zeit Angst um sie und ihre Geschwister gehabt. Und Hanna hatte ihn immer nur für starrsinnig gehalten.

Die letzten Urlaubstage waren vorüber und Hanna überlegte, dass es eigentlich nur klug sein könnte, nicht mehr nach München zurück zu kehren. Sie war der ständigen Luftangriffe überdrüssig. Und was sollte sie überhaupt ohne Clemens dort? Zudem, fürchtete Hanna, wäre es besser, wenn sie und Gerda sich nicht mehr begegneten.

Und da der Krieg nach Vaters Einschätzung ohnehin bald zu Ende war, sah sie nicht mehr ein, sich weiterhin der Bombengefahr auszusetzen. Außerdem konnte sie auch hier in der Eifel Patienten versorgen, die brauchten sie vielleicht dringender als die in München. Hinzu kamen die wiederkehrenden Zweifel, ein Unterfangen zu unterstützen, das vermutlich keinerlei Unterstützung wert war.

Obwohl Hanna ahnte, dass sie mit Konsequenzen rechnen musste, beschloss sie, hier zu bleiben. Der Rest würde sich finden.

Die Nachbarin hatte nach Hanna rufen lassen und darum gebeten, der alten Mutter das offene Bein zu versorgen. Am späten Nachmittag ging Hanna hinüber und begann, den schmutzig gewordenen Verband zu wechseln. In der Stube saßen nicht nur die Nachbarin und ihre Mutter, sondern ein zackiger Soldat, der Hanna in ihrer Schwesterntracht misstrauisch beäugte.

»Dat is et Hanna, Herr Offizier. Die Tochter von unserem Nachbar«, erklärte die Alte. »Westfalen sind dat, keine Eifler. Wohnen erst sieben Jahr hier, aber sind nette Leut. Und dat Hanna is auf Urlaub nach Hause jekommen. In München is se ausjebombt worden, gell Hanna?«

Hanna sah kurz von ihrer Arbeit auf. »Ja, Traudchen, unser Lazarett hat einen Volltreffer abbekommen.«

Der argwöhnische Blick des Offiziers entging ihr nicht.

»Volltreffer?«, fragte er und stand von seinem Stuhl auf. »Zeigen Sie mir Ihren Urlaubsschein, Schwester!«

Hanna kramte in der Tasche ihrer Schürze, fischte den arg zerknitterten Zettel heraus und übergab ihn dem Offizier. Dieser setzte sich eine kleine Brille auf und überflog den Schein. Schließlich hielt er ihr den Zettel vor die Nase. »Pah! Habe ich es mir doch gedacht«, wetterte er und sah sie streng über den Rand seiner Brille hinweg an. »Fräulein, Sie haben den Urlaub bereits überzogen!« Nun zeigte er aufgeregt auf die Eintragungen im Urlaubsschein. »Zwei Tage!«

Hanna senkte den Kopf. Weil ihr nichts anderes einfiel, meinte sie schließlich kleinlaut: »Der Krieg ist doch sowieso bald vorbei.«

Der Offizier sog scharf Luft ein. »Sie packen sofort Ihre Sachen und machen sich auf den Weg nach München! Heute Abend fährt mein Trupp Richtung Koblenz. Bis dorthin nehmen wir Sie mit. Ab da sehen Sie zu, wie Sie weiterkommen!«

Schnell versorgte sie das Bein der Greisin und ging dann zerknirscht nach Hause.

Es war bereits später Abend, als es an der Tür klopfte und ein Soldat Hanna abholte. Ihren Eltern gegenüber hatte sie nur erwähnt, dass ihr Urlaub zu Ende sei und sie wieder fahren müsse.

Sie stieg auf die offene Ladefläche des Lastwagens und setzte sich zwischen die Soldaten auf eine der vier Pritschen, die sich über die gesamte Länge erstreckten. Am Himmel über ihr funkelten die Sterne so klar wie Diamanten, und Hannas Atem brachte kleine Wölkchen hervor.

Der Laster fuhr nur langsam die Anhöhe hinauf, und als sie die Kreuzung nach Immerath erreichten, erkannte Hanna auf der weiteren Strecke in Richtung Strotzbüsch einzelne Lichter. Diese mussten zu dem einst intakten Landefeuer am Scheinflugplatz gehören, der vor Jahren eigens zur Irreführung der Feindflieger errichtet worden war. Schemenhaft erkannte sie in einiger Entfernung neben der Straße die Flugzeugattrappen. Linkerhand befanden sich die Flakhäuser und die Flakstellung, auf die der Laster nun zuhielt.

Der Fahrer stoppte, stieg aus und unterhielt sich mit den Flakhelfern. Es kam Hanna wie eine Ewigkeit vor, sie zitterte am ganzen Leib, und der kalte Wind schnitt ihr ins Gesicht. Doch der Fahrer machte keinerlei Anstalten, wieder einsteigen und weiterfahren zu wollen.

Nach einer endlos scheinenden Zeit setzte sich der Lastwagen endlich wieder in Bewegung und rüttelte Hanna und die Soldaten auf den Pritschen ordentlich durch. Hannas Gesicht fühlte sich inzwischen an wie eingefroren. Sie konnte ihren Mund kaum bewegen, geschweige denn ein paar verständliche Worte hervorbringen.

Am Himmel tauchten mit einem Mal kleine Lichter auf, gefolgt von dröhnendem Brummen. Unverzüglich schaltete der Fahrer die Scheinwerfer aus und hielt an.

Hanna erstarrte. Wie oft noch würde sie diese Angst ertragen müssen? In stummem Entsetzen folgte ihr Blick den Fliegern, die sich unbarmherzig näherten.

Reservelazarett
Polling bei Weilheim an der Ammer
8. Februar 1945

Hanna brachte ihr Gepäck in das kleine Zimmer, das die Oberin ihr zugewiesen hatte. Eins der drei Stockbetten schien unbenutzt, und Hanna entschied sich für den unteren Teil. Sie legte ihre Tasche ab und setzte sich auf die Bettkante. Hier in dieser beschlagnahmten Klosterschule sollte sie also mit dem großen Teil ihrer alten Truppe weiterarbeiten.

Sie seufzte schwer und besah sich die Kleidungsstücke und Schuhe, die im Zimmer verteilt herumlagen. Die rosafarbene Bluse, die über dem Stuhl hing, erkannte Hanna als Hedwigs. Und die Schuhe mit den viel zu kurzen Schnürsenkeln gehörten eindeutig zu Bertha. Hannas Herz machte einen Satz. Zum Glück war ihre Freundin ihr auch hier zur Seite.

Mit einem Ruck schwang die Tür auf und Resi stürmte herein. Jubelnd stürzte sie sich auf Hanna und begrüßte sie mit einer herzlichen Umarmung. »Ist das nicht wundervoll, Hanna? Wir teilen uns ein Zimmer und können abends herrlich klönen und tratschen! Wie in alten Zeiten! Bertha und Hedwig sind auch schon hier. Jetzt fehlt nur noch unser gutes Lenchen.«

»Bleibt nur zu hoffen, dass Gerda nicht auch noch hier einziehen will«, entgegnete Hanna ernst.

Resi winkte ab. »Ach, die! Wie ich gehört habe, soll sie demnächst heiraten. Einen SS-ler, soweit ich weiß.«

Wochen waren seit ihrem Einzug in Polling vergangen. Während der ganzen Zeit schon assistierte Hanna dem Oberarzt im OP und fiel nun, wie jeden Abend, todmüde ins Bett. Sie waren fast ausschließlich damit beschäftigt, die Tätowierungen zu entfernen, die SS-Angehörige zur Kennung ihrer Blutgruppe unterhalb der linken Achsel am Arm trugen.

Hanna hatte sich schon oft gefragt, warum solch eine Tätowierung nur den SS-Männern vorbehalten war. Wie vielen hätte das Leben gerettet werden können, wenn die Blutgruppe sofort bekannt gewesen wäre? Aber nun bedeuteten sie eine Auszeichnung, die man so schnell wie möglich loswerden wollte.

Ob ihr Vetter Werner auch solch eine Tätowierung trug?

Im nächsten Moment platzte Resi in ihrer ungestümen Art ins dunkle Zimmer. »Hast du schon das Neueste gehört?«, rief sie atemlos und stürmte an Hannas Bett. »Die haben Dachau aufgemacht!«

Hanna sah ihre Kollegin verständnislos an. »Was soll das heißen, ›Dachau aufgemacht‹?«

Resi hob die Arme. »Das heißt, dass die ganzen Schwerverbrecher jetzt überall frei herumlaufen!«

Nun saß Hanna kerzengerade im Bett. »Warum macht man denn sowas?« Die Vorstellung, jederzeit einem Verbrecher begegnen zu können, machte ihr noch mehr Angst als die Ankunft der Amerikaner, die kurz vor München stehen mussten. Bis sie hier in Polling einrückten, würde es nicht mehr lange dauern, es lagen gerade mal fünfzig Kilometer Entfernung dazwischen. Aber was würde danach kommen? Alles war so ungewiss.

Während Hannas Blick ratlos durch das Zimmer schweifte, erschien im Türrahmen auf einmal eine Schattengestalt und sagte: »Verbrechern zu begegnen, muss nicht das Schlimmste sein, was manch einem noch bevorsteht.« Mit schlurfendem

Schritt kam Gerda nun ins Zimmer und warf ihre Jacke auf das Bett über Hanna.

Energisch marschierte die Oberin am nächsten Vormittag auf Hanna zu und wedelte mit einem Brief herum. Ihre sauertöpfische Miene verhieß keine guten Nachrichten. »Sie haben sich morgen Mittag um zwei Uhr in Weilheim beim Kriegsgericht zu melden.«

Hanna glaubte, die Alte mache einen Scherz. Doch eigentlich wusste sie genau, dass ihre Vorgesetzte nie zu scherzen pflegte. »Was soll ich denn da?«, fragte sie die Oberin mit zittriger Stimme. »Ich habe doch gar nichts angestellt.«

»Das wüsste ich auch gerne«, donnerte es ihr entgegen. »Der Fritz wird Sie hinfahren. Dann werden Sie es schon erfahren.«

Den ganzen Tag über zermarterte sich Hanna den Kopf, wer oder was dahinter stecken mochte.

Kriegsgericht
Weilheim an der Ammer

28. April 1945

Fritz stoppte den Wagen an der Kreuzung und zeigte zu dem Eckgebäude auf der gegenüberliegenden Seite. »Dort ist das Amtsgericht. Da gehst du rein und fragst nach. Ich warte hier auf dich. Irgendwann werden sie dich ja wohl wieder rauslassen.« Er grinste schelmisch.

Verdutzt sah Hanna ihn an. Die Möglichkeit, dass man sie dort behalten und einsperren könnte, war Hanna bisher nicht in den Sinn gekommen. Sie nickte beklommen und stieg aus dem Wagen. Mit flauem Gefühl überquerte sie die Straße und besah sich das große Gebäude. Auf dem Dach thronte ein kleiner Zwiebelturm, an dem eine Uhr angebracht war. Fünf Minuten vor zwei, sie würde also nicht zu spät kommen.

Ein steinernes Wappen prangte über dem Eingang, darunter war der Schriftzug ›Amtsgericht‹ in den Stein gemeißelt. Hanna zog den Kopf ein und drückte die Türklinke hinunter. Die Tür quietschte, im Flur roch es nach feuchten Wänden. Hanna folgte dem Pfeil mit der Aufschrift »Reichskriegsgericht« und klopfte an die Tür.

»Herein«, rief eine feste Männerstimme.

Zögerlich betrat sie den Raum. Der junge Mann war hinter dem Berg aufgetürmter Akten auf dem Schreibtisch kaum zu sehen. Sie brachte ihr Anliegen vor. Er schaute auf die Uhr und gab ihr reserviert zur Antwort: »Warten Sie im Flur.«

»Aber können Sie mir nicht sagen, weshalb …«

Barsch unterbrach er sie: »Ihr Fall wird aufgerufen.«

Im Flur setzte sich Hanna auf einen der Stühle, die an der Wand entlang aufgestellt waren. Sie spürte einen kalten Luftzug an den Beinen, und je länger sie dort saß und wartete, umso mehr fror sie und umso größer wurde ihre Anspannung. Was konnten die bloß von ihr wollen? Sie hatte doch immer nur ihre Pflicht getan.

Im nächsten Augenblick öffnete sich eine breite Tür zu ihrer Linken und ein Mann in brauner Uniform blickte sich im Flur um. Sein Blick blieb an Hanna haften. Mit monotoner Stimme rief er ihren Namen.

Sie stand auf, strich ihre Schwesterntracht glatt und ging auf ihn zu. Er wies ihr den Weg. Ohne sie weiter zu beachten, ließ er die Tür hinter ihr ins Schloss fallen. Hanna zuckte zusammen.

»Nähertreten!«, herrschte eine befehlsgewohnte Stimme sie an. Hinter einem Tisch am Ende des Raumes saß ein Mann, der sie grimmig musterte. Er hatte einen solchen Leibesumfang, dass die Knöpfe seiner Uniformjacke bedrohlich spannten. Sein Doppelkinn quoll aus dem Kragen hervor und seine Glatze glänzte, als hätte er sie mit einer Schwarte Speck poliert. Sein bohrender Blick jagte Hanna einen Schauer über den Rücken.

Gemäßigten Schrittes ging sie auf ihn zu, und als sie etwa zwei Meter vor ihm stand, donnerte er: »Stehen geblieben!«

Hanna stoppte abrupt. Zunächst sagte er keinen Ton und musterte sie von Kopf bis Fuß. Auch der junge Mann, der neben ihm an einer Schreibmaschine saß, warf ihr einen abschätzigen

Blick zu. Sie fühlte sich sehr unwohl und wusste nicht, wohin sie schauen sollte. Immer tiefer grub sie ihre klammen Finger in die Handflächen, wo die Fingernägel bereits Spuren in der Haut hinterließen.

Der Dicke begann, in den Akten zu blättern, die vor ihm auf dem Tisch lagen. Ob das ein Richter war?

Ihr Blick schweifte durch den Raum. Sie nahm die anderen Männer kaum wahr, die sich mit ihr im Raum befanden, so sehr beschäftigte sie die Angst über das, was kommen mochte.

Der vermeintliche Richter stand auf und räusperte sich. »Schwester Hanna Temeling, wohnhaft in Polling, Reservelazarett, geboren am 30.10.1922 in Bocholt-Mussum, ledig, nicht vorbestraft.« Er sah sie prüfend an.

Hanna nickte beklommen. Die Tasten der Schreibmaschine hämmerten die Informationen auf das Papier, während der Richter mit ernster Miene fortfuhr: »Im Namen des Deutschen Volkes: Sie werden der Desertion und Wehrkraftzersetzung angeklagt.«

Mit offenem Mund starrte Hanna ihn an. Ihr entsetzter Blick wechselte zwischen dem Richter und dem Schreiber, der unermüdlich seine Finger auf die Tasten schlug.

»Was habe ich denn getan?«

Der Richter schüttelte den Kopf. »Genau das will ich von Ihnen wissen! Aber ich kann Ihrem Gedächtnis ein wenig auf die Sprünge helfen.« Er kramte in den Unterlagen, die vor ihm ausgebreitet waren, und zückte ein Blatt Papier hervor. »Am siebten Januar, in der Nacht auf den achten, haben Sie einen Terrorangriff erlitten und aus diesem Grunde ein paar Tage später eine Woche Urlaub erhalten. Am zwanzigsten Januar war ihr Urlaub zu Ende. Ihre Ankunft in München war siebzehn Tage später!«

»Ach so, das!« Ein riesiger Stein fiel Hanna vom Herzen. Sie war sicher, dass sie diese Begebenheit schnell aufklären konnte.

»Ruhe!« Seine Gesichtsfarbe wechselte vom anfänglich fahlen Gelb ins Dunkelrot. »Ein Oberst, der in Ihrem Heimatort mit seiner Kompanie einquartiert war, hat Meldung gemacht.«

Vor Hannas innerem Auge erschien sofort der Offizier, der in der Nachbarstube ihren Urlaubsschein inspiziert hatte.

»Sie haben Ihren Urlaub überzogen und sich sage und schreibe siebzehn Tage nach Urlaubsende in München zurückgemeldet!«

»Ich habe zwei Wochen gebraucht, um von zu Hause bis nach München zu kommen. Das kann ich auch belegen. Ich habe mir überall meine Karte abstempeln lassen.« Mit zittrigen Fingern kramte sie in ihrer Tasche und zog den Urlaubsschein heraus. Sie hielt ihn dem Richter entgegen.

Er winkte Hanna zu sich, nahm den Schein und legte ihn nach einem flüchtigen Blick darauf achtlos zu den anderen Unterlagen. »Überzogen haben Sie trotzdem!«

Hanna hob ratlos die Schultern und setzte eine entschuldigende Miene auf. Was waren schon zwei Tage?

»Mehr als eine Unschuldsmiene fällt Ihnen dazu nicht ein?«

»Ja, also das war so«, begann sie zögerlich. »Nachdem wir in München ausgebombt worden waren, bin ich nach Hause zu meinen Eltern. Ich habe dort geholfen, Kranke im Dorf zu versorgen. Und als ich gehört habe, dass die Amis immer näher rücken, dachte ich mir, dass es dann auch keinen Sinn mehr hat, nach München zurückzugehen. Ob ich jetzt in München Kranke versorge oder zu Hause, spielt doch keine Rolle. Und außerdem ...«

Hanna schluckte und schloss die Augen.

»Ich höre?«

»Ich kann die Bombenangriffe nicht mehr ertragen«, sagte sie leise und merkte, wie sie am ganzen Körper zitterte. Was sie über das Kriegsende dachte, behielt sie besser für sich. »Aber ich habe doch keine Desertion begangen oder Wehrkraftzersetzung. Ich bin doch nicht abgehauen. Und geschadet habe ich auch niemandem.«

»Niemandem geschadet?« Der Richter schlug mit seiner Faust auf den Tisch. »Sie sind kein Soldat, aber Sie sind Angehörige der Deutschen Wehrmacht. Und auch als Wehrpflichtige im Beurlaubtenstand sind Sie der Kriegsstrafverfahrensordnung unterworfen – Militärstrafgesetzbuch Paragraph 6a. Und wären Sie keine Wehrpflichtige, wären Sie dennoch der KStvo unterworfen – Paragraph 2 besagt, dass eine Zuständigkeit beantragt werden kann für Personen, die unter anderem der Wehrkraftzersetzung beschuldigt werden. Nach Paragraph 6 der KStvo kann es keinem Zweifel unterliegen, dass Ihr Fernbleiben einer Fahnenflucht gleichzusetzen ist. Elemente, die nicht mehr Willens sind, an gefährdeter Stelle zu arbeiten, sind nach gesundem Volksempfinden als Fahnenflüchtige zu behandeln. Und Fahnenflucht ist Treuebruch! Eine Straftat, die mit dem Tode belegt ist.«

Ein gehöriger Schreck durchfuhr Hannas Körper.

Der Richter beugte seinen massigen Leib nach vorne, die Tischplatte bog sich bedrohlich unter seinem Gewicht. »Ich darf an die Worte unseres Führers erinnern: Der Soldat kann sterben, der Deserteur muss sterben.«

Hanna sah ihn aus großen Augen an und verstand die Welt nicht mehr. Der Krieg war doch ohnehin so gut wie verloren. Was sprach dieser Richter jetzt vom Sterben? Sie war doch keine Verbrecherin! Den Einsatz in Russland hatte sie überlebt, die Partisanenangriffe, die Diphtherie, die Luftangriffe und sogar drei Bombentreffer. Und jetzt sollte sie sterben, weil sie ihren Urlaub um zwei Tage überzogen hatte?

»Nachsicht ist bei solchen Elementen nicht am Platze!«, setzte er seine Schimpftirade fort. »Bei jugendlicher Unüberlegtheit oder anderen nicht unehrenhaften Motiven kann auch eine Zuchthausstrafe verhängt werden, aber Drückeberger und Feiglinge wird ohne Gnade das gleiche Schicksal treffen!« Er sah Hanna durchdringend an. Ihr wurde immer unbehaglicher.

Schließlich verdrängte ein höhnisches Grinsen seine ernste Miene. »Na ja, ganz gleich ist das Schicksal nicht.« Sein Blick schweifte zu dem Schreiber, der sein Grinsen erwiderte. »Paragraph 103 der KStvo besagt, dass die Todesstrafe durch Erschießen zu erfolgen hat, bei Frauen jedoch grundsätzlich durch Enthaupten.«

Hannas Gedanken rasten. Enthaupten – würden sie sie gleich hierbehalten?

»Und jetzt?«, brachte sie unsicher hervor.

Der Dicke warf ihr einen vernichtenden Blick zu. »Und jetzt? Jetzt vertage ich die Sitzung auf morgen. Am Vormittag um zehn Uhr dreißig haben Sie sich erneut hier zu melden.«

Er schlug die Akte zu und erhob sich schwerfällig von seinem Stuhl. Die anderen Uniformierten gingen mit ihm aus dem Raum und ließen Hanna verwirrt zurück.

Die konnten sie doch nicht einfach so hier stehen lassen!

Kriegsgericht
Weilheim an der Ammer

29. April 1945

»Was mache ich denn, wenn die mich ins Zuchthaus stecken oder wirklich die Todesstrafe über mich verhängen?« Hanna war außer sich und hatte große Angst, wieder vor diesen Widerling von Richter treten zu müssen.

Fritz sah sie eindringlich an. »Du bist Krankenschwester. Eine sehr gute und zuverlässige noch dazu. Die können es sich doch gar nicht erlauben, so jemanden wegzusperren.«

Seine Worte klangen nicht sehr überzeugend. »Ich weiß nicht, Fritz. Ich habe das dumpfe Gefühl, wir ahnen nicht einmal, was die sich alles erlauben können. So, wie der gestern mit mir umgegangen ist … als wäre ich ein Schwerverbrecher.« Ihr verzweifelter Blick wanderte zum Gerichtsgebäude. »Ich habe doch gar nichts Schlimmes getan, und der spricht von Zuchthaus und Todesstrafe.«

Fritz lächelte ihr aufmunternd zu. »So schlimm wird es schon nicht werden. Geh einfach mal rein, alles andere wird sich zeigen. Die werden dir schon nicht den Kopf abreißen.«

»Nein. Abreißen nicht. Nur abschlagen. Frauen werden grundsätzlich enthauptet.« Mit diesen Worten verließ sie das Fahrzeug und ging bang ihrem Schicksal entgegen.

Der Richter kam ihr noch dicker und bedrohlicher vor als am vorigen Tag. Mit seinem wulstigen Nacken und der roten Gesichtsfarbe wirkte er wie ein gereizter Bulle, der mit den Hufen scharrt und jeden Moment zum Angriff ansetzt.

Hanna kaute auf ihrer Unterlippe, bis sie irgendwann Blut schmeckte. Schließlich ließ sich der bullige Richter dazu herab, den zweiten Verhandlungstag zu eröffnen, indem er mit der Faust auf den Tisch schlug.

»Im Namen des deutschen Volkes. Wo waren wir gestern stehen geblieben?« Er wirkte nervös, kramte in den Unterlagen und wandte sich sogleich wieder an Hanna. »Ich habe Ihnen gestern gesagt, wo solch verworfene Subjekte wie Sie landen werden.«

Vater hat ja so recht gehabt, gegen die Nazis zu sein, ging es Hanna erneut durch den Kopf. Und ich Närrin war die ganze Zeit blind und taub.

»Reichsjustizminister Thierack hat im letzten Jahr bereits die Ausrottung aller Elemente angekündigt, die den Siegesglauben durch staatsfeindliche Reden und falsche Nachrichtenverbreitung zu untergraben versuchen … Was sagten Sie nochmal über die Amerikaner?«

Hanna war nicht sicher, ob die Wahrheit hier noch angebracht war. Sie war sich über nichts mehr sicher. »Die sind schon in Deutschland eingefallen. Das macht doch allen Angst«, warf sie verlegen ein.

Tack, tack, tack. Die Tasten der Schreibmaschine nahmen ihre Arbeit auf und brachten jedes einzelne Wort zu Papier.

Der Dicke wischte sich mit einem Taschentuch den Schweiß von der Stirn. »Angst ist eines Ariers unwürdig!«, donnerte er. »Der Deutsche hat keine Angst. Er kämpft! Was glauben Sie, wo wir heute stünden, hätten wir unser Land mit einem Heer von Hosenscheißern verteidigt!«

Eingeschüchtert zuckte Hanna die Schultern. Die meisten Soldaten, die sie in den Lazaretten zu sehen bekommen hatte, hatten mehr Angst gehabt als Vaterlandsliebe. Sie hatten so viel Schlimmes erlebt, dass sie jede Nacht schweißgebadet aus ihren Alpträumen hochschreckten.

Aber natürlich gab es immer noch die anderen, die Unverbesserlichen, die niemals aufgeben würden.

»Wehrmachtsschädlinge und andere minderwertige Elemente sind volksfeindlich bis ins Mark«, fuhr der Richter fort. »Manchen kann man vielleicht noch unter Androhung der Sippenhaft ein Quäntchen an Gewissen entlocken, aber ehrlos sind sie allemal. Ihnen allen gebührt eine entsprechende Behandlung. Kein Opfer darf jetzt zu groß sein, da wir kurz vor dem totalen Sieg …«

Ein junger Soldat betrat den Raum. Zielstrebig ging er auf den Richter zu, beugte sich zu ihm hinunter und sprach auf ihn ein. So leise allerdings, dass Hanna nichts davon verstehen konnte, so sehr sie die Ohren auch spitzte.

Der Dicke nickte und wirkte mit einem Mal noch nervöser als zuvor, seine Stirn war wieder von großen Schweißperlen besetzt. Plötzlich schlug er mit der Hand auf den Tisch.

»Die Verhandlung wird vertagt. Sie erhalten eine neue Ladung.«

Die Schnelligkeit, mit der er sich auf einmal von seinem Stuhl hochhievte, erstaunte Hanna. Verdutzt sah sie ihm hinterher. Der Schreiber zog in Windeseile das Blatt aus der Schreibmaschine, sammelte die losen Blätter ein und folgte dem Richter.

Wieder ließ man Hanna stehen. Verwundert überlegte sie, dass sie ein so minderwertiges Element nicht sein konnte, wenn die Verhandlung immer wieder vertagt wurde. Schnell machte sie sich davon, bevor es sich die Herren noch einmal anders überlegten.

Reservelazarett
Polling
29. April 1945

Zurück im Lazarett, wunderte sich Hanna über die verwaisten Stühle im Flur, die sonst von den SS-Männern besetzt waren, die auf ihre Operation warteten.

Draußen polterte es, Motoren sprangen an. Und als Hanna aus dem Fenster blickte, sah sie, wie sich viel zu viele Soldaten in die Fahrzeuge quetschten und dann Hals über Kopf türmten.

Am Horizont, in vielleicht dreihundert Metern Luftlinie, entdeckte sie eine ganze Heerschar von Lastwagen und Panzern, die sich im gleißenden Sonnenlicht durch den aufgewirbelten Staub der Feldwege schoben.

»Die Amerikaner«, sagte der Oberarzt hinter ihr. In seiner Stimme schwang Resignation und gleichzeitig Erleichterung. »Packen Sie Ihre Sachen zusammen. Jetzt bricht eine neue Ära an.«

Erschrocken eilte Hanna in ihr Zimmer, wo die anderen bereits ihre Habseligkeiten in die Koffer packten.

Resi ging mit entschlossener Miene zur Zimmertür und drehte den Schlüssel um. »Ich habe keine Lust, dass die Amis über uns herfallen. Sicher ist sicher.«

»Soweit wird es gar nicht erst kommen«, behauptete Gerda. »Unten sind doch tapfere Kämpfer, die denen ganz schnell den Garaus machen.«

»Träum weiter«, sagte Hanna. »Die sind alle abgehauen.«

»Sind wohl alles Verwandte von dir, was?«

»Kannst du nicht ein einziges Mal dein boshaftes Maul halten? Du hast wohl noch immer nicht kapiert, dass wir die ganze Zeit dem Falschen die Treue gehalten haben.«

»Da kommen sie!« Resi stand hinter dem Vorhang und beobachtete, was draußen vor sich ging. Auch Hanna reckte ihren Hals und riskierte einen Blick aus dem Fenster, bereit, sofort wieder abzutauchen. Viele Soldaten stiegen hastig aus den Fahrzeugen, die Maschinengewehre im Anschlag. Ein Teil von ihnen sicherte diejenigen, die auf das Gebäude zugingen.

»Hedwig kann echt froh sein, dass sie Urlaub hat«, wisperte Bertha. »Ich wäre jetzt auch lieber zu Hause.«

»Wer nicht?«, fragte Hanna leise.

Nach angestrengtem Lauschen hörten sie Stimmen und feste Schritte im Treppenhaus. Türen wurden geöffnet und wieder zugeschlagen, die Stimmen wurden energischer.

Schließlich drückte jemand von außen die Klinke ihrer Zimmertür herunter. Die jungen Frauen schreckten hoch wie aufgescheuchte Rehe. Hanna versuchte, ihre Angst zu verdrängen, doch das drückende Gefühl schnürte ihr die Brust zu.

Eine Männerstimme rief etwas dumpf durch die Tür.

»Ich glaube, er sagt, wir sollen aufmachen«, flüsterte Bertha.

Leni schüttelte vehement den Kopf. »Nein, nicht aufmachen!«

Plötzlich schlug der Amerikaner sehr fest gegen die Tür. »Maken Ture auf!« Zorn schwelte in seiner Stimme.

»Was sollen wir denn jetzt tun?« Resis Flüstern glich mehr einem Krächzen. »Nicht, dass der noch schießt.«

»Kommt, wir öffnen«, meinte Hanna schließlich und stand beherzt auf.

Als sie den Schlüssel umdrehte, wurde die Tür sofort von außen aufgestoßen und ein sehr großer und bullig wirkender Soldat stand ihnen gegenüber. Das Weiß seiner Augen leuchtete hell in dem dunklen Gesicht.

Solch einen schwarzen Menschen hatte Hanna noch nie gesehen, ein mulmiges Gefühl breitete sich in ihr aus.

Hinter ihm erschienen weitere Soldaten, die ins Zimmer stürmten und mit merkwürdigem Akzent die Worte »Hitler« und »Nazi« riefen. Dabei spähten sie unter die Betten und in die Schränke.

Gerda hob in einer abwehrenden Geste die Hände und schüttelte vehement den Kopf. »Nix Nazi!«, rief sie und spuckte auf den Boden. »Nazi pfui.«

»Ich fang gleich an zu kotzen«, murmelte Resi augenrollend.

Der schwarze Soldat begann zu lachen. Dabei entblößten seine wulstigen Lippen eine Reihe strahlend weißer Zähne. Allzu gefährlich schien er nicht zu sein.

Kemmel-Kaserne
Murnau am Staffelsee
19. Juni 1945

»Somit sind Sie nicht nur in Ehren aus der Deutschen Wehrmacht, sondern auch aus der amerikanischen Gefangenschaft entlassen, Schwester.« Stabsarzt Dr. Pohl lächelte Hanna an und überreichte ihr die Entlassungspapiere. Ein paar Stunden würde sie sich noch gedulden müssen, bis sie auf einem Lastwagen der Amerikaner nach Saarbrücken mitfahren konnte. Von da aus würde sie sich per Anhalter durchschlagen müssen.

Hanna und ihre Kolleginnen hatten seit ihrer Ankunft vor zwei Tagen im Gefangenenlager geholfen, die Kranken und Verletzten zu versorgen. Leni, Resi und Gerda konnten gestern schon nach Hause fahren. Und nun hieß es auch für Hanna, Abschied zu nehmen.

Sie verließ das Gebäude und machte sich auf den Weg zu Bertha, die sicherlich im Krankentrakt zu finden war. Sie ging an dem zwei Meter hohen Zaun entlang, der das Gelände des Lagers nach außen hin abgrenzte, und passierte die drei langen, baugleichen Gebäude. Als sie am letzten Gebäude um die Ecke bog, stieß sie mit einer Krankenschwester zusammen. Beide erschraken sehr, mussten gleich darauf jedoch herzlich lachen. »Bertha! Ich war gerade auf dem Weg zu dir. Für mich geht es gleich nach Hause.«

»Das freut mich sehr für dich, Hanna. Ich werde auch heute noch gehen dürfen. Einer der amerikanischen Offiziere kann mich mitnehmen. Er muss nach Stuttgart, und mein Elternhaus liegt quasi auf seinem Weg.«

Die beiden umarmten sich herzlich. »Ich werde dich schrecklich vermissen, Hanna. Es war ja doch eine schöne Zeit mit uns, findest du nicht?« Verstohlen wischte sie sich eine Träne aus dem Auge.

»Ja«, sagte Hanna, »trotz des Kriegs hatten wir oft Spaß miteinander.« Bei der Vorstellung, dass ihr nun wieder etwas vollkommen Neues bevorstand, war Hanna mulmig zumute.

Seit dem 8. Mai war der Krieg zu Ende, Deutschland war unter den Siegermächten aufgeteilt worden und wurde nun von ihnen regiert. Die Nachricht über Hitlers Tod hatte zunächst bei vielen Bestürzung ausgelöst, doch seit der Kapitulation war eine allgemeine Erleichterung über das Kriegsende zu spüren. Hanna war einfach nur froh, alles lebend überstanden zu haben, doch Clemens vermisste sie immer noch schmerzlich.

Bis vor einigen Tagen hatten sie und ihre Kolleginnen im Pollinger Lazarett weiter gearbeitet, und nun ging es wieder zurück in die Heimat, ungewiss, was die Zukunft für sie bereithalten würde.

Winkel in der Eifel

21. Oktober 1945

»Wir waren ohne Sinn und Verstand!«, rief Hanna ihrem grimmigen Spiegelbild entgegen und ließ die Bürste sinken. »Wofür soll das alles gut gewesen sein?«

Jetzt, im Nachhinein, war es ihr unverständlich, wie es den Nazis gelungen war, die Menschen so sehr an der Nase herumzuführen. Die fürchterlichen Verbrechen, die nach und nach ans Licht kamen, entsetzten sie. Wie konnten sie alle so verblendet gewesen sein und hatten das alles nicht sehen wollen? Sich selbst nahm sie davon nicht aus.

Wie ein Kartenhaus war das ideologische Lügengebäude, das sie im Grunde mit aufrecht erhalten hatte, zusammengebrochen.

Aber hätte es etwas geändert, wenn sie Vaters Rat ignoriert und stattdessen Fragen gestellt hätte? Wenn sie sich mit der Politik auseinandergesetzt hätte, statt anzunehmen, alles wäre schon in Ordnung?

Die Erkenntnis, zu weit gegangen zu sein, und in diesem Bewusstsein weiter zu leben, lastete auf Hanna wie zentnerschweres Blei.

Anderen ging es sicher ähnlich. Und doch sprach keiner darüber. Die Frage nach der eigenen Verantwortung und die dumpfe Ohnmacht, nichts mehr an der Vergangenheit ändern zu können, waren erdrückend.

Um nicht an den eigenen Schuldgefühlen zu ersticken, legte sich ein Schleier des Vergessens über Hanna, so, wie über viele andere.

Für wie lange? Monate? Jahre? Ewig?

Hanna ahnte allerdings, dass alles sie irgendwann wieder einholen würde, egal, wie lange sie es verdrängte.

Doch das Leben ging weiter, jeder musste sehen, wie er trotz der großen Hungersnot und Armut, die seit dem Kriegsende herrschten, über die Runden kam. Seit sie zurück in der Eifel war, hatte sie die weitere Behandlung und Pflege der Patienten in den umliegenden Dörfern übernommen. Auch ihren Eltern ging sie zur Hand.

Jetzt schenkte sie ihrem Spiegelbild einen letzten prüfenden Blick und zog die Jacke an.

Den ganzen Weg ging sie mit der Dorfjugend bis nach Immerath, um an der Wendelinus-Kirmes teilzunehmen – der ersten Tanzveranstaltung seit Ausbruch des Krieges. Die Entbehrungen der letzten Monate und Jahre schürten den unstillbaren Hunger nach Vergnügung. Alle lechzten danach, sich endlich wieder ausgiebig amüsieren zu dürfen, ohne gegen ein Verbot zu verstoßen.

Die Musik der Tanzkapelle war in dem Talkessel weithin zu hören, fröhliches Gelächter vermischte sich mit den Stimmen der Feierlaunigen. Auf der Tanzfläche des Festsaals drängten sich die Paare, und an der Biertheke versammelten sich mindestens genauso viele.

Hanna stand am Rand und beobachtete die Menschen. Während sie an der Wand lehnte, dachte sie an ihren Vetter Werner. Er hätte hier auf der Kirmes bestimmt viel Freude gehabt. Schwermütig seufzte sie. Sie war die letzte aus der Familie, die ihn lebend gesehen hatte. Kurze Zeit nach seinem Besuch im Lazarettkeller war er von den Amerikanern erschossen worden, wie ihre Tante der Familie in einem traurigen Brief mitgeteilt hatte.

Matti kam ihr in den Sinn. Nachdem die Kettenhunde ihn in Stalino einkassiert hatten, war auch er nie wieder aufgetaucht.

Wehmütig dachte sie im nächsten Moment an Clemens. Fast ein Jahr war es bereits her, dass er dem Krieg zum Opfer gefallen war. Immer noch stimmte sie jeder Gedanke an ihn traurig. Sie hatten eine schöne Zeit miteinander gehabt, und es hätte noch so viel schöner werden können.

Verstohlen wischte sie sich eine Träne aus dem Augenwinkel und schüttelte ihre Gedanken ab. Sentimentalitäten brachten sie kein bisschen weiter, sie musste jetzt nach vorne sehen.

Aus einem Gefühl heraus, beobachtet zu werden, schaute sie auf. Und plötzlich sah sie ihn.

»Das gibt's doch nicht!« Ein Lächeln huschte über ihr Gesicht. Zwischen den Tanzenden hindurch kam der junge Mann auf sie zu, ein spitzbübisches Lächeln auf den Lippen.

So ganz hatte sie ihn nie vergessen, und er sie offensichtlich auch nicht.

»Guten Abend, Hanna. Auch hier?«

»Das ist ja eine Überraschung! Wie geht es dir?«, rief sie freudig aus.

Josef bot ihr den Arm und führte sie auf die Tanzfläche.

»Nicht, dass du denkst, ich hätte dir nicht schreiben wollen«, sagte er ganz nah an ihrem Ohr. »Aber irgendwann war der Zettel mit deiner Feldpostnummer verschwunden.« In seinem Blick lag Bedauern.

Hanna schenkte ihm ein versöhnliches Lächeln. Beim Tanzen zwinkerte er ihr immer wieder zu. Diese Blicke, die bierselige Stimmung und die körperliche Nähe verwirrten Hanna sehr. Und doch hatte sie das Gefühl, dass jetzt alles gut werden würde.

In ein paar Tagen begann der Advent. Hanna sah dem ersten Weihnachtsfest im Frieden zuversichtlich entgegen. Danach, hatte sie beschlossen, würde sie wieder nach München zurückkehren. Nach so vielen Jahren der Trennung fiel es ihr schwer, sich wieder in den familiären Alltag der Eltern zu integrieren. Sie war erwachsen geworden, doch die Eltern sahen immer noch das Kind in ihr.

Dass sie Josef dann nicht mehr so oft sehen würde wie in den letzten Wochen, bedauerte sie hingegen sehr. Umso mehr genoss sie jetzt seine Gesellschaft. Er wirbelte sie nun schon eine Weile auf der Tanzfläche im Hotel zum Pulvermaar umher, und allmählich wurde ihr schwindelig. Allerdings bezweifelte sie, dass es nur an den Tänzen lag.

»Ich kann nicht mehr«, rief sie ihm lachend entgegen, als das Lied endete. »Lass uns eine Pause machen.«

Er hielt sie an den Händen und zog sie zu sich. Unerhört dicht standen sie nun beisammen. Hanna spürte seinen erhitzten Körper, sein Herzschlag drang bis zu ihr hindurch, und ihr Atem vermischte sich mit seinem.

Seine Augen funkelten, als er fragte: »Willst du auch ein Bier?«

Sie prosteten sich zu. Hannas Kehle war so trocken, dass sie ihr Glas in einem Zug zur Hälfte leerte. Josef sah sie verblüfft an, doch dann verkündete er lachend: »Das gefällt mir!«

Ein warmes Gefühl wehte durch Hannas Körper, und in diesem Augenblick wusste sie, dass sie Josef nicht verlassen würde. Sie nahm all ihren Mut zusammen und fasste seine Hand, in der Hoffnung, dass er sie ihr nicht entzog. Seine Antwort war ein freches Schmunzeln. Verstohlen drückte er ihr einen Kuss auf den Mund.

Nachwort

Hanna und Josef heirateten im darauffolgenden Jahr und schenkten sechs Kindern das Leben. Schwere Zeiten, geprägt von Armut und harter Arbeit bestimmten ihren Alltag für viele Jahre. Sie hatten es nicht immer leicht miteinander, doch der Glaube an die Liebe ließ meine Großeltern stets zusammenhalten.

Die Geschichte hinter der Geschichte

Der Roman basiert auf den Erinnerungen meiner Oma, die im zweiten Weltkrieg als Krankenschwester in Stalino und München gearbeitet hat. Ihre Erinnerungen hat sie in zahlreichen, wundervollen Gesprächen mit mir geteilt. Und ich möchte jedem, der Großeltern hat, ans Herz legen, solche Gespräche zu führen – sie sind wie ein kostbarer Schatz.

Ich habe mich intensiv mit dieser Zeit beschäftigt und versucht, ihre Erinnerungen mit den geschichtlichen Informationen und erfundenen Sequenzen in Einklang zu bringen.

Während der Recherche bin ich auf Orte gestoßen, die den Weg meiner Oma gesäumt haben mussten, die ich nicht unerwähnt lassen möchte.

Die Stationen auf Hannas Weg im Roman:

Neben vier weiteren Städten mit »nationalsozialistischem Ehrentitel« (Hamburg, Berlin, Nürnberg und Linz in Österreich) erhielt München die Bezeichnung ›Hauptstadt der Bewegung‹.

Der Weg, den Hanna während ihrer Ausbildung jeden Morgen vom Rotkreuzplatz aus zur Leibesertüchtigung laufen musste, führte über den Hindenburgplatz und die Hindenburgstraße. Der Hindenburgplatz wurde 1946 zu Ehren der

NS-Opfer in »Platz der Freiheit« umbenannt. Die ehemalige Hindenburgstraße heißt heute Landshuter Allee.

Die Heil- und Pflegeanstalt Eglfing-Haar war nur eine von vielen Spitzen eines riesigen Eisbergs, der bis 1941 zentral, danach weniger offensichtlich im Zuge des Euthanasieprogramms »T4« als »Aktion Gnadentod« viele Leben vernichtete.

Im Zug: Als Vergeltungsmaßnahme für Heydrichs Tod wurden die beiden tschechischen Dörfer Lidice und Lezaky gesprengt und eingeebnet. Die männlichen Bewohner ab fünfzehn Jahre wurden erschossen, der Großteil der Frauen ins KZ Ravensbrück deportiert, dreizehn Kinder nach rassischen Kriterien ausgesondert und zur »Germanisierung« ins Deutsche Reich in Lebensbornheime verschleppt, doch die meisten Kinder wurden im Vernichtungslager Kulmhof vergast.

Der Anhalter Bahnhof war ein Fernbahnhof in Berlin-Kreuzberg, der 1945 durch Luftangriffe zerstört wurde. Die »Anhalter-Bahn« verband Berlin mit dem ehemaligen Herzogtum Anhalt. Ab Juni 1942 wurden Judendeportationen vom Anhalter Personenbahnhof vorgenommen.

Zu der Zeit, als Hanna in Lublin (Polen) war, gab es in Regierungskreisen schon Pläne, das Kriegsgefangenenlager der Waffen-SS Lublin in ein Konzentrationslager umzufunktionieren. Ab Februar 1943 war das Konzentrationslager Majdanek (Vorort von Lublin) als erstes Konzentrationslager der »Aktion Reinhard« in Betrieb.

Im Zuge der Recherchen über Lublin stieß ich auf das damalige »Erfassungslager für beschlagnahmtes Feindvermögen« und auf das bewegende Gedicht von Johannes R. Becher, »Kinderschuhe aus Lublin«, in dem er Schuhe getöteter Kinder als Zeugen vor Gericht auftreten lässt.

Der Ort Izbica in der Nähe von Lublin galt in den Jahren 1942/43 als Durchgangsghetto. Von hier aus wurden die Opfer mit Zügen in die umliegenden Tötungslager transportiert.

In Belzec befand sich in direkter Bahnhofsnähe und neben den Bahngleisen ein weiteres Vernichtungslager der »Aktion Reinhard«. Die anderen Vernichtungslager dieser Aktion waren Sobibór und Treblinka.

Rawa Ruska bildete als Grenzstadt zwischen dem besetzten Polen und der Ukraine einen Eisenbahnknotenpunkt, durch den die Opfer zum KZ Belzec transportiert (und vielfach am Bahnhof stundenlang abgestellt) wurden.

Die Rollbahn Süd, auch »Straße der SS« oder »Durchgangsstraße IV« genannt, war eine 2175 km lange Fernverkehrsstrecke, die nach dem deutschen Überfall auf die Sowjetunion von Berlin bis in den Kaukasus führen sollte. Sie war Bestandteil des Programms »Vernichtung durch Arbeit«.

Stalino, das heutige Donezk, gehörte erst seit Auflösung der Sowjetunion zur unabhängigen Ukraine. Bis 1924 hieß diese Stadt Jusowka, bis 1961 Stalino.

Die Gräueltaten, die dort überwiegend durch die SS-Einsatzgruppe C seit Dezember 1941 begangen wurden, sind vor Hannas dortiger Ankunft zu datieren. Mehrere tausend jüdische Familien wurden in ein Ghetto gepfercht und zusammen mit russischen Kriegsgefangenen und Partisanen für täglich bis zu siebzehn Stunden Zwangsarbeit in der Bergbauanlage missbraucht. Es gab immer wieder Massenerschießungen, und nach Auflösung des Ghettos wurden am Ostermontag 1942 etwa dreihundert Juden in einem mobilen Gaswagen getötet und zu den Leichen der zahllosen Massenerschießungen in den Förderschacht 4-4 bei Kalinovka geworfen. Die leblosen Körper stapelten sich hunderte Meter tief. Insgesamt starben in Stalino durch Einheiten der SS und der Wehrmacht rund 60.000 Einwohner.

Das von einem verwundeten Soldaten geschilderte Massaker von Feodosia war laut geschichtlichen Angaben ein russischer Racheakt, weil Einsatzkommandos der SS bei der ersten deutschen Einnahme Feodosias im Dezember 1941 tausende Bewohner, Juden, Zigeuner, Krimtschaten und Kommunisten hingerichtet hatten.

Babi Jar (Babyn Jar) ist eine Schlucht nahe Kiew in der Ukraine und wurde am 29. und 30.9.1941 Tatort einer Massenerschießung mit ungefähr 33.000 jüdischen Todesopfern – überwiegend Alte, Frauen und Kinder.

Bei dem Lazarett in der Münchner Antonienstraße 6, einer ehemaligen Hauswirtschaftsschule, handelte es sich um ein Teillazarett des Reservelazaretts München III mit 100 Betten. Heute steht an dieser Stelle das Berufliche Schulzentrum Alice Bendix.

Das Lebensbornheim in der Münchner Antonienstraße 7 war eins von zwanzig solcher Heime im deutschen und deutsch besetzten Gebiet. Der Lebensborn war ein von Heinrich Himmler gegründetes Projekt, das die arische Nachkommenschaft sichern sollte. Es bot »erbbiologisch einwandfreien« Frauen, alleinstehend oder verheiratet, die Möglichkeit, dort in bestens ausgestatteten Räumen anonym zu entbinden und ihre Kinder zur Adoption in Nazifamilien freizugeben oder in den Heimen zu belassen. Väter waren meist SS-Männer, die dieses Projekt mit Pflichtbeiträgen finanzierten, und von Himmler ausdrücklich die Empfehlung zur Zeugung von Kindern auch außerhalb der Ehe erhalten hatten.

Die in der Antonienstraße geborenen Kinder wurden ab August 1943 unmittelbar nach ihrer Geburt nach Luxemburg in das Lebensbornheim »Moselland« geschafft. Ihre Mütter blieben in München zurück. Nachdem innerhalb dieses Projekts rund 12.000 Kinder geboren worden waren, gingen die Nazis dazu über, in den besetzten Gebieten »arisch aussehende« Kinder ihren Eltern zu rauben und zur »Germanisierung« ins Deutsche Reich zu verschleppen.

Bis zu seiner Beschlagnahmung im November 1941 war das Haus Nr. 7 in der Antonienstraße ein israelitisches Kinderheim. Einige der dort lebenden jüdischen Kinder wurden mit Betreuern nach Kaunas in Litauen deportiert und dort erschossen. Die anderen Kinder brachte man in verschiedene Tötungslager.

Weilheim, wo Hanna vor dem Kriegsgericht stand, wurde am gleichen Tag von den Amerikanern erobert, an dem das KZ Dachau befreit wurde. Die angebliche Öffnung des Lagers und die daraus resultierende Vorstellung, die Verbrecher liefen nun frei herum, dürfte in Wirklichkeit der sogenannte Todesmarsch gewesen sein, zu dem Tausende Häftlinge ab dem 26.4.1945 Richtung Süden getrieben wurden.

Damaliges Kürzel für Konzentrationslager war KL, zum besseren Verständnis habe ich es im Roman jedoch bei dem Kürzel KZ belassen.

Die Kartoffeltrockenfabrik in Gillenfeld wurde 1942 in Betrieb genommen, Zwangsarbeiterinnen aus dem Frauenstraflager in Flußbach arbeiteten ab Oktober 1942 dort, Kriegsgefangene erst ab 1943, und nicht, wie ich geschildert habe, schon im November 1942.

Die Kemmel-Kaserne in Murnau, heute Werdenfelser Kaserne, wurde von der Wehrmacht von 1939-1945 als Kriegsgefangenenlager für polnische Offiziere und Generäle genutzt, bis 1961 von amerikanischen Einheiten.

Meine Großeltern sind sich in dem Gillenfelder Hotel zum Pulvermaar beim Tanz näher gekommen und waren seitdem ein Paar. Heute befindet sich in den Räumen ein gemütliches Irish Pub.

Menschen auf Hannas Weg und reale Personen im Roman:

Die Romanfiguren, ihre Charaktere und politischen Einstellungen sind frei erfunden. Mögliche Ähnlichkeiten wären reiner Zufall.

Zu Hannas Vater, meinem Urgroßvater: Ob er tatsächlich so gedacht hat, wie ich es ihm im Roman unterstelle, ist ungewiss. Als Mitglied des »Stahlhelm« wird er vermutlich wie viele andere in dieser Zeit antisemitisch eingestellt gewesen sein, jedoch ablehnend gegenüber dem Radikalismus und Ausrottungsprinzip des Nationalsozialismus. Er war bekennender Nazigegner und sogenannter Schwarzhörer, doch leider hat er seinen Kindern gegenüber nie ein Wort über seine Motive verloren oder versucht, ihnen seine Ansichten darzulegen. Von der Warnung, dass er ins KZ sollte, wenn er weiter gegen die Nazis wettere, hat meine Oma erst sehr viel später nach dem Krieg erfahren.

Hans Scholl hat meine Oma wissentlich nicht kennen gelernt, doch wäre eine Begegnung im Hörsaal der Münchner Uni durchaus denkbar gewesen, studierte er doch zur gleichen Zeit Medizin, und probten die Studenten und Lernschwestern das Injizieren tatsächlich aneinander.

Die Begegnungen mit Graf von Stauffenberg und Dr. Handloser haben tatsächlich stattgefunden. Ebenso die Besuche der Aufführungen von Weiß Ferdl und Ilse Werner im Münchner Theater am Platzl, wobei ich den Auftritt von Weiß Ferdl im Roman aus dramaturgischen Gründen 1944 habe stattfinden lassen, obwohl er seine Bühnentätigkeit aus gesundheitlichen Gründen schon 1943 eingestellt hat.

Die Begegnung mit dem alten Juden in München gab es wirklich, und meine Oma ist heute noch bestürzt darüber, auch wenn sie sich damals des antisemitischen Ausmaßes nicht bewusst war. Sie hat seinerzeit zwar registriert, dass immer mehr jüdische Familien verschwinden, war aber davon überzeugt, dass diese zwangsweise umgesiedelt würden oder sich aus eigener Motivation »aus dem Staub« gemacht hätten.

Ich habe den alten Juden im Roman in die Münchner Thierschstraße abbiegen lassen, denn Haus Nr. 7 war eins von 20 Häusern, die bis 1942 als Sammelstellen für enteignete Münchner Juden aus etwa 1450 Wohnungen dienten, um dort und in Sammellagern auf ihre Deportation zu warten.

Dass das Pflegepersonal in Stalino irgendwann zu Pervitin griff, um das Unmögliche leisten zu können, entspricht den mir geschilderten Tatsachen.

Ich habe versucht, mich so genau wie möglich an die Daten, Uhrzeiten und Wetterverhältnisse der Bombardierungen Münchens und Dauns zu halten, sowie an die Angaben über Dienstantritts-, Urlaubs- und Krankheitstage im »Verwendungsbuch für die Dienste der Freiwilligen Krankenpflege« meiner Oma, und bitte um Nachsicht, wenn ich versehentlich doch mal danebengelegen haben sollte.

Glossar

Historische Personen, die im Roman eine Rolle spielen:

Handloser, Siegfried, Prof. Dr. med., Generaloberstabsarzt, ab 1942 Heeres-Sanitätsinspekteur (Chef des Wehrmachtssanitätswesens) und Initiator zahlreicher Maßnahmen zur Zwangsprostitution für Frauen in den besetzten Ländern.

Reinhard Heydrich, mit dem Spottnamen »die Ziege« (wegen seiner hohen Fistelstimme) war als Chef von SD und Gestapo und als stellvertretender Statthalter des Reichsprotektorats Böhmen und Mähren (Gebiete der besetzten Tschechoslowakei) mit der logistischen Gesamtorganisation der »Endlösung der Judenfrage« beauftragt worden (»Aktion Reinhard«). Er starb an den Verletzungen eines Attentats in Prag.

Rascher, Siegmund, Dr., Arzt im KZ Dachau, führte medizinische Menschenversuche durch und nahm den Tod der Versuchspersonen bewusst in Kauf, plante ihn sogar mit ein. Leiter der Forschungsgemeinschaft »Deutsches Ahnenerbe«.

Schmid, Jakob, Hausmeister der Ludwig-Maximilians-Universität München, erwischte Hans und Sophie Scholl beim Verteilen der Flugblätter in der Uni und übergab die beiden Rektor Wüst.

Scholl, Hans, Mitglied der Widerstandsbewegung »Weiße Rose«, am 22.02.1943 zusammen mit seiner Schwester Sophie Scholl und dem Kommilitonen Christoph Probst hingerichtet.

Stauffenberg, Claus Schenk Graf von, Oberst der Wehrmacht, führte am 20.07.1944 ein Attentat auf Adolf Hitler aus und wurde am 21.07.1944 hingerichtet.

Weiß, Ferdl (Ferdinand Weisheitinger), deutscher Schauspieler und Humorist, Leiter des Szenelokals »Theater am Platzl« in München, galt als »Hofnarr« der Nazis, wegen seiner Kritik am Regime ständige Anwesenheit eines Polizisten während seiner Auftritte.

Wüst, Walther, 1941-1945 Rektor der Ludwig-Maximilians-Universität München, ab 1937 Präsident der Forschungsgemeinschaft »Deutsches Ahnenerbe«, einer der aktivsten nationalsozialistischen Wissenschaftsfunktionäre.

Begriffe/Orte:

BDM, Bund Deutscher Mädel, der weibliche Zweig der Hitlerjugend

Dachau, KZ, erstes Konzentrationslager des dritten Reichs, diente als bauliche und organisatorische Vorlage für andere KZ; Nähe München, »Mörderschule der SS« genannt – Ausbildungsort der SS-Wachmannschaften und -Führungskräfte für alle KZ, SS-Jungärzte, die in Graz ausgebildet worden waren, machten hier erste praktische Erfahrungen; Medizinversuche ab Winter 1942

Felsennest, erstes ortsfestes Führerhauptquartier des 2. Weltkriegs, Nähe Bad Münstereifel

Flak, Flugabwehrkanone

Heimatschuss, Schussverletzung, deren Schwere eine Rehabilitation in der Heimat erforderte

Heimtückegesetz, 1934-1945 im Strafgesetzbuch; verbot jegliche Kritik an der nationalsozialistischen Regierung

Hindenburgplatz Münster, heute Schlossplatz, in einigen Überlieferungen heißt es, am Neuplatz haben die Bücherverbrennungen stattgefunden

Horst-Wessel-Lied, Kampflied der SA, später Parteihymne der NSDAP und zweite Nationalhymne

Jabo, Jagdbomber

Karbol, Desinfektionsmittel

Karbolmäuschen, Kosename für Krankenschwestern im Lazarett

Myokarditis, Sammelbezeichnung für eine Herzmuskelentzündung

Nähmaschinen/Kaffeemühlen, russischer Doppeldecker des Typs Polikarpow U-2, Einsatz als leichter Bomber, dessen Motorgeräusch an das Rattern von Nähmaschinen oder Kaffeemühlen erinnerte

Olde Tucke, westfälisch: altes Weib

OKH, Oberkommando des Heeres

OKW, Oberkommando der Wehrmacht

Organisation Todt, nach militärischem Vorbild organisierte Bautruppe, die den Namen ihres Führers Fritz Todt trug. U.a. Ausbau des Westwalls, des Atlantikwalls, Bau von U-Boot-Stützpunkten; zum Einsatz kamen hier auch Zwangsarbeiter, Kriegsgefangene und KZ-Häftlinge

Pak, Panzerabwehrkanone

Panjewagen, kleiner, von einem (Panje-)Pferd gezogener Wagen

Pervitin, (umgangssprachl. auch »Panzerschokolade«, »Stuka-Tabletten« oder »Hermann-Göring-Pillen« genannt) Metamphetamin, vergleichbar mit Cristal Meth, galt als »Wunderpille der Wehrmacht«, wurde millionenfach an Soldaten ausgegeben zur Dämpfung des Angstgefühls und zur Steigerung der Leistungs- und Konzentrationsfähigkeit, bis 1941 frei erhältlich, viele Soldaten waren davon abhängig

Rezidiv, lat. »recidere« = zurückfallen; Wiederauftreten (»Rückfall«) einer Krankheit

Sanierschein, dem Soldaten ausgehändigter, dreiteiliger Laufzettel, der zum Eintritt in wehrmachtsärztlich kontrolliertes Bordell berechtigte und die Sanierung (med. Behandlung zur Vorbeugung von Geschlechtskrankheiten) nach erfolgtem Geschlechtsverkehr belegte

Sanka, Sanitätskraftwagen

SA, Sturmabteilung – spielte als Ordnertruppe eine entscheidende Rolle beim Aufstieg der NSDAP; verlor an Bedeutung nachdem SS-Einheiten 1934 die SA-Führungsspitze ermordet hatten (Röhm-Putsch)

SS, Schutzstaffel – Hitlers wichtigste Terror- und Unterdrückungsorganisation, die mit verschiedenen Verbänden und Einsatzgruppen maßgeblich an der Planung und Durchführung von Kriegsverbrechen und des Holocaust beteiligt war

Sepsis, Blutvergiftung

Stahlhelm, rechtsnationale Organisation, hatte ähnliche Ziele wie NSDAP, jedoch ohne das Vernichtungs- und Ausrottungsprinzip, wurde 1934 gleichgeschaltet, 1935 aufgelöst

Stalingrad, heute Wolgograd, Russland

Stuka, Sturzkampfflugzeug

Tschammerpokal, vergleichbar mit dem heutigen DFB-Pokal, benannt nach dem damaligen Reichssportführer und Pokalstifter Hans von Tschammer und Osten

Quellen/Empfehlungen

Weblinks:

bundesarchiv.de
chroniknet.de
deathcamps.org
dhm.de/lemo/home.html – lebendiges Museum online
einestages.spiegel.de
endstation-vernichtung.de
feldpostsammlung.de
freidok-uni-freiburg.de – Dissertationen
gdw-berlin.de – Gedenkstätte Deutscher Widerstand
gedichte.xbib.de/Becher_gedicht_Kinderschuhe+aus+Lublin.htm
genealogie-fritsche.de/Sanitaetswesen.htm
geschriebene-geschichte.de
goldeber.de/die-vergessenen-kinder-von-solniki
holocaustresearchproject.org
holocaust-chronologie.de
historicum.net
historisches-tonarchiv.de
jewishgen.org
kriegskind.de
kz-gedenkstaette-dachau.de
laborjournal.de/editorials/372.lasso
landeshauptarchiv.de
lebensspuren-deutschland.eu
lexikon-der-wehrmacht.de
lidice-memorial.cz/de/
memorialmuseums.org
muenchen.de/gehdenken
muenchenwiki.de
ns-archiv.de
ns-dokumentationszentrum.de
rijo.homepage.t-online.de
schule.judentum.de/projekt/NS-Medexp.htm
stalingrad-feldpost.de

stadt-muenchen.net
t4-denkmal.de
uni-freiburg.de / volltexte / 1134
was-war-wann.de
wider-des-vergessens.de
wikipedia.de
zdf.info.de
zwangsarbeit-forschung.de
zweiter-weltkrieg-lexikon.de
1000dokumente.de

Der Verlag weist ausdrücklich darauf hin, dass externe Links vom Verlag nur bis zum Zeitpunkt der Buchveröffentlichung eingesehen werden konnten. Auf spätere Veränderungen hat der Verlag keinerlei Einfluss. Eine Haftung des Verlags ist daher ausgeschlossen.

Bücher:

Baumann, Angelika, Heusler, Andreas (Hrsg.): Kinder für den Führer – Der Lebensborn in München, München 2013
Dreesen, Josef: Der Kreis Daun im dritten Reich, Daun 1990
Dörner, Bernward: Die Deutschen und der Holocaust, Berlin 2007
Friedrich, Jörg: Der Brand – Deutschland im Bombenkrieg 1940-45, Berlin 2002
Gillenfeld, Ortsgemeinde (Hrsg.): Gillenfeld 1016-2016 Chronik, Gillenfeld 2016
Helbig, Ludwig: Und sie werden nicht mehr frei, ihr ganzes Leben, Weinheim 1991
Hirschfeld, Magnus, Gaspar, Andreas: Sittengeschichte des 2. Weltkriegs, Köln 1999
Hoffmann, Peter: Wiederstand gegen Hitler und das Attentat vom 20. Juli 1944, Konstanz 1994
Knopp, Guido: Geheimnisse des 2. Weltkriegs, München 2012
Kogon, Eugen: Der SS-Staat – Das System der deutschen Konzentrationslager, München 1974
Kuwalek, Robert: Das Vernichtungslager Belzec, Berlin 2014

Longerich, Peter: Davon haben wir nichts gewusst, München 2006
Mayer, Alois, Thömmes, Matthias: Trümmer–Tod–Befreiung – Der 2. Weltkrieg im Kreis Daun 1939-1945, Aachen 2005
Mitscherlich, Margarethe u. Alexander: Die Unfähigkeit zu trauern, München 1967
Neitzel, Sönke, Welzer, Harald: Soldaten: Protokolle vom Kämpfen, Töten und Sterben, Berlin 2011
Neuhäusler, Johann: Wie war das im KZ Dachau?, Dachau 1964
Peter, Karl Heinrich: Spiegelbild einer Verschwörung, Stuttgart 1961
Schlosser, Horst D.: Sprache unterm Hakenkreuz – eine andere Geschichte des NS, Köln 2013
Seligmann, Rafael: Hitler: Die Deutschen und ihr Führer, Berlin 2005
Stühring, Henning: Von Stalingrad bis Kursk – als der Osten brannte Teil 2 1942-43, Berlin 2014

Danke!

Mein erster und größter Dank gilt von ganzem Herzen meiner Oma, ohne die diese Geschichte nie entstanden wäre. Ich danke dir für die Gespräche, für dein Vertrauen und die tiefen Einblicke, die du mir in dein früheres Leben gewährt hast. Und danke, dass ich deine Geschichte für den Roman ein wenig verändern durfte.

Ein weiterer Dank gilt den vielen Zeitzeugen für die interessanten Gespräche und ihre Informationen über die Kriegszeit in der Eifel. Eva Jungen danke ich für die Beantwortung medizinischer Fragen, Brigitte Bettscheider fürs Testlesen und den großen Zuspruch, und ein ganz besonderer Dank gilt Tanja Otto für die tollen Ideen und den regen Austausch.

Dankend erwähnen möchte ich ebenfalls Lea Korte, in deren Romanschmiede ich bereits viel über das Schreiben lernen konnte.

Meiner Lektorin Gabriele Korn-Steinmetz danke ich ganz herzlich für die intensive und lehrreiche Zusammenarbeit, Herrn Houben und den Mitarbeitern des Rhein-Mosel-Verlags für die Realisierung der Veröffentlichung.

Ihnen, liebe Leser, ein großes Dankeschön, dass Sie sich die Zeit genommen haben, mit Hanna in ein düsteres Kapitel der deutschen Geschichte einzutauchen.

Und »last, but never least« danke ich den wichtigsten Menschen in meinem Leben: meinem Mann und meinen Kindern, die immer an die Entstehung dieses Romans geglaubt haben. Ihr seid wundervoll!

Marion Bischoff: Heidelbeerkind & Heidelbeerfrau

Clausen, ein kleines Dorf im Pfälzerwald im August 1944:
Elise liebt es, die morgendliche Ruhe der Natur auf sich wirken zu lassen. Sie pflückt Heidelbeeren, als sie plötzlich dieses Ächzen hört. Ängstlich und neugierig zugleich sieht sie sich um. Zwischen den Hecken liegt ein verwundeter Soldat. Die Panik ist ihm anzusehen. Obwohl Elise weiß, dass auf die Hilfe für Fahnenflüchtige Zuchthaus steht, versteckt und versorgt sie den Fremden in der Waldhütte ihres Vaters. Doch Nazis lauern überall ...
Obwohl viele Menschen die Ausmaße des Hitlerregimes gar nicht erfassen konnten, gab es unter ihnen diejenigen, die sich auflehnten und nicht dem verbreiteten Stimmungsbild folgten. Einer dieser Menschen war Elise.

ISBN 978-3-89801-091-7 • 268 Seiten • Broschur • 12,00 EUR

Clausen im Pfälzerwald im August 1945:
Elise und ihre Familie haben die Kriegswirren überwunden, doch Normalität will nicht einkehren. Es gibt kaum bezahlte Arbeit. Trotzdem versucht Elise alles, um ihren Sohn und die Familie über Wasser zu halten. Zufällig trifft sie einen Schuhfabrikanten, der ihr Arbeit gibt. Zunehmend leidet sie jedoch darunter, dass Julius, der Vater ihres Kindes, nicht mehr aus französischer Kriegsgefangenschaft heimkehren könnte. Seit Monaten gibt es kein Lebenszeichen von ihm. Ob er noch lebt? Ob seine Liebe groß genug ist? Eines Tages erhält sie Post von seiner Mutter ...
Vergebens hoffen viele Menschen darauf, dass sich ihre Situation nach Kriegsende verbessert. Es dauert nicht lange, bis einstige Nazis wichtige Posten bei den Alliierten besetzen. Erneut leidet die Zivilbevölkerung unter deren Machenschaften. Doch Elise lässt sich nicht unterkriegen.

ISBN 978-3-89801-404-5 • 234 Seiten • Broschur • 12,00 EUR